故香

林筱聆 著

GU
XIANG

百花洲文艺出版社

图书在版编目（CIP）数据

故香 / 林筱聆著. -- 南昌：百花洲文艺出版社，2022.3

ISBN 978-7-5500-4684-9

Ⅰ.①故… Ⅱ.①林… Ⅲ.①长篇小说－中国－当代

Ⅳ.①I247.5

中国版本图书馆CIP数据核字(2022)第030017号

故香

林筱聆 著

出 版 人	章华荣
责任编辑	赵 霞 朱 强
书籍设计	方 方
制 作	周璐敏
出版发行	百花洲文艺出版社
社 址	南昌市红谷滩区世贸路898号博能中心一期A座20楼
邮 编	330038
经 销	全国新华书店
印 刷	湖北金港彩印有限公司
开 本	710mm×1000mm 1/16 印张 24.5
版 次	2022年3月第1版
印 次	2022年3月第1次印刷
字 数	300千字
书 号	ISBN 978-7-5500-4684-9
定 价	56.00元

赣版权登字 05-2022-37
邮购联系 0791-86895108

网 址 http://www.bhzwy.com

谁谓荼苦，其甘如荠。

——《诗经》

目录

上部

去阿萨姆

这一次，上帝跟我开了个天大的玩笑。

"鹰隼"号快剪船停靠在加尔各答港，亨利先生通知我们带上行李下船。亨利先生是希尔公司的股东，同时也是此次在伦敦招工的代理人。看他招的都是水准一般的经理，我推测他也高不到哪里去。

不是常规的补给吗？我合起《在茶叶的故乡——中国的旅游》，完全没有起身的意思。上船前，约翰叔叔送了我罗伯特·福钧的两本书。相比《华北各省三年漫游记》，我更喜欢这一本。转头望向窗外，岸边有黑色的浪潮涌动。那些等着搬卸货物的苦力欢呼着奔跑着拥挤过来，快剪船俨然一个刚出炉的大蛋糕。他们的头发是短的，皮肤或者黑色或者棕色，这让码头的下午无端生出深色调的灰暗，没有一点亮光。中国人不应该是有辫子的吗？我指着那群苦力，惊叫着站了起来。这不是中国，这是哪里？

尽管我对中国的认知仅限于几本书，以及茶馆听来的故事，但中国于我来说并不陌生。这个港口完全不符合中国的气质与形象。父亲的茶馆里经常有水手光顾，来得最多的是远东航线的水手。水手们每次远航回来头几天，是茶馆最热闹的时候。水手们三三两两地来，每个人手上都会带一两个茶样，那是他们远航夹带的"私货"，一般少则三五十磅，多则一两百磅。水手们总说这是公司允许自家私用的茶，大家心照不宣。父亲是个鉴定茶叶的高手，水手们都信服他的评判。有些专业品茶师开始推崇博学天才希尔顿关于"水温控制在80℃，茶叶在茶壶中浸泡八分钟"的希尔顿品茶法，父亲却更相信茶叶老祖宗中国人的方法，100℃的沸水，浸泡个五分钟，强弱、高低自然分晓。他给每泡茶下的结论比那些品茶师还专业：如果两三遍冲泡后，茶汤还能保持原有的色泽，他会说"这茶是站着的"；如果他说"这茶扁塌塌的"，那说明这茶毫无生机与活力，也完全没有足够的香气；如果茶香浓郁，茶汤醇厚又不苦不涩，他会竖起大拇指，连说"全茶！全茶！"当然，过后，父亲总能优先以非常合理的价格从水手们手上买到高等级的工夫、小种、白毫、松萝、熙春。第二年春天，伦敦才开始茶叶拍卖，拍卖价年年攀升，再加上竞拍经销商和零售商的中间利润，茶叶店的进价总是高。父亲会象征性地购买一些低等级别的武夷，这样不容易引起关注，茶馆的生意才能一直做下去。

去过中国的水手都很有意思，满嘴都是说不完的故事。在我看来，中国像是一锅熬得相当浓稠的汤汁，往边上轻轻一沾，便很有味道。只是这汤汁有些古怪，不同人会沾出完全不同的味道来。小的时候，他们会告诉我中国男人的辫子很长，鸦片战争的时候就被英国军人当成绳子将他们绑在一起。他们还会告诉我，中国的女人在我这么大的时候就要被裹脚，拿锤子敲，拿长布绑。裹得越小提亲的人越多，没有裹脚的天足女孩是没人娶的。长大些，他们又告诉我，中国人拜佛拜观音，不信基督，中国还有一种谁都想不到的极端酷刑叫"凌迟"，一刀连着一刀，把身上的肉一块块地割下来，刑前先规定了割的刀数，有的犯人被割了三四千刀才死……他们嘴里的中国野蛮、落后，血淋淋的，充满可怖的色彩。我更喜欢约翰叔叔，他带给我另外一个中国。他是父亲最好的朋友。从我出生起，家里就从来不缺中国东西。小到小孩玩的拨浪鼓、风车、七巧板、九连环，大到一个花瓶、几个茶杯、几副碗筷。有一次，他甚至带回来一个大茶壶，结果刚下船就摔碎了。他会说，嗨，托尼，等你长大了，我带你去中国！他还会说，托尼，等你长大了，娶一个中国的小脚姑娘，头发乌黑，眼含微笑，话语温柔，又乖又巧。他知道许多关于喝茶的故事。他说，很早以前有个葡萄牙水手去中国，结识了一个官员。官员送给他一包茶，回家后，他请来亲朋好友一同分享这异国珍品。结果，水手上街买瓶酒回来，水手的母亲把茶煮熟了，把茶水倒掉，然后所有人正围坐在桌前吃茶叶。水手问，怎么不喝茶呢？母亲说，茶都这么难吃，那水也好不到哪里去，我早把它倒掉了！我们都在笑水手的母亲傻，他便讲起他十六岁第一次跟人去茶馆里喝茶的笑话。有天早上，水手相约早早去茶馆，伙计摆上几碟花生米、瓜子之类，又给每人座位前摆上一个上有盖子下有托碟的小瓷碗。伙计说了句什么，他没听明白，以为让他们喝茶，打开一看，里面就几颗茶。等了好一会儿，见伙计没再来，他就问，怎么中国人喝茶不加水？有个老水手告诉他，中国人一般都是吃茶，吃茶吃茶，你不明白？他一听，原来如此，果真把茶拿出来一颗颗地往嘴里塞。一嚼，又粗又硬又苦又涩，正要诉苦，就见伙计提着大水壶上来了。伙计逐个打开碗盖，逐个往盖碗里加水，他这才知道自己上当了。伙计刚一转身，他抓过盖碗就喝，结果，嘴巴被烫得起了疱。他非常详细地讲解了中国人如何用一手持着托碟端起盖碗，一手捏起碗盖压住碗口阻挡茶叶流出，我觉得这应该是世界上最斯文的喝茶方法了。

哪来那么多问题？！难道约翰没有告诉你吗？我们公司招的是种植园的经理，去中国的是其他公司。我们的种植园在印度，可不在中国。亨利先生没有约翰叔叔的好脾气——或者，两个多月的海上生活让每个人都失去了耐性。他显然看到了我的书。你以为你这是要去旅游？你要去中国也可以，种植园挨着的就是中国呢，走过去就到了。

他说得如此轻巧，仿佛印度与中国只是隔着一堵墙。这种感觉非常不好。就像你眼见着加进红茶里的明明是糖和奶，喝进嘴里却满是豆蔻、茴香、胡椒、丁香的味道。但我已经没有选择的权利。父亲破产了——曾经带给他财富的东印度公司，这回成了祸害。从母亲去世的那年秋天起，父亲便时常闷闷不乐。母亲的去世是个缘故，但似乎并不仅仅如此。公司好像发生了什么大事，他不愿跟我多说。那两三年，约翰叔叔经常来家里。一天晚上，我听到父亲在找约翰叔叔借钱，这是从未有过的事情。我听到约翰叔叔说，都已经跌成这样子，不能再买了，你这是在赌博！父亲的眼里喷着火，就是赌博也不可能一直输，是吧！约翰叔叔还想劝说，父亲却不想听了。他抱着头，像一只情绪低落的狮子，反反复复地说。如果当年他们不干那蠢事，怎么会这样？怎么会这样？部队那些人拿着公司那么高的俸禄，有没有脑子？为什么非得给子弹包涂上牛油和猪油？

再说这些陈年旧事有用吗？约翰叔叔还在劝说。跟你说过很多遍了，其实也不全是因为这些，这应该只是个导火索。印度雇佣兵早就想造反了，政府也早想收回公司在印度的统治权……他们只是正好创造了机会而已。

菲尔德家族的祖业不能到我这儿给弄没了！不能！不能！父亲更加伤心。他无心经营茶馆，生意越来越差。去年，房子被银行收走后，他再给不出我的大学学费，我只能回来帮他打理茶馆。经常有人来讨债，他开始酗酒，没白天没黑夜地喝。水手们仍然找他鉴定茶叶，可醉过酒的嘴巴也难以清醒，客人们总说茶馆的茶味道变了。我讨厌这样的父亲。他的父亲原本在伦敦最繁华的地段开着一家名为"美丽花园"的奢华茶苑，因为一次投资矿产失败，祖父以酒浇愁，一个冬天的夜里醉酒冻死在路边。他是他父亲的翻版，我们经常吵架。我几次交代约翰叔叔帮我找份工作，我想离开这个令人心碎的地方。约翰叔叔总是试图劝阻。几天前，他突然来茶馆找我。你说你想离开伦敦，你想去哪里？约翰叔叔问。

中国！我几乎是脱口而出。离这里远远的！

明天有船去中国，真的去吗？

去！一个小时前，我刚被还没醒酒的父亲打了一巴掌，正巴不得马上离开。什么工作？

茶叶种植园经理。约翰叔叔简单介绍了一下情况，他妻子的侄子一个星期前去应聘的这个岗位，因为母亲突然生病，他侄子决定留下来照顾。约翰叔叔一探听，招工代理人是以前的一个朋友，就向他推荐了我。

约翰叔叔是个认真的人，他不可能连地方都没有问清楚。除非，他跟我一样想当然地以为只有中国才有茶叶种植园。这些已经不重要了。现实和理想之间隔着的不仅仅是大西洋和印度洋。我的前途随着远去中国的"鹰隼"号消失得无影无踪——不久前，它刚创下 97 天完成从英国前往香港的航程的纪录。我的命运就跟此刻堆放在岸上的大批英国布料一样，被迅速分割瓦解。布料的运气比我好，那么多人围着它们团团转。它们被奉为上宾。而我，不会有人顾及我的失望。世界像是一个倒流壶，某个时点上倒进去的东西，会在另外一个时点上再流出来。二百年前，东印度公司将印度的棉布运回英国，棉布带来的舒爽让西方人的生活慢慢告别兽皮披身的野蛮、粗鲁，甚至变得细腻而又丰富。因为进口棉布冲击了本土毛织物和绢织物工业，政府先后通过了《禁止进口棉织物法》和《禁止使用棉织物法》。而现在，不种植棉花的我们用纺纱机生产出更为便宜、精细的棉布反过来卖给印度，卖给这个世界上最大的产棉花国家。这真是一个荒谬的世界，我们却只能接受。

在加尔各答过了一夜，第二天，我们便坐上开往阿萨姆邦的蒸汽船。蒸汽船后面拖着平底船，平底船上黑压压的一片，起码有五六百个苦力。苦力主要是孟加拉人，来自格浦尔、比哈尔地区久居丛林里的部落土著，奥里萨的东格利亚人，以及桑塔尔帕尔加纳地区的噶兹人，他们将分别被送往包括希尔公司在内的多家茶叶公司下属的几个茶叶种植园。一堆人坐在甲板上，你根本看不出他们脸上什么表情——或许，他们脸上根本就没有表情。蒸汽船上的人们表情可就丰富多了。新招来的茶园经理、助理都是非常年轻的白种人，他们表现出兴奋和好奇，这边走走，那边看看，对于这份即将开始的工作显得很是迫切。兜售小商品的商贩们跑前跑后，两周多的船上时光无疑再一次散发出强烈的卢比之味。各家公司的职员、受指派前往各个茶园实地检查的调查员，多是英国人，他们显然已经厌倦了这样的生活，一路都在抱怨差事的苦累。一开始，阿萨姆邦只有东印度公司和阿萨姆茶叶公司，几年前，坎宁勋爵颁布一项法案，规定如果种植园主种植茶树的土地没有连带债务和抵押，就可以获得这片土地的所有权，到目前为止，至少有50家公司在阿萨姆建有几百个茶叶种植园，成千上万人涌进来。几个印度人谈得特别高兴，他们应该是公司委托的印度招工机构委派的监工，此番招工他们一定获益不少。那些公司职员偶尔也和监工们聊上一会儿话，通常聊的都是苦力的事。一个职员说，上次委托你招来的那些苦力身体太差了，一个月死了十几个。另一个职员说，是啊，我那边死得更多。监工们一脸委屈道，你们那些算好的了。你们看今天这些，在加尔各答等着的这几天就死了七八个。现在越来越难买到苦力了。那些活生生的苦力，在他们嘴里俨然一只只牛羊。

船上有不少欧洲人。他们可能是医生、船长，是药剂师，或者是退伍军官，以及刚脱下制服的警察，都想在阿萨姆挖出一片属于自己的茶园。也可能是东印度公司、梅尔公司、贝格邓禄普公司的职员，他们的公司早在十几二十年前就开始在这里开辟茶叶种植园。希尔公司此次从伦敦招聘来的十几个人已经自动分成了几个小群体，咖啡馆服务生跟餐厅的厨师、银行小职员在一起，木匠和铁匠在一起，植物园园丁和农场工人在一起。他们总是在聊发财的事情，仿佛那是一个永远聊不完的话题。要去的地方似乎遍地金子，随便一刨就能刨出一大块来。可以听到非常荒唐的事。协议里的薪水并不高，一年无非 150 英镑，但正如代理人亨利先生说的，我们想招的是人才，三年后，你们可以从茶园发出的每一批茶叶中抽取佣金。想想吧，到时你们自己就是个小老板了！但愿他没骗人。

我总是独自一人。一路上，没有可以说话的人。准确地说，是没有可以说得来话的人。这是我第一次出远门，一开始我也很想努力与人亲近，努力待人友善。可是慢慢地，我发现友善跟放屁一个道理。有时候会响，甚至响出很大的动静，但其实并没有多少实质性内容，瞬间听完也就完了。有时候一点动静没有，鼻子却要遭罪了。当然，为我的友善遭罪的首先是耳朵。我的这些所谓同事，他们谈女人，谈酒谈烟，谈钱，唯独不谈大家此行将要共同迎接和面对的茶。我对他们不抱幻想，就像他们对我的话题不抱任何兴趣。他们不知道罗伯特·福钧，更不知道将近六百年前就到过中国的马可·波罗。当我谈起鸦片战争，他们一起大笑，算了吧，托尼，鸦片战争怎么可能是因为茶？如果是因为茶，那为什么不干脆叫茶叶战争？当我谈起波士顿倾茶事件，他们觉得更可笑了，托尼托尼，既然因为茶美国可以发起独立战争，那么你是不是也可以因为茶在印度领导大英帝国的殖民地人民发起独立战争啊？他们只知道嘲笑我。他们不知道世界是一个球，一直往前走，最终还会走到原点。比起常到茶馆去的水手，他们差远了。他们甚至不知道，从地中海到红海之间正在开凿一条运河。很快，从英国到中国不需要再绕过好望角了。这注定是无趣的航行。

这天午后，亨利先生喊我过去，他的身边站着两个中国人。那么光的大脑门，那么长的黑辫子，很是引人注意。年长的那位四十来岁，个头矮小，白白胖胖，罩在长袍外面的褂子跟他脸上的皮肤一样细腻光滑，应该是丝绸缎面的，里面还衬着丝棉。他的眼睛又圆又鼓，很深的双眼皮，一脸和善地笑。年少的那位身着棉布衣裤，应该是伙计，跟我差不多年纪，瘦得像根中国筷子。他的内眼角朝下，外眼角上翘，眼睛显得特别细长，鼻梁居然是笔挺的——这超出了我的想象。约翰叔叔说中国人的鼻子多是扁的，鼻孔特别粗大。

来，让我们林老板认识一下！亨利先生拍拍我的肩膀，笑着跟他们做了介绍。我们这位托尼先生可是个中国迷！他昨天还以为我们要去的是中国呢！他们家世代开茶馆，专卖中国茶。亨利先生要去找招工机构的监工谈苦力的事情，就这样把两个中国人交代给了我。

是吗？林老板一脸和善地笑，他说的是非常流利的英语。那你最想去中国的哪里啊？

刺桐港！我几乎是不假思索。

你知道泉州？林老板显得非常惊讶。

听说那里商人云集，货物堆积如山，到了晚上整个城市灿烂无比……已经有好几个月没跟人好好说话了，这勾起了我强烈的表达欲望。我尽量还原书里关于刺桐的描述。十二岁生日那天，父亲送我《马可·波罗游记》。他说，很多人质疑内容的真实性，但我和我父亲都深信不疑。我父亲一直想去产茶的中国看一看，我也想。

林老板比了一下自己和伙计，说。我们的家乡就在泉州。他的话语总是非常简洁。

"筷子伙计"补了一句，我们老家安溪也产茶，你们英语的"tea"就来源于我们的闽南语"茶"。他的外眼角上扬，藏不住的欢喜。他的发音有些奇怪，像是糖里夹杂着一两粒细沙。

我很好奇。你们那儿产什么茶？

铁观音。特别香特别醇厚。"筷子伙计"一脸的神气，那神情好像也能释放出茶香来。有个印度人撞到了他，他很不高兴，骂了对方一句。他跟印度人说的明明是英语，却又夹带着一两个我听不懂的词。这应该就是约翰叔叔说的远东贸易经常使用的混杂行话，福钧去中国听到的把葡萄牙语、英语、中国话、马来语等大杂烩在一起的洋泾浜语大概也就是这样。

铁——观音？也是一种茶？是绿茶？红茶？看"筷子伙计"一再摇头，我也摇起了头。

你居然不知道我们安溪的铁观音？"筷子伙计"有些生气，话语中充满了不屑。你们家还世代开茶馆呢？！那表情就跟英国人无法相信居然会有人不知道女王是谁一样。

我们茶馆卖的可都是好茶，熙春、松萝、黄绿、白毫、小种……当然，我们也卖武夷……可是，铁观音？安溪？我突然想起父亲说过的一个细节，茶叶公司有时会把一种名叫"安红"的便宜茶混进武夷里，但拍卖的时候没有"安红"只有"武夷"，这样能卖出更高的价钱。

"筷子伙计"由不得我把话讲完。他像是被侮辱了，显得更加生气。安红是安红，怎么可以把铁观音当安红卖？

林老板打了个圆场。英国人一般喝绿茶和红茶，他们不懂乌龙茶。

你们可能不知道，英国现在基本只喝红茶。十几年前伦敦世博会上公布说，你们会在绿茶中掺杂石膏增加重量，还会用普鲁士蓝和铜绿来给绿茶染色……很可惜。

这很好。幸亏你们只喝红茶。林老板的大眼睛里闪过狡黠。他的话让人听起来很不好明白。

那是！他们肯定不懂喝乌龙茶！"筷子伙计"白了我一眼，他明摆着故意让我听出他话里有话。他的话里满满都是优越感。而且，咱们乌龙茶这么少，哪走得到那么远去……

那太可惜了！我们从来没听说过乌龙茶，也没听说过铁观音这种茶……我耸耸肩，表示了深切的遗憾。我不是个轻易服输的人，我暗自跟他较着劲。

幸亏你们英国人不知道铁观音……林老板没有再往下说。他的眉眼在笑，话语总是跟他的身材一样精练。他看到了我手上的书。你看的是《在茶叶的故乡——中国的旅游》？

你知道罗伯特·福钧？我一下子就来了精神。两个多月来，这本书已经被我看了不止五遍，我急于找到一个可以交流的对象。他确实知道福钧的事。严格来讲，他只知道这本书，知道有个人把茶叶从中国带到印度，但不知道那人是福钧，也不知道具体怎么带的。展现我大英帝国子民文明的时刻到来了，我乐意为他们解读。我饶有兴致地告诉他们，福钧如何剃了个光脑门，让仆人用马鬃在他的头上编织出一根又粗又黑的假辫子，穿上中国式的装束，成功地骗过官员、城门守卫、船夫、茶农，顺利到达产茶区；成功收集到茶苗和茶籽后，福钧请了当地 2 个木匠打造出 8 个玻璃做的沃德箱用来装茶苗，把虱子灰拌进茶籽防腐，分别托运于 4 艘货轮，1 月从上海出发，3 月底才到达加尔各答……

怎么会用那么久？"筷子伙计"打断了我。不可能啊！

原本可以更早到达加尔各答植物园，没想到货船因为生意的事情先到锡兰转了一圈，这耽搁了很多时间……

这很好。林老板的话让人很难理解。

你说那个箱子叫什么？"筷子伙计"关心的是另外一个问题。

那叫沃德箱。

海上那么长的路途，怎么浇水？

不需要浇水。这个原理很复杂，跟你讲你也不一定清楚。反正你只要知道不需要浇水就可以了。见他们听得如此认真，特别是那个"筷子伙计"，眼睛一直瞪得很大，我觉得有必要加上一点自己的想象。一般的小说，为了精彩，总需要让故事多些曲折。我长叹了一口气，哎，可惜阿拉哈巴德那个讨厌的政府官员，他干了世界上最蠢的一件事，他打开了那个玻璃箱，结果……我卖了个关子。

结果怎么啦？"筷子伙计"果然很着急。他没有他主子的城府。

哎——我叹着长气。到达萨哈兰普尔植物园的时候，13000 株茶苗只活了 1000 株，很多茶苗上还长满了真菌和霉菌……

后来呢？"筷子伙计"还是着急。

后来，就全烂了，一棵都没活。可惜了！我说。

是有点。"筷子伙计"话语中似有惋惜之意。

这很好。林老板望向他的伙计，说，幸亏他打开了那个玻璃箱。

这很好。"筷子伙计"轻轻附和了一句。他显然读懂了他主子眼睛里的话。

这怎么好了？要不是后来福钧有了新的创意，把茶籽直接种在沃德箱里，肯定没茶苗活得下来。我想起了他们的铁观音，突然就失望起来。可惜这些茶苗里没有你们家乡的茶。福钧没有去泉州。

幸亏他没去。林老板说。

也是，他去了也没用。福钧做得再好，碰上那个笨蛋植物园主管詹姆森也没招。坚决要在平地种茶，要用大量的水灌溉……

他们以为种菜呢？"筷子伙计"看着老板笑，那语气里有一种嘲讽的味道。还是他们以为种的是水稻呢？！

幸亏有那个主管。林老板又冒了一个"幸亏"出来，他没有笑。我有些糊涂了。这个林老板"幸亏"来"幸亏"去，他简直就是个"幸亏先生"。有人跟"幸亏先生"打招呼，他微微一笑，往旁边走。现在就只剩下我跟"筷子伙计"了。我喜欢这个表情更加真实的"筷子伙计"。他的主子总是挂着一脸和善一脸笑，但那更像是历练出来的一堵墙，让他的话语总是那么严严实实，任你东南西北风都透不进去，这很没意思。"筷子伙计"就完全不同了。

你很崇拜那个福钧？"筷子伙计"问。

托马斯·杰斐逊说过，对任何一个国家而言，能够被接纳的最伟大的贡献就是给它的文化带来一种有用的植物。福钧做到了。

是啊，他做到了，他担当了一个强盗的角色！

我无法接受"强盗"这个字眼，它和他严重冒犯了我对福钧的情感。你太狭隘了。最起码他让中国茶更进一步走向世界。

你这是典型的强盗逻辑，我们不要这种走法。你们英国人都是强盗！你们利用我们中国人发明的火药来打中国，利用中国人的纯朴善良来抢夺中国的茶骗我们的人……

那是你们中国自找的！如果不是你们让女王的大臣向你们的皇帝行三跪九叩之礼，女王不可能把轮船大炮开过去。是你们挑战了女王的底线，你们……

我意识到了问题。他绷着脸，胸脯剧烈地起伏，拳头握得紧紧的，细长的凤眼里有东西在涌动在燃烧。此刻，我想我已经挑战了眼前这个中国人的底线。或者说，我都忘了他是中国人——虽然他说着不是很纯粹的英语。此刻，他一定想吃了我。

平底船上传来几声尖叫，我顺势开溜。

许多人往船尾的甲板上挤。蒸汽船很快靠岸停了下来，招工机构的监工带着医生爬上平底船。几分钟后，他们回来了。亨利先生问，怎么啦？后头船上出什么事了？

死了一个孟加拉人。这没什么大不了。监工回答得非常轻松。这事经常发生。

那人呢？我环顾左右忍不住问道。亨利先生埋怨了一句，真是的，这船上怎么可以没有鞋油？说完就走开了。是的，他总有很多事情要忙。

还能哪里？扔河里了。监工笑了，河里的鳄鱼会喜欢这顿美餐的。

我听到"噗"的一声。一块石头丢进河里，一条命就这么没了。

一旁有人拍拍他的肩膀说，杰克，你这明摆着又可以省下几十斤大米了。

这些饿死鬼，饭量大得很。你不知道，他们……几个人说着话往船头走去。他们有说有笑，更像是在庆祝一场提前到来的死亡。发生过的事情很快就被淹没了，一切重新恢复了平静。下午，医生往一块小木板上贴出了第一张讣告。有水手说，除了最终上岸的苦力，种植园主还需要以这些讣告为依据，为前往种植园路上的亡灵付钱给招工机构。

一路都在逆流而上。几乎每隔一两天都会有关于苦力的讣告。有时候是痢疾，有时候是热病，有时候是说不清楚的病因——可能是霍乱，也可能是天花。没多少人关心。

过了贾木纳河，就进入布拉马普特拉河，河面非常宽阔，河流相对和缓。这条河流发源于中国境内的雅鲁藏布江，最高处海拔有 5000 多米，流入印度后海拔只剩下 100 米左右。两岸除了黄土就是茂密的丛林，没有任何建筑，也不见任何人。很难想象，以前没有蒸汽船的时候，当地的小乡船如何往上游行驶。船速慢下来的时候，可以清楚地看到水面上不时有缓缓移动的水纹，仔细一看，水面下一条巨大无比的鳄鱼在游走。近水岸边，经常看得到成群的鸬鹚。它们一步步往水里走，专心找寻水里的食物。突然一只鳄鱼蹿了出来，一张口，一只可怜的鸬鹚一头栽了进去，只剩下两条细长的腿在嘴巴外一蹬一蹬。鸬鹚群瞬间被惊起，四散。船还没走远，它们又拢到了一起。

蒸汽船的条件跟快剪船没法比。拖着一辆笨重的平底船跑得不快不说，声音还大得出奇，整个船舱的顶棚随时有被拆掉的危险。气压似乎很低，空气又闷又湿。微微有点西面吹来的风，平底船上的气味显得特别重。几个苦力正站在船尾的甲板上往河里小便——船尾两侧其实有两个隔间，每个隔间里都有两个蹲位，但这些简易的厕所，自然没有甲板来得开阔和方便。况且，它们紧挨着关牲口的围栏和厨房。到了晚上，他们干脆就直接往甲板上小便。因为厕所外没有护栏，有黑人曾经试着摸黑进去，结果"扑通"，一脚踩进了河里——几乎就在同一个时间，另外几个苦力正伸手从河里舀出水来喝。好在我们一直在逆流，否则他们喝到的很可能是同伴的尿水。有个穿军装的英国人指着平底船大骂，那些黑鬼是世界上最脏的家伙，他们身上的虱子足以喂饱一群猴子。坐上平底船之前，他们至少已经在火车上站了七个小时，又在那个肮脏潮湿、满是屎尿的小窝棚里挤了一两天。旁边的水手接过他的话说，可是他们种出来的茶却是香的，女王也喝他们种出来的茶。贝格邓禄普公司的经理纠正他们的说法，女王只喝中国茶……这世界到处都是悖论。

其实，蒸汽船上的卫生也好不到哪里去。煮开过的河水永远泛着浑浊的黄，盛着食物的盆里、碗里，桌上、墙上，甚至是人的身上，永远都有赶不走的蚊虫。苍蝇个头都很大，它们有着超强的吸附能力，单靠抖动身体怎么都甩不掉，只有你拿手拍打，它们才肯罢休——罢休也只是暂时的。那些爬满苍蝇的咖喱饭看起来非常恶心，让人难以下咽。同船的经理陆续有人发起烧来，水手说，这跟蚊子有关系。亨利先生有些着起急来，再没心思抽他的雪茄。医生开出的药也不是很管用，体温总是升升降降。开始有人抱怨，真不该轻信代理人亨利先生的一番鬼话，说什么淘金？如果半路上就把命给搭上了，还淘什么金？船不知道他们的想法，每天都在前进。

蒸汽船停下来的时候，已是深夜。平底船上的苦力都被赶上岸——狭小的空间容不下几百个人同时躺下。他们像是得了天大的自由，欢呼着一路小跑、叽里呱啦。招工机构委托的几个士兵大声呵斥着，拿枪捅着这个，挡住那个。他们乖乖就地坐下、躺下，岸边一片漆黑。

夜晚是最难挨的。所谓的床大概就只是一块木板而已，没有床单，更别提枕头。房间里像是放了一千只一万只蚊子，到处都是小型轰炸机。我用衣服把头包得严严实实，只留两个鼻孔出气，还是睡不着。索性就爬起来。甲板上空空荡荡，驾驶室里的水手歪坐在椅子上打着呼噜。两个放哨的守卫歪靠着有一句没一句地说着话，慢慢地也没了动静。我在船头甲板上找了个位置坐下。二月底的河风吹来还有些凉，水汽又湿又重。如果这时能来上一杯父亲冲泡的红茶，感觉应该会好很多。父亲一定也想着我去往中国，可是现在，我却人在印度。

"砰"的一声，船尾方向像是有什么重物掉到了地上。紧接着，有个黑影猫着腰碎着步子往岸边走。那黑影走走停停，不时回头望一眼蒸汽船，最终走向那群苦力。黑影蹲下身子，最边上的一个苦力坐了起来。似乎没有任何言语，黑影像是递过去一个什么东西，尔后迅速返身离开。几秒钟后，第二个，第三个……像是砍倒的树桩被重新扶起，相邻的苦力一个紧接一个地坐了起来。

我蹑着脚走向船尾。黑暗中，只有一个特别瘦长的身影。是他？我伸手拦住了"筷子伙计"。你干什么去了？

没，没……"筷子伙计"受了惊吓，倒退一步往边上躲。我睡不着，上岸走走！

是——吗？我追着贴过身去，加重的语音被刻意拉得很长很长。我知道，他对我藏着秘密。一只鸵鸟把头埋进沙子里，他说出来的，只是大家都看得到的鸵鸟屁股。他不敢招架，只一味急步快走。这更坚定了我的判断——他一定想盗窃苦力去卖。走船多年的船长说，这样的事情时有发生，一个苦力比一头牛值钱。有时候仅是从一个茶园转运到另一个茶园，半路上就被抢走了——这个中国人看来是想钱想疯了。不管怎样，我抓住了这个中国人的软肋。当然，我不会把别人的秘密当武器，但我绝不排除使用这个武器的可能，以便我牢牢掌握我最需要的话语权。

我的旅途突然变得不那么枯燥乏味了。

早餐，餐厅里显得有些嘈杂与忙乱。船长和厨师在不停交流着什么事，厨师说得有些激动。几个水手进进出出，相互嘀咕着什么。亨利先生与"幸亏先生"坐在与我相邻的桌子，"筷子伙计"走进来，径直在我对面坐了下来。之前那么多天，他连看都不看我一眼。这是一个非常反常的表现，有些东西正在发挥作用。

这个给你。"筷子伙计"递给我一个糖果大小的红色圆罐。他指了指我的脸，又指了指我的脖子，示意说，万金油，抹一抹，蚊子不敢来……

这个狡猾的中国人，他定然是在向我示好。我领了他的情，但不说"谢谢"。既然我已经重新夺回了发球权，我应该在一个盗贼面前表现得更有尊严——即便他的这次盗窃未遂。

船长拍了拍手掌，示意大家安静，许多张嘴依然没有停下，它们咀嚼他们的食物，交流储存了一夜的想法。船长又说了一长串，我不明白他说了什么，可餐厅里瞬间炸锅了。我听得懂的听不懂的声音绞在一起，像是在打架。我不由得把目光投向这个能把什么乱七八糟的话混在一起说得很清楚的中国人。蚊子于他似乎不成问题，他的脸上、脖子上不像我们密布红点。

说是昨晚厨房里剩下的一大盆米饭突然不见了，厨师怀疑船上有人偷拿。他帮我翻译。

这船上谁会去拿米饭？米饭又不好吃，有什么好拿的？我好生奇怪。

有招工机构的监工率先站了起来。一定是那些黑鬼！

肯定是那些黑鬼！有人支持。

不是那些黑鬼还能是谁？众人呼应。

如果你们给那些苦力吃饱饭，人家哪里需要偷米饭？"筷子伙计"冲着招工机构的监工喊了一句。他喊的是混杂话，话里有英语有印度语，却同时让英国人和印度人都听得明明白白。这个情况很有意思。印度人把丁香、小茴香子、胡荽子、芥末子、姜黄粉、孜然、葫芦巴、辣椒等统统搁在一起，做成了咖喱。他们再无法从咖喱里分出哪是丁香，哪是小茴香。眼前的这个中国人不仅能把不同国家的语言像印度人煮咖喱一样地炖，还能让听的人清楚地从他乱炖在一起的话里厘出对自己有用的信息来。这是一种天大的本事。

谁说我们没给他们吃饱？他们永远都吃不饱的！招工机构的监工在辩解。

我昨天都看到了，你们给那些苦力吃没有煮的米。没有煮的米怎么吃？你们简直不把他们当人……"筷子伙计"突然停住了话。我看到"幸亏先生"瞪了他一眼，又转过头去与亨利先生说话。他又小声地嘀咕了一句，苦力吃不下米，他们就可以把更多米拿去卖给船长。

几个招工机构委托的监工同时笑了起来。一个说，他们本来就是用来干活的动物！另一个补充说，给大象吃的东西需要煮吗？一船的人似乎都在笑。"筷子伙计""呼呼"地鼓着腮帮子，盯着"幸亏先生"看。我虽然不喜欢黑人，但也绝不认同他们的观点。我需要整理一下措辞，我不想因为几个黑人得罪这些将来可能需要密切打交道的人。这个时候，亨利先生站起来发话了。如果因为你们把没有煮的米给苦力吃导致他们死亡，我是不会付钱的！他的话很管用——抑或是他口袋里的钱管用也未必——招工代理立即服了软，对他各种表态各种承诺。

我全叔一定跟亨利先生说了什么，不然你们老板肯定不会这么说。"筷子伙计"有些扬扬得意。可我分明看到对面的"幸亏先生"埋头吃他盘子里的东西，连头都没有抬。我的脸上一定显现出了狐疑，"筷子伙计"立刻接了下去。你不知道，我们林老板在巴城的木木茶铺生意有多大。几十年来，他们家一直是荷兰、葡萄牙、西班牙商船在巴城的大供应商。荷兰商人最懂得中国礼节，中国人喜欢跟荷兰人打交道。三十年前，东印度公司海外贸易垄断权被取消，老亨利先生开始做茶叶生意，找的第一家中国茶铺就是我们老板的父亲开的。老亨利先生人很好，不像一般的英国人，两家的生意就一直这么做下来。如果不是这么深的交情，亨利先生也不可能带我们来这里……我很关心他们来这里做什么，"筷子伙计"却突然转换了话题。你将来有什么需要，对工作不满意什么的，尽管找我，我让我们老板跟你们老板说，肯定没问题，包在我身上！他把胸脯拍得"扑扑"响，仿佛那是一面可以敲的鼓，而他没有说出来的秘密却怎么都敲不出声响。你不知道我们老板家多有钱。你不是知道武夷吗？武夷山那儿有十八座山峰是他们家的，曼陀岩、宝国岩、霞滨岩等等，他们在每座山上都建有茶厂，十八个茶厂噢，产的都是最好的武夷。

你们安溪自己不是也产茶吗？干吗又跑到武夷去种茶？我觉得他的大话里有问题。

林老板的祖上不是穷吗，就去庙里拜佛求签。关公托梦告诉他，要往北，往北，北面是他的福地。他一路向北就到了武夷，在一个岩茶厂当雇工。一天夜里，他追着一匹白马来到幔陀峰下，白马消失处闪着银光，他插下竹竿做了标记。第二天循着梦境，果然在竹竿处挖出一大堆白银。后来，他辞了工，到山上的寺庙（寺庙的住持掌管附近的几座山峰）当了烧饭的伙计，深得住持喜欢。几年后，他跟住持提出想要讨座山来开垦茶园，种植家乡茶。住持指着面前几座山峰说，来，喜欢哪座任你挑！他伸手一指，要了幔陀峰。很快，家乡的老枞水仙、梅占、软枝乌龙、本山、肉桂、铁观音，能找到的茶种都在武夷山上种了个遍。后来，他又先后买下了附近十七座山峰种茶……"筷子伙计"讲起他主子的故事时，连眉毛都会跳舞，那更像是他自己经历的故事。不管怎么样，我们重新坐下来好好吃饭。不知怎么的，像是突然就有了交情，我们慢慢地讲到了自己。他姓王，名之信，跟林老板是同乡，六年前去厦门木木茶铺当伙计，两年前被派往巴城。林老板答应他，等他做够 7 年，满二十二岁，会给他一点茶铺的股份，或者另外开家茶铺让他打理，还会帮他娶一门亲。

嗯，娶一个中国的小脚姑娘。我学着约翰叔叔说，头发乌黑，眼含微笑，话语温柔，又乖又巧。

你也知道中国女人小脚？我的幽默似乎也没有靠他的岸，没有达到效果，王之信依然关心着他未来妻子的脚。我可不想娶小脚女人。小脚只能拿来看，还是大脚实用。将来她如果没跟我到南洋来，家里很多事还要靠她做，要种茶、采茶、制茶，小脚女人干不了……他的眼睛笑眯起来，当然啦，她最好是个乖巧的女人。

果然跟约翰叔叔说的一样，中国人都喜欢乖巧的女孩。可在我看来，"乖"与"巧"是一对无法调和的矛盾体。一旦你"乖"了，就相对老实，思维就不会很活跃，那怎么来的"巧"？你要是思想"巧"了，肯定有很多自己的想法，肯定比较灵活，那还怎么"乖"？我没有说出我的想法——在约翰叔叔面前也没说出——让人扫兴总不是太好。我一直渴望交流，但我从来不习惯交换秘密。我也跟他交换自己的信息。我只是适当抖一点祖父开茶苑的料给他，他就相当满足地对我刮目相看了。当然，我不会告诉他父亲破产了，这没有意义。

日子似乎一下子开阔起来。有人值班的厨房里没再丢什么东西，半夜里也没再见他上岸。人难免有犯错的时候，是的，我不会多说。到了古瓦哈蒂，河面突然变窄，船速慢了下来。过了最窄处，走了不足半英里，河面恢复了宽阔，很快就进入了密集的茶区，不断有人下船上船。这些当过医生、船长、药剂师、军官，以及刚脱下警服的英国人，都想在阿萨姆挖出一片属于自己的茶园。经理同行们根据亨利先生的安排，也先后在不同的地方下船，通常是两三个人结伴。每个下船的地方，都有种植园派来的人提前候在那里。有时候，一艘很小的独木舟上坐着两个人，那意味着有一段更难走的路在前头。有时候，或者三两个人或者只有一个人等在岸边，但都会有一头大象。每一两个经理下船，一般都会同时带走几十个苦力。还在发烧的那个北爱尔兰人看起来情况很不好，走路尚且走得摇摇晃晃，但安排他去的茶园到了，他只能下船。希尔公司新聘的医生只有一个，他一直在船上。我希望北爱尔兰人去的那个茶园里马上就有医生给他做进一步诊断，吃上药好好睡上一觉，情况或许很快会好起来。什么都影响不了我们继续前进，船越跑越快。

　　接近上游的地方，亨利先生、医生、两个中国人，还有我和一个苏格兰人，我们一起下了船。船上剩下很少的几个人，基本都是服务于东印度公司和阿萨姆公司的职员，以及招工机构的几个监工。来接我们的是哈瑞，公司茶叶生产部负责人，同时还是公司驻地种植园的经理。他是亨利先生姐姐的孩子，来这里已经三年。他和一个士兵模样的人各骑着一匹马，两头大象背上分别坐着一个驯象人。哈瑞安排我们每三个人坐上一头大象走在前头，他和士兵则负责驱赶走在后面的那些苦力，士兵肩上扛着枪。偶尔，他也会跑到前头来招呼我们，但更主要的还是跟亨利先生介绍最近植物园发生的事。比如又平整出了多少茶园，压了多少茶苗，再比如又死了几十个苦力，患热病的又多了几个。空气依然有些潮，但有几分清新，精神一点点活络起来。我们正在行走的这条窄窄的、泥泞的沼泽路更多是大象和马匹走出来的，没有多少人为的痕迹——顶多就是砍掉挡道的树。森林基本处于原始状态，两旁的树木高大茂盛，藤蔓植物缠绕其间，时不时有不知名的鸟叫声，一群猴子在树上窜来窜去。我感慨了一句，这里简直是人间天堂。哈瑞说，那是！住久了，那些野鹿、野猪、野鸡、野鸽子啊什么的你都会见腻，白鹭、黄鹂也有，还有会开屏的孔雀，还有那种世界上最小的蜂鸟……哈瑞越说越兴奋。我前天见到独角犀了，真的只有一只角，那皮跟大象一样厚，皮上密布着许多圆圆鼓鼓的疙瘩。他昨天特意进到丛林里打了几只山鸡，今晚可以请大家吃山鸡宴。这山鸡宴包括咖喱鸡、烤鸡块以及山鸡汤。山鸡汤触发了亨利先生的谈兴，他聊起上次在巴城喝过山鸡汤去听南音的事——他看起来心情不错。邻桌一个中国人因为点曲子的顺序问题故意找茬，眼看就要动手，老板出来说了公道话，中国人觉得没了面子不听了，临走前就指着他说，好，你给我等着，我一定让你好看。他就想，等着就等着，我又不怕你。亨利先生身高有 6 英尺，体重有 200 磅。结果，等了一个晚上，中国人根本就没有再来啊。亨利先生和两个中国人哈哈大笑，丛林里回荡着他们的笑声。可我完全没明白其中有什么值得笑的东西，我倒是好奇他们去听的那个什么南音。什么音乐会好听到让几个男人为之打架？

王之信非常乐意为我解疑释惑，但他似乎说得有点远。他说，我们安溪有一个非常厉害的人——李光地，他是大清朝的文渊阁大学士，一个很大的官，相当于你们英国的首相吧，我们的康熙皇帝听腻了宫廷里的曲子，有一天就问李光地，你们泉州有没有什么好听的音乐？李光地就说，有啊，我们的南音颇值得一听。皇帝一听说那是一千多年前的宫廷音乐，主要乐器有琵琶、洞箫、二弦、三弦、四管，就来了兴趣，让李光地安排民间乐手进京。李光地很聪明，他想，如果直接把乐手请进宫，万一皇帝觉得不好听，那他岂不遭殃？于是，趁着皇帝有一天在御花园饮酒赏月，他就安排乐手们在墙外演唱。弦管声声，清音徐徐传来，皇帝听得入了神，问，哪来的这么好听的音乐？李光地说，这就是我家乡的南音。皇帝那个高兴啊，下旨，速速入宫来演奏。《八骏马》《梅花操》《三千两金》，一首接一首地听，听后就敕封那五个表演者为"御前清客五少芳贤"……这个中国人总爱使用夸张的手法，我不大相信他说的这个故事。这时候，亨利先生一声打趣，"幸亏先生"居然开口唱了起来。"三千两金费去尽空，今旦流落只苏州……"我怀疑是不是喝了太多茶的缘故，那声音像是被提纯过，或者注进了另一种微物质，有一种非常奇特的韵味，像丝绵一般的柔软，又像山中的泉水一般轻盈婉转。丛林像是为这段小唱紧急清了场，那些刚刚还在欢闹的各种鸟儿也忘了歌唱。

"幸亏先生"让亨利先生也来一首英国歌曲，亨利先生让坐在我前面的苏格兰人唱。苏格兰人没有推托，他唱的是一首流行很广的歌曲。"当你走进一家破落的织布店，两三部织布机映入眼帘，如同废物一般被冷落在角落。你问这般光景是何原因。店里的老母亲说得可怜：女儿们因为织布机不方便，离家到工厂去赚钱……"不可否认，苏格兰人的嗓子很好，音准也很好，他唱得很欢快。可是，这破坏了氛围。

经过一个当地人聚居的村庄，听到了狗吠声，见到了到处乱跑的鸡。有许多田地，水田里种着水稻，旱地里种着罂粟。几个印度男人坐在路边的石头上说话，嘴巴里嚼着东西。哈瑞便数落起当地人又懒又脏，他们宁肯这么坐着，吃点鸦片嚼点茶，也不肯到种植园里干活——即使付给他们比黑人苦力高得多的工资。他们觉得像我们这样种茶制茶挺麻烦，他们更习惯从野生茶树上获取现成茶叶，就这么嚼着吃。王之信轻蔑地说了一句，我们的祖先几千年前也是这么吃的！

走了几个小时，总算到了驻地。一大片新开辟出来的平地，翻出来的泥土还有着新鲜的味道。两座单独的木头房子，一排平房，四周已经围上篱笆，篱笆外有一大排高大的树。哈瑞说，将来那些篱笆会刷上白色，树干也会刷白，还有院门户门都会刷白……我琢磨着，刷上白色，丛林里的猛兽才能跟棚屋里住的黑人一样明白，篱笆围起来的区域内住的是白皮肤的欧洲人，不敢轻易越过这晃眼的边界来冒犯我们。平房四周将来还会种上万寿菊、牵牛花之类的花花草草，它们更容易成活并能迅速繁衍出成片的绿意。再以后，不远的地方会建上网球场，将来公司的职员来此度假的时候，除了打猎又多了一个娱乐项目。隔着一段距离，是几排大窝棚，刚买来的一百多个苦力被赶到那里。大象和阉牛就养在大窝棚的边上，由专门的人员看管和喂食。再隔出一段距离，有几间平房，那是一个茶叶加工厂。附近几片小规模的种植园没有单独设立加工厂，他们会将采摘下来的茶叶送到这个集中点统一加工。驻地四周都是规整的茶园，有一英尺高的茶树，也有新栽下的茶苗。远处，有一小片高大的野生茶树。再远处的山顶上，有一座富丽堂皇的楼房，那是总督来此度假时下榻的地方。

亨利先生和"幸亏先生"住进单独的木头房子，我们三个被带进平房。我跟王之信一个屋，苏格兰人被带到了另一间房子。房子果然跟看起来的一样好。床铺、被褥、桌椅、柜子，日常生活需要的物品应有尽有。虽然比不上伦敦的楼房，但比船上强出百倍。椅子上搭着兽皮，坐上去又柔软又暖和。墙上钉着一只鹿角，我们把衣服挂在上面。更重要的是，平房边上就有个小水池，水池里蓄着从山上引来的泉水，清得可当镜子。哈瑞的山鸡汤还没熬好，做烤鸡块和咖喱鸡都需要用到的葛拉姆马萨拉还在制作当中——这种东西需要由豆蔻、丁香、花椒等30种香料碾磨成粉，混合在一起。亨利先生招呼我们到他那儿喝茶。

哈瑞冲泡的是阿萨姆当地最好的红茶，加到茶里的奶和糖依然没有掩盖它有些浓郁的刺激性气味，喝到嘴里有些辛辣，像是劣质烟草的味道。两个中国人非常奇怪，他们并没有往茶里加奶或者加糖。父亲鉴茶时也不往茶里添加东西，但现在是在喝茶。我注意到，"幸亏先生"只是喝了一小口便放下杯子。中国茶商那么不会喝茶，那简直跟英国人吃米饭一样奇怪。我怀疑他刚刚是不是偷偷吃了鸦片，不然他看起来怎么那么有精神。可惜，我没有证据。

这是茶吗？这怎么算茶？！王之信伸着舌头大叫，他的脸早就皱巴成一条苦大仇深的老瓜瓢——他的脸本来就瘦。知道阿萨姆茶难喝，不知道它这么难喝！这怎么能喝？

这怎么不是茶？哈瑞连喝了几大口，印度茶不都是这个味道吗？你们就是不加糖不加奶才不好喝！当年东印度公司首次拿这个茶在明辛街商品交易所拍卖，可是拍出了每磅34先令的高价，比当时最早摆上交易台的上等中国茶还贵呢。

我看大家也就图个新鲜猎个奇吧，你们英国人真是不懂得茶！喝过我们那儿的茶，你就不会说它是茶了。需要用任何东西来调味的，那茶就绝好不到哪儿去。你们这个不行，茶种本身就不好，制作又差，太难喝了太难喝了……王之信把茶水往地上一泼，又是摇头又是吐舌头。这茶用来漱口我都觉得不够格，这么辣，漱口都漱不干净……

　　看他把牛皮吹的。中国茶好是好，可也没好到他说的这个地步。中国人太爱说大话了。约翰叔叔没有告诉我这些。他一直说，中国人比较会生活，一个喜欢喝茶的民族肯定是相对文明的。男人端起茶杯，就多了些儒雅；女人端起茶杯，就多了些美丽。可是眼前的这个中国伙计把茶杯端在手里，还改不了爱说大话的毛病。他替他主子拎行李，替他主子端茶送水，有时，他甚至还想替主子把话也给说了——除非主子反对。

　　你们别不信，不是我吹牛，我们的茶……王之信极力想向我们证明什么，"幸亏先生"喊住了他。这场景有些滑稽，把亨利先生也逗乐了。林老板，我看还是把你的好茶拿出来喝一下吧！你们中国人怎么说来着，耳听为虚，眼见为实啊！我知道你一定随身带着好茶……

　　有，有，我去拿我去拿！王之信像是得了冲锋令，等不及"幸亏先生"表态就飞出房间。没一会儿，他又跑了进来。中国人可真是讲究，他手上不仅拿着一小包锡膜纸包着的茶，居然还有一个小小的紫砂壶和四个小茶杯。王之信让大家先喝些白开水把口漱干净，这才开始冲泡。第一遍茶水刚倒出来，屋子里已经萦绕着一股淡淡的幽香。哈瑞不接王之信递过来的茶，他说，其实我平时很少喝茶，我主要喝咖啡。王之信像是哥伦布发现了新大陆，哈哈大笑起来，你一个茶叶种植园经理居然不喝茶跑去喝咖啡？这可真是稀罕！哈瑞脸色难看起来，哪国法律规定茶叶种植园经理就一定得喝茶啦？王之信自我解嘲，那倒没有。只不过——他顿了一下，又说了句听起来有些高深的言语。不愿尝试，岂不枉负青春？亨利先生叫住正想接话的哈瑞说，你先喝一下再说，年轻人不要过早下结论。哈瑞正想去打糖，被王之信给止住了。不要添加任何东西，就这么喝，就这么喝，这样才能喝出茶叶本身最原始的味道！

这就是你说的铁观音？我端起茶杯深深嗅了一口，你们往茶里加了什么？这么香？

哪有加什么呀，这是铁观音自带的香，是最原始最自然的香。王之信一脸骄傲，又夹杂着些许神秘的意味。你先喝一口，先一小口，不要多……他一边讲解，一边示范起来。像这样……我听见茶水在他的口腔里先是"咻咻"，后是"啾啾"地响着，自如地运动翻转，他的嘴巴里像是挤着几只正在学叫的小鸟。对对，一小口，不要多，先提住气息，不要急着吞下去，用舌头顶住上颚，噙住噙住，然后放下舌头，让茶水在口腔里铺展浸润，渗透到牙缝间，然后，这样，这样，舌头绷紧，咧一下嘴，把茶水往上送，让上面的牙缝里也能钻进茶水，这样，口腔里的每一个细胞都能充分感受茶水的滋味……是不是，它跟其他茶都不一样？不要吞下去……我哪里懂得这么复杂的技术活，他的话音还未落地，我的茶水已经入了喉。

这还真是能喝的香水啊！哈瑞勉强喝了一口，淡淡说了一句。我按照王之信说的又呷了一小口，我的舌头一点都不听使唤，怎么都无法让茶水动起来，索性就这么静静地含着。果不其然，汤水醇厚饱满，满口都是茶香。它不像添加了茉莉花、桂花，或者是柠檬、佛手柑的那些花茶那么浓郁，它只是淡淡的，但又真真实实地存在。它没有任何形状，可我分明感觉它手脚灵敏，刚进了鼻子便迅速兵分两路，一路直往头顶上蹿，一路直往心脾处钻，什么东西被打通了。香，让人舒服到极致的香！更重要的是，茶水入了喉，一种甘醇又从喉底爬上来，满口生津。我连喝了几小口，不禁赞叹，不仅仅是能喝，是非常好喝的香水。

对吧，我没骗你们吧？你们绝对没喝过这么好喝的茶……王之信越说越是神气，倘若借他一小阵风，他绝对轻飘飘上天了。这还不是最好的，我们还有……"幸亏先生"叫住他，说了一句中国话，他没再往下说。我猜测他主子说的应该是，好了好了，差不多就好了！做人不能这么高调！我在心底里暗笑：这有趣的主仆俩，总是一个往前冲，一个往后扯，用物理学的理论来说，这倒形成了一种平衡。

如果我们这儿有这么好的茶种，那我们的茶很快就可以与中国抗衡了。哈瑞呷巴着嘴，跟亨利先生建议说，我们是连片种植园，中国是各家各户自己种，他们的人工费永远无法低于每磅1先令2便士，而我们每月付给熟练茶叶加工苦力才5卢比，普通苦力只需要3卢比。再加上不需要支付税费，等到阿萨姆茶园丰产的那天，英国哪里还需要找中国进口茶叶？

王之信不高兴了。像是一瓶放久了的酒，话里话外发酵出一种酸。我就不明白了，你们那么点小得不能再小的国家，怎么就老想着欺负人家？怎么就不想让人家有好日子过？你看我们中国，国家比你们大吧？我们就不欺负人。我们中国人就是喝茶喝太多了，人太好了，太讲究礼仪，太善良宽容，以为世界上所有的国家所有人都会同样对我们以礼相待，才会任由你们来欺负。好在你们后来喝茶了，喝茶可以让一个民族变得文明。

这一点我有些认可王之信。有一回，两个亲戚打架，父亲去劝说，他给两个人泡了一杯茶，说，喝茶，喝茶。两个人果真就和好了。父亲说，茶真的可以改变整个社会说话的语调。你能否想象，如果没有喝茶，具有侵略性、喜欢吃红肉喝啤酒、好战的英国人如何变得温文尔雅，表现出绅士风度？他们一定还在战场上厮杀，算计着再到哪里去多弄几个殖民地来。哈瑞可不是这么想的，他很是不服气。我们哪里欺负人了？

这可惹恼了王之信，他的语气马上变成了质问。你们还没欺负人？你们跑去侵略我们中国，你们在人家印度的土地上肆意作为，你们到处搞殖民地，这还不是欺负？！说实在话，喝了那么多年中国茶，很多时候我还是看不懂眼前的这个中国人。他肯定没有林老板喝的茶多，他总是习惯正面进攻，而且每一次都火力十足。这回，他找到了对手。

那是你们太落后了，落后自然就要让先进的民族来统治。要我说，英国政府当初就应该干脆把中国也给殖民了，这样我们也不用跑到这个鬼地方来种茶了！你们中国……哈瑞还想往下说，被亨利先生的一句呵斥给逼了回去。王之信得了空当，冷笑一声。真是天大的笑话，中国这么大，你们殖民得动吗？一只小老鼠想来指挥一头大象，你们觉得合适？你们……这回，"幸亏先生"咳了两声，两个人的争执终于告了一个段落。大家重新回到一杯茶的美好里。王之信没有给哈瑞续茶的意思，哈瑞也识趣地没有把茶杯递过去。有个印度人焦急地跑到门口来喊哈瑞，他放下杯子赶紧走出去。不知是否有意，喝着喝着，亨利先生把话题引到了我身上。托尼，你应该感谢林老板，是他要我把你留在驻地，不然你早就跟其他几个一样到下面那些种植园去了。

刚上船时，亨利先生跟我提到的职位确实不在驻地。我不知道其中有什么实质性的差异，只是对着"幸亏先生"客气一笑。他也很客气，说，你还是应该感谢亨利先生。我只是觉得把一个大学生放在小种植园去太浪费了，用我们中国话说，杀鸡哪里用得着大斧头？

是我跟我们老板说的。续茶时，王之信冲我不停眨眼。见我仍然没有反应，索性把我拉到一边。我听他们讲，一般的小种植园条件很差的，也就两三个人管一两百个黑人，连干净的饮用水都没有，碰上雨季，基本逃不过热病。最可怕的是，方圆五六英里内没有医生，一旦染上病就麻烦了。等请到医生，命早没了。驻地就不一样了，条件肯定是最好的。

我知道这个中国人在向我讨人情，情况绝没有他说的那么严重。我的注意力在新续的茶里，没有接他的话，也不关心亨利先生和"幸亏先生"聊什么。茶水越来越醇厚，回甘度也越来越强，一口茶喝进去，茶里的香和被香包裹着的韵味会在齿颊间停留、回旋，久久都不散去。一会儿，哈瑞回来了。又死了两个黑鬼……他说，耸了一下肩。没事，山鸡汤好了，咱们去吃饭吧！

两个黑人苦力死了，哈瑞让黑人领班领着另外两个黑人苦力把他们拖到四分之一英里之外的地方，扔到那边的丛林里。

天亮之前，丛林里的豺狼就会把他们吃完。啃着鸡腿肉时，哈瑞轻松地说。一转头，他又开起了我跟王之信的玩笑，要不要给你们安排个女佣啊？见我们都不搭话，他又说了一句，没什么不好意思的，一块肥皂就可以让她跟你上床，真的，不骗你们！

这天夜里，我果真听到虎啸狼嚎的声音。王之信也一直在翻身。他出去了两次。第一次去的时间很短，但再短也足以撒出 10 泡尿。第二次的时间应该很长，在他出门和进门之间我又迷迷糊糊地睡了过去。密集的狗吠声传来的时候，我听到他进屋关门的声音。外面怎么啦？我问。

应该是有苦力偷跑了吧。他有些气喘吁吁。

刚刚你去哪里了？我又问。

我去看了一下。他的回答有些含糊。

早餐时我得知，王之信果然没有猜错，这回跑了八个苦力。从抓回来的三个苦力身上都搜到了钱，虽然只有几卢比，但哈瑞看出了端倪。他说，一定是被人怂恿的，有人给的钱，这些黑鬼平时挣的工资早就花光了，一个子儿都不可能剩下的。亨利先生问，有没有可能有人来盗窃？我下意识地看了一眼王之信，他正专心吃他的面包。哈瑞非常肯定地说，平时有可能，但这回肯定不是，没有哪一个盗窃苦力的人会贴钱给苦力。别以为他们这样就可以跑了，哪有那么容易？如果不被野兽吃掉，很快就会被抓回来的。让我抓回来，非让他们做双倍的活儿不可。这些讨厌的黑鬼，一点不懂得珍惜。被其他种植园的人抓走他们就知道苦了，哪个植物园能像我们对待苦力这么好？能让他们吃饱？能让他们看病？能让他们早早就收工？

抱歉啊，我再好奇地问个问题啊！王之信拍拍手上的面包屑，把身子往后一仰。你们大英帝国不是自称文明，自称三十年前就取消了奴隶制吗，怎么还在这里使用这么多的奴隶？

我们哪使用奴隶了？哈瑞一脸莫名其妙。他们是我们的劳工，种植园肯定要使用劳工的，这是法律允许的，不使用劳工怎么经营？

换个名称而已，这没有什么区别！王之信并不认可哈瑞的解释。

你这个小王，真有意思。亨利先生哈哈一笑，他们真不是奴隶！他们有工作期限，有工资，怎么会是奴隶？我们都跟他们签了合约。

他们看得懂合约？王之信直直盯着亨利先生问，语气明显有些收敛。

不管他们看得懂看不懂，反正我们有合约，我们使用的是劳工！哈瑞再一次强调。

一直不说话的"幸亏先生"突然想起了什么。你们这儿应该也有中国的劳工吧？

有是有，只有很早之前的几个。去年又从槟榔屿和新加坡招了几个广州人过来，到了才知道根本不懂得种茶，就让他们走了……哈瑞特意用了"走了"这个词，这让刚才的对话软了几分。"幸亏先生"只是点了下头，我看他的心思已经跑到了不知多么遥远的其他地方。王之信看一眼他的主子，也跟着不说话了，两个人的眼神里都藏着秘密。我还在揣摩，哈瑞打断了我。他想换些零钱去零售店买火柴，我直接把手指向王之信。我没有，他有！他身上有很多！

不，我没有。

昨天不是还有很多？我看到了的。

用了。

用了？

用了。

这地方哪儿用去？

店铺里买了东西。

昨天店铺不是没开？

反正就用了。没有了。

我意识到了问题，出门时把王之信往旁边一拉。你不会是把钱都给了那些黑人了吧？

怎么可能？我自己都没钱，怎么可能去支援别人？我又不是救世的佛祖！王之信不管我，大阔步往前。一些秘密似乎越来越密切地关联起来，我在犹豫要不要跟哈瑞说。

公司在驻地周边10英里范围内已经开辟出连片的种植园不下五处，哈瑞带我们去的是最近的一处。由丛林地带衍变而成的茶园，跟我在约翰叔叔的描述中对茶园的想象完全不一样。不是山地，是平原，大片的平原，大有一眼望不到头的气势。平原中间东戳一棵西戳一棵参天大树，大树下面是矮矮的茶丛，不足2英尺高，一行连着一行，行与行之间虽然留出一定间距，但远远看去是连成一片绿色的海，很是壮观。六年以上树龄的茶丛再过一个来月就可以开采，茶树上微微冒出星星点点黄绿色的嫩芽，煞是好看。几十个黑人劳工蹲在地上拔草、捉虫，茶树底下虫草旺盛——适合丛林生长的地方雨量充沛、土壤肥沃，同样适合茶树生长。而适合茶树生长的温度、湿度，同样也适合杂草、昆虫和细菌的生长。它们甚至长得比主体植物更疯狂。棕色皮肤的印度监工站在茶园边，不时抽打着黑人劳工。见大家都盯着那个印度监工看，哈瑞解释说，你们不知道，这些黑鬼总是偷懒。监工稍不留神，他们就会故意放慢干活的速度，甚至干脆躺下去睡大觉。到了采茶的时候就更绝了，你们绝对想不到，那些女的会在茶篓底部放石块放木头来增加茶叶重量。还有那些小黑鬼，让他们去抓毛毛虫，每天抓 20 磅的毛毛虫，他们居然会把昨天抓到的毛毛虫拿来再充一次数。不远的地方，有中国劳工在示范讲解比画，黑人劳工跪在地上育苗。公司一直找东印度公司和阿萨姆公司购买茶苗，去年好不容易派了个职员到阿萨姆公司去偷学育苗技术，能不能成功，今年春天的第一次育苗至关重要。茶园背面地势稍高点，一群黑人劳工在砍树，一群黑人劳工把砍下的木头锯成一段一段，两头大象正用象鼻卷起一截截木头往四轮车上装，新的茶园还在一片接一片地开辟。这让我想起吃桑叶的蚕。

"幸亏先生"非常专业，在我看来长得基本没什么差别的茶树，他居然一眼就能分辨出哪些是本地阿萨姆茶，哪些是中国茶，哪些是阿萨姆与中国茶混杂以后生出的杂交茶。茶真是个非常奇妙的植物。同样是这些边缘有锯齿的长椭圆形树叶，可以做出绿茶，也可以做出红茶，还可以做出难度系数更高的乌龙茶。茶叶不是关键，工艺才更重要。"幸亏先生"表情非常严肃，他的分析显然也不给亨利先生留有情面。种植园目前存在的首要问题在于，没有好的茶种。纯种的阿萨姆茶再怎么做都只能做低端的红碎花，几片中国茶园茶种纯是纯，但茶种本就不是什么好茶种，再加上用种子繁育，早就越变越差。至于那些杂交茶，用中国话说，土不土洋不洋，完全走了样。

显然，他们没有把福建茶的茶苗卖给你们。"幸亏先生"一针见血。

茶苗倒也可以让我们自己挑选，可关键是我们不会认啊。哈瑞睿红着脸。

即使有好的茶种，你们也没有好的土壤气候。即使有好的土壤气候，你们也没有好的技术。"幸亏先生"踩了踩脚下的土地，问，你们这边海拔多少？

应该跟海平面差不多吧。哈瑞说。

天啊，那就是零海拔了？想在零海拔的地方种出好茶？这怎么可能？你们觉得用中国的唢呐能吹出贝多芬的第五交响曲？见我们没有听明白他主子的话，王之信说了一句，这就像想用法国的谷物酿造俄国的伏特加，你们觉得可能？绝对 impossible！Impossible！王之信摊开双手大叫，再一次先替他主子表了态。那表情像是有人要打劫，而他诅咒发誓身上绝对没有钱。他的主子可没他这么夸张的情绪，"幸亏先生"只是缓缓摇几下头，无奈一笑。你们想在这里种出跟中国一样好的茶，可能性不是很大。

我不觉得王之信的比喻恰当，但我确实相信他们的说法。如果种得出好茶，那么 1840 年春天，东印度公司绝不可能将三分之二的试点茶园移交给阿萨姆公司，而且头十年的租金全免。纵观这个世界，大凡美好的东西总是来之不易，总是需要讲究的，怎么可能那么简单？比如，中国皇帝爱吃的燕窝，一定筑在遥远的马来西亚海边陡峭的岩壁上。如果可以简单，那么中国人大可抓几只燕子回宫，让它们直接在紫禁城里筑巢垒燕窝得了。

请您过来不就为解决这些问题的吗？亨利先生挠着头，很是无可奈何。公司这几年种出来的茶品质一直上不去，卖不出好价钱，我知道一定跟什么有关系。您看，条件也就这条件，我们公司进来得迟，发现那一百多片古茶树林的上阿萨姆，肯定更适合种茶吧，早就都被东印度公司和阿萨姆公司开垦完了，我们这儿紧挨着上阿萨姆，条件应该也还算不错的了。给想想办法，怎么办才能种出好茶？

你们那个铁观音茶种那么好，能不能弄一些过来？哈瑞插进一句。他倒是惦记着这事。

任何一种植物都讲究适应性，铁观音就只适合在我们安溪种植。"幸亏先生"语气和缓地说，你看当年，我祖辈也曾经把它移植到武夷山去，可长出来就不是这个味道呀。

我算是听明白了，原来王之信一开始不能言说的就是这个秘密啊！这个爱面子的中国人。也是，他们一方面说福钧是强盗，一方面又要为亨利先生传授种茶制茶技术。这违背了中国人的面子原理。关于中国人的好面子，福钧在书中有多处着笔，但他写的远没有约翰叔叔讲的笑话有意思。笑话里说，有两个书生结伴出行，一个着纺绸长褂，一个着布衣长衫，半路遇到劫匪，劫匪见布衣书生衣服有些破旧，就指着他说，这个一看就是穷光蛋，走走走！结果，把布衣书生惹不高兴了，跑上前去跟他们理论。你们怎么可以看不起我？你们不能以衣取人！我虽然穿的衣服破旧，但我身上好歹还有几锭银子。你们看他穿的布料好是好，可他身上连一文钱都没有……我差点在茶园里笑出声来。

哈瑞叫来几个中国劳工，"幸亏先生"跟他们聊了起来。大多数时候，他问，劳工们答。劳工们一开始还是英语、中国话、阿萨姆话混着说，偶尔还需要停下来解释"幸亏先生"没听明白的阿萨姆话。慢慢地，英语和阿萨姆话都被他们丢到一边，取而代之的是完完全全的中国话。他们谈论的应该都是有关茶叶种植和制作的专业问题，亨利先生一脸认真，他大概听得懂中国话。很快，王之信也加入其中，几个中国劳工越谈越起劲，眼里一点点放出光。这大概不是亨利先生想看到的，他冲着哈瑞喊道，哈瑞，今天这么好的天气，走，带林老板去丛林里打猎吧！你上次说在哪里有见到什么面包鸟？印度怎么可能有面包鸟？你带我们去看看……走啦，走啦，林老板！他边说边拍了拍"幸亏先生"的肩膀，"幸亏先生"只能停住话跟着走，哈瑞赶紧走到前头。中国劳工立马就散了，往他们刚才来的方向走去。"幸亏先生"瞟了王之信一眼，王之信没有跟上来，他朝着其中一个中国人走去。他们又说了好一会儿话，王之信才追上来。刚刚还昂首挺胸的公鸡，回来时变得垂头丧气，像是打了一场大败仗。亨利先生问，小王又跟他们聊什么了？

没聊什么。王之信第一次把话说得这么短。他像是在想什么，神情有些恍惚。

肯定聊什么了。亨利先生不相信，依然想抠出话来。不想说啊？这不像小王啊！

亨利先生问你话怎么也不懂得回答呀？"幸亏先生"拍拍王之信的后脑勺，像个慈祥的父亲。他跟亨利先生解释道，劳工里不是有两个是我们的福建老乡吗？我让小王问问他们，有没有什么话需要捎回福建去的，我们可以帮他们带回去。你看这边离家乡那么远，邮费又那么贵，估计他们平时要写封信都难啊。"幸亏先生"第一次主动把话说得这么多。

这话说得有些伤感，让我没来由地想起了父亲。我留在床上的那封信，他应该是看到了。他应该戒酒了吧？他应该重新打理起茶馆了吧？也许，王之信也是因为在想念他的家人吧。我想。这严重影响了他的情绪，一整天他都没怎么说话。我觉得我需要安慰一下他。睡觉前，我主动跟他讲了我和父亲的事，可是，王之信的关注点发生了偏移。你好歹是主动来，想回去就可以回去，我的那些中国老乡可不是想回就能回的。你们公司把中国劳工招过来的时候，总是允诺他们很高的薪水，实际上一个月也就 30 个卢比的工资，买点生活用品抽点烟就所剩无几。碰上生病看医生吃药，一个月工资就没了，可能还得借债。有人提出辞职，公司说，好，那你把来的路费、餐费、加尔各答的住宿费总共 1000 多卢比，以及借的钱和利息都还上吧。算一算，多少钱？即便有 20 英镑也只够支付给公司，而回去的路费还没有着落呢。你说，一个劳工哪里来的20 英镑？只能一辈子在这里做牛做马当奴隶了……哎，这样的公司……

突然之间，我对自己的前途与命运也充满了担忧。于我来说，这似乎也是一个需要考虑的问题。跟着他们在驻地转了两天，亨利先生安排我去核对账目。把那些关于工资、成本、销售、利润的数字加减乘除对我来说并不难，帮父亲打理茶馆的那段日子，我具体核算过每个茶叶单品的单位成本，也仔细计算过每个月的利润。他们只要稍加点拨，我就可以独立核算了。亨利先生带着两个中国人去了萨地亚的阿萨姆公司，公司在纳齐拉总部的负责人是他的同学。这几天，不好的事情接二连三地发生。驻地有个英国人独自去打猎，进了丛林深处，就再没出来。哈瑞说，他就希望能打死一只老虎，给自己做一件虎皮大衣。可现在，老虎把他吃得连骨头都没有留下。苏格兰人被安排去附近的一个种植园当经理助手，第一天带领黑人劳工去清理丛林就出了事。居留山区的野蛮人下山来抢夺黑人劳工，他们抢了五个黑人劳工、一辆马车，四个黑人劳工趁乱逃跑，苏格兰人被打破了头。北爱尔兰人到了种植园后就一直没有好转，驻地医生被请去给他看病，回来后只是摇头，说，可能不行了。又说，他之前的那个经理也是得热病死的。每天都有人生病，这些病名目繁多，医生在几个种植园间不停地跑——他经常跑不过死亡的速度。可怜的北爱尔兰人，恐怕等不到牧师接受他的忏悔。

　　总归也还有那么一两件值得愉悦的小事。跟着哈瑞进了几次丛林，见到了许多在英国见不到的鸟类、昆虫，还有植物，能垒出面包一样的窝的面包鸟，头顶长着钢盔状突起的犀鸟，色彩斑斓的蝴蝶，能开出像伞一样的花的天胡荽，长在树干上的槲蕨，结着紫红色卵形果实、可以拿来做染料的蓼……一个十四五岁的小黑人紧紧跟在我们身后，他的左右肩膀上各挂着一把猎枪，双手举着托盘，托盘上有雪茄、蛋糕、咖啡壶，咖啡壶里装着哈瑞最喜欢喝的咖啡。哈瑞走得非常快，小黑人用双臂将两只猎枪夹紧，弓着身子一路小跑。哈瑞要停下打猎，他就递上枪；哈瑞要停下喝咖啡抽雪茄，他就递上咖啡递上雪茄。哈瑞说，看吧，看我怎么给亨利舅舅培训出一个好仆人来。午后的阳光非常暖和，我坐在平房门口，悠闲地喝着下午茶。小黑人站在身后，时不时地为我续茶。一只黄绿色的蜥蜴吐着长长的芯子，甩着长长的尾巴，在篱笆外爬来爬去。哈瑞正朝我走过来，一只小虎崽跟在他的身后，这边抓抓，那边咬咬。那是印度人刚送他的礼物，他打算转送给亨利先生。他给我带来一封来自伦敦的信。信是约翰叔叔寄的，里面装着两封信，一封是他写的，一封是父亲写的。

"我亲爱的托尼，当你看到这封信的时候，我已在天堂跟你妈妈相见。不要责怪约翰叔叔，是我要求他这样做的。那天你必须走。再长的相聚也终需分离——父子一场，不想让你看到我的不堪。

走到终点，唯一后悔的是，没有听进你爷爷当年说的话。你爷爷说，一辈子好好做一件事，做成一件事，就够了。我们总希望得到更多，却没想到最终会失去所有。欠下的债永远都还不完了，只有走。好在，你能及时离开。无论你去中国，还是去印度，那都是离茶最近的地方。

每个人都要去见上帝。茶叶，如此美好，被它带走，是一种极大的幸福。不用伤心，我去往的是天堂，你妈已经在那里沏好了中国茶……"

约翰叔叔简单解释了他的苦衷。父亲的离开没有痛苦，一杯浓浓的中国茶，一盆烧得暖暖的木炭……阳光如此强烈，我看到父亲坐在茶馆的柜台前对我笑。

这是你爸爸自己的选择。约翰叔叔说。

亨利先生一进屋，小黑人动作熟练地各种忙碌。给主人端水、递毛巾，为主人脱外套，解开马甲上的每个扣子，把头发一根根地往后梳……沏茶、擦皮鞋、点烟。王之信喝着小黑人泡的茶，呵呵一笑说，如果亨利先生愿意，我相信这个小黑人一定会为他舔遍每一个脚趾。他的话语中满是嘲讽的味道，幸亏他的主子没让他继续发挥。萨地亚的情况远没有我们想象的好，亨利先生的同学能给他的也只是很一般的茶种，他一直臭着脸。王之信倒因为又见上了几个中国劳工，抑制不住高兴。他说，阿萨姆公司看起来比你们厚道。没人搭理他。我怀疑他们到底是去挑茶苗的还是去看中国劳工的？哈瑞偷偷跟我说，你说中国人真有这么好？仅仅因为是朋友，他们就真愿意公司生产出更好的阿萨姆茶？

中国人又不是上帝！这没有道理。我没心思管这些。这几天正是我繁忙的时候，各个种植园都往驻地来报送账目。

　　亨利先生也收到了约翰叔叔的信。用亨利先生的话说，约翰叔叔简直把我当成了自己的孩子。他说，放心，我会替约翰好好照顾你的。他所谓的照顾，是任命我为财务助理——之前的财务主管因为贪污了一小笔钱被公司解雇了，五十几岁的老助理升任主管。我搬到了原助理的房间住，那里的条件相对要好些。除了财务方面的主要工作，他还要求我近期跟着哈瑞，先学会一些常用的阿萨姆语和简单的孟加拉语，并熟悉茶叶种植、生产的所有环节，摸清潜在的漏洞、风险，尽量为公司生产降低成本。看来，他对我这段时间的工作相当满意。他是公司的股东，也是公司在印度项目的总负责人，他有很大的决定权。哈瑞说，新进公司的人基本都会从种植园经理助理干起，不会留在驻地，亨利舅舅很少这么快重用一个人。我相信他说的话——我一下子就处在一个比种植园经理更高的中层职员的位置，这种概率很低。你知道吗，亨利舅舅在东印度公司都至少当了五年的小职员。如果不是印度雇佣兵的叛乱，公司不可能被解除政府职能，估计他还在当他的财务室副主任呢！哈瑞觉得很有必要再跟我做些强调，他说，你以为东印度公司就是个一般的公司？不，不，在两百多年的时间里，它可是替政府承担了很多职能，占领土地、铸造钱币、建立军队、宣战或者媾和、民事和刑事审判，它无所不能。

　　幸亏东印度公司没了特权。我笑着说。我学会了"幸亏先生"的表述方式，这让它有了幽默的效果。现在，我穿上跟哈瑞一样的白裤子、白衬衫、灰夹克，还有绑腿和靴子，这让我看起来有了管理层的威严。这种感觉非常好。哈瑞带我认识了各个工作部门的人员，办公室主任是个红鼻子的苏格兰人，他的表哥是公司的小股东；人事部经理是个矮个子的小老头，他的外甥是总督的秘书；仓管部经理是个满脸雀斑的年轻人，他的表姐夫在伦敦一家银行任职……印度本地职员的也不少。总监工、监工、医生、各个工作部门的一般职员，以及驻地边上的小零售商，他们见了我，就恭恭敬敬地问候，你好啊，菲尔德先生。那些安保人员、厨师、园丁，以及大象饲养员们，远远就喊着，早上好啊菲尔德先生，晚上好啊菲尔德先生，好像他们从早到晚都在做一句话的练习。黑人苦力远远见了我便低下头，茶园里立着一根根烧焦的木头。他们其实没必要这么紧张。公司在加尔各答设有办事处，人员招聘和茶叶销售由办事处负责，这个驻地其实就是公司的生产总部，除了常驻印度的亨利先生，伦敦的股东们也会轮流来这里，名为了解生产，实际上是来查看账目、监管公司事宜——他们不想公司步阿萨姆公司后尘。阿萨姆公司刚成立的头五年就差点破产，因为所有的种植园经理都在做同一件事：用公司雇的工人、大象清理丛林，将清理出来的大片土地据为己有，然后种上茶苗，便成了自己名下的种植园。他们领着公司的薪水，精心打理着自己的种植园，放任公司名下大片被清理出来的土地空着荒着，放任公司的茶树随意疯长没人采摘。

在股东们看来，驻地花了公司很多钱，条件越来越好，来这里颇有些度假的感觉。哈瑞说这话的时候，正抱着那只小老虎喂牛奶。它现在可以喝掉整瓶牛奶，皮毛也一天天光亮起来。说实在的，如果哈瑞不把它的爪子剪得齐齐的，它看起来可真像只猫。希望明年他们来的时候，不会被你这只老虎给吓跑！我一手端着茶杯，一手伸过去抚摩小老虎的皮毛，开起哈瑞的玩笑。即使在印度，我们英国人也保留着下午四五点喝下午茶的习惯。每天的晚餐都会推迟到七八点。

你这话倒是提醒了我，看来我应该重新把这小家伙的爪子留起来。哈瑞抓着小老虎的两只前腿，往我身上挠。将来谁对我不好，我就让它用爪子抓他们，挠他们……我左躲右闪起来，两个人笑在一起。我好久没这么开心了。

天啊，我还以为你会很痛苦呢！王之信不知何时站在门口，他的脸色跟今天的天色一样阴。我刚听说了你父亲的事……可是，你怎么还笑得出来？他从萨地亚回来后，我们还没好好说过话。他们一直忙着指导几个中国劳工在种植园里移苗、压苗，再由中国劳工去指导那些黑人劳工。黑人劳工看起来很粗壮，但学起这些细活来显得特别笨。他显然是要来安慰我的，可是他这样说话让人难以接受。我反问他，不然要怎样？

难道让托尼一直哭哭哭？哈瑞无比惊讶地问。他又不是小孩！

最起码要丁忧吧？丁忧？你懂吗？王之信说出了一个中国词。他显然无法用英语准确地表述"丁忧"这个陌生的词，只能详细讲解其中的意思。在我们老家，父母去世，儿子要在家守孝三年。丁忧期间，夫妻不能同房，吃饭、睡觉全都在父母的坟前，为什么要丁忧？就是要报父母的恩。为什么一定要三年？孩子出生三年之内都离不开父母，所以，父母不在了，做子女的也要至少在坟前守孝三年。

这样父母就能起死回生？哈瑞哈哈大笑。这些奇怪的中国习俗。

我也感觉有点好笑，但我忍住了。这样做再多也没用不是？活着的人总还得继续生活。每个人都得死。

没用也得做！不能因为没用就不做啊！王之信绷着脸。

你们中国人真奇怪！哈瑞笑得更厉害了。

你们英国人才奇怪！王之信气呼呼地走开，才走出几步，又折了回来。你们说住在这里会有度假的感觉？真不知道你们英国人怎么想的。看到那几百个挤在大窝棚里的黑人奴隶，莫非你们真有给黑人当国王的感觉？中国茶你们真是白喝了！没等哈瑞还击，他又走了出去，脚步很重，像是跟地板也结了仇。他的嘴上吐出一个个的中国成语，什么"不可理喻"，什么"无可救药"，什么"顽固不化""大逆不道""不肖子孙"……

晚餐时才知道，他那时其实应该也有来辞行的意思——明天他们就要回中国了。虽然亨利先生拿出了英国带来的葡萄酒，但几个人还是吃得有些闷。两个老板真真假假地感谢来感谢去，我跟哈瑞东一句西一句地瞎扯，王之信一声不吭地吃他的牛肉，喝他的鸽子汤。有时候，他只是拿着汤匙把盘子里的食物打上来放下去，又打上来放下去，像是要把它们绞得稀巴烂。倒是那个小黑人第一次经历这种大场面，手忙脚乱地制造出不少动静来。一会儿，汤汁洒衣服上了；一会儿，叉子掉地上了；一会儿，盘子碟子撞在一起……"幸亏先生"给我们每个人敬了酒，大家客客气气，非常正式地说着告辞的话。

王之信！王之信！有人在外面喊——应该是那几个中国劳工。这个时间点，他们按理不该在这里出现。王之信像是刚睡醒，好不容易把头抬上来，急急走了出去。回来的时候，手上多了几封信。想来，那几个中国人都不愿错过这个免费给家人带消息的好机会。他没有回自己的座位坐下，而是走到了"幸亏先生"那里，俯在耳畔悄悄说了几句话。他们一定说了什么秘密，两个人的脸色都凝重了起来。我们英国人没有打探人秘密的习惯，亨利先生端起酒杯要再次敬酒。"幸亏先生"打住了他，主动给自己添了酒，把酒杯伸向他。这杯酒还是我来敬吧！亨利先生执意不让，这场面非常有意思，两个酒杯在半空中被推来推去，像是中国人打的太极。

我先干为敬！"幸亏先生"送出了自己的另一只手，两只手共同端着酒杯一饮而尽。尔后，说，有个不情之请……亨利先生能不能让那几个中国制茶师傅跟我们一起走？

开什么玩笑？他们走了我们怎么制茶？

他们不是已经来了好几年了？你的工人们应该早就学会了！王之信迫不及待地说。或者，我们负责把技术写下来。我们林老板本身就是个大茶师，他懂的可比他们多多了！

技术怎么可能是写在纸上就可以的？亨利先生可不买王之信的账。如果可以这样，那我们英国何苦这么多年一直在想办法请中国工人？我可以给他们加工资。

不是工资的事情。"幸亏先生"说，他们想家了，想回去。

我们可是签了合同的。哈瑞说。

违约金我来给。"幸亏先生"说。

那也不行。亨利先生直摇手。

要不，就那两个福建老乡。王之信对着亨利先生伸出两个手指头。

哈瑞对亨利先生说，做红茶可全靠他了。

不行。亨利先生摇头。

要不，就一个，一个就好！王之信收回中指，只留下食指。他把目光转向"幸亏先生"。让那个泉州的老乡跟我们回去。

我说林老板，你其实跟我在这边谈中国劳工的事情一点意义都没有，你跟他们又不认识。亨利先生把酒杯往桌上一放，再说了，你能带几个走？我无非就这么几个。阿萨姆公司你也看到了，中国劳工也不少，萨哈兰普尔植物园那边的中国劳工那才叫多。

他们也这么说……王之信看了一眼门口，对"幸亏先生"说，他们还说武夷来的最好的茶师傅都在那里。

有多少？"幸亏先生"问亨利先生。那个植物园有多少中国制茶师傅？

起码十几二十个。哈瑞替亨利先生做了回答。

那儿不是植物园吗？王之信又问，植物园怎么会有很多中国制茶师傅？不是只有阿萨姆有茶？

说是植物园，其实还有一个很重要的功能，是试点茶叶种植园，也是中国茶苗的集中繁育点。之前无论是东印度公司还是阿萨姆公司，所有的中国茶苗都从那里来。哈瑞对"幸亏先生"说，我一直跟亨利先生建议，请你们去那儿帮我们选种苗呢。如果那儿都找不到正宗的，那整个印度就都没有血统纯正的中国茶苗了。

停顿了几秒钟，"幸亏先生"说，这样，如果你肯让那个泉州老乡回中国，我愿意为你们跑一趟那个什么植物园。

你愿意帮我去一趟萨哈兰普尔植物园？亨利先生显然有些惊讶。你之前不是说时间太长了，不行，你要赶紧回去准备春茶收购的事情！

我们中国人讲究礼尚往来，你送我礼物，我一定要回礼。"幸亏先生"举杯示意。到加尔各答时我给巴城发个电报……

真的？

真的。

故香（一）

　　父亲陪着母亲到门口烧金纸，茶壶里的水开了，"唔唔"叫出一长串的白烟。龛台上的祖父母、曾祖父母、高祖父母、天祖父母，由低到高，一对对排列开去。每一个牌位是血脉的延续，更是精神的接力。龛台前的红烧猪脚、白斩鸭、清蒸黄翅、炸得金黄的鸡卷正微微冒着热气，米黄色的蒸米粿、绿色的鼠曲包、红色的樱桃、橘红色的脐橙，各种活跃的色彩蒸腾的是牌位对向的人间烟火。三杯茶、三杯酒，燃着的香矮了一下，两三厘米长的一截香灰一个跟头栽到香炉里。阳光似乎也跟着晃了晃，尔后在 20 厘米厚的茶桌上铺陈开去，非洲红花梨木的色彩瞬间镀上一层明晃晃的亮。不少于 10 厘米的一层黄皮黄得发艳，皮内木质的暗红走出几百上千年的纹理。白脂玉瓷小茶壶、小茶杯，白瓷荷叶茶漏，长嘴白瓷茶海，一整套都是公司新近推出的"茶极客"标配。烫杯，置茶，冲水，出水，……泡的是小故香 888，完全按照祖父当年确定的黄金比例拼配而成，公司浓香型铁观音标志性的王记香就是从这款茶开始固定。那以后，往高大上走的大故香 6 条 1、5 条 1、4 个 8，往亲民路线走的小故香三颗星、两颗星、一颗星，王记香都如此分明。王子衿举起茶杯，望一眼厅堂上的祖父遗像，做了个碰杯的动作。观音岩上的孩子，出生的第一口沾的便是茶，三岁就会端茶杯，五岁就会泡茶。小时候，他最喜欢跪在这张宽宽的椅子上跟祖父碰杯。桌面很宽，他的手很短，祖父总要支起身子探过去才能够得着他的杯子。杯子还没碰着，他就开始喊"干杯——"用力碰过来。这一声"干杯"很长，隔着四十年都能听见。后来，侄子、侄女们也这样跟祖父碰杯，再后来，是大儿子，更后来，是二儿子……一杯茶入了口，这才发出微信里的信息。他将手机往桌上一放，双手支在茶桌上，右脚前掌在地上点着，每点两下，暗数一个数，1，2，3……不出意外，数到10之前，电话就应该响起。

电话果然响了。却是新来的秘书小吴。小吴很机灵，最重要的是"四正"。这是太太陈暖对小吴的评价。四正，你以为是四个正？东南西北四个方向的正？还是前正后正左正右正？也对，也不对。这是个闽南语的词。没有人考究过具体是哪四个方面的正，但总归是正，严严实实的正。两任秘书都是陈暖的杰作。十年前，公司第一次为他公开招聘总经理秘书，来应聘的不下，都是高学历的俊男靓女。初试后，留下了5个。办公室说，5个备选对象各有千秋，真是难以考量，要不，请王总自己选？关键时刻，此等大事还是请太太定夺。陈暖开玩笑说，后宫不是不允许干政？他也乐了，我可不是让你干政。我只是让你为自己选一个放心，为我选一个安心罢了。陈暖最终选了小许。道理很简单。秘书么，不是蘸着蜜的文书，而是秘而不宣的文书。太乖的不行，太巧的也不行，太招人眼球的更不行。得是要巧到恰到好处，乖到刚刚好，姿色么，中等中等，多一分不行少一分不可。那个腿长过窗台的白清华肯定不行，纵然她业务能力强，客户终究绕不过她的腿；那个眼睛大得跟灯泡似的吴南开肯定也不行，一脸的探照灯让人完全没有安全感；那个身高一米八体重一百六十斤的杨福大就更不行了，不认识的还以为他是总经理呢。最终选上的是许厦大，身高一米五八，体重100斤，在南方女子里属于不高不矮不胖不瘦，五官也取了没有明显辨识度的整体平均值，一综合，就刚好在那个不会完全被忽视又不会被特别重视的那个份上。最重要的是，陈暖说，她的眼里很清澈，没有其他人那些杂七杂八的东西。当她的眼睛里开始有东西的时候，陈暖说，小许也三十岁了，听说男友也催了几次婚期，总不能一直这么拖着，也应该让人家去嫁人了。人家也明白，拿着王太太送的丰厚嫁妆，红着眼眶远远嫁人去了。伟大的选秘工作再一次落到王太太的肩上。这回候选项只有公司内部挑选出来的一女两男，她不再运用排除法，改用直接选择法。她选中了小吴。用办公室主任的话说，小吴"论身高没有身高，论长相没有长相，论智商也只是世界第三"。这些都不重要。陈暖说，小吴灵活而不滑溜，四正而不冒傻，这个很难得。你看他那小眼神，连拐弯都是正的。当过小学老师的她，看的依然是眼睛。

大家以为这就是全部真相——王子衿也确实希望大家这么想。其实他们都忽略了一个重要环节：太太确认过眼神前，他心中其实已经早有答案。所有的应聘者，他都问过他们一个相同的问题：为什么会来应聘秘书一职？为什么想在茶企？小许学的是中文专业，她谈到了父亲嗜茶，即使得了胃癌，医生嘱咐不可再饮，他依然雷打不动一天三泡茶。生命的最后时刻，父亲说，没有茶，活着还有什么意思？一杯茶喝下去，他含着笑走。我就想知道为什么。为什么又苦又涩的茶能让一个人痴迷成这样？总经理秘书是离答案最近的地方。她说。找到答案后呢？离开？他问。那要看看答案是什么。她回答。三年后，她找到了答案，那时候她也离不开茶。小吴学的是经济学专业，他打了个生动的比方：每一场比赛之前都要进行清障，秘书是那个清障的主体，在清障的过程中秘书建立起自己的小银行体系，平时不停往里存东西，存知识、存经验、存人脉，以便将来一次性提取。同样是清障，茶香让人安静、使人睿思。他说，说句不怕您笑的话，我就想将来成为您这样的茶老板，不论大小。这是王总想听到的回答，带着情感的温度，带着年轻的光亮，温暖自己，也能照亮他人——包括老板。

王总，办公室通知 4 月 17 日召开董事会，刘董事临时动议召开的。为什么只提前 8 天通知，说是情况比较紧急。关于主要事项，陈主任说是董事长决定召开的，您应该知道。小吴的电话很简略。王子衿的交代也很简略，两件事：摸摸英国一家叫 Golden Leaf 公司的底，通知王茗瀚把新一轮广告策划方案增补进本次董事会议题。王茗瀚是大哥的儿子，去年，这小子从研发部转到广告部，依然是浑身用不完的力量。最近，领着一帮小年轻提出一个大胆设想，开设抖音号捧红自己公司的网红然后带货。这是一系列连锁神操作，需要借力用力，操作得好会形成裂变效应，他打算先给董事们吹吹风。小吴只说了句"好"，一句都没有多说。这个大学刚毕业两年的小伙确实四正，该问的问，不该多问的一句话都不会说。这让他省了不少心，但没问出来的话也让他颇费了一番脑筋寻思。刘董事是万象风投公司代表。董事会通常每季度召开一次，第二季度的会通常要六月底召开。即使临时动议召开，也应该提前 15 天通知。而且，上董事会之前，作为兄弟的董事长与总经理最起码应该有个沟通。大哥知道他今天回岩上，忙的又是王茗瀚娶媳妇的事情。可是，大哥什么都没说就让办公室通知开会，这情况有点超乎寻常。只有一种可能性——欧盟出口战略摆上议事日程。这原本是上次董事会上刚刚通过的公司发展规划的一部分，计划用五年时间来准备。大约一周前，王子鸣提及一家英国贸易公司主动联系刘董事，计划跟公司购买 1000 吨乌龙茶，春秋两季，利润空间比日本的高许多。公司情况他也侧面了解过，实力非常强，老板是个福建人，十几年前到英国，之前一直做的是服装鞋帽贸易，几年前开始涉足茶叶领域，主要跟厦门茶叶进出口公司有合作关系。王子衿认为合作可以，先迈个小步，做三五十吨试一下。王子鸣说，刘董事说对方老板是个干脆人，看中的正是咱们公司对质量的严格管控，要就要把一年的指标全部签给咱们，不这么零敲散打的。对方还表示跟伦敦海关那边关系好，必要时可以负责通关。王子衿想起了当年风投注资时的场景，情况有点相似。他说，我的意见，那就算了，利润再高，也不可能把老客户的指标都给他们。鸡蛋装在同一个篮子里总归不安全，匆忙应战也是商家大忌。王子鸣没再多说。他说的是事实。这二十多年来，公司出口量稳定在两千吨左右，主要出口日本。量虽不少，但分散到伊藤园、三井、丸红等五六家株式会社，每家无非也就四五百吨，再分到春秋两个茶季，每季只有两三百吨，一家出点状况，还有另外三四家顶着，有惊无险。现在看来，最起码大哥和刘董事已经达成一致的意见。这么大的增加量，难道他们不知道有质量保证的茶叶收购都是个问题？

王子衿取下眼镜，把眼镜腿往里压了压。腿不是原装的腿，自然没有原装的服帖好用。去年圣诞节前新买的眼镜，刚戴了两天，那天在客厅做平板支撑，把眼镜脱了放在沙发上，结果，小儿子一屁股落下，一只眼镜腿断成两截。问了眼镜店，没有配件，陈暖直喊可惜，几千元就这么报销了。他说，没事，用透明胶粘一粘应该能用。你一个大企业家，戴一个用透明胶粘起来的眼镜？陈暖连连摇头，不行不行，严重影响你们企业形象。了解你的知道你节俭，不了解你的以为你落魄到此地步。弄不好，还以为你跟老婆打架被老婆下了狠手呢，我可不想背锅啊！说着，又转向小儿子道，谁闯的祸谁负责啊！小儿子很不以为意，可以上天猫啊，不是说"只有想不到的没有买不到的"？指不定就有人单卖眼镜腿的呢！大儿子上网一搜，还真有。选了一对咖啡色的，颜色、材质、样式居然都很搭。唯一的缺点是，毕竟是纯橡胶制品，中间没有金属支撑，戴久了容易松动。优点之一是，只要轻轻压上那么一两下就能解决。再戴上，着实紧了些，又发现镜片上有一个小污点，王子衿重新取下眼镜，往镜片上哈了几口气，拿抽屉里的眼镜布一擦，镜面顿时亮得跟新的一样。

大哥正在办理登机手续，听得出他不愿意在电话里多说。王子衿只能挂断电话。这么多年，他总结出了一点，在闽南有兄弟的大家庭，无论你是否长子，谁离故乡近，谁就要背负闽南习俗生活中的大家庭责任。他比大哥更早离开观音岩，十二岁以后，他一直往外走，镇上，县城，省城，广州。他以为从此以后的人生就是这样一步步走远，不必回头。谁料二十三岁那年，他被父亲的800里加急令从广州催回栖鹏镇。父亲并没有临危，他却要受命。受什么命？当厂长。为什么是他？父亲年纪大了，王记茶厂需要有人接班。大哥没读过几年书，在深圳负责出口的诸多事宜，无法兼顾两头。为什么是现在？邓小平南方谈话后，国家要大力发展市场经济，企业发展的春天来了。年轻人，特别是有文化的年轻人更能捕捉到时代的信息，抓住发展的机遇。老父亲声泪俱下，远在广州动不动就"你们小个体户"的初恋女友也在望穿秋水。怎么办？关系家族百年老字号的存亡，没办法凉拌。若干年后的王家族谱中一定会浓墨重彩地写下他的这一笔："王永强次子王子衿，1992年福建师范大学政治系毕业后受聘《广州日报》记者，次年返乡接任王记厂长。"一步步走回来，一步步与农村的习俗越走越近，他慢慢顶替了大哥本应担当的角色，成为王家出席各种农村习俗的代表。大哥一家已经完全城市化，而他呢，要城市可城市，要农村可农村。十年前，全家都搬到厦门居住，父母亲有事没事仍然总爱往岩上跑。近年来，父亲回老家的理由更多了。正月初九天公生、端午、七月半、中秋、冬至，这是闽南大年节，一定要回乡；富贵不离祖，祖父母、曾祖父母的忌日更是必回；睡觉睡不踏实了，说是祖父责备他了要回；耳朵痒了，说是祖母想他了要回；吃饭呛了一口，也能想到是祖父没烟抽了，也要回。但凡任何一个宗亲有什么红白事，他们自己回来还不够，还要他也一起回，并且代表王家去参加。一开始，他也抵触过：我又不是老大，我可以不参加的。父亲可不这么认为。按照父亲的逻辑，既然在这里出生，血液里就流淌着这片土地的基因，不能随意割舍。当初你如果跟你大哥一样走得远远的，那也就算了。可是你回到了镇上，现在公司总部又在厦门，厦门回来也就一个半小时，无论如何也要回来。不回来的话，宗亲会怪，老祖宗们也会怪的。宗亲的事都是相互帮衬，现在你帮衬他，将来他才会帮衬你。你哥我指望不上，就指望你了。就这样，他的企业一年年往高处走，他也一年年地往观音岩的山路上爬，一年更比一年勤。二十五年前，宗亲们还习惯地称他"圆头""圆头"，十年前，辈分小的宗亲们改称他"子衿叔"，现在，年轻的宗亲们喊他"王总"。父亲经常说，你不要以为人家称你"王总"说明你事业做大做强了人家尊敬你，那只是说明你跟宗亲们走远了。有人喊你"圆头"，那说明你跟生你养你的这片土地亲。两天前，老人家又说要回岩上给祖父做祭，他手头有些事情脱不开，一个电话交代堂亲帮忙把偌大的信立厝给清理了一遍，一个电话交代驾驶员载父母回老家。老人不乐意了，在我面前，没有董事长没有总经理，只有大儿子二儿子。跟你们说过多少回了，阿公阿嬷的忌日无论如何孙辈都要有人回岩上祭拜，除非你们都在国外。白亏了你阿公那么疼你。他解释了一通，又俏皮地说了句，再说了，阿公他老人家哪里知道我和我哥有没有回去？

不管他知不知道，我知道。你们自己也知道。父亲的脸色不太好看。

将来我跟你爸百年以后，你跟你哥如果不回来给我们做祭，我们不是得做饿死鬼？母亲的喉头已经开始哽咽。

您这是想哪儿去了？他一边帮母亲捋捋胸口，一边对父亲说。你说将来茗瀚他们这一代有谁会懂这些？还能指望他们回来给上辈做祭？

那是你们的事。父亲说。我只管到你跟你哥。

得，还能怎么说？纵有天大的借口，在两个七十几岁的老人面前你都不好意思再提。父亲可能自己都忘记了，多年前，他插手了大孙子的移民问题。他的态度坚决得很：去外国留学可以，没问题，工作生活一定要回中国。他以朋友老汪为前车之鉴。老汪曾经是他们朋友圈里腰板挺得最硬的一位，到了晚年却过得最不自在。小儿子90年代初清华大学毕业后去美国留学，毕业后直接移民美国，十年前娶了个同样在美国的上海人，连着生了三个孩子，从此老两口跟亲家公亲家母每半年轮流飞一次美国当孙经理。三个孩子皮得很，打不得骂不得，有一回被小孙子气得不行，拿起衣架就要打过去，大孙子立马抓起电话说，你敢打弟弟我就拨911。儿子儿媳下班后，他一说起这事，儿媳理又直气又壮地表扬了孩子，对的呀，打孩子就可以报警的呀。气得他日日盼着签证赶紧到期。两年前，他跟儿子暗示春节要回国办70岁的寿宴，杀头猪敬天公，再摆它个十桌八桌，跟哥儿几个好好聚聚。儿子很奇怪，不就过个生日？买个蛋糕就可以了，为什么要搞那么麻烦？老汪一肚子的眼泪直往肚里流。父亲深以为然：中国人一旦离开文化的土壤，不变番不变傻才怪。就在一个月前，他再次插手决定了大孙子的婚礼。那段日子，侄子王茗瀚开始跟未婚妻在策划婚礼。两个年轻人想在维多利亚酒店办一场浪漫的西式婚礼，白婚纱、白西服，绿色的草地，五颜六色的花门，彼此牵手走过红地毯，在蓝天白云的见证下山盟海誓。请哪个司仪？在哪里订制礼服？买多少克拉的钻戒？伴娘伴郎穿什么样的礼服？婚礼中央的心形玫瑰花图案是要99朵还是101朵？请柬上要不要印上两个人的婚纱照？年轻人怎么决定，王子鸣都说好。王子衿摇着头笑，到了老爷子那关你就知道没那么简单了。一请示，老人家怎么说？没什么好商量的。他是王家长孙，必须办中式的婚礼，回观音岩办。得，两个年轻人想破脑袋的事，抵不过祖父简单的一句话。

又接了大儿子王茗浩的微信电话，他卖出了第一台智泡茶饮机。王茗浩前年开始去英国读中学，目前正在放复活节假。陈暖希望他回国，他说，就20天，而且参加不了我哥的婚礼，还不如多去推销几台智泡茶饮机给我哥做贺礼。我决定了，把茶饮机当成我人生的第一桶金来挖。王子衿支持他。重要的不是赚钱，而是他们小小年纪就懂得拼搏懂得奋斗，并且收获了学习之外的成就感。智泡茶饮机是他堂哥正在国内着力推广的项目，他堂哥一直是他崇拜的偶像。这是家族里一种极好的长兄示范效应——火车头开好了，后面一列列的车厢就不怕他跑歪。王茗瀚读的是澳门大学，学的是商业管理，大学三年级时曾经创下一个学年卖出1000盒袋泡茶的纪录。之所以决定先把他放在公司研发部，是因为王子衿与他的两次对话。一次是在他刚读大学二年级时，王子衿去澳门出差，给他带了些茶，还带了几套高档的瓷质茶具过去，除了自己用，还可以送人。茶他收下了，茶具他没要。王子衿说，没有茶具怎么泡茶？你大学期间如果能影响身边几个人爱喝咱们的茶，那也算是对咱中国茶经济的贡献。王茗瀚说，只有你们中老年人才会这么慢慢消磨时间泡茶，现在的年轻人谁会这么泡茶？都是随便抓几颗丢进杯子里就是了。一来没时间，二来有时间大家拿来玩也不拿来泡茶。要我说，咱们这茶叶的冲泡方式一点都不符合年轻人的生活习惯，必须改革。咖啡有咖啡机可以直接煮出咖啡，我们的茶为什么没有专门的茶机器可以直接冲泡出茶来？因为他这一句话，公司第二年推出了3克装的挂耳式三角袋茶。另外一次是在他准备做毕业论文时，他到公司找王子衿。王子衿有意考他，便问，你觉得一个企业最重要的是什么？他当然知道叔父一直推崇的一个观点：一个企业，真正值钱的不是它的厂房、设备、店面，而是它的品牌价值。他不否认叔父的观点，但却仍有自己的思考——这也正是王子衿特别喜欢他的地方。他坐在总经理的旋转椅上转了个圈，说，从宏观上看，对于一个成熟的企业，品牌价值自然是最重要的。但从微观上看，对于任何一个企业来说，创造符合顾客需求的商品使用方式有时比创造符合顾客需求的商品更重要。决定市场的主要还是企业。因为很多时候消费者其实压根不知道自己需要什么，完全是看企业能给他们提供什么。年轻人是最大的消费群体，企业最重要的是要去引导他们消费。当一种商品的使用方式符合他们的需求，他们才会真正去考虑购买。他们不消费某个商品，也许并不是他们不喜欢这个商品，而只是因为他们不喜欢这个商品的使用方式。比如茶，比如咖啡，又比如各种碳酸饮料。试想，如果速溶咖啡不是给你一些可以直接冲泡的粉末，而是给你几颗咖啡豆，再给你一个用来破碎的机器，会有那么多人喜欢？如果可口可乐不是装在塑料瓶子里直接饮用，而是给你一些粉末让你冲泡，你会不会喜欢？这么一个非常新颖的思考角度，他在毕业论文《论商品使用方式在引导消费中的重要性》里进行了全面诠释，论文获评优秀论文。实践证明，王子衿当初的决定非常英明。两年前，公司推出的花果乌龙茶系列风靡全国。去年，伴随智泡茶饮机投放市场的是装在盒子里古朴精致的茶炮弹，包装盒上写着"香见茶炮弹，早晚来一颗"，引发顾客的遐想，也引发粉丝们的一大拨尖叫。这些都是王茗瀚的杰作。用他的话说，我的血管里涌动的都是创意，我的脑细胞每时每刻都在为新生事物而战。你负责给我平台，我负责胡思乱想。看着吧，到咖啡馆里喝一杯"香见"绝不是遥远的梦想。再敢想一点，星巴克咖啡屋可以开到全世界，为什么我们的香见茶馆不可以？今年，公司将大力进军北京市场，他将是北京香见茶饮品有限公司总经理的不二人选。

儿子还发来了一个抖音链接，王子衿正要点开看，老父亲上到厅堂来辞神。这是一个非常庄重的程序，他收起手机，站在母亲边上。父亲感谢了他的父亲这一年对全家的佑护，希望老人家在新的一年里继续佑护王家子孙平安、生意兴隆、学业有成。父亲开始掷筊，笑杯，阴杯，又笑杯。老父亲合上筊杯，对着自己父亲的牌位念念有词一番，把筊杯递给王子衿，你来。如果这时候有人恰巧从信立厝门口经过，就会看到一个斯文帅气的中年男子接过筊杯站在龛台前，他戴着保时捷金框眼镜，身穿苹果绿 POLO 衫、米黄色休闲裤，脚着米黄色休闲皮鞋，他的双手合着筊杯，凝神注视祖父的遗像，嘴里碎碎念了起来。言语停止的时候，他连连鞠起躬来，一鞠躬，二鞠躬，三鞠躬，然后，掷筊。你可能觉得这场面有些滑稽。12 年前，王子衿也是这么认为。祖父去世的第一年忌日，父亲让他陪着上观音岩。摆好供品，父亲给了他两根燃着的香，让他举香祭拜。父亲告诉他，要先跟阿公讲讲咱们家这一年几件大事，让阿公知道茗瀚考上澳门大学，茗浩开始读一年级，陈暖有喜了，公司几百吨茶叶顺利通关日本，成了"肯定列表制度"建立后中国出口日本的第一批茶叶，全国轰动……然后，还要感谢阿公这一年来的佑护，希望他在那边好吃好喝……父亲比了一下手势说，好了，开始吧！他这才回过神来，父亲要他主礼祖父的忌日仪式。他一脸为难。您刚才不都跟阿公说了？还是您来吧，您跟他说……他把香重新递给父亲。父亲不接，只盯着祖父的遗像看。他有些束手无措，便说，我一个读过大学的人，搞这种封建迷信，感觉怪怪的。

祭拜自己的祖辈，怎么是封建迷信？我看你是把书读到牛背上去了。

王子衿意识到自己说错了话，赶紧换了句话说。主要是我都没做过这个，我不懂。

不懂可以学，谁不是从第一次开始的？将来我跟你阿姆百年后，还不得你来？

父亲的目光不容拒绝，王子衿只能受命。他深深地意识到，从十一年前他受命于王记茶厂厂长的那一刻起，他同时受命的还有农村传统社会里的一整套习俗。祖父的离世一定启发了父亲，加快了父亲交接的进程。传统社会的所有习俗归结到底无非是一种仪式感。当一个人真正进入仪式当中，便很自然地静下心来，抛却所有杂念，你不再觉得滑稽，不再觉得可笑，你甚至会感觉到一种神圣，一种庄严。每一个仪式都是对过往的一次回望，每一次回望都是内心对本真的一次靠近与倾听。这么多年下来，倒也习惯了。他跟父亲已经形成一种默契，所有的仪式，父亲想做就父亲做，需要他替补的时候他就上。

连续三掷，都是合杯。父亲的表情复杂起来。收拾供品时，父亲问他，你跟阿公都说了什么？

没说什么。就说大哥在国外，茗瀚在北京，茗浩在英国，都回不来，请阿公莫要责怪。

这些我刚才也都说过的。看来你阿公也学会势利了，还是你总经理的头衔大啊！

你呀，怎么还跟自己儿子吃上醋啦？母亲端果盘的时候，拿手肘顶了一下父亲。转过身时对他说，还是你文明叔看得最准，你阿公没白疼你！

供品很快都收拾停当，母亲开始准备午餐，父子俩坐下来喝茶。换了一泡去年秋天的"香见"清香型铁观音，香气高长，汤水细腻饱满，父亲有些感慨地说，去年志豪叔还夸这泡茶的饱满度有如米汤……话音刚落，林文明就急急走了进来，嘴里不停地说，实在对不起，实在对不起，天没亮就起来备料，哪想到这第一笼鸡卷蒸过了头，都爆裂了，幸亏还有猪油纱，我重新剁肉、切葱，这才来晚了，来晚了。母亲从厨房里迎出来，一边说着客气的话，一边赶紧点了香递给他。他送来了两样东西：鼠曲包和鸡卷，都是祖父生前最爱吃的东西。往年的这天，都是他扶着他父亲送过来。去年重阳节前，他父亲也去世了。鼠曲草是开春时他早早就去田里采摘洗净备下的，猪油纱是他一早去买的。母亲拿来两个碟子给他，没忘了再客气一番。你跟你爸总是这么客气，我们刚才其实也都摆上了的。

不一样的不一样的。林文明一边把东西取出来摆好盘，一边说，我记着呢，我阿爸每年都会交代，这鼠曲草得是立春到惊蛰之间的最嫩最有韧性，做出来的鼠曲皮最有嚼劲。这肉得是农村猪的前腿肉，最香最细。一般人家不会这么讲究。他总说青伯的感觉最厉害了，什么都骗不过他的嘴。

王家与林家有着几辈子的交情。交情这东西像船，历史的长河时涨时落，河上的交情也会随之时起时伏时好时坏。往远的不说，就说近的。王子衿的祖父王邀青和林文明的父亲林志豪，同是岩上出了名的茶师傅。民国时，两人的父亲和兄弟都在厦门经营茶铺，他们则负责在老家种植和收购茶叶，常有往来。

新中国成立初期，所有的私人茶铺都收归厦门茶叶进出口公司，公司向全省招聘乌龙茶大茶师，这几乎就是省内茶界的权威，两人同时去应聘。初试过后，两人成了最有力的对手。论技术，王邀青的水平胜上林志豪那么一筹，为了取胜，林志豪在复试时耍了个小手段。考试前，他借口自己紧张出手汗，找王邀青借手帕。王邀青想都没想就借给他，他在手上擦了几下又还回去。谁能想到，他的手上刚刚涂过风油精？评茶环节，王邀青习惯性地掏出手帕擦了下鼻口，又擦了下手，结果，他的鼻子失了灵。林志豪当上了茶师，王邀青回家继续当茶农。60年代中后期，林志豪也回了乡。那年，林家因为林志豪的三弟当过国民党军官的事情遭红卫兵抄家，林志豪想当然地以为是知根知底的王邀青在报复，就举报王家以前跟日本人有生意来往，还出了个国民党军官。王家被抄家那天，在跟红卫兵的对抗中，王邀青被伤到了头部，腿瘸了，走路像划船，人也时而清醒，时而糊涂。他的父亲受了刺激很快就过世了，王家的日子过得艰难。第二年，林志豪的侄子在一场械斗中被打成重伤，临死前才告诉叔父，林家被抄其实是他自告的状。看着犯糊涂时的王邀青将米筛里的几百颗豆数过来数过去，数过去数过来，把每天的时光一点点数下去，林志豪心生愧疚，无颜面对，到了晚年时愧疚日甚。那年，王记仓库淋水事件发生后，林志豪带着林有福上王家负荆请罪时，也一并把自己迟到了三四十年的歉给道了。隔着的那堵墙被两个老人合力推倒了，他们经常在一起泡茶。只有茶香能够完全唤醒祖父。两个老人每天第一杯茶喝下去的那几分钟他是清醒的，茶叶开采上市时节他是清醒的，茶厂要大批量烘焙茶叶的时候他也是清醒的。王子衿一直觉得祖父是王家圣坛上那面飘扬的旗帜，只能仰慕，只能追随。

　　三鞠躬，礼毕插香。林文明接过王子衿递来的茶，并没有坐下的意思。王子衿有些纳闷，怎么？文明叔有事急着走？

　　通知了采购商下午厂部开会，得先去准备准备。

都是合作多年的老相知，不着急。

不能不着急啊。我今年真是压力山大啊！一下子增加那么大的量，又是咱们公司第一次出口英国，而且欧盟执行的检测标准还是那么严苛，有470多项检测指标，没有提前做些工作，怕到时质量上有任何闪失。咱们这么大的公司，这是绝不允许的。林文明一口喝了茶，放下杯子就走。

看来，他这个总经理已经完完全全被绕开了。王子衿的心又是一沉。二十五年，这是从未有过的事情。二十五年，足以让一个嘴上无毛的小记者蜕变成一个成熟的企业家，更可以让一条直直的脑回路走出曲曲折折的十八弯十九绕来。他不可能不多想。一定是哪里出了问题。这问题又必须他大哥来解答。父亲可不知道他们兄弟俩的问题，他关心的还是刚才的事。有福你跟他说了？能来？

说了。王子衿回答。还没答复。

有些僵局必须破。你阿公那么重的结尚且可以解，何况是你？这是父亲说的，就在刚才。一个小时前，王子衿盯着桌面上的那张红纸，红纸上列着一个个名字。那是父亲让宗亲草拟出来的王茗瀚婚礼宴请的名单，要他复核后再请人书写请束。大哥常年在外，跟岩上的人少有来往，人头没有他熟。侄子就更不用说了。他又一次代为行使兄长的权利。手上的笔下意识地落在一个名字上，划掉。往下走了两个名字，又回到这个名字，重新把它勾起来。再往下走，又重新回来，再次划掉。父亲走过来说了那句话，又拿起笔，重新写了这个名字，说，不用考虑了，请！就冲着他祖上是咱祖上的恩人，怎么都得请！你亲自给他打个电话。

最起码有四五年没有主动跟林有福联系了。有大家都知道的原因，也有大家都不知道的原因。六年前，"香见"系列产品在全国推出，5月中旬"香见春茶品鉴会"从厦门首发，往南开到广州、深圳、海口，往北开到江苏、上海，

10月底"香见秋茶品鉴会"在北京收官。品鉴会开到哪个城市,广告语便在那个城市的大街小巷随处可见。背影幕上一片层层叠叠的茶园,一阵袅袅升起的茶烟,著名女影星婀娜地"S"形站立,双手展示"香见"礼盒,礼盒上方写着主打广告语"香见,并不恨晚",或者副广告语"每一次香见,总有怦然心动的瞬间"。女影星在厦门首站和北京收官站都露了脸,她走的是林志玲的优雅路线。首站一出场,女影星完全复制广告片中的场景,含情脉脉地说出"香见,并不恨晚",瞬间就将全场点燃。终点站请到了很多外国嘉宾,他让女影星在结尾处补了一句"有情千里来香见,无茶不欢是中国",老外们纷纷竖起大拇指"OK!OK!"

　　品鉴会最大的宣传效应除了门店扩张数和茶叶销量的增加,就是各地风投公司的迅速关注。密集地跟各地风投公司打过各种交道,王子衿学会了打太极。所谓"一生二,二生三,三生万物",又所谓"无极而太极,然后两仪、三才、四象、五行、六合、七星、八卦、九宫、十合一而返无极",他都学了个遍,避实就虚、气沉丹田、缓而化之、软而攻之。风投公司,顾名思义是风险投资公司,核心要义却在于规避风险,从风险投资中挣钱。主动联系过来的有众野资本、骏驰投资、万象资本、云聚资本等七八家,他想主动靠拢的主要有两家:软银和高盛,前者投资阿里巴巴,后者投资分众传媒。谈到最后,剩下软银、万象、众野和云聚。他最看中的是软银,一家成熟的投资公司能够提供给公司的除了资金,更重要的是经营和管理上一些意见和建议。软银的态度非常明确,注资至少一个亿,占有不少于10%股份,否则免谈。他希望把三家一起给签了,每家给4000~5000万的投资额度,各自低于5%的股份。那天,软银资本的谢经理来公司考察,两人正在洽谈,投资额度上对方已经有松口,林有福的电话打了进来。他摁掉,电话又进来。他索性就将调成静音的手机倒扣,任其一响再响。谢经理看不下去了,说,这么急,一定有重要的事,您先接。林有福的事情确实重要，他想要一个人的电话号码，而那个人当时就坐在王子衿眼前。他说，我知道你这两天跟他在一起，我知道他现在就在你公司，我知道同样做茶叶生意这有些犯忌，可你们那么大的公司难道还怕我这小厂跟你抢不成？而且，我希望的是他们投资的另一家可能上市的企业把我给收购了，咱们路数完全不一样，不存在竞争关系。你不给我电话也可以，那一会儿我就去你公司找他，这样更直接。每次听他说话，王子衿总有喘不上气来的感觉。他深知林有福的风格，做出这种事情的可能性几乎是纯金的四个9。怎么办？王子衿用了缓兵之计，说晚上再发给他，现在不方便。晚餐时，林有福居然就在隔壁包间吃饭，他主动来敬酒，王子衿想拦都拦不住。他倒是自在得很，自我介绍说，我是王总的发小，穿开裆裤一起长大的，他老祖宗给我老祖宗当过伙计……王子衿急得直咬牙，但又不可能当着谢经理的面纠正说，我们确实从小一起长大，但我们现在已经很少联系了，算不上发小。林有福轻松要到了谢经理的电话，还加了他的微信。几天后，没有任何预兆，软银的风投额度却又"咬定青山不放松"没得商量了。据小许秘书后来探听来的消息，林有福第三天就直接飞到北京，不知道这跟谢经理的态度有没有直接关系，但她判断林总自然有意无意地说了王记的许多"好话"——这是他多年养成的"好"习惯。就在前年县政府召开的全县茶商座谈会上，他公然指责包括王记在内的几个大茶企，作为安溪人怎么可以跑去经营红茶、绿茶、普洱茶？你们这是数典忘祖！咱们应该一心一意爱家乡，爱家乡的乌龙茶！王子衿实在听不下去了，直接站起来反驳，你觉得使用苹果手机就不爱国？卖红茶卖普洱茶，就会阻碍我们爱家乡？按照你的理论，吃米饭的就一定是好人，吃西餐的一定是汉奸？按我的理解，先要想法子把企业做大做强，才能更好地爱国爱乡。全场鼓掌，他也哑然。去年在北京碰上谢经理，谢经理还不忘说一句，你那个发小啊，呵呵……这"呵呵"呵出三千丈的深意来，连脚指头都轻易能领会。

父亲说要去邻居家坐坐，王子衿也跟着往外走。微风拂面，阳光很暖。每次回到岩上，王子衿总要在大门口的红灯笼底下站上那么一会儿。信立厝位于岩上一个比较高的地势上，从这个位置望出去，村庄一览无余。沿着乡村公路往外走，先是泰山楼，然后是福星居，接着是梅嘉居，有蔚美楼，再往下走，有月寨、福阳居，有日寨，有活水厝，再远些，还有聚斯楼、映宝楼……这些老房子的主人们当年远去南洋经商很多与他的天祖有关。那时候，天祖王之信在巴城开起第一家王记茶铺，很快就赚到了钱。赚到钱的第一件事便是回乡娶亲——女方是林家的二小姐，小姐的父亲是他原来的老板。第二件事便是建房子。再次出门时，他的堂亲们也跟着他下南洋，到巴城，去星洲，往琉球。俯瞰这一片曾经的繁华，他总会去遥想一个多世纪前的场景。老爷、少爷们坐在轿子里，身上穿着绫罗绸缎做成的长袍、马褂，手上摇着扇子，雇请的挑夫跟在他们身后。台阶极其陡峭，山路非常难行，挑夫们光着膀子，豆大的汗珠从额头上往下滴，在两鬓聚拢，成串地落下。他们放下担子，扯起衣角左一抹，右一抹，继续上路。早几年，挑夫们也是踩着这一级级台阶把茶叶一担一担地挑下山，现在，他们又把金锭、银锭，把南洋的大挂钟、玻璃镜、琉璃灯等稀奇古怪的洋玩意儿给挑上山。几天前，夫人、小姐们就开始在梳妆台前忙碌起来，她们插上发簪，戴上玉佩，穿上罗裙，总还是缺少了什么。丫鬟们又翻箱倒柜地寻找起来，一个翡翠镯子，或者一支金钗，又或者一对金耳环，总能让漂亮再多出一分来，尔后喜上眉梢……除了这些上了年纪的老房子，还有更多这十几二十年陆续建起来的钢筋水泥房，或两层，或三层，庭院里栽树种花，庭院外鸡鸣狗吠。新房子的主人们年纪都很轻，二十几岁，三十几岁，四十几岁，他们在全国各地开茶店，在网络上卖茶，和他们的先祖一样，赚了钱，他们还是回到故土建一座漂亮的房子。路的两旁，房子的四周，一片片大小不等、形状无规则的铁观音茶园。翠绿的茶树开始冒出一叶叶紫红色的芽，远远看过去，成片成片的油绿中隐约闪现着浅红色的光。它们烘托着相间其中的建筑，老房子的红墙黑瓦愈发古朴，新房子的白墙蓝玻璃富有时代的气息。

电话响了，是林有福。没有解释，只有一大波的笑声隔着手机排山倒海地来，王子衿把手机往外推开二三十厘米，声音还是惊人的洪亮。圆头你可真是读书人说话啊，我一个孤家寡人怎么会没空？说没空那都是骗人的，我现在缺钱缺老婆缺豪车豪宅，最不缺的就是时间。天天都是星期天，夜夜等人喊喝酒。最好你们连摆一个月的酒席，我的日子就充实了。

真离了？王子衿明知，故问。

当然。这年头，除了死不能着急，什么时髦咱不都得赶一赶？！你也别跟不上趟啊，赶紧！赶紧！你离了，我就有机会了！哈——

这笑来得有些莫名其妙。隔着手机，王子衿都能听出林有福那语气比观音岩650米的海拔还要高。说要离要离说了几年，终于成真了。原因有两说。一说是他外面有女人，被他老婆逮了个现行。一说是他有些经济上的官司，他在转移和保全资产。他说到一半时，王子衿想接一句，那我是该祝贺你？毕竟有些违心的话不大说得出口，再加上他后头的笑又夹杂着东西，竟一时语塞。人家倒是一点都不尴尬，自得其乐又往下说，不过话说回来，不是我这个人爱挑剔啊，你是读书人，更知道礼数。你看，又不是你要娶儿媳妇，按理应该是你宽嘴哥向我发出邀请才对吧。

我大哥现在还在国外没回来呢。怕到时时间上仓促，其实就是委托我打个前哨，把请柬先发出去，等日子再临近些，到时他自然还会亲自给林总打电话邀请。

那是不是我刚才如果说没空，你就打算连请柬都省了？

不管你有空没空，请柬是一定会到的。

这还差不多。

进包厢的时候，领导已经到了。这有些反常。重要的人物总是最晚出场，这是领导常挂在嘴上的一句话。领导让他一定要带上夫人同行。他问，有喜事？领导说，你猜。领导总爱绕弯子。他真就大胆地猜了。又离了？春秋大战搞定了？这是领导一直闹心的事。第二任正房是出了名的严妻，逼得领导不出去吃点野草都活不下去。偶尔吃吃，还只吃那么一丛嫩草，压根没想当真。可是正房不干，歪房也不干。正房名字里带个"春"，歪房名字里带个"秋"，"春秋大战"应运而生，领导所处的特殊阶段便成了"春秋战国时期"。一开始，领导想离，正房说没那么容易。那就算了，不离就不离。没半年，正房又说要离，还发了狠话，他不同意离婚她就要去找纪委书记泡茶。他说，你想去就去，我又没什么好怕的。见硬的不行，正房又软软地来了句，听说你们领导干部经常要申报财产是不是啊？如果我买了 100 万股票，你只申报了 50 万，那算不算对组织不忠诚啊？只能离了，净身而出。以所有家产换取一身自由，领导也不觉得吃亏。比较遗憾的是，没要回她手上那只完美的满绿冰糯种翡翠。王子衿十年前送的。正房说，我这是要作为传家宝的，你别想拿去送给别的女人。看来，正房识货，那镯子市值已过百万。那一年，王子衿第一次见正房的面。正房五官一般，人倒是生得珠圆玉润，手上戴一个冰种春带彩，绿的很绿，紫的很紫。他一眼就看出有问题。嫂子这镯子戴了多久？七八年应该有了。有没有觉得它越戴越黄？你这一说，倒好像是啊。以前好像比较透。他让她脱下来。他拿在手里，一掂，再打手机电筒一照，十有八九是 B 货，也有可能是 C 货。正房不信，专门跑了一趟古玩城，一鉴定，强酸处理＋填充＋染色。王子鸣说，估计领导会被架在火上烤。你生出这么个事情来，自己要去化解化解。金银有价玉无价。第二天，他就给领导送上满绿大镯子一个。那几年，恰好跟大学章同学学习了很多玉石知识，也从他父亲手上买了不少翡翠镯子。

会去研究翡翠也是拜林有福所赐。1998年，县里组织去云南考察茶产业，顺便去了瑞丽。林有福带大家去了他钟姓战友开的玉石店，钟战友左一句"哎哟都是福建老乡"，右一句"有福的朋友就是我的朋友"，王子衿就放心地花了5800元买了个标价28888元的冰种翡翠。战友说，单中间飘的那几朵绿花就不止这个价。十几年后再次去瑞丽，他特意带着一口广东腔的大哥去了那家店，那个肥了一大圈的钟战友堆着一脸笑迎上来，满嘴港式普通话。先森，一听这口音一定系广东老乡啦，一定算你便宜啦。结婚时，陈暖戴着那只镯子收获了一大堆的赞美。几天后，参加完婚宴的章同学特意打来电话。嫂子那镯子还是不要戴了。一看那些绿色飘花就知道是填充的人工色，对身体不好。这才想起同学家世代经营玉石生意，父亲一直在玩赌石，90年代初，他还在他们家见过表层浮着绿的翡翠原石。这才找章同学父亲买了第一个飘花翡翠。章同学人老实，没有瑞丽商人的这般奸猾，却爱折腾，教了几年书后偷偷辞职，承包鱼塘、开餐馆、开奶茶店，能想到的生意都玩了一遍。有玩玉石的父亲罩着，折腾出来的总是窟窿。翡翠原石像是开在他家的银行，哪个窟窿出来了，父亲就切一块料石给他。那一年，章同学关了服装店，痛下决心回到父亲的店里帮忙。同学的父亲把很早以前的一块缅甸翡翠拿去切出一箩筐的镯子，问王子衿要不要去挑几个。用同学的话说，色是满绿色，种是冰糯种，市面上很难再找到这么好的石头，开一块便少一块。总共四十七个镯子，他父亲把它们分成三个等级，种和色都好的十三个，种好色差一些的十五个，相对一般的那些颜色淡了许多，看起来像是冬瓜条。一开始，他从十三个里挑出三个，算是挑货头，最完美的那个单价要10万元，另外两个一个7.5万元，一个6.8万元。他一想，不划算啊，三个就要了一半价，索性50万元整手拿，每个平均下来只需要3.8万元。最完美的那个送给领导正房，太太留下7.5万元的，6.8万元的送给亲嫂子。

现在，人走镯子也跟着走了。领导笑笑，我这都小事，你们的才是大事。

故人从远方来，你说算不算大事？故人？他脑子里的搜索引擎迅速搜索，没找出可以与副主席挂上联系的任何一个人。他便问，谁？领导又说，你猜。他没有心思猜。他大哥提前回国，下午刚飞回厦门，兄弟俩还没见上面，副主席就约了今晚的饭局。订的是"姑溜私厨馆"，场所不大，装修也简单，外面看以为就是大排档的水准，做的菜却极有讲究。店里的招牌菜是"滑溜咻"，店名源于此菜。闽南人形容一个人老奸巨猾，会说他"滑溜咻"，或者说他"滑得像姑溜"。姑溜是个闽南语，指的是泥鳅。一种姑溜少说有一二十种做法，原味的可油炸可干煎可清炒可盐焗可熬汤，麻辣味的可水煮可烧烤可椒盐，剁馅可包各种口味的姑溜饺、姑溜馄饨，碎成肉泥可以捣姑溜丸。去年公司年度表彰大会上，王子衿就曾把私厨馆作为例子讲给员工们听，他告诉大家，专心把一样东西研究透做到极致，人生的事业基本就成功了一大半。有员工便问，那还有另一小半呢？机遇！可遇不可求的机遇！但所有的机遇也不是天上直接掉下来的，而是居于你长期的有准备而形成的有效判断。他又回到了私厨馆的命题上。最特色的几道菜通常是换着点，唯有姑溜煲每回必点。得是稻田里野生的姑溜才可，放在水桶里喂上几天清水，提前吐净肚里的泥沙，上一秒还活蹦乱跳着，下一秒就入了油锅，炸上那么三两秒，表皮有些收缩便可捞出，再辅以本地产的整颗蒜头，盐少许、酱油少许、豆瓣酱少许，加小半碗的开水，煮沸后倒入砂锅，砂锅的底部铺着葱叶，中火煲，至收水，即可。筷子轻轻一夹，一面的肉轻松起，又一夹，另一面的肉也起，肠肚连着头连着身上的骨架，完好无损。蒜香刚好渗入肉中，肉感紧致、柔韧、滑溜，咬下去，收在肉纤维里的肉汁便冒了出来，又香又甜。兄弟俩几次在这里请副主席吃饭，领导的胃口跟他们一样接地气。陈暖曾经借用一个感冒冲剂的广告打趣他们说，三个长期在不同城市胡吃海喝的胃终于找到了共同的乡村祖籍，暖暖的，很贴心。

主客位置空着，大哥坐在次客位，连过去的是刘董事，再接过去是一个长得黑瘦的女孩。女孩有几分面熟，该是深圳公司的一个员工。几年前去深圳找大哥，王子衿上楼坐电梯。电梯间人很多，一个挨着按钮面板的黑瘦女孩问他，几楼？他说了楼层。她压了一下按钮，用的却不是手指，是手上的一串钥匙。这让他有一种不舒服的感觉。下楼时，居然又坐了同一部电梯。这回，只有她一个人。她问，一楼？他点了下头。她又压了一下按钮，用的还是那串钥匙。他的不舒服感又来了一次。只能无奈感慨，在90后的身上，钥匙不仅仅是钥匙，它已经被开发出了无数种功能。女孩身边的位置已经撤走，留出方便服务员送菜的空间。几乎是以此为分界，主客位置边上的三个位置也全部空着。领导一见后面没有人，便问，太太怎么没有 起？王子衿解释说，今晚儿子有钢琴课，她先送孩子过去，等会儿再来。就近找了个位置正要坐下，领导招呼他，那个位置留给小董，你坐上来。小董是他的司机。领导拍拍主客位置说，你的故人在此，不能离得太远。刘董事跟着起哄说，是啊，是啊。他只能往左侧移了个位置。正说笑着，洗手间的门开了，有个女人走了出来。真丝碎花长衫，米黄色的羊毛开衫，打理得非常精细的大波浪。是她？王子衿愣住了。领导笑着冲两个人比了个手势，怎么样，二位不需要我介绍吧？

　　故人，故人，真是故人！王子衿站起来，迎了过去。二十二年了，整整二十二年了，她的出现跟她当年的消失同样让人猝不及防。在一两米的距离处伸出手，香奈尔5号的气味已经强势地冲进鼻孔。王子衿连续打了两个半的喷嚏。不响，甚至最后一个被憋回了半个，但谁都听出来了。不知从哪一年起，他开始对香水过敏。在陈暖偶尔使用的香水里，他不会产生过敏反应的只有从英国带回来的那瓶巴宝莉香水。他一直觉得香水的香与茶叶的香在气息上虽有本质上的差异，在风格上却也有着共通之处：有的高扬外放，有的含蓄内敛。巴宝莉的含蓄内敛舒缓地将它的香气尽可能以柔和的姿态铺展、延伸，让人无法拒绝它的抵达。如果香水也有性格的话，他相信巴宝莉是沉稳的，如果香气也有颗粒的话，他相信巴宝莉的颗粒是紧实的、细腻的。而香奈尔恰巧与之相反。好不容易止住喷嚏，他连连摆手致歉。手刚握上的一刹那，他整个人震了一下——像是零件组装出了差错，她的手与她脸的轮廓、脸的质地以及她的香水味没有卡在一个齿轮上。冰凉。粗硬。他握过无数人的手。生意场上的，官场上的，制茶师傅的，农民的，老师的。它们有大有小，有宽有窄，有粗硬有绵软，有厚有薄。手是人的另一张脸。头上的这张脸是公开的，手上的这张脸是隐蔽的，它们秘而不宣地做着关联，在某个细节上做着呼应。通常情况下，肥头大耳的脸会配一双厚如熊掌、饱满的暖手，黝黑骨感的脸会配一双粗糙有力的手，精致的瓜子脸会配一双瘦长细软的手，圆润的包子脸配套的手即使是窄的也应该是厚的，即使是薄的也应该是细腻的。他握过最舒服的是一个副省长的手，掌心处厚度恐有 8 斤棉胎厚，皮肤细腻绵软犹如丝绸。当自己算得上肥厚绵软的手与更肥厚更绵软的手在空中相遇，在所难免的是惺惺相惜。两只手当众称兄道弟，两只手当众拥抱密语，比常规的握手多停留了 1/3 秒。眼前的她，明的暗的两张脸无法完成呼应，甚至一点都不配套。这样一张圆润的脸更适宜搭配一双有厚度有肉感，即便没有厚度和肉感，也应该是软乎乎和暖乎乎的手。而此时的它小小的窄窄的，粗粗的硬硬的，表面自带一种冰冷的摩擦力，手掌薄得似乎一握就有握穿的危险，没有肉感的手指握在手里生出了枝枝丫丫，也生出冰碴子。他感觉自己握住的不是人的手，而是握住了一只鸡爪，或者是一截被冻坏了的枯树枝。他怀疑自己是不是握错了手——这只手的主人更应该是刘董事旁边的那个年轻女子。可它确实是她的，它配合着她脸部的每一个表情与他打着招呼。它们都代表着她。他不知道自己该相信她的手，还是相信她的脸。她看起来并不如她的穿着年轻，过度保养的脸上氤氲着一层薄薄的东西。他看到她脖子深深的颈纹，看到她脸上松松的眼袋。身材倒是很好，应该有做过专门的形体训练。

王爷抓去，王总这是什么手啊，有宽度有厚度有温度啊！何晚拿左手搭在了王子衿的右手手背上，哈哈笑着翻转过他的手来评价。那笑并不自然，有些刻意。这是百握不厌的富贵手啊，我喜欢。不像我这劳动人民的粗手，连自己都生烦。只可惜我没这好命，无福消受啊……

王子衿只觉得耳根一阵热。一种强烈的不适感，他抽回自己的手，低头帮何晚把椅子往外拉，方便她入座。她的笑像是整盆泼了出来，王爷抓去，王总你怎么还那么爱脸红啊？他愣了一下，耳朵里充盈着那个特殊的用语。她还如当年一样把"王爷抓去"挂在嘴上。这是县内个别乡镇个别村庄的人习惯说的一句闽南话，原本是用来诅咒做坏事的人，后来常常被大人拿来吓唬哭闹的小孩。"你再哭，再不乖，王爷会把你抓去！""你再调皮不听话，我叫王爷把你抓去死！"那村民们动辄拿出来使用的"王爷"可不是电视剧里与公主谈情说爱的风流倜傥的王爷，而是面容可怖的瘟神，孩子们自然吓得不轻。慢慢的，说得多了说得频了，孩子们不再那么害怕，这句话便一点点往前移，往短里压缩，变成了句首节奏感很强的四个字。"王爷抓去，你再哭就不要你了！""王爷抓去，再闹我可打下去了！"其他几个人也齐刷刷地看了过来，对啊，好像还真是有点红啊。他更觉得难堪了，摸了把脸，可能刚才赶时间走急了吧。刘董事摇头，不是不是，那么红，怎么是？领导说，这就对了嘛，子衿身上最难得的就是依然有一股少年气，这是少年的羞涩啊。哪像你们，领导的手指冲着刘董事、王子鸣一个个指过去，一个个皮糙肉厚不知臊的。王子鸣连抽了几口烟算是应答，刘董事立马迎合着说，是是是，领导平常怎么说来着？有的人年轻着，他却老了。有的人老了，他却年轻着。王总就是属于这后一种。领导表示了肯定，像我，老了就是老了，像小董，年轻就是年轻，这都不足为奇。堪称奇迹的就是子衿这种老少年。见王子衿连连摆手道"没有没有"，领导又加了一句，你也不用谦虚，千金难买这少年气！这边几个男人讲得热火朝天，何晚可不管他们，只四下里看，怎么没看到咱们贤惠美丽的王太太？远方故人来，她不打算出来接见？

正因为远方贵人来，乡野村妇自当一番精心打扮。王子衿偷偷换了一个字，便有了幽默的效果。

我又不是你那个初恋阮伶，没必要这么大费周章吧。再说了，脱衣见夫君，着衣见姊妹，哎，且且就可以了。何晚似乎一点都不领情。从"且且"开始，她把普通话自然过渡到了闽南语。在闽南语里，"且且"本就指的是将就、马马虎虎，此时她说这话的语气加上手势，加倍扩大了"且且"的效果。这还没完，她的嘴巴继续动着，眉眼继续笑着——笑得有些夸张。其实也没必要啊，父母生成留肢骨，梳妆打扮无非三两出么。

三两出也要出啊！王子衿勉强应和。一种强烈的不适感。无论是"且且"之前的那一句半，关于阮伶、关于"脱衣""穿衣"，还是"且且"之后的那一整句，关于"肢骨"、关于"三两出"，每个用词都默不作声地带着刀锋。这样的用词背叛了它们主人的脸，忠诚于她手的粗粝，半磨半卡着人的听觉。她还是喜欢开别人的玩笑。玩笑落在别人身上都是烟花——可以愉悦自己的烟花。一旦落在她身上？二十多年前那一定是炸弹——不碰都会响的炸弹。那年夏夜，几个人一起去吃夜宵，上来一盘椒盐猪蹄，她拉住林有福肥厚的手掌往盘子边上一摆，冲着猪蹄一阵笑，看看，看看，是不是你家兄弟的咸猪手？是不是啊？林有福抽回自己的手就要往她身上伸去，说我咸猪手，小心我对你下手！她迅速拿筷子一夹，你敢！夹断你的咸猪手！他躲开了，她的筷子趁势而下，夹住了另一个盘子里的猪肺，说得满嘴狠劲，我吃了你的狼心你的狗肺！林有福捏住她的筷子往牛筋煲里引，非常邪恶地哈哈大笑，来啊，来啊，你最好吃了我的狗鞭！来啊，来吃我的狗鞭啊！两秒停顿后，有人听出笑话的含义，指着林有福笑道，你太坏了，太坏了！林有福属狗，他的玩笑尺度大出了天际。就在意会的一瞬间，刚才还灿若桃花的她脸色"倏"地绷住了，她端起牛筋煲往林有福身上摔，被他躲过了。她更来了气，直接将整张桌子一掀，你他妈的林有福，你奶奶的，便宜都占到老娘我头上来了！气氛一下子僵住了。她捏紧了拳头，整个身子在剧烈地颤抖，林有福吓得只有逃跑的份。幸亏今天林有福不在现场，否则一切是否还会重演？

想不到咱们的 Alien 女士依然这么闽南啊！刘董事大有拍马屁的意思。

在中国我叫何晚，到了英国我才是 Alien。她很不客气地做了纠正。

何总说的是，咱们是中国人。这一点可不能忘了。领导哈哈一笑，示意刚刚进屋的小董给各位倒上酒，又冲兄弟俩使了下眼色，问，怎么样，今晚是文喝？还是武喝？

这是领导打的暗语。领导二十年前调到县里，先是分管农业的副县长，然后常委，调到邻县当了几年副书记，又回来当县长、书记，三年前才提拔到市里。"文喝"指的是大家平均地喝，你一壶我一壶，谁也不欺负谁。这种喝法需要一个前置条件，大家旗鼓相当，能一起扛到最后。"武喝"指的是，找准一个目标，然后大家集中火力攻克之。这么多年下来，他们几个人既能动静极大地搞"文喝"，也能基本没什么动静地搞"武喝"。大哥从来都喜欢"武喝"，王子衿选了个折中的办法，要不上半场"文喝"，下半场"武喝"？领导原则上同意。汤上来了，领导先举杯统敬。敬酒词不短，着重表达了领导几层重点的意思：首先，对何总的回归表示非常欢迎；其次，对何总的家乡情结表示非常感谢；第三，对请何总在如此粗糙简陋之处用餐深表歉意。他解释说，本来都已经订下了全厦门最好的五星级大酒店，可何总的秘书一再交代，何总喜欢土土的人间烟火，这才选择了这里。

何晚应了句，不要酒店不要酒店，这里好这里好，一看就是能做出好菜的地方。

　　一下子上来三道菜，果然都是好菜。姑溜煲香韧有余，炸姑溜外酥里嫩，红菇鸡汤更是鲜爽。连着走了三杯规定动作后，开始自选动作自由出行。大哥端着酒壶先上来走一圈，这一圈的时间不会短。大哥擅长喝酒。在喝酒的问题上，大哥总喜欢带节奏。不需要说什么话，来，怎么可能只一杯？来一组！搞一壶！走三杯！在快节奏的特区待久了，南方人却长出了北方性子。不喝酒的时候基本不说话，半瓶白酒过后就基本掌控全场。有一回，领导曾经深刻比较过他们两兄弟的喝酒方式，说大哥属于喝死自己才把生意谈成，这不是真本事，王子衿属于自己不怎么喝，别人喝得挺高兴，生意轻轻松松就谈成了，这才叫能耐。领导说归领导说，大哥虚心接受坚决不改。领导是大哥的老朋友，他从不把领导当官员看。也是，称兄道弟几十年，眼看他起朱楼，眼看他宴宾客，跟他一起搓过澡堂，陪他一起私聊野花野草，就差一起嫖娼了。那是什么感情？那是可以同生可以共死的革命同志般的感情。大哥大王子衿五岁，初中还没毕业就跟着父亲到深圳走街串巷挑担摆摊卖茶叶，十八岁时硬是趁着父亲回乡制茶的一个多月时间借钱盘下一间小店面。80年代末的一天傍晚，一个穿着粗布衫、裤管一边高一边低的中年男子急急走进小小的王记茶铺。一张小小的茶桌，一排简单的茶柜，十几袋大大小小的茶。王子鸣正要上前招呼，他已经伸手在这个茶袋里一抓，一掂，在那个茶袋里又是一抓，又是一掂。十几袋茶叶就这样被他抓来掂去过了一遍，后来他又回到第四个袋子前抓了两下，这才俯下身子捧起茶来嗅一嗅，尔后留下一小把在手里捏着，说，试一下这茶！王子鸣心头一颤——这人是高手啊！那可是一屋子里最好的茶了！泡过，喝过，那人只是一杯接一杯地喝，不多说话，也并不买茶叶。临走前，王子鸣包了两斤这最好的茶叶送给他。他说，我就喝杯茶，我不买茶！王子鸣说，我不让您买茶！这是我送您的茶！就当交个朋友！中年男子没有接收他的茶叶，但第二天又带了个年轻人到他店里喝茶。年轻人是他的外甥，正在深圳大学读书。年轻人就是后来的领导，而中年男子居然是当时中国茶叶进出口公司派到深圳参加学习培训的一个处长。学习结束后，王子鸣开始往北京给处长寄茶叶。一年后，处长介绍了第一个出口订单给他。这是茶厂的第一桶金。赚了钱，大哥就经常约领导喝酒，啤酒、葡萄酒、白酒，一种种喝过去，两个人的好酒量就是在那个时候喝下的。基准线上去后，几十年就没下来过。现在，领导是刘董事的姨父的大表哥。人情社会，哪怕北京到厦门隔着几千公里，也能拉出面线粗细的关系。

　　大哥只想喝酒不想多说话，但领导要说话。看看，越搞越大了吧？领导拍拍王子鸣的大肚子，百般嫌弃样。王子鸣猛地把胸一挺，肚子半径瞬间收进了几厘米，领导被逗得哈哈大笑，这么辽阔的肚皮适合写上三个大字——老是喝。领导拍拍王子鸣肚脐眼的位置，这里，这里，再备注上四个小字——来者不拒。说完，又指了指王子衿，你们到底是不是亲兄弟啊？你看看子衿的，人家的肚皮只写着三个字。领导卖了个关子，刘董事猜是"斯文喝"，大哥猜是"节制喝"。领导大手一挥，错，是"老实喝"。旁边也要备注四个字——能拒则拒。你们看，他总能主动帮你找酒题，但自己从不主动出击，就等着你敬他。你敬他，他就老老实实地喝，喝多少？一小口。你若劝他，他便说，这么熟，少喝点少喝点，是不是这样？熟的人不用喝，不熟的人不想喝，所以老实喝老是不大需要喝。等到你们都喝得差不多了，他还能继续老实跟你喝很久。领导把话说到这份上，没办法，王子衿只能陪着大哥和领导喝了一大口。领导的艺术和本领之一就在于把简单的事情最大程度地复杂化，他把大哥只想喝的一杯酒说出了两杯酒的理由，进而说到三杯酒的理由。王子衿估摸着，领导一定能生出一壶酒的理由。陈暖的微信来了。真的需要去吗？你知道我不喜欢这种场合。

　　故人是何晚。会闹酒，你决定。

　　跟她说改天我请她吃饭，今晚就不去了。

好。

刚抬起头，何晚正好看了过来。怎么，太太不能来了？

她有点事，来不了了。她说改天专门请你吃饭。

何晚咧了一下嘴角，没有说话。不能这么干看，总得说点什么。他开始往下找话题。这么多年，一直没有你的消息。

没有消息好啊，最起码表示活着。

我和小暖都联系过你家人，他们不说。

怕你讨聘金。

后来我跟小暖结婚了。

知道。

你爸妈说我可以另找。

当然。

突然就没话了。像是写一篇文章，在一个明明应不该使用任何标点符号的地方生生画了个句号，结尾很是突兀。他不知道这算什么。自证清白？自我推脱？多出来的时间成了窘迫。很多事情乱得很，结婚后才跟陈暖稍微理出点线索，但线索依然不是很清晰。陈暖与何晚前后脚进了栖鹏镇中心小学教书，住在同一个宿舍。一开始，几个人玩在一起，所有人都以为何晚与林有福，陈暖与王子衿是天造地设的两对。后来不知怎么的，何晚说自己不能嫁给观音岩上姓林的，要陈暖把王子衿让给她。陈暖不同意，她就怂恿林有福追求陈暖。林有福每天送来的一束鲜花，陈暖不接，她就替陈暖接了。一次陈暖醉酒后，何晚把林有福叫来宿舍，第二天关于二人同居的事情便在学校传开。陈暖以为自己失身，有意识地回避王子衿。那年秋天，王子衿送给陈暖一罐茶王，她信手放在桌上，被何晚偷拿去送给林有福，还告诉他，陈暖送你的。罐子里装的不仅仅是茶，还有一枚戒指和一张约会的字条。林有福按着字条上的时间地点赴约，把戒指还给王子衿，王子衿觉得受了侮辱，一气之下跟何晚订婚。订婚后没多久，何晚却失踪了。不久后一次吃饭，林有福把几个事一连起来，便怀疑何晚精神有问题，他讲起陈暖醉酒的那个晚上，何晚莫名其妙地把他叫去，又莫名其妙地赶他走。王子衿问，那晚你真的没有碰陈暖一下？林有福说，我倒是想啊，没机会。再者，她是观音暖，哪敢？当年，两位姑娘是镇上两朵金花，一个面若西施是西施晚，一个面若观音是观音暖。

正想着，领导跟何晚敬过酒，走了过来。子衿啊，何总的事情你无论如何要支持一下。

何总能有什么事情需要我支持？

你不知道？领导指了指王子鸣，又指一指刘董事，你们没告诉他？见两个人都无辜地摇头，领导继续往下说，何总想跟你们公司进口 1000 吨乌龙茶，上半年先来 500 吨春茶。

你就是 Golden Leaf 公司的老板娘？王子衿有些惊讶。根据小吴初步了解到的信息，公司的老板是一个英国人，有着很深的中国情结，喜欢中国文化，娶了个中国妻子。谁能想到这个英国人的中国妻子就是她？

人家可是老板，不是老板娘。领导很正式地做了纠正，还不忘稍微幽默一下。登记的那个法人代表是老板爹，不是老板。王子衿刚想表达一下歉意，领导的酒杯就伸过来碰了一下。不然呢？你不会真以为这饭局是拿来故人叙旧的吧？人家看中的可是你们企业的实力。说真的，这也是咱们市茶业界的一次大突破，这么短的时间这么大的事也就你们这长期做出口的龙头企业我才敢放一百个心。给其他企业，万一搞出个什么质量问题来，那岂不是得不偿失？弄不好，会毁了咱们国家在国际上的光辉形象。而且，人家也独爱你们的王记香。

领导抬爱领导抬爱！王子衿假意作揖，关键这么短的时间，就算我有三头六臂，我也生不出来那么多啊！他半是开玩笑地说出心中的大实话来，拒绝的意思明显弱化了几分。领导的开口使出口贸易不再只是纯粹的经济问题，而且跟政治跟官场甚至跟兄弟都挂起钩来。领导虽然屁股坐在政协，一把手知道他的能力，仍委以重任，协助分管农业，重振海上丝绸之路雄风是他这么多年一直在抓的重点工程。目前，市政府有个副市长的位置空缺，据说，他是重要人选之一。于他，自然是关键时刻；于公司，又何尝不是？公司这些年来一直致力于开疆拓土，在全国六大茶类的主产区域浙江、安徽、湖南、云南等地设立的分公司已经超过 10 家，在茶叶主要消费区域开设直营店、连锁店已经接近2000 家，盘子每做大一点，每向上市的端口走近一步，就越发感觉如履薄冰——输赢仅在一瞬间。这些，他不得不考虑。

　　这个没问题的。刘董事在一旁插进话来，已经提前交代文明师傅他们去安排了，从源头抓起，坚决管控农残。文明师傅说了，今年气温较往年低，估计会晚几天开采，还有二十来天，来得及。而且，都是老的采购商，对区域内的茶农茶园都知根知底……

　　那也不可能一下子来 500 吨，量太大了，真的是太大了。100 吨，100 吨我保证绝对 OK，绝对没有问题，500 吨，我觉得真的是在冒大险。如果是出口日本，那还好办些。日本也是茶叶生产国，除了有些农药我们国家允许使用他们国家不允许使用外，其余指标还是比较合理的。你说当初欧盟为什么要设置那么严苛的标准？那完全就是带有歧视性的贸易壁垒，就是想把中国茶拒之门外。除非有机茶，否则绝对过不了关。时间这么短，哪里去找那么多有机茶？真的没地方找。

　　你呀，开点心店还怕客人胃口大？人家把钱都送到你面前你就不要再推三阻四了。你们那生产线一开，一天两三万斤你怕什么？领导一副老大哥的口吻，这点我可要批评你啊，刚才还说你有少年气，怎么年纪越大越没有魄力了？领导拍拍他的臂膀，拿出十五年前的气魄来。

　　领导说的是非典时期的那场冒险战。2003年春天，王记茶厂还开在老家的农贸市场。那阶段，房价直线暴跌，股市断崖式跳水，大家的日子都不好过。广州是震中，大哥一家子自然窝在福建。除了厦门，就是老家。大哥有史以来第一次在福建待得这么久，大家难得把一个春节从一月过到了三月。大门不出二门不迈的日子，用大哥的话说，最适合孵卵和打牌。孵卵也不能天天孵，还要讲究时间和地点。能随时随地消耗时间的最好方式便是打牌。还在读初中的时候，大哥就教他打两副牌的80分，后来又升级到三副牌的120分。安溪的打法是对子不用跟对子，拿副牌撬底即使一分没得也可以连升五级。打牌是一件神奇的事。它不仅关乎一个人的智商，还关乎一个人的胆略、性情和心态。有人能把一手好牌打得烂到极致，也有人能把一副烂牌打得扭转乾坤。明明是无关金钱的几张扑克牌，常常把人的情绪搞得跌宕起伏，令人面红耳赤、血脉偾张。有夫妻打牌打到闹离婚，有兄弟打牌打得不相往来，有同事打牌变成了打架。他最喜欢搞副牌撬底。但凡想来一次偷袭，总能感觉血管里的血往头上涌，兴奋无比。他觉得这种打法极具挑战性，一学就会，一会就喜欢。刚被父亲召回老家的那几年，几乎天天打，打成了副牌撬底的高手。来安溪工作的领导也爱打80分，打的却是泉州规则。相比安溪规则的开放、刺激，泉州规则显得保守和规矩，不仅对子要跟对子单根不挡对子，不管你拿主牌还是副牌撬底，只以得分论英雄。大哥随了领导的波逐了泉州的流，再跟他们打80分，王子衿总有被逼良为娼的感觉。每一次打，他总无奈地说一句，我们山里人包容，山地文明选择向海洋文明妥协。领导说，你这明显是地域歧视。幸好后来安溪又原创了红五飘分的打法，一个庄家N个对手，虽然也要求对子跟对子，但因为人数上的灵活性，尤其是各种惩罚举措的趣味性，使游戏本身充满了冲击力。以正副40分或50分为一局，输一局要被戴一顶高帽，被调下来一根红桃五也要戴一顶高帽。原创就有制定标准的权利，红五只有安溪规则，没有泉州规则，走到哪儿都是一样的打法。大哥刚学会的头几天，浑身都是劲，没日没夜地打，从厂里打到岩上，从岩上再打到厂里，领导也经常被他们邀请下基层。新手毕竟是新手，总需要交点学费。那天下着雨，三个人又猫在厂里打红五，漂亮的休闲帽、原始的草帽都派上了用场，报纸帽也折了一顶又一顶，大哥的头上已经起了五六七八层的高楼，领导头上也盖了三四层，眼看已经帽尽纸绝，王子衿继续生产高帽。这一轮，分数叫得并不高，王子衿走了几根副牌开始走主牌，一开始也完全没有调红五的明显意图，走了个对子"2"，又走了个对子"2"，见没人压，便开始连着走了两个拖拉机，然后三根"J"，再三根"8"出牌的时候，领导把帽子一抱往桌上一丢，手里的牌跟桌上的牌混到一块儿说，不玩了，不玩了，今天陪着子鸣戴了这么多顶，咱们得节约生产节约生产。领导手上本可作为杀手锏的两根红桃五眼睁睁就这么作废。道理就是这样，如果不能在合适的时机派上用场，再好的东西都可能成了烫手山芋。

　　雨完全没有停歇的意思。离晚餐还有一段时间，喝茶是再好不过的事。它能把漫长的时间，变得舒缓和悠闲。随便扯一个话题天南地北地聊，越聊越大，越聊越远。有多大有多远？有一句闽南俗语来形容最贴切——讲天抓皇帝。基本上是领导和王子衿聊，王子鸣偶尔插上一两句。从打牌看人品聊起，领导夸王子衿人品最好，不发火不骂人不摔牌，又检讨自己骂人不是人品不好，是性子急和直所致。王子衿做庄的时候，他们两个总是掐架。准确地讲，是领导掐大哥被掐。宽嘴啊，你是猪脑袋啊，大鬼为什么不下来？我没有大鬼。宽嘴你真是宽嘴啊，挤到眼睛了是不是？没看到我会大吗？怎么分不加下来？我都没分。王子衿呵呵一笑，主要是领导当太久的缘故。慢慢地聊到一个人的好性格从哪里来，除了后天的学习和经历，更主要来源于家庭，尤其是母亲的影响。领导全面阐述了女人在一个家族中的重要意义，一般关乎三代。他说，都说女人如茶，确实如此，女人有高下之分，茶也有好坏之分。领导话锋一转，中国是茶叶的故乡，世界上卖得最好最火的居然是斯里兰卡的立顿红茶和印度的碎红茶，这简直太荒唐了吧！领导果然是分管农业的好领导，三句话就回到了本行，讲到了王记茶厂应有的茶界担当。领导说，有专家分析，这疫情到夏天自动就会没了，也有专家说这疫情没到冬天都消停不了，全国经济受到极大打击，你们这茶叶出口也会成问题。

这个我倒不担心。王子衿说。

你不担心？

为什么要担心？经济的规律，不可能一直低迷。

所有人都认为这波一定会影响上好几年。王子鸣忍不住地说了一句，就像每次的金融危机一样，没有几年是缓不过来的。

如果跟所有人想的一样，那就跟所有人一样赚不上大钱。

果真是后生可畏！你这个逆向思维好！领导一巴掌拍在自己的大腿上，大拇指竖得比直角还直。读过大学的就是不一样，经商一定要有逆向思维，想别人不敢想，做别人不敢做。

你们知道，历史上有很长一段时间茶叶都是作为硬通货。从唐宋时期开始的茶马互市经济活动中，茶就担当了货币的角色。古时候的战马是什么？用现在的话来讲，那是国家的军需物资啊，能不能打仗，能不能打胜仗，就靠它了。中国有茶，但缺少好马，那就以茶易马吧。好马在哪里？最好的汗血宝马在乌兹别克斯坦，蒙古也有很多适合作战的好马。16世纪末，明廷开始与蒙古茶马互市，茶砖在蒙古盛行，官府征税用茶砖，百姓买卖也用茶砖。直到20世纪初，蒙古人要去集市上买羊肉或者其他东西，还需要背上茶砖。为什么茶能成为硬通货？因为它便于储存，有升值空间，最后的最后，还可以用来喝。芬兰有个东方学家兰司铁怎么形容蒙古人喝茶？他说，蒙古人一直都在喝钱。

你的意思，也想把茶当金子储备？那你今年打算采购多少？跟往年一样多？

不行不行。这行情，不知什么时候才能回暖。小厂子、小店铺都倒了很多家了，不能去冒这么大的风险。大哥依然不放心，他说，钱还是攥在手里实在。收少点。收个三分之一？顶多去年的一半量。

至少翻番。都是这个思维的话，今年春茶价格肯定低。万一，我是说万一，万一成本减少到一半，将另一半也投入其中，效益起码是两倍以上。1000万的钱攥在手里，明年还是1000万，甚至就不值1000万了。1000万的茶却有很大的升值空间。

领导把这一套理论定义为"半半理论"。后来，他甚至活学活用在自己的离婚事件中。如果第一任太太当年有点善心只要走他一半财产，只要把厦门的房子留给他，她就卖不了。十几年过去，房价从一平米3000多元涨到了60000多元，翻了不止20倍。一个多月后，在其他茶企都偃旗息鼓的观望中，王记茶厂收购了近2000吨乌龙茶。五月份没动静。六月份依然没动静。去年元旦，三个人一起吃饭喝酒，提起当年场景，王子鸣仍觉惊心动魄，需要先满上一壶压惊，还难得说上很长的一段话。他说，那段日子真的是急得要跳楼，手机一响整个人都会跳起来。7月3日，没错，7月3日，伊藤园的那个电话简直就是救命的120，是暗室里透进的一线光……他从来说不出这么文学的话。确实是冒险。问题是，这险冒对了。机遇就像风，可能是和风，也可能是狂风。和风是所有人的机遇，狂风只属于少数人。狂风到来，有的船即使躲在港口也被摧毁。有的船借风起航，张满帆掌满舵，硬是独自迎来属于自己的晨曦。眼下，领导已经当着这么多人的面把话说到这份上，王子衿想忍。可是，就像某个著名作家所说，忍不是一个道德、情感和态度问题，而是一个经济问题。在他这里，不仅仅是经济问题，更是企业的生死存亡问题。一着不慎，完全有可能满盘皆输。所以，他不能接话。接话简单，但你要接出一句让领导舒心，让客户开心，让旁人称心，还能让自己安心的话，放在当下，不容易。

我一定要好好感谢一下我们的好领导！您也不要为难王总了……何晚主动走过来加入敬酒的行列，她先跟左手位置的领导碰杯，左手顺势挽住领导的胳膊往右移，又把杯子伸向右手位置的王子衿，我跟领导一起合敬一下王总吧。真这么为难，我看就300吨吧。90年代市场经济刚刚开始的时候，都说泉州客对半说，咱安溪山里人实在，打个6折差不多吧？

这个提议好这个提议好！领导立马积极附和，又招呼刘董事和王子鸣一起过来，举杯说，都满上都满上，我们三个敬一下王董和王总，预祝首战告捷、马到功成。我看这两天就抓紧把合同给签了……

多了她，一顿饭吃出了山的高度，也吃出了海的宽度，还吃出了哥德巴赫猜想的难度。难。每一口都难。兄弟俩对视一笑。还有退路吗？显然没有。只能碰杯，五个杯子碰在一起，碰出了火一般的热度。王子衿说了句，也不用那么急，我先摸摸底再说吧。

喝，喝！领导跟何晚又重点碰了下杯。子衿这个人说话做事一贯实在，即便十拿九稳他也从不把话说满，他这样说何总尽管放一百个心。他会办好。

正事基本在上半场谈妥，下半场直接就是武喝了。基本进入王子鸣独舞时间段。在酒精的作用下，他是个活跃分子，总能创意性地喝出N多个理由。他跟领导认识整整三十年要来个一小组，领导这么多年对企业的帮助很大，兄弟俩要跟他来一壶，领导对刘董事一路提携，刘董事要好好表示，何总不远万里回到中国，领导要代表全市人民表示表示……女孩和小董都在刷手机，王子衿找了个空当象征性地敬了一下他们。散场时，五个人都喝得有些状态，领导直接躺到后座上睡。女孩扶着何晚上了车。看得出来，何晚非常信任她，头和身子都紧紧靠在她身上。车开走了，女孩没有下车。王子衿指着车问刘董事。那个女孩？刘董事摆摆手，以前在深圳公司干过，现在她是何总的秘书。

一种很不好的感觉。

到家的时候，陈暖还在看书。给他冲了蜂蜜水，她问，什么叫很不好的感觉？更漂亮了？

没你漂亮。他一口蜂蜜水，一口笑，不多说。他平时就喜欢这么静静地看着她。早上起得迟了，躺在床上看她一页一页地翻书，她偶尔撩一两下头发，照进屋内的阳光便沾染了书卷的气息；每个周六的傍晚，坐在小花园的石桌上看她搬进搬出地往水池里浸泡一盆盆的兰花，特别文气的是玉玲珑，叶片有些扭转的是皇妃，叶片镶着金边的是金凤冠，花枝显得特别粗壮的是玉凤，吹来的风便也一起芬芳了；冬日的下午，坐在飘窗前，看她磨咖啡豆，看她榨水果汁，常常一坐就是半天，所有的时光便跟果汁一样甜了。他喜欢看她围着围裙在厨房里忙碌的贤淑，喜欢看她从泳池里出来浑身上下挂着水珠的可爱，喜欢看她第一次烤成面包、做成烤蛋挞、蒸成蛋糕时的小雀跃……看着她，总感觉生活如此美好。

不是问这个。

没你天然。

不跟你说了。陈暖假意要走开。

他拉住了她的手。说真的，有种很奇怪的感觉，说不出来。这种感觉很不好。

改天约她来吃饭，我看看便知分晓。

怎么越来越觉得你像老巫婆？

你嫌我老？

错了错了，是漂亮的女巫师。他用力一拉，将她揽进怀里。他眯缝着眼看她，有些东西迅速在身体里膨胀。来来来，你不是很会看眼睛么？来看看我的眼睛，里面写着什么？

陈暖摘下他的眼镜，盯着他的眼睛看，然后轻轻捧住他的脸往中间压，说，还能有什么？饭饱思淫欲，指的就是你。

那我就真淫欲了。他抱紧她，她配合地往他的怀里钻，你坏死了。她成功地呼应了他的情绪。结婚二十年了，激情依然随时可来。她了解他，就像他了解她。好的关系应该是相处起来很舒服，说话做事都让彼此很舒服。朋友关系如此，夫妻关系更是如此。这种说话做事并非关系初始时的那种刻意，而是漫长过程中的自然流露、随心而发。好的婚姻关系中，舒服的基础上，必须保持着对彼此的欲望。一点欲望没有，静如止水、冷如冰水，这样的婚姻大多会把夫妻处成亲人，只能是正经八百地过日子，一点意思都没有。欲望过分强烈，烧成燃烧的火焰，这样的婚姻容易生出控妻控夫狂魔，一不小心便成灰烬。得是那种恰到好处的刚刚好，就像冬天用的暖手宝，五六十度，六七十度，烫烫的，但摸上去很舒服。一句安慰的话语，一个撒娇的责骂，一个温柔的拥抱，一个眼神、一个手势、一个倚靠，都能撩拨起心中的千军万马来。一番剧烈的床上运动三两分钟便宣告结束，陈暖趴在他的胸口笑，我看你这回还真是老骥伏枥啊，可惜犁地不足半米。

他两手一摊，老了，真是老了，犁不动了。

下高速 5 分钟就到了厂部。今天路况极好，一路都是绿灯，从家到厂里用时 43 分钟半，刷新了纪录。选中这个地块纯属偶然。那时候，口袋里装着头一年赚下的五六千万，四处找商机。股市已经回暖。厦门的房地产不热，但安溪的已经热起来。且不说老城区的房子短短两三年内从每平米 800 多元涨到 1200 多元，单说过了桥的龙湖片区，1998 年之前还允许集资建房的时候，一平米 500 元左右都嫌贵，只用了五年，便涨到 1100 元，价格还看开发商的心情，随时可能涨。大哥的意思，投资房地产，很快就能赚得盆满钵满，再回来继续办企业。父亲坚决反对。钱一旦来得快，人心就会浮。人心一旦浮起来，再难踏踏实实地做事情。王子衿的心头痛了一下——三年前扎进心头的那根刺又往里推进了一厘米。那年夏天，伊藤园的两个采购代表第一次要来栖鹏参观王记茶厂。他去厦门接机，一路上谈得热火朝天，车刚进入农贸市场，女代表捂住了鼻子，眉头也皱在一起，眉心画着一个个的问号：这是路吗？怎么走啊？栖鹏镇多是山地，150平方公里的面积只有1平方公里的平地，镇区狭小，往东往北各一街，一街名为观音街，一街名为乌龙街，街长都不过两三百米，雨天街道发大水，碰上墟日便一堵千古稠。农贸市场居于两街交汇点，大水先发发这边，车辆先堵堵这里。那天正好赶上五天一遇的墟日，市场里挤满了赶墟的村民。有卖鸡、鸭、鹅、兔的，有卖咸菜干、苦菜干、地瓜粉的，有卖文具盒、作业本、铅笔刀的，有卖女人内衣内裤、针头线脑、箱包鞋帽的，一条龙席地摆过去，男声女声粗声细声，各种吆喝声声声入耳，一声高过一声。咸的酸的臭的香的，五味杂陈味味翻涌，一浪高过一浪。汽车已经陷入两难，进不得也退不得。只能招呼客人下车。好在，人还走得动。也就两三分钟，终于挤出这"千古稠"。茶厂建有三层，占地面积只有六七百平方米，男代表指着厂房，眼睛瞪得比算盘珠子还大。这就是你们的厂房？就这么大？女代表也撇了撇嘴，这跟我们想象的王记也相差太远了吧！王子衿解释了镇区可拓展空间小，几乎是寸土寸金，1996年能在这一轮开发中置下这处厂区实属不易。男代表问，往后业务量再增加，您不觉得连储藏都是个问题？就没考虑换个地方？短短三年，这个问题越来越突显，集装箱装载货物全部都要利用晚上，白天压根进不到厂区。头年下半年，城区二环路开建，他已经看中了一个地块。同时看中那个地块的还有两家企业，县领导正在协调。

不管下一步做何打算，先改善一下居住环境再说。正月十五那天，兄弟俩去厦门订了两套单门独院的连体别墅，王子鸣约领导回茶厂打牌。领导提议说，半路在小湾镇会合，先放松放松毛孔才有精力大战。领导说的放松指的是去泡温泉，小湾镇现在是他的地盘。初七刚上班，领导就被委以重任，加挂小湾开发领导小组的常务副组长。兄弟俩从岛内火车站出发，领导从泉州市庄府巷出发。车上，王子鸣顺口一问，你觉得咱们谁会先到？王子衿说，那肯定是泉州上来更近。那时候，安溪到厦门到泉州都还没有通高速。到了湾湾温泉中心，领导还没到。王子鸣掐了一下时间，将近20分钟后领导到了，他便问，你没马上走？领导笑答，有这么好的事，放下电话，我连裤子都顾不得提就出发了。王子鸣说了20分钟的事，领导见怪不怪的样子。这其实是一种空间错觉，因为安溪隶属泉州，大家潜意识里就很自然地觉得泉州过来更快。如果到县城，那可能泉州更近些，可小湾这里更挨着厦门啊。三个人赤溜溜下了池，领导开始搓身上的泥，脖子、胸口、肚子、左手臂，一条接一条，好像橡皮擦擦过错别字。好的想法也差不多是在这个时候给搓出来的。搓到右手臂时，领导聊起小湾镇的开发问题。安溪山地多，除了县城周边的两三个乡镇，再难找到跟小湾镇一样平坦开阔之地，之后，小湾镇会作为一个重点开发项目，县里请厦门规划设计院做的规划马上就会出来。很快就搓到大腿，刚搓出大腿上的第一条泥，领导的大腿突然被自己的右手拍得咣咣响，怎么就没想到呢？他给兄弟俩算了一笔账。二环路，现在很多企业都往那里挤，一亩至少十几二十万。这边，相距十几公里，顶多也就六七万。放在大城市，十几公里都不算什么距离。要我说，就子衿你去年那个半半理论挺好，也不一定非盯着县城不可。同样的钱，两到三倍的面积，这边离厦门又近，以后如果能通上高速，对你们不是更有空间优势？

领导您这梦想会不会有点遥远啊？泉州的高速还不知在哪里，厦门的高速恐怕永远只能是个梦吧。王子鸣说。

梦想梦想，有想才有梦。想都不想，哪来的实现梦想？这世界发展这么快，谁说得准呢？万一再像去年子衿想的一样实现了呢？

　　正如大家看到的，梦想还真就变成了现实。仅仅十五年的时间，小湾镇已然进入厦门一小时经济圈，摆上议程的小湾－同安城际轻轨一旦开建，无疑将迎来更大的机遇。温泉度假村、高尔夫球运动中心、特色体育小镇、国家 EC 技术产业园，一个个特色鲜明的项目落户这里，小湾镇真成了厦门后花园，房价仅是厦门市区的四分之一，许多在厦门市区上班的白领选择在这里安家。王记所在的香风大道上，北面是村庄，南面是工业园区，往东有远芳茶业、晴翠茶业等十几家茶企，往西有旺旺食品、珍香桔红糕、莲泉医药等二十几家企业。2003 年买地，2004 年开工。2005 年高清洁、不落地生产工厂建好，改名王记茶业有限公司。2006 年投产，生产出日本"肯定列表制度"建立后第一批通关产品，建立厦门王记茶业总部，开启国内零售模式，开出第一家专卖店。2007 年产品升级设计，打出"国礼茶"概念。2008 年公司首批高档乌龙茶出口非洲乍得，实现出口非洲零的突破和中国茶叶出口单价的历史性突破。2009 年门店开到第 100 家。跟打篮球一样，王子衿打出了强烈的节奏感，也打出了极高的命中率。这种感觉非常好。节奏对了就什么都对了，随意扔出去的球也能命中一个超远三分。十年前也有过一次这种节奏感。1995 年拿下伊藤园 200 吨订单。1996 年进驻深圳沃尔玛。1997 年在深圳开出第一家连锁店，成功注册"王记"品牌。1998 年上海茶王赛冠军，上海连锁店开张。1999 年北京茶王赛冠军，北京连锁店开张。新一个十年的节奏似乎也正在形成中。2012 年香见全球品鉴会。2013 年全面改版产品设计，打出"国民茶"概念。2014 年风投公司注资。2015 年第 1000 家门店开张。2016 年金砖会议指定用茶。2017 年第 1500 家门店开张。2018 年仍有大事在酝酿，在这个节骨眼上，容不得任何闪失。

林文明和采购部经理已经等在会议室。信息汇总上来，问题确实棘手，但也没有到不可收拾的地步。方法也不是没有，策略得重新调整。公司有机茶基地2000亩，有机茶合作社1000亩，一季可产150吨，一直供给伊藤园，出口英国绝对不成问题。肖姓采购商几年前成立了有机茶专业合作社，将近1000亩面积，已经答应专供公司。再加上保证"王记香"味道的特殊区域茶叶50吨，大概还有50吨的缺口。公司采购商们反映了一个现象，中央八项规定后，国内茶叶行情整体低迷，很多低海拔平原地带的茶园都恢复种植其他农作物，一些山地茶园也陆续抛荒。五阆山上据说几乎有一半茶园处于抛荒状态，算得上是半野生茶。大岭山上少说也有三分之一茶园无人管理，茶树自由生长。林文明已经联系李姓和陈姓采购商去具体对接这两个山头茶园的后续事宜，不出意外，这一两天应该都可以拿下。他问，要不要给他们先大概定个价，好让他们心中有数？

不用，都是这么多年的老关系。还是老规矩，收购单价由采购商自己定。不跟他们还价。

就怕这情况价格会上去。

只要我们有需要，该高也得给人家。都利己，谁愿意一直跟我们合作？利他利己，才有永远的合作。王子衿关心的另有其事，依你看，有没有必要做备胎？以防万一？

我觉得不大需要。这么多年了，他们办事，王总尽可以放心。

也是，优秀的采购商一直是王记手中的王牌。王牌能不能抽到、能抽到多少靠的纯属运气，使用王牌靠的却全是智慧。王牌一直在，就看你会不会用和怎么用。第一次成功使用王牌在1995年。那时候，大哥刚跟伊藤园的采购经理挂上联系。精明的日本人同时找了县里的另一家茶厂，要求两家企业在规定的时间内各自完成K100，K101，K102，K103，K104及S100，S101，S102，

S103，S104①两大类各五个等级共50吨的乌龙茶。大哥负责接发球拿下订单，往下进攻性的扣球便落到王子衿头上。那时茶叶出口日本多是用于制作罐装茶水，对于外形没有太多讲究，但总共10种不同价位的茶，每种几千斤到两万斤不等，时间又短，这是一个浩大工程。按着往常在厂区门口设收购点，茶农一家一户地送来验收，质量有保证，但每天无非收个三五千斤，数量上不来。如果草率到几个茶叶主产乡镇多设收购点，数量上来了，但因为茶师不够，质量难保。王子衿连续两个晚上都想破了头。那天深夜，羊数了789只，呼机要死不活地连着响了几遍。报社的老搭档小葛带着两三个小兄弟在以前他们经常去的卤料摊喝烧酒，忆苦思甜，这才想起了他。老大呢？老大带队出差。老大刚接手一个有关茶叶质量深度调查的大专题，内参上中央领导签了指示的，分管的领导只给三个星期的时间。一直谦称自己"吃的是奶挤的是草"的老大刚刚被提拔为专题部负责人，指着以前的这帮吃草的患难兄弟赶紧做出奶一样的成绩，分管的领导也指着成绩迅速填补新鲜出炉的正职空位。

三个星期？中央领导批示的大专题？这是要人命啊！王子衿对水深火热中的老大和小葛表示了严重的同情。这倒把小葛给乐坏了。哥们，没那么严重，要不怎么说人老大可以当老大呢。老大跟分管领导怎么说？一个再优秀的运动员怎么干得过一个篮球队？让我三个星期做出来可以，没问题。给我人！他从几个部门调了五个精兵强将，五个人同时开拔，分赴各个茶叶主产省，分头行动，如果没有那五门大炮，就我们这几条小枪哪够使？我哪还有机会这么悠闲地喝着小啤酒给你打电话？让我们24小时不停地干，也生不出领导想要的娃啊，怀不怀得上还是个问题。这小子在电话里笑得花枝乱颤，倒是把王子衿给

---

① K代表铁观音，S代表色种茶。英文字母后第一个数字代表地域，"1"代表安县；第二个数字代表季节，"0"代表春季；第三个数字代表等级，"0"代表特级。

颤明白了。第二天，他套用了老大的篮球队战术，找到四家小茶厂，分别购买他们两个货柜不同等级的茶。这一来，化繁为简，提前高质量地完成订单。而另一家茶厂用的是他原先的老办法，自己组织投入大量人力收购、拼配、烘焙，结果由于精力有限，不仅拖延了时间，还有几个货柜都不能达到标准。不久，伊藤园追加了150吨订单。这么多年，公司一直只跟采购商发生关系，不跟茶农直接买卖。这些采购商都是各个区域的能人，三分之二以上是村干部，在当地有很强的号召力和影响力。从每个采购商收购上来的茶叶分头拌堆送检，谁的样品出了问题，否定的不是样品本身，而是他收购的整批次茶叶。从某种意义上来说，采购商们无形中便成了公司派驻各个茶山的质量安全员，谁都不敢大意，他们往往会把端口前移，从监督茶农平时对茶园的管理做起，保证从每个茶农手里收购上来的茶叶都不出问题。

再过两分钟，时钟就指向九点。晴翠茶业的刘老板进入会议室。短短两个星期，爱写诗的刘老板已经白了半个头。他比上次见面表示出更大的诚意，商谈进展也更为顺利。十年前，土地加厂房建设他花了三千多万，两天前，有人出价8000万，这是他的底线。这个出价正好符合三月底王子衿在董事会上的预期。厂房占地30亩，公司原本经营得也还不错，如果不是投资矿产不利使资金链断裂，他不可能出手。多家公司在谈，有生产工艺品的，有建材加工的，有经营酒店娱乐城的，同样的条件下，刘老板更希望卖给一心做茶的王记。两家的地块紧挨着，做大做强有很大的空间。刘老板说得有些动情，一想到这原本满屋子飘茶香的土地上要绑钢筋、做铁艺，甚至有可能养一只只迷惑男人的野鸡，我就受不了。虽然我暂时得离开这片土地，但我希望它哪怕不姓刘也能一直姓茶。试想多年以后，故地重游，起码我还可以闻到茶香，这样我就可以骄傲地指着这片土地说，我也曾为这香洒过热血，为这香流过汗水。摇摇欲坠的经济根基不影响诗人的诗兴，再往下，估计他又要念出艾青著名的那句关于眼泪关于深情的诗句。什么都不用说了，两双手紧紧地握在一起。就这么定了。习惯在茶香里过日子的闽南男人讲的是理性，更讲血性。已经火烧眉毛的刘老板难得依然能够看到诗，王子衿要看的则是远方。当然，他不可能告诉对方，两年后，你看到的将是全国最大的茶叶银行。再过若干年，你将看到的是中国体量最大的茶企。这些话可能是治愈伤口的良药，也可能是往人伤口上撒的盐。谁说得准呢？

送走刘老板，王子衿叫住了林文明，了解督促栖鹏养老院的装修进展。整体已经装修得差不多了，最近正在做家具。再通风透气一段日子，下个月中旬应该可以使用。他满意地点头，连做了几下扩胸，又抡了几下胳膊。走，文明叔跟我去五阆山和大岭山实地看看。

现在就走？

现在就走。

走到门口，林文明连拍几下脑袋说，我真是老糊涂了，差点忘了，有福在你办公室等你，已经来了有一会儿了。刚才你们在谈事，我没说。

总经理办公室的门大开。林有福几乎是半躺在旋转椅上打电话。他的上半身歪靠椅背，双脚叠交在办公桌上一抖一抖。见王子衿进了屋，他赶紧收起脚坐正身子挂了电话。坐坐你王总的位子不介意吧？他作势要起身，一动不动的屁股完全出卖了他。现在，他仍然坐在总经理的位置上，右手的几个手指头有一下没一下地敲在桌面上。这屋子里，仿佛他才是主人，站着的子衿反倒成了客人。他一直这样。从小就这样。他比子衿大两岁，永远比子衿大两岁，一直在心理上占据着"哥"的优势。圆头，走，掏鸟窝去！走，圆头，去捞虾！圆头，走走走，去游水！他一次次招呼，圆头就一次次屁颠屁颠地跟在后头。流鼻哥，等等我！他不高兴了，停下来打了一下圆头，跟你说了多少遍了，不能叫"流鼻"，要叫"刘备"。圆头就乖乖地重新喊了句——刘备哥！两个词在闽南语里的发音非常接近，"流"与"刘"发音一样，"鼻"字发音［pi:］，"备"字发音［bi:］。重新喊过的外号他很满意，他摸着圆头的头，走，今天带你去玩好玩的。每个男孩子心头都藏着一只破坏力极强的野兽。圆头是个斯文孩子，内心也时常渴望邻家大哥的野劲。跟在邻家大哥后头，总能玩出各种各样的新把戏。最刺激的莫过于在田埂路上挖陷阱。窄窄的田埂路上挖出洞，树枝纵横交错支在洞口，在树枝上铺上一层树叶、菜叶之类，再在上面盖上土。看起来，洞口掩埋得与周边并无二致，几个人躲了起来。踩入陷阱的人，轻者只是摔倒在地，重者会摔断腿，甚至摔瘫。他们可不管这些，他们只管好玩。当然，不会就他们两个，圆头还会叫上大哥宽嘴，流鼻也会叫上堂哥傻欢。四个人最经常去将军庙里玩。庙里供着乌龙将军，据说是他发现并制作了观音岩上的乌龙茶。将军脸是黑的，身子是黑的，连手臂也是黑的，眼睛瞪得浑圆，夜幕下乍一看有几分可怖。他们三个总喜欢玩鬼把戏来吓唬傻欢。他们躲在将军身后，发出各种可怕的笑声，用可怕的声音说话。林有福先说，你的鸟儿飞了。傻欢把手伸进裤裆里一摸，还在，便喊，你骗人。他便接着说，把裤子脱了，让我看看你的鸟儿。圆头和宽嘴也说，把裤子脱了，让我看看你的鸟儿，让我看看你的鸟儿。傻欢吓得要死，上一秒还在扯着嗓子哭，下一秒就果真把裤子脱了。几乎是同一个瞬间，尿水也顺着长长的衣角流下。他一动不动地站在那里，任由尿水在他大腿上爬，在地上渥出一小滩湿地。圆头也被吓着了，说，这样不好吧？流鼻说，他是个傻子你怕什么？直到有一天，脱下裤子露出来的鸡鸡是那么大那么黑，跟他们其他人的都不一样，他们这才没了兴趣，改玩起开火车的游戏。他们总是唆使傻欢当火车头，他也乐意当，傻呵呵地笑着撑开双臂上下晃动，叫嚷着，快啊，快啊，开火车咯！其他人则相互眨眼示意，各自举起双手搭在前一个肩膀上，一个接一个地接起火车身，还没接完整，他就迫不及待地发出"呜——吝隆——呜——吝隆"开动起来。作为永远的火车尾，林有福却每次都能稳稳地操纵游戏的方向与进度。有时，他加快速度往前推，一节接一节的火车身也迅速往前推，每个人嘴里"呜——吣隆——呜——吣隆"的节奏越来越快，越来越快，笨拙的傻欢很快就跟不上了，直接扑倒在地来了个狗吃屎，后面的一节节"车厢"就顺势压到他的身上，他一哭，他们就笑，他哭得厉害，大家就笑得更厉害。有时，林有福将搭在别人肩膀上的双手故意往后拉，那个人就明白了，也往后拉，一节节"车厢"便都明白了，一个个往后拉，火车前进不了了，火车开始倒着走了，"呜——吣隆——呜——吣隆"，眼看着火车倒退得越来越快，林有福一声"一——二——三"，所有人同时放开手躲到一边，失去重心的傻欢便往后一仰重重摔在地上。看他四脚朝天，俨然一只上了岁数的大王八半天都爬不起来，他们拍手欢呼跑回家去。这样的恶作剧总会一次次地上演，傻欢自己也百玩不厌。诱骗傻欢喝下菜盆里咸咸的"神仙水"——那是他们几个人联合撒下的尿；蛊惑他去看公猪与母猪的交配，看得他脸红脖子粗；诱导他去掀那个长得特别难看的体育老师的裙子——他们告诉他老师的裙子下藏着一只鸡……每一次都是林有福起的头。最后那次诱惑傻欢喝酒也是他的主意。

这二十几年，每次跟他打交道总有不好的事情发生。王子衿努力克制，不让眉头皱起，不让牙关咬紧。手上的保温杯往桌上放时还是禁不住发出了声响。喝的什么补品？林有福拿过保温杯，盖子一揭，闻了闻。洋参汤？我真羡慕你啊！娶个老婆这么好用，上得厅堂下得厨房，懂得照顾人，懂得为人补台，看看我的，我的是专门负责拆台的。不仅戏台上台面拆了，台面下的柱子拆了，就连地上也要给你刨出一个大坑来才肯罢休。离都离了，又舍不得了是不是？王子衿把杯子拿过来重新盖好。能有什么舍不得的？林有福悠闲地点了根烟，又伸手在头顶把了把、扫了几下发尾的头皮屑，听说王总最近有大单啊？能不能分我一杯羹啊？

消息有误吧？哪有什么大单啊？

英国的订单分我一半？可以？林有福搓捻着拇指和食指。

这个订单恐怕你还真做不来。给你那是在害你。

文明叔口口声声说你是推托不掉，我看都是假话。那么高的利润谁不巴望多些量？

那你错了，我还真不想要。

算了，算了，别说这些废话了。林有福不耐烦地摆了摆手，我就是试探你一下。放心，不会跟你抢，我自己都有 200 吨呢。就想问问你出口英国的茶叶该怎么弄保险？咱们也算是发小，又不跟你竞争，你不会不告诉我吧？

这傻装得有点傻。王子衿在心底冷冷一笑。不怕一个人聪明，不怕一个人傻，也不怕傻子装聪明，就怕聪明人装傻。观音岩上，谁都无法否认林有福的聪明。两年驾驶兵，大家去学的是驾驶的活儿，他倒更像是去学做生意，顺便把驾驶技术给带回来。在部队的第二年，他就懂得倒腾东西。先是给新兵拍照，照好照不好都是 10 元钱。后来开始倒腾三五十元的服装、一两百元的小收音机，再后来是上千元的呼机。他是整个团里最早使用呼机的战士，没有谁不认识那个裤头别个黑色的小方壳走到哪嘀到哪，手头有这样那样小商品卖的人。所有士兵都以他为楷模，以成为他那样头脑活络的人为目标。借着小收音机的牵线搭桥，小到班长、排长、连长，大到团长、指导员，他至少都跟人混了个脸熟，得到了各种方便和好处。每逢周末，他就到城市里逛。别人逛的是街，他逛的是商机和本领。他曾到花铺里当过免费搬运工，了解了进花的渠道，结识了漳州的花商，还跟着花贩学会了几种花的种植和养护。他到刨冰店里当过免费服务生，跟着制冰师傅学会了各种刨冰的制作方法。退伍那年，他拒绝了连队给他转志愿兵的机会，拿着倒腾东西挣下的一万多元退伍。回到安溪后，一开始在农械厂开货车，主要运的是茶叶机械，三天两头跑茶场，时不时往汕头、深圳跑。第二年，他在县城干起了小个体户，各种成本低、回本快、销量大的小生意他都做了起来。春节前一个月，他提前以低价租下一个小工棚摆起了第一个鲜花摊。那时候，春节送花刚时兴起来，县城里还没有专门的鲜花店，很多人买花都要到市里去买。他到漳州找到那个认识的花商软磨硬泡以半赊形式预订了几千盆水仙花、近千盆小橘子树，不到半个月时间全部售罄。暑假来临前，他率先开起了县城的第一家刨冰店，三元、四元、五元价位不等的西瓜冰、芒果冰、龙眼冰等各种冰应有尽有。他曾经创下单晚卖出 300 多盆刨冰、收入 1000 多元的纪录。所有人都以为他就这么冬花夏冰地做着他的个体户生意，一年稳当地几万元入账。他不。揣着那两年生意积下来的十几万元，他执意回镇上开起了传芳茶厂，没几年茶叶出口生意便做得风生水起。

世间那么大，无非四种人：老实安分的人，老实不安分的人，安分不老实的人，不老实不安分的人。老实安分和不老实不安分的人都能成一定的事，差异在于：老实安分的人成的是稳当之事，不老实不安分的人成的是大起大落之事。老实不安分的人总能瞎折腾事，安分不老实的人最容易生事。王子衿自认为是老实安分的人，这几十年来一直惜着本分做自己的事，茶来茶去，除了茶还是茶。老实安分的人要找老实安分的人过日子，这样的婚姻才会幸福。当年，他看中的也正是陈暖的老实安分。何晚消失后，他重新追求她。他说，有些好听的话他也知道怎么说，但就是说不出口。教语文的她用每个字都简单合起来不简单的一句话回复了他。她说，眼到嘴的路途短，跑的都是风。眼到心的路途长，走的都是血。这句话后来被他奉为宝典，也坚定了他的选择。林有福与他恰好相反——他从来不老实也从来不安分。新世纪到来，从茶叶里赚到钱的他开始涉足房地产。一开始玩的是厦门楼花，新开发的楼盘，每套房子只需支付三两万元订金，一转手，每套净赚十几二十万。玩了几年，轻轻松松挣了几千万，吃香的喝辣的玩舒坦的，每次回乡见到王子衿总少不了那一句"要解放思想，要改变观念"。不承想，他的思想够解放，他的观念够领先，却挡不住全球金融危机如滔滔江水滚滚而来，房价像天上的冰雹咚咚往下掉，他跟人联手围住的楼房开出的是雪花。用他自己的话说，"亏得跟脱了裤子差不多"。兜兜转转耗了八九年又回到茶界，开的却是网店。好在，人还是聪明人。八年前，他成为安溪入驻天猫商城的第一家茶企，那句非常响亮的广告语"安县茶商挑着铁观音进天猫商城"铺天盖地地轰炸在主页。先是只出售本土生产的乌龙茶，后来扩展为红茶、普洱茶、绿茶、白茶，再后来又扩展到茶杯、茶盘、茶壶等茶配套，200万元，500万元，800万元，1000万元，2000万元……

对付装傻最好的办法是以傻还傻。怎么还？绕弯子。王子衿从一颗鸡蛋开始讲起。他说，在中国的大多数商店里，鸡蛋就是鸡蛋，顶多只能区分放养鸡蛋和饲养鸡蛋。在德国，超市里的每颗鸡蛋上都印有一串编号，这些编号是鸡蛋的"身份证"，显示着这只鸡蛋的主要信息：来自哪个国家？哪个地区？哪个农场？哪个鸡笼？哪天产的？母鸡都吃了什么？是草鸡蛋还是普通饲养鸡蛋？哪颗鸡蛋出了问题，有关部门就可以直接追查到具体的鸡笼。对于自己国家生产的食品，欧盟的管控尚且如此严格，对于自己国家没有生产的茶叶，他们的管控自然是更上一层楼。进口茶叶明确需要检测的农残项目数量470多项，此外的任何农残或污染物则依据默认标准以0.01mg/kg进行比照……

唉唉唉，打住打住啊，我今天可不是来上标准普及课的啊。林有福站起来，夹着烟的右手在空中抖了抖，一小截烟灰落下。他拿左手往桌上一扫，再往平头上连把了几下。不用讲这些湿货没用的，来点干货吧。去哪里买得到符合标准的有机茶？

这个我们也是暂时无解啊，我头大的不就是这个么！王子衿走到茶桌前坐下，烧水。对于眼前这个人，他不得不防。二十几年前，连着领教过几次，有一次还交了偌大一笔学费。1994年的茶王赛算是第一次。那年的茶王赛比到最后，让几位评委斟酌难定的是两泡堪称兄弟的茶，无论在香气的风格还是在汤水的滋味上都有许多类似之处，难分伯仲。王子衿的祖父和林有福的二叔公同时被请出山，王邀青认为虽是两个茶样但其实是同一泡茶，应该将两个茶样同评为二等奖；林志豪却认为虽然风格接近，但仍有高下之分，一个应该评为二等奖，一个应该评为三等奖。两人争执不下之时，林有福站出来说，你们看一下是不是42号跟3号的茶，如果是，你们就不用再争了。一亮牌底，果真是那两个号码。林有福双手抱拳，对着王邀青作揖道，我服邀青师！原来，听说要邀请脑袋有时不是很清醒的王邀青来当茶王赛评委，他便质疑起大赛的合理性和权威性，所以就把同一泡茶分成两个茶样报了两个名去参赛。这场茶王赛后来被称为观音岩绝"赛"。第二年，林有福约他联合申请项目，由他负责撰写可行性研究报告，林有福负责疏通关系。说好的项目资金一家分一半，结果项目立了，钱也拨下来了，却直接被林有福拿去用。这一用就是五年。两年后发生的仓库被淋水事件让王记赔进一大笔钱。那年春天，一个新来工厂不久的工人夜里梦游，说仓库着火拿水管去灭火，结果把仓库冲得到处都是水。仓库里储藏着第二天就要装箱发往日本的货。茶叶出口时需要装入专用的纸箱，纸箱内需要内置专用塑料袋。在王记茶厂，进入仓库储藏的成品茶一直都有内层塑料袋外层布袋两层包装，布袋内套塑料袋与纸条内套塑料袋规格完全不同。那一次，由于仓储时间短，王子衿破例同意工人省去一道程序，直接装进布袋储藏。这一淋，几十吨的茶都泡在水里。为了保证如期发货，他只能从林有福手里高价购茶。不久后，有人发现被王记解雇的夜游工人应聘在林有福的茶厂，他的夜游症没有复发。林有福一再解释这只是巧合，但谁都觉得他是此地无银三百两。不久后，林文明离开木木茶厂更引发了人们的联想。

防归防，礼数总还要有，泡的依然是好茶。王子衿拿出的是"香见"系列的 5 条 1，刚要剪袋口，林有福从口袋里摸出一泡茶，丢给他，来来来，试一下我这个。他不喜欢的终究是他的这种态度。于林有福来说，可能是一种随性。于他，却是随便——他们现在并没有好到这种程度。烫过盖瓯，把茶颗粒往瓯里放，盖住摇几下，一闻，王子衿的眉头不由得有点发紧。第二冲水，闻盖香，出水，急急一喝，什么地方跟着嘴一同被烫到了，他抿紧嘴。就像打红桃五，刚开始，庄家先来一个大型拖拉机，再来一个小拖拉机出来，已经调了 10 根主牌，往下无论三根或者对子，你抱着三根红桃五都是稳坐钓鱼台。怎料到，人家"唰唰"又是一个小型拖拉机。开出大小几部拖拉机的林有福身体后靠，两个手臂支在沙发扶手上，高高翘起的二郎腿在空中一下一下地点着。怎么样？是不是有点熟悉的味道？

　　这句话倒是有几分熟悉。那年春天，县茶管委组织十几个茶企老总去云南考察茶产业，林有福是电商界的代表。坐的是中巴车，带队的副书记是唯一的女性。女副书记是省农业厅的一个处长，刚到基层挂职。两旁的灌木行道树正在开花，翠绿的叶子间一簇簇白色的花，再间或着红色的嫩叶，色彩的层次感特别分明、对比度也特别高。有个人大常委会常委打开了窗户，一股浓郁的气味就涌进车内。林有福拎着鼻子这边嗅嗅，那边嗅嗅，这什么味道？这么怪？开窗户的常委邪邪一笑，怎么样？是不是有点熟悉的味道？林有福一摸脑壳，是香水味？他凑近前排的女副书记，一嗅，是书记身上的味道？领导横了他一眼，脸"刷"地一下子就红了。全车男人"轰"地炸开了笑。要知道，女副书记还是个未结婚的大姑娘。王子衿跟他指了指窗外盛开的花，他立马明白了。噢噢噢，原来是花的味道啊。一波刚平，一波又起。开窗户的人讲起大学时搞的一个恶作剧，有个同学在追求班上的一个女生，舍友撺掇他给女同学送花。送什么花？舍友们帮他出了主意，学校里的石楠花开得正欢，不用花钱还有着很好的花语——孤寂、保护，甜得发腻。故事还没讲完，女领导的秘书顺口提了句，今天正好是领导的生日。林有福一听乐了，今晚咱们一定要送领导一个大蛋糕，蛋糕上就撒上石楠花，保证双份甜。姓唐的领导一点都不领情，脸绷得更紧了，一阵青一阵绿。坐在他身边的政协常委笑道，林总，你的口味可真是重啊！开窗的人也笑了，估计林总得跟我那个舍友一样的结果。结果怎么样？那还用说，女同学直接把花砸在他身上，还骂了句，恶心！

时隔多年，女副书记早调回省城了，估计林有福也早忘了当年的石楠花事件。王子衿又闻了闻盖香，有些不大相信。这是你厂里做的？

是啊。没有金刚钻，我怎么敢揽何晚的瓷器活？不要以为只有你们王记才做得出梨子香啊，我们也可以的。是不是有点神似？现在，你们已经不是唯一了。林有福哈哈一笑，连喝了几口茶，又拿手在头上耙了几下。王子衿拿茶海给他续了杯，出了第三冲茶水，又往盖瓯里添了水。他把身体往后一靠，右手中指与食指合成的"橄榄籽"有意无意地敲着扶手，"咚，咚，咚"，"咚，咚，咚"。怎么，王老弟真的不肯透露玄机？不肯指点指点？

真不是不肯，我自己现在都泥菩萨过河呢。王子衿提起盖瓯出水，茶海里的茶水漫了出来。

看来你还真是在过河啊？林有福右手在桌面上一拍，站了起来，不说我可走了啊？说这话的同时，他将茶海里满满的一壶茶水猛地往茶盘上的荔枝串茶宠倒下。到时你也别怪我怎么你走哪儿我跟哪儿啊！三颗刚刚还是深咖啡色的荔枝，瞬间变幻出斑斓的色彩：鲜红的荔枝壳，翠绿的荔枝叶，雪白的荔枝肉，褐色的荔枝核。

王子衿还没起身，林有福已经出了门。他说的话带着阴阳怪气，王子衿不知他这招出的什么牌。刚开始是炫耀，现在变成了威胁。一个声音说。可他无形中等于也是在给你预警啊。另一个声音说。

上午的时间紧，王子衿做的是相对简单的室内运动。刷牙前，正手引体向上 30 个。刷牙后，反手引体向上 30 个。喝过一杯温水，戴上蓝牙耳机，开始做平板支撑。蓝牙耳机是无线内嵌式的，用起来极其方便，是去年大儿子用奖学金为他购买的生日礼物。小儿子送的是一艘乐高加勒比海盗船，当时一见他耳朵上的这新玩意儿就要来抢。大儿子伸手护住他的两只耳朵，不行，这是给老爸的生日礼物，谁都不能用！小儿子脚一跺，嘴一噘，有什么了不起，我自己攒钱买。怎么攒？陈暖之前拟定的家庭劳动有偿表及时上线：洗一次碗 5 元，楼上楼下完整吸一次尘 20 元，完整浇花一次 5 元，半年多倒也攒了好几百元。却不肯买次一点的，也不肯买单只，坚决要买完全一样的。管理孩子，陈暖自有一套。小区里有个 50 米游泳池，时间和条件允许，他通常等陈暖送完孩子回来一起去晨泳，一周至少两次，一口气游个 1000 米再上岸。按等值运动量计算，没有下池游泳，便会做三组平板支撑，每组 10 分钟。他抬手看了下手表，时间只够做一组。他点的是新闻播报，两则爆炸性大新闻：叙利亚遭受来自美国、英国、法国超过 100 枚巡航导弹和空对地导弹的袭击；Facebook 用户数据泄露事件仍在发酵，扎克伯格参加两次听证会，接受国会质询。洗完澡下楼，土地公的龛台上已经摆了供品、上了香，大厅里氤氲着沉香的气味。每个月的初二、十六，父母亲总是起得特别早，陈暖也跟着早起。父亲已经出门。他点了香正要拜拜，背好书包要去上学的小茗辉从楼上冲下来，应付式地喊了句，老爸 Bye-bye！就要往外跑，被他一把拉住了。他让孩子站在自己身前，把香往孩子的两只手中一夹，用自己的双手扶拢住孩子的手，冲着龛台上的土地公拜起礼来。孩子念小学五年级，正是调皮的时候，蛇一般扭动着身体想要挣脱。无奈手被抓得很紧，挣脱不成。好不容易拜礼结束，孩子像一条滑溜的姑溜，从他的腋窝下一钻，溜了出去。溜得太急，差点撞到拿着蒸好的蛋往餐厅走的母亲。小心！茗辉！母亲拍了一下孩子的屁股，孩子屁股一缩，抓过桌上的牛奶面包就往外跑。奶奶 Bye-bye！

还有蛋！蛋！母亲抓起一个鸡蛋就要追出去，孩子已经跑远了。王子衿坐了下来，对母亲说，小孩子不用那么宠他！她望着孩子的背影立在那里，眼睛里泛出的都是笑。你阿公在世的时候就一直说，这孩子将来定有你之信公的聪慧。

从记事起，王子衿最经常听祖父讲天祖之信公的事。之信公之前的王家，世代务农。到了他这里，却突然出了个经商奇才。周岁抓周，一手抱住算盘，一手抓住铜钱，两手都不放。五六岁就懂得帮邻居算账，问他怎么算出来的？他指了指脑袋说，这里知道呀！自此人称"小算盘"。读了几年私塾，跟着林家老板当伙计，先是在厦门练了几年手，到巴城后很快就能独当一面。你们是不知道啊，之信公当时在厦门商界可称得上一绝。小时候，王子衿趴在祖父腿上让他掏耳朵，祖父提起之信公总要说上这么一句。他的眼角上扬，嘴角也上提，像是亲身经历了那场比赛。那一年，岛内举办珠算大赛，几乎所有账房先生都去参赛。赛场上，上百部算盘"嗒啦嗒啦"地响个不停，唯有之信公桌面的算盘一动不动。他的算盘珠子不动，但他的眼动心动，每看几眼题目，很快就写下一个数字。虽然最后因错了两题，他没能拿下冠军，但所有人都记住了这个不用打算盘就能算账的"小算盘"。之信公不仅擅长计算，在语言方面也颇有天分。用今天的话来说，他就是个语言学家。除了官话和闽南语，他还精通英语、印尼语、荷兰语、印度语和粤语，简单的葡萄牙语也会说几句。之信公还学过咏春拳。据说那一年跟林老板去印度，他单手击退了持枪的英国人，又赤手空拳地夺下当地劫匪手上的大刀，两次救主人于危难之中。正因为有恩于主人，林老板先是把巴城店里的股份分了一成给他，后来，又想把女儿许配给他。考虑到身份的悬殊，林老板干脆借钱给他开店，让他先成为老板，还提供茶叶给他。每次祖父讲到这里，总会补充交代一句，之信公为人很厚道，不肯自己的茶铺跟老东家的形成竞争关系，主动把茶铺开到相隔两公里之外。第一单大生意来得有些巧。一天傍晚，下着雨，茶铺来了个荷兰人。人家其实就是来躲个雨，之信公却很是热情地泡上店里新到的铁观音。荷兰人一喝，这是乌龙茶？怎么这么香？之信公的兴致便来了，从观音托梦讲到乾隆皇帝赐名，再讲到几年前去印度，萨哈兰普尔植物园主管史密斯先生说这是可以触动灵魂的香。荷兰人预付了5两银子作订金，让之信公三天后中午往码头送两担铁观音过去。之信公按照约定的时间送茶到码头，等到太阳都下山了还没有等到荷兰人。荷兰人同时在另外两家茶铺也预订了乌龙茶和红茶。他想，荷兰人一定是碰上什么事了？或者是荷兰人搞错时间了？第二天中午，他继续到码头。午时已过，依然没等到。那两家茶铺的人把茶叶往牛车上一放说，不等了，肯定受骗了，白花了两天车钱。他不死心，第三天仍然准时等在码头。有英国茶商看了他的茶后说，不用等了，人肯定走了。这些茶卖给我，一样的价钱。他把袋口一收，你要，我可以另外卖给你，但这些不行。第四天中午，荷兰人终于出现了。原来他去香料店铺收香料时跟人发生矛盾，被打了，住进了医院。荷兰人完全没想到之信公坚持等了下来。他放弃了之前联系的那两家茶铺的订金，直接找之信公追加购买了两担武夷岩茶和三担小种茶。这以后，生意就好做了。第三年，之信公还清了林老板的借款。王子衿无数次设想着天祖从林老板手上拿回欠条的那个晚上，偶尔透过云层的月光很亮，但黑色的云朵很多，一朵接一朵轮流从月前过，像是为月亮筑起一道道墨门。一大朵白云徐徐飘来，像要去敲乌云的门，它一点点飘近，一点点轻敲。乌云被迫退去，白云紧紧跟随。之信公抱着头坐在巴城的码头哭。哭自己的穷苦出身，哭自己的艰辛过往，哭自己这么多年漂泊在外，哭自己这么多年不被理解，哭自己看得见看不见的未来。哭过，云雾散去，力量也重新攒聚。在巴城站稳脚跟后，他迎娶了林老板的女儿，在厦门聘请伙计开了王记茶铺。所有关于之信公的一切，都是祖父的祖父讲给祖父听的，就像祖父讲给王子衿兄弟听一样。

到了曾祖父王章焰，很多故事祖父都亲身经历，他反倒不爱讲了。他绝口不提曾祖父被当成汉奸，曾祖母为救加入共产党的女儿委身日本人的过往，也不提他们三兄妹在不同战线抗日的事情，顶多就讲讲八九十年前，王记已经是厦门岛凤凰道上最大的茶行，曾祖父把王记茶行开到东南亚许多个国家。岛上修建观音路时，他又抓住时机，在观音路上置下许多商铺，把总店和住家搬到观音路上，又把剩余的商铺租给他人经营布料、食杂品等生意。每次车从观音路上经过，王子衿总喜欢在一家家繁华的店铺中去搜寻和比照当年的场景，这家 Adidas 旗舰店那时候应该是德化人开的瓷器店，这家门前排长队的网红奶茶店那时候应该是永春人开的香店，这家厦门特产店那时候应该是杭州人开的丝绸店，这家烧仙草店那时候应该是泉州人开的烧肉粽牛肉羹面线糊店，这家沙茶面店那时候应该是上海人开的时装裁缝店……几乎每隔出三五家店铺就有一家饮料店，就像那时候整条街上时不时会有一家安溪人开的茶叶店一样。闽南人的生意做得早，才八点半，店铺一家家地打开，广告语也此起彼伏地响起，"走过路过，千万不要错过"，"进来是美女，出去是仙女"，"一串 20 两串 30"……这是王家几代人情感的一个聚集点，也是王子衿小时候心中一个重要的地理坐标。每年暑假，父亲总会带他去一次厦门。走在观音路上，父亲指着骑楼下的一大排店铺说，以前那一整排店铺都是你太公开的王记茶行，由王记开出的茶票几乎被当作银票在闽南各商铺间流通使用……刚回乡创业的那年除夕夜，零点贺过正，他和大哥给祖父祖母敬上新年的第一杯茶。祖父拉着他的手，摸着他的头，眼眶里湿润出一种慈祥的柔和。好好做，将来发展好了，再走出去，再走出去。祖父的手在颤抖，声音也在颤抖。他说，自之信公开始，咱们王家产业的发展呈现出波浪状。你看，天祖走出观音岩，开疆拓土创下厦门到印尼的基业；高祖功业平平地守住产业；曾祖父大阔步发展，分号开到了泰国、菲律宾、马来西亚和新加坡等地；到了我，赶上不好的时代，王家绕了一圈回到原点观音岩，说好听是韬光养晦，说不好听就是无能；到了你父亲这一代，好时代开始了，他粗粗打了个底子，交到你们兄弟俩手上；到了你们，真真是大好时代，王家这停滞几十年的产业该要进入发展的黄金期了。多年后，公司总部落户厦门。一开始，大哥执意要将公司总部设在深圳。大哥的想法，同为特区，深圳像是一匹奔跑的战马，跑出的是时代的加速度，吸纳的也是全国各地的高端人才。而厦门更像是院子里一只悠闲漫步的小鹿，不所谓慢，却也不所谓快，适合生活但不适合经商，要经商还是要在深圳。王子衿认同大哥的观点，但情感上又更认同厦门。祖父拿食指指着中国地图上的厦门，连续戳了几下，王家祖上几代在这里经商、生活。大家便都明白了。

　　一进公司大厅，王子衿便闻到了香火味。父母亲早就形成一种默契。母亲操持家里的龛台，公司的龛台大多是父亲在操持。当年，亦是父亲请风水师确定了土地公神位。这也成了公司针对闽南区域一条不成文的规定——闽南所有的分公司，所有的门店，都会摆敬土地公。有一回，国土部一位副部长到安溪视察乡村建设，村主任给村民们介绍部长的身份，村民搞不清楚国土部是干什么的，村主任就打了个比方说，乡土地所的同志是小"土地公"，这位部长可是大"土地公"。下一个点正好来王记公司，见到高高摆在木质龛台上的土地公像，部长便笑了，我看闽南的土地公地位很高么。土地公的神位面朝大海的方向，香炉里燃着六根香。看来，大哥比他来得更早。他把陈暖准备的樱桃和贵妃芒往供盘里摆好，点了三根香插上。

　　王子衿不喜欢开会，但没办法，这样的会议经常得开。总公司要开董事会、经理会，茶季前要开生产会、订购会，茶季中要开宣传推介会，季度会、半年会、年会一个都少不了。安溪公司也有各种会议要开，几乎就是小一号的全套餐。冗长的、短暂的，宏大的、袖珍的，公开的、秘密的，露天的、室内的，面对面的、远程视频的……世界是一个个会议组成的网。时间以会议的形式流动，公司以会议的形式运转，合作在会议中达成，谋略在会议中流通，好的坏的都以会议的形式流传。会议的名称千万种，大抵分为有趣与无趣两种。高明的领导可以把无趣的会开出趣味来，差劲的领导可以把有趣的会开出无聊来，更多的人则是把无趣的会开出无趣，把有趣的会开出些许趣味。开过的所有会议都不及在报社专题部那半年开的会议务实和高效。每周一会，每个人报选题，目的、意义、困难、方法、建议，拍板定选题，散会，然后该干吗就干吗去。就像中国乒乓球队打球，"啪——啪——啪"，三板搞定，干脆利落，不拖泥带水。现在，大大小小，内内外外，很多会议都是在说无用的话。越是冗长的会议越是能把无用的话说得天高水长、钻天入地，越是无用的会议。他可以做主的总经理办公会节奏相对紧凑些。两句话能说明的就不要用到第三句话，一个人能搞定的就不要用到第二个人。但现在，董事长是会议的组织者，发球权在他。大哥时不时刷一下微信，看几眼新闻。这就是做董事长的惬意。任尔等十八般武艺较量奋战，我自逍遥自在风轻云淡。正式场面上不爱说话的他甚至创造过一大个会议下来，说了个"开始"，说了个"结束"，中间留下的就是"好""很好""我看可以"。

王子衿时常怀念风投公司注资前的那几年，公司账户上很有些钱，大小事宜兄弟俩碰个头，或者仅仅一个电话，连拍个脑袋的动作都不需要直接就 OK 了。最畅快惬意的决策大手笔在日本 9 级地震引发大海啸和福岛核电站发生泄漏那年做下。他从北京坐飞机回厦门，屏幕上正在播放国内著名策划大师的一个宣传短片。大师从一个深邃的隧道中缓缓走出，走到洞口镜头快速推进，光束打在大师的身上，大师站在那里，左手托着右手手臂，右手伸向前，食指和拇指比出开枪的动作，一句话打在屏幕上：你以为公司的固定资产值钱？错，值钱的一定是你的品牌价值！那一瞬间，王子衿真像被大师的子弹击中，脑袋有迸裂的感觉。他默默记下短片中的电话号码。一日午后，兄弟俩在别墅庭院里泡茶，他聊起了这个大师，提出请他来为公司品牌营销进行策划的想法。大哥担心的主要是钱。王子衿拨出那个在心中反刍过无数遍的电话号码。当时，他左手拿着手机，右手继续冲水泡茶。简要介绍了自己的身份，他刚开口介绍企业的理念，对方冷冷扔过来一句。不用跟我讲这些，如果你比我专业就不需要找我。

王子衿一下子尬住了。就像进了一条死胡同，人家一拳就把你钉在墙上。他听到自己抬起的肩膀骨头响了两声，手指被瓯盖烫到了。他急急放下盖瓯，拿手指在耳朵上摸了两下。

先往我账上打 500 万元过来。对方倒是直接，一下子就说到了钱上。几年后王子衿去北京拜访大师，大师正在作画。大师不愧大师，书画、古董都颇有研究。画的是《山野幽居》，霜染红林，雁过青天，崎岖的小路、平静的湖面，孤舟、独亭，老翁闭目垂钓。王子衿指着画上的老翁说，我觉得《姜太公钓鱼》更合适。大师停住笔，一笑，怎么，你这大鱼对当年那 500 万还耿耿于怀？是不是觉得我狮子大开口？他哈哈一笑，索性顺着大师的钩子往上爬，我那是愿者上钩，当年还怕您不钓呢！大师被哄得有些开心，又轻轻几处闲笔，水面顿时微微泛着波光。大师往后退了两步，自我端详欣赏了一番又说，我画的这是生活，你说的那是生意，莫混了。王子衿跟着退了一小步，戏谑地说，目测过去，这游过来的应该是三五万的小鱼，大师不会看上眼的。大师揪了揪下巴，连眉毛都带着坏坏的笑意，说，当时手头刚做完一个 800 万的项目，不是特别在乎，一听你是飞机上看的广告，心头也有些不舒服，就想吓唬你一下。不过说真的，500 万是一个非常准确的衡量器，一来可以检测企业是不是真有经济实力，二来更能看出掌门人是否有足够的魄力。王总没让我失望。《山野幽居》

现在正挂在厦门别墅二楼小客厅。

没有第三句话。王子衿听到电话"嘟——嘟"地响着长音，他感觉头顶一块砖头砸了下来。是蔑视？是挑衅？

500万？王子鸣伸出五个手指头。还只是首付？就一个纸上谈兵的文案？

也有可能就一个概念，或者就一句话。

大哥直摇头，这么贵，我看算了。

还真就因为他敢这么开价，我倒是心动了！王子衿双手一拍，没点真本事，他敢这么开价？往下，他跟大哥举了个装修房子的例子。很多人为了省钱选择自己做设计，铺什么颜色的地砖，吊什么样的顶，做什么样的电视柜、衣柜，跟着自己的感觉走，装修完了一看，颜色搭配有问题，风格处理不协调，好像这也不对，那也不对，但木已成舟。倘若请高手设计，一开始人家就会跟你确定是欧式还是中式，是要走时尚清新风还是走富贵典雅风，风格一旦确定人家就根据房屋面积的大小、形状结构、朝向、楼层来系统考量全面搭配。就几分钟，兄弟俩意见一致。半个小时后，财务把500万打入对方指定的账户。第二天，大师带着他十几个人的专业团队来到厦门。两个月后，品牌营销全套方案出笼：从商政礼节茶的全新定位，到邀请明星代言，举办全球品鉴会系列活动，再到设计广告语，推出"香见"国礼茶，一环紧扣一环。所谓好马需要配好鞍，末了，大师免费给了一个建议：最好请香港的著名设计机构靳与刘工作室对企业产品 Logo、包装及门店装修等一系列商业形象进行全新升级设计，一步到位。兄弟俩电话里一说，200万的设计费又打去香港。第二年，全新的王记风靡全国。

公司规模小时，都希望做大。大了，便不自在了。各种会议羁绊他，各种会议研究通过的制度捆绑他。没法子，都得适应。风投、股份、上市，要求的就是规范。规范的前提是透明，透明的最大方式就是会议。只能把每一次束缚都当作化蝶前的蛹，过程痛苦，但必须经历。上市的攻坚阶段，恐怕还得束得更紧些再紧些。去年，省内一家茶企好不容易过关斩将，进入上市公示时被人举报账面作假，一查果真。临门一脚，自己把自己踢出了局。王子衿时常以此为例，提示大家警醒。一个成功的会议通常是流程走得完美，节奏控制得稳当，有支持有反对，支持大于反对。能争得面红耳赤的会议，一定是缺少必要的沟通。无论会前已经达成如何有效的沟通，还得用会议的形式最终给它确定下来。就像一件衣服，选择好布料、做好裁剪、再完成车工，还需要最后的熨烫使它定型。董事会还真开成了董事会的样子。董事会秘书简要汇报加快推进欧洲出口战略的缘由、契机、准备以及风险，刘董事象征性地担心了一下产品的过关问题，其他董事有的关心欧盟检测指标，有的关心王记香核心原材料的供应，都是老生常谈的东西。每个董事手头都有一份详细的材料，他们的背后都站着一群人。谁都知道"新海上丝绸之路"的国家意义，他们只是需要在董事会的会议记录里留下他们充分履职的痕迹。大哥认真地当着听众，偶尔刷两下微信。董事会秘书稍微做了解析，像是河流最终要汇入大海，所有问题最终都会拢到了王子衿这里。他告诉他们，茶叶出口英国是公司当前最大的政治任务，有条件要上，没有条件创造条件也要上，没有退路可言。至于怎么上，他不会多说——能端到台面上来说的董秘已经都说了，没说的便是不需要说的了。前头已经吃过亏，有些话不能讲得太清楚，很多事情必须转到地下。他们只要知道，总经理有准备、有把握，这就可以了，至于路径，那是总经理需要解决的事情。所有成果归董事会集体所有，困难从来独属总经理。这是王子衿一贯的办事风格——从来不说无把握之话，也从来不打无把握之战。一旦同意做，即便长不出三头六臂，该踩风火轮他会去踩风火轮，该架云梯他会去架云梯，该东海借雨他会去东海借雨。

王子衿这回还真去踩风火轮架云梯东海借雨了。就在两天前，林文明的电话急急打来，五阆山和大岭山那些抛荒的茶园恐怕要泡汤了。

两个采购商当时不是都说没问题？不是都已经跟茶农说好了？到时由他来组织制作？

谁能想到还有其他人也伸手出来了。人家给了更高的价，茶农肯定心动。我们要不要再把价格往上抬？

谁？谁知道我们看中了那两座茶山？

人家不说。

人家不说，但王子衿猜了个八九不离十。他知道自己大意了。价格战不是不能打，关键打到最后，谁输谁赢都不是准数，而仅有那两个山头，缺口总数还是那么多。只能另辟蹊径。好在很快有吴姓采购商反映，与他同个乡镇的石门村近几年很多村民都外出各大城市承包食堂，附近的石门尖山上也有近千亩茶园几乎无人管理，那山上种的可都是铁观音。吴姓采购商还提供了一条重要线索，他曾试着联系几户茶农，他们完全不在乎卖茶青的那点小钱。石门尖？王子衿想到了一个人。他刚到报社的第二个月，一天上午刚上班，报社门口坐着一个十八九岁的大眼睛小伙。一问，说是开店卖服装的，带了5000元来广州进货，坐公交车时睡着了。醒来的时候，口袋里的钱被偷得一干二净。警是报了，但破案肯定遥遥无期，小伙子希望能借助媒体的力量督促派出所尽快破案，或者能有同车的人提供线索。他听这口音像是闽南，便问，你是泉州的？小伙子点头。他又问，安溪的？小伙子又点头。王子衿让他站起来，小伙子抱着双膝说，不，我要等你们领导。王子衿问，你认识我们领导？小伙子摇头。王子衿乐了，你不认识我们领导，那怎么找？难道我们领导脸上会写"我是领导"？小伙子有些不服气，领导应该有领导的样子吧？像你，肯定不是领导。王子衿心头暗笑，转而用闽南语说，我不是领导，但我是安溪人，老乡有时候比领导好用呢！他果真帮了老乡，不止一把。他有个同学在服装批发市场开了三家店铺，规模都很大，什么风格的服装都有，他让同学预批3000元的时装给小伙子，下次进货的时候再一起结算，万一出现什么意外，他负责兜底。离开批发市场的时候，他塞给小伙子200元做路费。两天后，专题报道《城市的良心——福建小伙梦碎广州城》见报，引起很大的社会反响，案件一周后破获，5000元全部追回。二十几年来，一南一北，断断续续见过几次面，小伙子后来改做水暖生意，再后来办起服装加工厂。每次见面，小伙子总会说，您当时胆也真够大的，敢担那么大的保。几千元呢，万一我拿着服装跑了呢！他总会呵呵一笑，我知道你不会。年前，县里召开扶贫工作表彰大会，他作为助力三农代表上台领奖。会议间隙，两人又见上面了，他这才知道，小伙子已经当上石门村的书记。书记不再是当年的小青年，他把胸脯拍得"扑扑"响，我知道王总不大可能用得上我，但哪天真有需要，尽管开口！

这回真只能跟他开口了。经商这么多年，王子衿一直坚守自己的准则：既然是做生意，钱能解决的，他基本不会想去动用关系。现在，已经不是钱可以解决的问题了。书记答应得很爽快，也实在有能耐，一两天时间就把半个多山头七八十户茶农的茶园流转合同给签下来，剩下二三十户三天内也都会回来签，这样不仅永绝了后患，而且可以源远流长。书记还帮忙找了个临时加工点，到时公司只需派个技术人员过去指导，统一采摘，统一制作。这些默默做了就好不必多说，无益。

后半截的会议居然还开出了少许趣味来。董秘刚把宣传规划起了个头，刘董事随手翻了几页材料便一脸不高兴地插进话来。郑秘书以后你可要注意了，像这种就一个宣传方案，王总他们自己开个总经理办公会研究研究就可以了，哪里需要上到董事会？董秘正要解释，这个方案……王子衿比了个打住的手势，说，这个我先说明一下，如果单只是一个宣传方案那确实犯不着大张旗鼓地上到董事会的台面上，关键这是欧洲战略的一部分，也可以说是它的配套。这个方案一拖三：其一，是否参照去年那家装饰公司的做法，将这家文化传媒公司列为协同发展的子公司？其二，若不收购，是否接受它的抖音全球推介方式？这些既涉及企业形象，更涉及大额资金。其三，是否一次性购买它五年宣传规划？是否采用对方提出的技术入股三七占比投资方式？可以说，这个规划直接关系到今后几年的宣传方向和宣传重心。往大了讲，关系到企业的长远发展。说到这儿，他微笑而又礼貌地望向刘董事，刘董事，您觉得我说的有没有道理？

刘董事频频点头，王子衿冲董秘比了下手势，示意他继续把方案往下细说，自己则取下眼镜，往里压了几下眼镜腿，又拿桌上的纸巾擦几下镜片。其实，镜腿并不松，镜片也并不脏，他的手在动，视线却并没有落在手上，而是在会场里扫视起来。他有足够的耐性，听他们一个个地发表完意见。如他所料，引起大家争议的是关于"中国茶在世界"抖音号的开设。名字是他改的，原本送上来的名字是"王记的茶"，创意来源于大儿子那天发来的一个英国老茶客做的抖音——"外国人吃中国茶"，已经做了十几期，都是关于乌龙茶、普洱茶、红茶各种冲各种泡各种喝。号主自称"茶哥"，有时候说的是纯英文，有时候说的是纯中文，更多时候是半英文半中文，这形成了一种特别的效果。就像包子皮里包着香脆，嚼下去每一口都是意想不到的新鲜和趣味。茶哥经常使用感叹词"Oh, oh！"，正当你想当然地以为往下接的一定是"My God"，他说出来的却是带着高低起伏腔调的"我的天啊"，充满了喜感。有一期做的是花茶，他将一粒花茶球置于玻璃杯中，开水一冲，一朵花瞬间在杯中开放，绿色的底层是银针，黄色的中间层是菊花，成串往上浮动摇晃的是茉莉花。他尖叫着，Oh，oh，我的天啊！It's flower！绽放在水里的画！又有一期做的是雀舌绿茶，眼见茶叶一根根在杯中竖立，他又是耸肩又是惊叹，Oh，oh，我的天啊！Spring！Spring！这是站立在杯中的春天！Beautiful！Beautiful！有一期特别有意思的，白皮肤蓝眼睛的茶哥身穿宋朝公服，圆领大袖，腰间束革带，头上戴幞头，拿药碾子把茶碾成粉末，加少许温水拌上，再冲入沸水不停搅拌，表面生成厚厚一层茶沫，他在茶沫上画出一张笑脸，尔后端起茶碗，喝上一大口后吟起卢仝的七碗茶诗。他吟，一碗喉吻润，又接了句，Oh，oh，我的天啊！不够润，还得再来一碗。再喝一口，又吟，两碗破孤闷，又接了句，Oh，oh，我的天啊，我越喝越孤闷……看他摇头晃脑仰脖吟说得一副不正经样，王子衿也忍不住笑了出来。那一期视频收获上千万点击量，几十万点赞数。代表众野的方董事说，中国茶在世界？这会不会说得太大了？这应该是农业部，最少也应该是农业厅该做的事吧？代表云聚的廖董事说，是啊，我也觉得，咱们一个公司有必要为整个国家的茶叶做宣传？没有哪家企业会这么做吧？还是"王记的茶"更合适些。代表员工高层的陈董事也表示了担忧，我看方案里有一句话，培养新的消费群体。我们这是要以一个王记之力，为全球茶企作贡献，培养全球茶叶的消费群体？

是时候给这些很不懂事的董事洗洗脑了，王子衿想。这么多年，这些动辄把"钱钱钱"粘在舌头上，把"利益利益"拴在牙齿上的风投公司代表一直让他头疼。现在，普及茶知识茶历史的机会摆在眼前——N年以后，公司发展史上定会留下有关这堂高信息量茶课的记录。他先详细解读了方案。方案打的是组合拳。一个好的创意广告首先要有目标受众。那群小年轻做了很多功课，将公司客户细分为茶小懒、茶小白、茶不二、老茶客、茶极客等五个等级。茶小懒，不喝原茶，只喝奶茶冰茶等茶饮料；茶小白，都市白领，智泡茶饮机是其首选；茶不二，喜欢茶，但对茶没有多少研究，不分黑白青红黄绿茶，各种茶各种喝，大杯袋泡茶浸泡，保温杯茶颗粒浸泡；老茶客，一般已经形成自己相对固定的偏好，钟爱一到两个茶类，各种等级的茶都喝，须得是手工泡；茶极客，喝的都是高端茶。最早是给那套茶具取名时，王茗瀚首次提出的茶极客概念，当时一听，我这后脑勺便有一股热流往上涌。这种对消费者的细分时尚、清新，既符合这两年公司提出的"让国茶回归百姓生活"，又可以使宣传更有针对性和有效性。老茶客和茶极客是相对稳定的客户群，轻易不会为某一个宣传改变选择。茶不二还没形成自己的喜好，是最容易跟着宣传从这种茶跳到那种茶的。茶小懒、茶小白是最不稳定分子，随时都有可能离开茶。所以，宣传的重心在于后三者，以及后三者之下的不喝茶的人。如何宣传？最大程度地掌握主动权。

王子衿继续往下说。巧克力，大家都很熟悉。说到巧克力，每个人头脑里关联的肯定都是小孩、女人、爱情、甜美滋味，还有阖家天伦之乐！谁能想到在几百年前，巧克力只是王公、神父和战士们的专用饮料，它与战场、宗教狂欢和尊贵、荣耀以及房事密切相关。为什么有如此巨大的反差？这都是被引导的结果。或者说，是商品的使用方式引导了它的消费。巧克力原产于墨西哥。16世纪初，哥伦布碰见玛雅人乘坐着大型独木舟，玛雅人为不小心掉了一些杏仁状的东西而慌乱得很，哥伦布怀疑"掉下来的是他们的眼睛"。从此，欧洲人关注起了这个值钱的东西。因为稀有，再加上味美，以及喝后的药理反应，战士希望借助它在战场上骁勇善战，王公贵族希望借助它在美人的床上勇猛，神父们希望借助它在禁欲苦行的日子中保持清醒和活力。一开始，他们也跟墨西哥人一样，只是将巧克力加水冲泡，饮用时再加进红辣椒、黑胡椒、肉桂、香草豆等各种香料，甚至是石灰水。想想都知道，那得有多难喝，但为了获取传说中的力量，难喝权且忍着吧。后来，西班牙人试图加进甘蔗汁让巧克力甜起来，好喝极了。再后来，西班牙人往甜的巧克力饮料里加进了牛奶，这就是今日巧克力的雏形了，几乎所有人都爱上了它。还有马铃薯，一开始欧洲人极度冷落它。西班牙人在秘鲁安第斯山区发现它，他们把这种食物与殖民地矿场的印第安奴隶画上等号。1770年，那不勒斯发生大饥荒，谁能想象，当地人宁肯饿死也断然拒绝一船从远方运来的马铃薯。后来，有人说，马铃薯是强力的春药，欧洲的有钱人才开始接受它。现在，再来看土豆泥，它已经成为西方文化的一种标志。还有曾经作为"文明的诞生"代表的肥皂。20 世纪，欧洲人成功创造了其殖民地非洲对肥皂的强大需求——不是出于卫生的需要。铺天盖地的广告中有两对非洲夫妻，使用肥皂的女人的丈夫穿着西装在白人开的公司里抄抄写写，做着体面的工作，而没有使用肥皂的女人的丈夫则在矿场做着苦力。广告向原住民特别是女性释放出一个强烈的信号，女人是自己男人事业有成的推手，女人如果不够文明，不符合欧洲人的标准，男人就别想得到好工作或者升迁的机会。以我们现在的眼光看，我们当然知道要先有钱才能买得起肥皂，而不是用了肥皂你就有了钱。可在当时，那种宣传极大地影响了非洲人的消费观念，成功化解了欧洲肥皂产能过剩的危机。

再来看看可口可乐。可口可乐在 19 世纪后期就开始生产，什么时候开始风靡全球？二战以后。从哪里开始流行？欧洲。为什么？很长一段时间，欧洲人一直担心年轻人喝了这种饮料会稀释他们的法国或者比利时的基因，失去欧洲人的彪悍骁勇能征善战的特质。美国军队 150 万兵力开进欧洲后，欧洲战场成了可口可乐公司的宣传阵地。他们为前线战士免费提供充足的饮料，欧洲人一看，人家美国大兵那么能打仗，打哪胜哪，原来是成天喝那种饮料给喝出来的。那就喝吧。时至今日，世界上那么多年轻人依然爱喝可口可乐，为什么？现在当然不再是美国大兵的效应了，而是来自他们用广告传递出这种饮料所代表的一个个符号：都市、年轻人、活力。如此轻易，世界上几乎所有国家的年轻人都接受了美国可口可乐公司灌输的概念。几十年前，他们可以做到，那么我们为什么就不能也创造出一个世界性的概念灌输给更多的人，让全世界的人重新喜欢上中国茶，在全世界重新刮起茶叶风暴？要知道，很多国家喝茶历史虽然不及我们，但少说也都有几百年了。我最近经常在看世界地图，每次看地图总会想，中国到世界，远吗？实在是远。可是几百年前，交通那么不方便，我们的茶叶尚且可以征服那么多个国家，到了我们这一代，没道理说不行。

咱们中国人喝了几千年的茶，茶最早是被当作药，嚼服。唐朝时煮茶，宋朝时点茶，明清时开始时兴泡茶。咱们身边很多人仍然都是这么用传统的盖瓯传统冲泡，没错了，福建人讲究，泡的是工夫茶，也确实只有这种工夫冲泡方式才能最大限度地体现出咱们乌龙茶的香和韵。可是大家如果仔细观察便会发现，身边会这么泡茶的基本是咱们这些有一定年纪的，那些小年轻大多并不泡茶。走出福建，所谓的喝茶大多是拿各种大小杯子倒上，泡半天就这么喝。你能否认，没有冲泡的仪式感，茶就不是茶？？？在草原地区，人们保留煮奶茶的传统。在香港，有一种鸳鸯热饮，其实就是将咖啡和茶混合在一起。走出中国，喝茶的方法就更是多样了。在英国，往红茶里加奶加糖是保持了几百年的悠久传统，时至今日他们还在纠结是先加糖还是先加奶。在印度，人们把碎红茶加入奶和糖，再加入胡椒、肉桂、姜、豆蔻等等，创造了马萨拉茶。很多在中国不怎么喝茶的人去印度旅游，都会点上一杯马萨拉茶。在美国，更多人习惯喝冰镇凉茶，往茶里加糖加冰，再添一些柠檬汁。在美国俄勒冈州，人们往碎红茶里加入糖、香草以及蜂蜜，调制而成俄勒冈茶。这个州的波特兰市称得上美国最前卫的茶饮城，红茶、绿茶、乌龙茶随意混杂成鸡尾茶，茶与咖啡任意混杂成绿茶意式咖啡（香港将这种咖啡与茶的混合物称作"鸳鸯"热饮）。而在这个市的波尔区，一种将伏特加酒与乌龙茶混在一起，又添加了点桃味杜松子酒和糖腌姜汁，名字叫作"麦特的茶鸡尾酒"大受当地人的喜爱。你能否认，这种混杂了其他变得不再纯粹的茶就不是茶？这就是这个时代这个世界饮茶的无限种方式，当下很多中国年轻人也乐于去做这样一些新的尝试。我们将来北京成立的茶饮品有限公司也一定不可忽略这一点，毕竟年轻人是最大的购买力，年轻人的消费方式是我们一定要去重视和研究的。如果每个人每天的生活中都愿意留出那么一小段的茶歇时间，那将是一个不可估量的巨大市场。如果有可能，我们到时也可以考虑在各家门店建立一个集世界饮茶丰富性与多样性的综合呈现空间，除了人人都会来上一杯的有我们王记独特口味的茶饮，还可以让各国年轻人动手调制一杯属于自己的味道，或许是初恋的味道，或许是妈妈的味道。

茶叶功能可以被无限开发，饮用方式可以被改变，关键在于你接不接受。归根结底这都是观念的问题。抖音宣传策划的最大目的在于改变观念，让外国人重新认识中国茶，感觉不喝中国茶就是 low，就是没有跟上世界的时代潮流的节奏。我们应该在时代的浪潮里主动涌起一朵浪花，抢得一点先机。试想一下，"中国茶在世界"这个号若真能走遍世界喝中国茶的地方，拍遍世界各国喝茶的各种方法，关于喝茶的各种习俗，中国茶绝对会火遍世界。我们就是要传递出一种信息，茶是一种生活，是一种哲学，我们要创造一种从未有过的茶饮时尚，创造一种全新的茶叶休闲生活方式。所谓"水满好行船"，世界刮起喝茶风，咱们王记还怕不火？当然，我也没有那么伟大的奉献精神，抖音视频成功后，流量上来了，最终要实现的还是带货。大家不要小看了网红带货的力量。去年"双 11"，淘宝才开通直播间。仅去年，网红带货成交额就有几百个亿。他们预判，今年可直接冲破千亿大关。有一个叫李子柒的抖音号你们知道吗？在外国火得不行，通过这个平台带的货也很多。没错，目前茶界还没有人这么做，可做生意不就是讲求抢占先机？如果大家都这么干了，那咱们也没必要做了。这确实需要冒点风险，前期需要投个几百万下去，但说真的，如果，万一这个抖音号真能大放光彩，它后期，且不谈带货，单流量都可以挣不少钱回来，说不定还会有平台来买播放版权。这是一个流量为王的时代，流量同样也能为公司创造财富。不要以为不可能，我们经常看的《全球大探秘》《动物世界》等纪录片那样的节目不也是全球卖版权？

一个董事会开成了一个人的演讲。王子衿的这一番高谈阔论着实把每个董事都说得懂事了。抖音方案获得通过，先签订五年合同，同意他们技术入股，但王记投资占比须占到 80% ～ 90%，留 10% ～ 20% 共担的风险和共享的利益激发创作团队的积极性。具体操作自不必细谈，王茗瀚他们已经着手启动。年轻人的想法，既然春茶就要出口英国，索性开篇综述后就做几期中国茶在英国。从英国哪里做起？王子衿给他们提了个建议，干脆就从"外国人吃中国茶"开始，一来可以借助对方的流量，二来可能可以形成一种你来我往的互动。负责联系英国人的四川姑娘小苏很快就联系上对方，她说那个英国人超好玩，一连说了五个"Ok！"，还说五一过后会来中国，到时可以先在中国做个访谈，然后再一起去英国，沿途可以继续交换想法。

听那声音，感觉是一个非常好玩又和善有趣的小老头儿。小苏说。那老头儿肯定是个大吃货，他知道安溪很多好吃的东西，什么鸡卷啦，什么鼠曲粿啦，什么芋包啦，这些我在厦门都没吃过耶，你们那儿有吗？安溪真有吗？

有，有，多着呢！你让他提前来啊，我婚礼那天肯定有。最正宗的，农村牌的。王茗瀚开起了玩笑。

第一辆婚车到的时候，9 时刚过一刻，信立厝门口已经挤满了等着看新娘的人。七八个往两侧护厝帮忙的堂亲媳妇纷纷停下手上的活儿，搬桌椅的直接把桌子椅子往门口埕一放，杀鸡宰鸭的一边走一边挥甩着手上的鸡毛鸭毛，包鼠曲粿的刚把肉馅往鼠曲糯米团上放就一路小跑，灌米血肠的丢下一段刚灌了半截的猪大肠，洗碗筷的抓着一把刚洗了一半的筷子扭身就走。几个女人凑在一起，聊出了几千公里的话题。一个说，听说新娘子当年可是茗瀚学校的校花，大眼睛瓜子脸，美得不行。另一个说，咱们茗瀚也是大帅哥一个，两个人般配着呢。再一个说，人家新娘子家在晋江也办着很大的企业。又一个问，有多大？比王记还大？刚才的第一个说，那怎么可能比王记大？旁边又一个插嘴进来，那是，怎么可能！另一个说，你们不知道吧，晋江那边嫁女儿听说是要戴一身的黄金首饰，两个手腕、十个手指头全都戴满金手镯、金戒指，戴不下的手镯、金牌都串成一串挂在脖子上，多的有十几斤呢！她还用食指和拇指比出一个很大的圈，脖子上，脖子上的金项链都有这么粗这么粗。又一个说，金首饰没多少钱，听说娘家那边在厦门陪嫁了一套房子，现金也有几百万呢。另外几个几乎同时惊叫，这么多！又有一个说，没什么好稀奇的，人家娘家在香港和上海都有大产业呢！哇——女人们叽叽喳喳，你推我搡你，一点点缩小着包围圈。算起她们跟新郎官的关系，有的是堂嫂，有的是堂姑，有的是堂婶，有的可能都够得着堂婶婆。孩子们就更好奇了，两三个七八岁的小孩直接冲到婚车前，歪着脑袋往前凑。他们的母亲冲了过去，各自抓住他们的手往边上拉。福寿大姆已经赶到新娘车旁，车门徐徐打开，一个两三岁的小囡不明所以，偷偷离开母亲的视线，跌跌撞撞地往福寿大姆身边跑，她的母亲看到了，赶紧冲过去抱起来就跑，像老鹰抓小鸡，迅雷不及掩耳。小囡蹬着小腿就要闹，年轻的母亲又是逗又是哄。

从厦门聘请来的专业摄像摄影分别在车前就位，接亲路上他们已经拍了很长的视频。摄像机和长焦镜头分别对准了车后排。车门上方先撑出一把橙红色的遮阳伞，金色的绲边。再迈出橙红色的高跟鞋，鞋尖各绣着一串金黄色的英文字母，看起来像是一朵金色的小花。新娘子举着伞钻出车厢，福寿大姆扶过她的手，吉利好话也跟着说了出来：人未到，缘先到，护甲王唇的人疼透透。人们发现，那简直就是从一幅色彩亮丽的油画中走出来的美人儿。橙红色的蕾丝镶着金丝线，过膝、无开衩的连衣裙下摆，一身制作精良的短袖改良旗袍充分显露新娘S型的好身材，修长的腿，细小的腰，长长的脖颈，刚剥开的冬笋一般白嫩的手臂。脸比初春的桃花还红，唇比盛夏的樱桃还艳，眼目低垂，半露羞涩。比起男人们关注的美貌容颜，那些姑嫂婶婆更关注新娘的手和脖颈。

只见她左手戴一只金手镯，不宽也不窄；脖子上一条精致的金项链，不粗也不细；右手无名指上一个钻石戒指，不多也不少。迎亲的队伍紧凑地往前进，摄像摄影倒退着走。没有传说中装在玻璃框中放大的几百万元的存款单，也没有传说中的大金链大金牌、手镯串，女人们终是有些失望。有的说，看来，晋江人也不像人们说的那么大气！有的说，估计晋江人也不再那么土富样了！有的偷偷揣测说，会不会是王家老爷子要求的？

借过一下！借过一下！Thank you！一个外国人侧着身子挤出人群，冲到摄像的旁边。摄像的手臂被他碰了一下，镜头有些晃动，摄像很生气，瞪了他一眼。外国人频频说着"Sorry"，端起单反相机对准新娘就"咔咔咔"一阵拍。摄像摄影拍的多是相对宽泛的场景性的镜头，外国人更多拍的是人物特写。骨骼粗大的福寿大姆与苗条的新娘子形成一种强烈的对比，一边是新生的粉嫩和娇羞，一边是阅尽世间沧桑与繁华的淡然与波澜不惊。橙红色的新娘被蓝得发亮的天空、白得发光的云朵衬托得愈发娇媚，那低垂的眼眉、微翘的嘴角，都被他一一抓拍。他时而跑到新娘的左后侧，半蹲下，对着信立厝的角度拍，高高挂起的红灯笼成了新娘的背景；时而跑到气球拱门的位置，等着新娘过拱门，对着新娘往天上拍；时而一手抓住门前的电线杆，呈金鸡独立状俯拍，将新娘与追着跑的小囡同时拍进镜头里。高的低的，远的近的，正的侧的，外国人换着角度各种拍，有个二十来岁的年轻人拿起手机抓拍他，年轻人的妹妹看到了，又在背后拍年轻人。有趣的画面出现了：年轻人双手横执手机，屏幕上一个外国人微微屈膝，手托单反相机按着快门。外国人长长的鹰钩鼻子，蓝蓝的双眼皮大眼睛，长出很多斑点的白皮肤，又细又软的金色头发，有人猜是英国人，有人猜是法国人，有人猜是美国人，有人猜是加拿大人。有什么差别呢？谁都说不出来。大多数中国人讲起欧洲人基本是脸盲。旁边走过来的一个大爷注意到了外国人，他可不管英国人美国人，冲上前去一把将他往边上拉，问，你属什么？也不知道会不会犯冲就来看新娘？

什么属什么？金木水火土？外国人说的居然是中文。除去那怪异的腔调，谁都不能否认他说得有板有眼。他放下相机，无辜地摸着脑门，琢磨着这个"属"字的意思。像是突然明白了，他频繁点起头来，如同那旧式的打印机，从左侧一针针地打过去。英国，大不列颠国，见大爷还是没听明白，他又补充了一句，属欧盟的。

我问你什么属相？大爷很有耐心。你跟我讲什么蚝毛？

不，不，我没有大象。外国人双手直摆。

大爷是问你几岁？一旁的有个年轻人换了个问法。你的年纪？

我四十五岁。

那是属虎了？大生肖大生肖——大爷伸手把外国人往边上再拉出一两米，不行不行，已时虎跟新娘的属相正相冲，你不能看新娘子的，赶紧走赶紧走。不吉利不吉利！外国人听得一脸迷糊，绷住身子不动。年轻人提示大爷，外国人会不会说的是实岁？大爷觉得有道理，又问，你是哪年出生的？

1973 年。

你看你看，被我猜中了，外国人习惯说实岁，不习惯说虚岁。年轻人颇有些得意，跟旁人炫耀道。

原来是属牛的呀，牛不会跟新人相冲。大爷放开手，外国人像好不容易挣脱了蜘蛛网，扑扇着翅膀重新获得自由的飞蛾，一路小跑追上队伍。他跟着摄像摄影进了厝门，几把长枪短炮，外加一部部手机，所有的镜头同时对准门口的位置。

最早的信立厝是天祖之信公建下的。只可惜，在高祖四十八岁那年毁于一旦。那年春节，遇到山匪抢劫。一开始，高祖和他的兄长带着家丁打退了山匪的进攻。可惜子弹很快用尽。生性懦弱的高祖希望花钱买平安，提出跟山匪和谈，他的兄长坚决不同意，说，和谈只会把他们的胃口养大。高祖趁着兄长一个不注意，派管家溜出楼去。见管家轻易就开口几百两银子，山匪相信楼里定然是金山银山。他们假意接受了高祖提出的条件，坚固的楼门一开，山匪冲了进去。再次组织顽强抵抗的高祖伯回天无术，自己先成了山匪的刀下鬼。他唯一的儿子刚满十六岁，正是血气方刚的年纪，抢过家丁手上的刀就要为父报仇，土匪头子一枪打中孩子的心窝。所幸，曾祖父那年在巴城看茶铺没有回家，躲过了一劫。兴许是抢到的财物没有达到山匪的预期，建得这么好的房子又带不走，他们临走前就放了一把大火。这把大火将高祖身上最后一丝打拼的雄心烧成了灰烬。有一年冬至，祖父带子孙去给老祖宗扫墓。天祖父母和高祖伯父母的墓紧挨在一起，高祖父母的墓在它们的西南面低处，这是高祖父的遗愿——以跪拜姿势向父母和兄长谢罪。往高祖父母的墓走，一只很大的蝴蝶一路跟着，蝴蝶的背上有一对又大又黑的圆圈。王子衿说，那看起来像睁大的眼睛。王子鸣也说像。祖父黯然神伤起来，那蝴蝶一定是你们高祖的化身。你们高祖要去世的那一刻，气息已经没有了，眼睛却那样一直睁着，睁得很大。你们太公知道他的心结所在。他很多次说他没脸去见他爸和他哥，他爸创下的基业到他手里毁于一旦，他哥的命也是葬在他手里。你们太公就握紧他的手说，你放心，我一定把咱们王家的基业重新发扬光大！把信立厝重新建起来！他这才放心地把眼睛闭上。曾祖父说到做到，十几年后重新建起了几乎同等规制的信立厝。典型的闽南宫殿风格红砖大厝，坐北朝南，背倚观音岩，正面山下有鹏溪，西侧有沟涧，东侧是一条不宽不窄的村间小道，正是民间所说左青龙右白虎前朱雀后玄武的富贵之地。大厝主体建有二层，楼上楼下有着相互配套的建造。顶落专为起居室，两侧过水为厨房，下落左右两边各有一间客房一间储物间。顶落、下落和过水环抱着一个宽敞的深井，深井内种着一棵桂花树，几盆山兰。主体的两侧各有单护厝，东护厝设有凉青间、摇青间、炒青间、烘焙间，主厝与护厝相连接的过道成了揉捻间。小时候，每年寒假，王子衿最喜欢跟着祖父进烘焙间。天气冷，小子衿不停往手上哈着热气，搓着双手。祖父总是拉着他的手往焙笼边上放，双手拢贴在热烘烘的焙笼外围，吸纳着焙笼由内而外、炭炉由下至上，不停散发出来的热气。那热气又暖又香，熏得人醉。

一长串的鞭炮噼里啪啦地响起，新娘踏上大厝台阶。大红的囍字贴在厝门上，大红的对联贴在大厝门框上、厅堂上，大红的灯笼沿着大厝的中轴线挂在踏寿、下厅、上厅，红色洇开的古大厝像一壶烧得正开的水，"咕咕咕咕""呼呼呼呼"冒着泡，一而蟹眼二而鱼眼三而腾波鼓浪。新娘收起遮阳伞，伴娘接过。福寿大姆一手扶着新娘，一手接过旁人递来的米筛往新娘的头上遮。米筛上放着新郎官的一只鞋，鞋上盖斗笠。这画面极其和谐。新娘 163cm 的身高，加上高跟鞋，高度起码有 168cm，福寿大姆的身高虽然只有 162cm，完全不及穿着高跟鞋的新娘，在她们那个年代的闽南农村却算得上是罕见的，她往高处伸长手臂，再往里一勾，米筛稳稳罩在新娘的头上。福寿大姆扶着新娘往里走，嘴里念了起来：新娘入门来，添丁兼进财；新娘行入厝，家伙碰碰富。过下厅，深井埕中一盆烧得正旺的炭火，新娘抬脚跨过，福寿大姆的吉语又出：脚踏深井深又深，代代子孙发万金；新娘入门好彩头，翁会某巧子出头。福寿大姆手上的米筛几乎呈水平状地贴着新娘的头，盖着鞋子的斗笠纹丝不动。上厅西侧二楼走廊栏杆前，陈暖与王子衿紧挨在一起站着。看到这一幕，两人相视一笑。王子衿摸着下巴，故意频频摇头，你说祖宗都在厅堂上看着呢，你这么温柔的一个小女子当年怎么就敢公然藐视我们王家呢？陈暖拿胳膊肘轻轻一捅，又飞了他一眼，你们王家？王家我也有份的。我哪敢藐视咱们王家？我只是向王家的大男子主义说"不"。准确点说，是向王家的大男子主义倾向说"不"。他竖起大拇指，好，好，你这"不"说得有道理，有道理。她学着古代女子右手握住左手放置右腰，双腿一前一后，微微一个屈膝，歪着头戏谑道，谢谢大老爷成全！他非常配合地伸出左手道，爱卿平身！她一个“扑哧”笑了出来，推开他的手，转过身搭住扶手望向深井，眼见着高挑的新娘子缓步上台阶，眼见着壮实的福寿大姆紧步来相随。关于侄子的这个婚礼，她其实只在五天前提了关于福寿大姆身高的建议。至于原因，她就简单说了句，新娘子个头那么高！自己当年的故事只有她知和子衿知。二十年前，天还未大亮，她嫁入王家，同样是传统婚礼，更为烦琐的习俗。牵她入厝门的珍婶确是村庄里最有福分的福寿大姆，生了三男两女，全都吃了政府头路领了政府工资，一家和睦香火兴旺，但所有人都忽略了她不到 145cm 的身高。婚礼那天，一直担心何晚会从哪里突然窜出来闹事，陈暖的心头一直发紧，脑袋老是昏昏沉沉。入了厝门，人突然一个激灵清醒过来，见珍婶拿了个米筛往自己头上罩，米筛上还有个什么东西，她完全不知道这是什么习俗什么套路，但心里头隐隐生出不舒服感。珍婶个头矮，够不着她，她弯一下腰低一下头，珍婶手上的整个米筛就伸了过来。那一瞬间，她觉得哪里不对劲，就直起腰，抬起头，珍婶手上的米筛顿时斜出了 45 度角，如果不是米筛边沿高出几厘米，米筛里的东西定然飞流直下。对新生活不止 160cm 的希望，完美冲出 145cm 的包围圈，用现在的话说——完胜。

当年可真是难为珍婶了！王子衿又深深感慨了一次，很自然地伸出左手叠在她的右手上，十个手指头非常默契地紧扣在一起。他咧着嘴调皮地说了一句，看来这二十年我一直这么怕老婆，原来全因为结婚那天被你偷偷搞了一场女权运动啊？她右手的大拇指一下紧接一下地轻轻掐他的小指，又乱说话，又乱说话，你什么时候怕过老婆啦？我什么时候让你怕过了？他抬起左手做了个投降的动作，看看看看，还说你没有虐待自己夫君？见她一副哭笑不得的样子，他又故作深沉地说，不过，话说回来，你这当婶婶的还真有婶婶的样子，很为侄子考虑么！我替我们，不，是咱们王家感谢你！感谢你！他故意跟着说话的节奏又是点头又是作揖。她噘了一下嘴，圆圆的脸蛋上扬起孩童般的笑意。不然呢？嫁给你都 20 年了，还不为王家考虑？小瀚老丈人家势头那么大，你就一点不怕压着咱们王家？早知道你会装心里当时就不说了。她假意做了个要走开的动作，说，要不，我让他们把花婶换了？他并不去拉她，一味地笑，我看可以。老婆做什么决定，我都支持我都拥护！举双手支持！他的两只手也配合他说的话，高高举过头顶。她迅速把他的两只手往下压，让人看见，还真以为我在欺负你呢！他哈哈大笑，这么多年，你欺负我还少吗？她拉住他的手往楼梯口走，我又不笨，真要欺负你也不能在王家的地盘上啊！王子衿跟着下楼梯，仍不忘继续开玩笑，当年怎么就没人看见呢？还是有点好奇，你说当年真有人要你弯腰低头，现在会是什么样？

什么样？你直接坐火箭上天呗！陈暖停住了脚步，不过，只怕是，吴刚捧出桂花酒，却问嫦娥减肥否？哈哈哈——陈暖的话一语双关。二十年的婚姻，她知道，彼此已经完全摸对了气息，真正是相互离不开了。婚姻是一场长途旅行，上半场更多是探险，下半场才是自然风光欣赏。某种意义上来说，属于他们的上半场还没结束，半路上总还有这样那样的风险，但局势基本明朗。小许秘书进入公司前几年，她还处理过一次隐患。那时候，老大四岁，她已经从学校辞职。小湾厂区建好后，她偶尔会带着孩子到厂区住上几天。有一回，总公司在小湾厂区举办年会，县茶文化艺术团友情赞助了一个情景茶艺和两个歌舞节目。情景茶艺的亮点不在前排气定神闲的泡者，而在后排行云流水的书者。书者是一个二十出头的女子，容貌算不得精美，却有一种与她的年龄不很相称的静美。写的是连战的祖父连横诗里的一句，"安溪竞说铁观音，露叶疑传紫竹林"。作品展现出来的时候，王子衿告诉陈暖，诗的后一句他更喜欢。他顺口就吟了出来，"一种清芬忘不得，参禅同证木樨心"。他吟完也就吟完，她并没有在意。后来的双人舞，那个书者又出现了。这回女孩演绎的是一只受茶花吸引的蝴蝶，身段柔美，舞姿灵动，关键表情极其活泼，那眼睛滴溜溜乌溜溜，让人过目不忘。"静如处子，动如脱兔"，形容的大概就是她这样的女子。活动结束后，艺术团的几位姑娘抱团走过来，脱兔姑娘跑在最前头，几乎是蹦跳着喊，王总！王总！那声音黏性极强，糖分极高，听得王子衿有些不好意思。他红着脸望向陈暖，很像是做了什么亏心事。几个姑娘不敢多做停留，说了句，王太太好，一阵风溜走。脱兔姑娘的脚步有些迟疑。陈暖看到了姑娘眼里的惊慌、不甘愿与失望。她问，那书法姑娘跟你很熟？也没有。就是上次县里组织去日本和韩国，她也都有去。她就是对茶文化很感兴趣，经常喜欢问问题。对你有意思？乱讲！人家一个刚出学校的小丫头！大儿子出生后，大嫂曾善意提醒陈暖，盯紧自家的男人，不要让那些小姑娘有机可乘。她当时深觉好笑，革命靠自觉，女人又不能把男人拴在裤腰带上，真想做贼，有的是法子。可是那一刻，她着实生出危机感：慢慢渗透是一种最有力的攻击。他可能无意，脱兔却很可能有心——练书法的人最不缺的就是耐心。强硬的外貌美通常攻击的是男人的身体，柔软的内涵美最有可能渗透进男人的心。就像小病毒时常侵扰，顶多让电脑蓝屏，很快就可以修复。一旦大病毒入侵，电脑便万劫不复。他身边从来不乏美女，但审美取向在那儿，一般美女难入他法眼。她不担心他身上的器官轻易为谁所动，却担心他精神上会与谁引起共鸣。这种杀伤力无人能敌。怎么办？要避免铁石被一块磁铁吸附，除非给它一块磁力更强的磁铁牢牢吸附它。她通过文化局长给脱兔介绍了一个对象，朋友的表弟，小伙子长得帅，海归，有车有房，唯一缺点是太能挑，从厦门岛内挑到岛外还没挑到心动的。脱兔的爱理不理居然让他很是中意，穷追猛打后，脱兔束手就擒。第二年，两人办理结婚手续，脱兔调到思明区文化宫。去年，夫妻俩在商场遇上抱着二娃的脱兔，王子衿差点认不出她来。看着胖出天际的兔妈妈走远，陈暖一边倒着走提起当年的脱兔事件，一边调侃他，是不是很有感慨？是不是特别想说，人世间最美好的东西就是从此不再遇见，让上一次的相见成永远？

王子衿当然知道老婆意有所指，他哈哈大笑。那不会！也不敢啊！再说了，老婆大人这么好，真要上也带着老婆大人一起上，做人要厚道，是不是？糟糠妻，不可欺嘛！

王子衿一眼就注意到厅堂上的外国人。这个外国人有几分面熟，应该在哪里见过。陈暖也注意到了他。你看他，Lacoste 恤衫、Kappa 休闲裤、Kappa 休闲鞋、Gucci 皮带，整一身名牌啊，谁会请这么个有钱的外国人来拍照？茗瀚那小子请的？王子衿摇着头，有些不以为然。就服装而言，说明不了什么。这身行头按国内市场价已是上万，但放在欧洲，中等收入家庭常有的配置。2012年我们去欧洲，全程陪同的导游就几乎一身 Kappa。当时同行的人就不解了，你都一身奢侈品，怎么还出来做导游？导游拉拉自己的上衣，这衣服一件也就一百多欧，我一个月两三千欧元工资收入，买这个不是很正常？咖啡馆里的服务生一个月一两千欧元的工资，他们也买得起啊。除了一般欧洲人的共性特征，他的头发微卷，鼻头微红，眼里带着笑。可是，这似乎也说明不了他是谁。

小茗辉还被伯母抱在怀里，见父母走下楼梯就大声叫了起来。伯母不知听了哪个大婶的说法，属猪的小茗辉需要避开新娘子入厝门的那一刻。更严格地说，家里的老小都需要回避。父亲母亲一早就说去楼上房间回避，而不愿上楼的他只能在大人的"包围圈"中不被豁免。王子衿冲他招招手说，没事了，新娘子已经进厝门了，你可以出来了！小茗辉挣脱了伯母的手，飞速冲到厅堂上。非洲红花梨木茶桌顶着二房过道的墙，给厅堂腾出了大的空间。新郎与新娘已经端坐厅堂，新郎担心新娘会烦，时不时跟她解释一句，安慰两句，新娘却表现出了极大的好奇。上头仪式即将开始。对于十一岁的小茗辉来说，一切都是新鲜的。他绕着新娘子转了一大圈，大金绳呢？大金牌呢？没了？你爸反悔了？不给你了？

收着呢！新郎王茗瀚拉过他的手，小声地说。

在哪里在哪里？我看一下，我要看一下。小茗辉又绕着新娘子转，为什么要收起来？为什么不戴？

怕脖子酸。新娘子莞尔一笑。

不想被当成暴发户。新郎补了一句。

暴发户？小茗辉没有听明白。

不想被你当成盘姐啦！新娘子摸摸小茗辉的头，与新郎会意一笑。错错错，是盘嫂！小茗辉纠正了新娘子的说法，有些不好意思地摸起后脑勺，脸上的表情丰富而又夸张。他不知道这个动作已经被外国人拍进了镜头中。几天后，外国人的微博贴出的这张照片上，虎头虎脑的小茗辉，头向上仰起，脸向左微侧，右手抓着后脑勺，嘟着嘴巴，眼里闪出一分羞涩、五分得意，还有一股倔强的小淘气。在他身体的左侧，龛台上一个个牌位虽然被做了虚化处理，仍以一种抹不去的庄严肃穆烘托着孩童的纯真。说起"盘姐""盘嫂"还有个故事。几天前，堂哥带着未婚妻来家，小茗辉给大家看一幅素描，画的是安琪姐手捧茶杯奉茶的样子，大家都说画得神似，马上就要成为新嫂子的安琪姐很是喜欢。后来，聊起新娘子的金首饰，他萌萌地插了句，那不跟我们班的那个盘公一样了？仔细一问，才知道，他们班上有个同学的父亲在国外做大盘当盘主，家里有的是钱。每天来接送盘小主的是他的祖父，同学们称之为"盘公"。那个盘公又胖又矮，脖子上套一条一斤多重的金链子，用小茗辉的话说，比他跳绳用的绳子还粗。如果是我，才不叫他来接，都土死人了，他自己还以为很好看。每次来，都要故意抓着那条金跳绳在脖子上转转转，好像怕我们老师看不见似的。小茗辉指着素描上的人忧心忡忡，安琪姐，你看你脖子那么细，要挂上那么多东西，脖子会不会酸啊？众人瞬间爆笑。大人笑得明白，孩子笑得稀里糊涂。

孩子毕竟是孩子，小茗辉很快便忘了事，又忙着跑前跑后，看这看那，不停做着记录，偶尔拿出手机拍照。老师布置的假期作业里有一项是社会调查，他觉得堂哥的传统婚礼是个很好的调查课题。福寿大爷拿起梳子开始帮新郎梳头，嘴里也跟着碎碎念起来，梳头梳一下，今年娶某明年做爸。梳头梳一双，生子传孙真好康。梳头梳全完，家和事兴中状元。上头戴冠是大人，大人大丈夫，成家立业千年富。翁某好成对，百年姻缘万代富贵。接着，福寿大姆给新娘梳头。梳头梳一下，今年嫁翁明年生子。梳头梳一双，生子传孙金当当。梳头梳全完，家和事兴都美满。上头戴冠是大人，大还大，小还小，做人新妇样样会。服侍丈夫免人教，伺候翁姑要有孝。一对新人一起上头是王家的独创，还是新娘提出来的。王茗瀚的意思，虽然做的是传统婚礼，但毕竟都是现代人，能简化的程序尽量简化，一条准则：不请道士不念经。母亲帮他们把流程过了一遍，说到上头，他急了，都什么年代了，还上什么头？母亲说，你可别这么说，你阿公会不高兴的。要按你这么说，都什么年代了，所有的传统习俗都可以不要的。既然要做，那还是做全吧。上头过，才代表是大人。新娘子一听，倒是善解人意。没事，就当成是我们一起做的成人礼么！我觉得挺好！新娘子在晋江的出嫁采用现代新式，没有任何仪式性的东西，现在，又是上头，又是拜天公，又是拜祖先，她倒是也觉得有几分新鲜。仪式让婚礼严肃、庄重而有趣了起来。

比这婚礼更令小茗辉好奇的是那个跟拍婚礼的外国人。外国人抢先占领了上厅的居中位置，"咔咔咔"一阵猛拍。专职摄像摄影只能屈居边位，等他拍够了主动腾出位置他们才往中间移。看外国人大有往边上撤的意思，小茗辉觉得这是一个非常好的机会，一来可以了解外国人对中国传统婚俗的看法，二来可以练习自己的英语交流能力。他在剑桥英语已经学习了五年，口语说得还不错。小茗辉主动靠了上去，却不想外国人并没有停下的意思，他的脚步还在移动，一对新人是他的圆心，他正围着圆心做圆形运动。他显然没有注意到小茗辉正处在他前进的道上，一个趔趄，从上厅跌落深井。好不容易站稳，他拍着脑袋，Oh，oh！我的天啊！

正是这句熟悉的口头禅让王子衿瞬间记起来了——原来是那个"外国人吃中国茶"的茗哥，小苏姑娘嘴里的小老头儿。这小苏！他忍不住笑。正想上前打一下招呼，小茗辉站在上厅的边沿冲外国人伸出了手，I'm sorry！I'm sorry！外国人从台阶往上走，特意到他跟前握了握手说，没关系！没关系！两个人没事样继续跟着新人往东侧楼梯走，上二楼。门槛内早早放置一块崭新的瓦片，新娘一脚踩碎瓦片，福寿大姆吉语又出，歹运势都破了都破了，好运势大发了大发！隐约可见瓦下几枚硬币。小茗辉上前数了数，瓦下总共有十二枚硬币。新人在床沿坐定，有人端上来两碗甜圆。福寿大姆从一碗里夹一个，碰碰新郎官的嘴，再碰碰新娘的嘴，吉语道，换圆换过来，生子传孙出英才。换圆换过去，生子传孙第一富。又从另一碗里夹一个，先碰碰新娘的嘴，再碰碰新郎的嘴，吉语重复念了一遍。

啊，啊，就这样啊？仪式都结束了？被新郎招呼着出门，小茗辉有些意犹未尽，抓住堂哥就要做现场采访，请问新郎官现在什么感受啊？

什么感受？着急啊，紧张啊，将来你就知道啦！新郎官的回答引得众人发笑，他自己一溜烟先跑去厝门口招呼客人。他的父亲也在那儿。王子衿也赶紧过来招呼外国人。上厅已经摆上了四张四方桌，过道上的非洲红花梨木茶桌勉强有些挤，男女老少围着茶桌坐。有伴娘团的，有来帮忙的宗亲，有王家嫁出去的姑娘和姑爷。自然是先泡茶。他对着茗哥问，清香？浓香？还是陈香？茗哥也不客气，还是来一泡传统清香吧！茗哥的中文说得很有模样，这激发了厝边头尾好些人的兴致，他们用中文问七问八问东问西，他乐呵呵地一一解答，大家也听得很有意思，只有王子衿知道他巧妙地规避了所有问题——他一定以为没有人认识他。人家问，你怎么一个人来中国？他答，我来寻找我祖先的足迹。

你祖先来过我们观音岩？没有，他一直想来，但没来成。你祖先也知道我们观音岩？是的。你中文怎么说得这么好啊？我在台湾求学过。台湾？那你也会说闽南语了？会一点。来来来，说一句来听听！茗哥指着茶杯，来，来，驾［te］驾［te］！众人还是好奇。你是做什么的？我负责不务正业。我知道有一种专门负责游山玩水的拍客，你一定是拍客对不对？你就这么走哪儿拍哪儿也能挣钱？你们外国人可真是闲得慌。是是是，是是是。大凡不知道如何回答，茗哥就一"是"了之。

茗哥的注意力全在茶桌上。他摸着非洲黄花梨桌面，这边抠一下，那边敲两下，啧啧称赞，这个好东西，起码上千年。这种木头，太外层都是皮不好，太里层容易裂也不好，这个当时应该切的是第三层，这个最好。这个只简单地用清油漆过，越用会越漂亮。看来茗哥不仅懂茶还懂木头啊。王子衿说着，兴致就来了。1992 年，王记出口一批茶叶到缅甸，对方收到茶了，却给不了钱。只有别人抵押在工地的木头，要不要？父亲的想法很简单，不要便什么都没有，要的话好歹还有木头在。父亲让大哥在深圳租了个废弃厂房，运回几十块直径一米多的大木头。两年后，有个做实木家具的来买茶，大哥蛮说了这批木头，那人一听，很感兴趣，一看，这么大的料，做什么都好用，全要了。末了，为了表示感谢，还免费做了这块茶桌相送。找卖茶的买木头？这实在有意思。茗哥拍着桌子好一阵笑过，又研究起桌上的茶叶包装盒包装袋。王子衿泡的是去年秋天新推出的"大故香11111"。茗哥饶有兴致地念出礼盒外包装上印着的"故香，装在茶杯里跟你远游的故乡"，一个劲儿地夸道，这个广告语实在好，喝茶确实会让人想到故乡！王子衿邀请各位闻盖香。茗哥果然是茗哥，提起杯盖可谓是轻车熟路，深嗅闻香堪称专业地道。嗯，好茶！他说。王子衿听出来了，这是一般通用的客套说法——用在哪里都不会有错。就像一般的通俗歌曲，谁都能随时来上那么两句。看来，他并非真懂茶。这样想着，王子衿身体趋前，提起瓯盖贴近鼻口，那蘸着水的新香便极其有力、不可抵抗地拨开空气中干干的旧香涌了上来，饱满而不失细腻，高扬而不失沉稳。茗哥可不知他想什么，又念起小泡独立包装上印着的另一句广告语，心里有故乡，杯中有故香，嗯，这句更妙！小茗辉不管他什么好什么妙，替父亲给各位客人奉茶，第一杯先给茗哥奉上，还说了句，远方的客人请喝茶！

来，来，驾［te］驾［te］！茗哥笑着举起杯子招呼大家，他的闽南语总算派上了用场。他轻啜一小口，却并不急着咽下，而是让它久久停留在口腔里，含着，转着，刚刚还挂在脸上的笑突然凝固了。王子衿也深啜一口茶，杯中的茶水急急顺着舌面直接冲向舌根，发出一长串不间断的"咻——咻"之声。茶水刚冲到舌根，他就缓缓收住气息，让茶水停留下来，不被吞下。茶水浸润着整个舌面，他很陶醉地感受茶水的抚摩。而后，他轻合嘴巴，上下牙齿相互紧扣，往内轻吸几口气，让原本留驻在舌面上的茶水迅速被挤向口腔两边、齿缝之间。这时，便有"呲——呲"之声撞击着口腔，像是在撞击密不透风的墙。茗哥又啜了一大口，依然是含着，转着，什么东西开始在眼眶里聚拢。他眨巴几下眼睛，等不及王子衿招呼，急急提盖闻了第二遍盖香。那一口吸进身体里的气息很长，很缓，许久，他才不舍地呼出那口气，哇，真是醉了，这茶有一股奇特的香味，好像可以直通脑门。真真只有铁观音才有这种可以触动灵魂的香。而且，他抿尽杯中的茶水，又闻了闻杯子，不停咂巴着嘴，它的汤水细腻绵柔就像是米汤，连喝干的杯子都自带紧结的香。王子衿被惊到了。一个"灵魂"，一个"紧结"——这人已经完全将茶人化了。如果不是对茶有真正的了解，不可能这么专业地描述一泡好茶。这样想着，心中便生出歉意来。这时，忙了一圈的新郎官也来讨茶喝。茶杯一端，他看着外国人有些不敢确定。您是茗哥？小苏怎么没有陪您过来？

茗哥很意外。他只能实话实说。原来，茗哥听小苏姑娘讲到他们的领导五一当天要举办闽南传统婚礼，就要了地址、时间，小苏说要带他来，他却撒了个谎，说，我并不一定去的，我只是随便问问。他知道中国人的五一，是结伴出游的好日子。他不想给人添麻烦。新郎官隆重跟大伙介绍茗哥抖音号几百万的粉丝量，有一期抖音出来播放量破亿。他还顺便跟大家解释了流量时代，播放量点击量如何创造价值。小茗辉托着下巴"哇"得最大声，他不关心价值，更关心名字。他指着外国人说，你叫茗哥，我叫茗辉，我哥叫茗瀚，看来我们是同一辈分的啊。茗哥不知辈分为何物，众人就指着他笑，你们是兄弟啦。茗哥赶紧摆手，指着王子衿说，我可以跟他爸兄弟，跟他，不行不行！小茗辉又问，您也不怕人不认识大咖您，不让您进来？我刚还被我伯母抱住不让出来看呢。

那不会。我知道，闽南人向来好客。安溪人就更不用说了，入门就泡茶，泡茶，泡茶。茗哥再次举杯。来来来，驾［te］驾［te］！

客人越来越多，非洲黄花梨茶桌前走了一拨又来了一拨，王子衿安排来客入座。楼上楼下，上落下落，主厝护厝，早摆满了四方桌。总共摆了 25 桌，宴请的都是宗亲族人。座位很有讲究。上厅大旁小旁坐的除了主人，都是最为重要的亲朋。大旁首席大位坐舅子，舅子的随员坐对面，小旁首席大位坐母舅。每个人都在忙碌：父亲按着礼俗安排一遍遍地催唤宗亲，母亲带着两个儿媳妇安排送给每个亲戚五斤猪肉六个红粿的口份，大哥和大侄子忙着给这个递烟给那个递茶。一个说，这是宽嘴？都一二十年没见了，我都快认不出来了。一个说，什么时候宽嘴才娶老婆，现在宽嘴的儿子都要娶老婆了，这时间过得太快了。一个说，宽嘴啊，人说嘴宽吃四方，你还真是吃四方啊。父子俩人头都不熟，听得头皮真发麻，除了尴尬仍是尴尬，王子衿不时地跑过去跟他们父子俩介绍这个是三舅公，那个是五姑婆，那个是二表舅的大儿子。噢，有印象！有印象！厅堂上红灯笼红，红烛火旺，红桌布艳；东护厝烟火在燃烧水汽在蒸腾，米粉下了锅，鸡卷开始切，最土的封肉还需要焖上那么一小会儿；下厅、下落、过水、深井、西护厝，人来人往，热滚滚闹腾腾。最纯朴的亲情蒸了一笼又一笼，最质朴的乡音煮了一锅又一锅，最凤最傻最可笑的童年往事被翻着炒着煎着炸着，弄出甜的咸的辣的各种味道来。

谁都料想不到，耕婶会跟在林有福身后走进信立厝，刚刚还各种美妙的味道便微微发苦。她目光呆滞、脖子歪斜、嘴角挂着傻傻的笑，黑乎乎、脏兮兮的双手摸过每一个大红囍字、每一串红灯笼的流苏、每一根蜡烛的红圈纸。嘴里一遍遍地念叨着，如果我们傻欢还在，他应该也要结婚了。如果我们傻欢还在，他应该也要结婚了。就像往烧得滚烫的油锅里甩进两滴水，油水"噼噼啪啪"四处乱溅。宗亲们都在议论，怎么会请她？怎么会请她？林有福拿手抹几下寸头，为大家解开谜团。圆头啊，我估计你们把耕婶给忘了，所以替你们做主把她给请过来了。王子衿解释说，不是忘了，我们本来就有安排，晚上另外一场小范围的有请她。

她再怎么样也是我堂嫂，我们的祖上可是你们太太太公的主子呢，理应安排在午宴，谁不知道晚宴请的都是朋友？王家可不能这么数典忘祖啊。

那你可错了，晚上还真就只有自家的一些来帮忙的宗亲。现在政府都在提倡移风易俗，不允许铺张浪费，我们这回还真是一个朋友都没请呢。王子衿不想跟他多费口舌。这个人本不坏，坏都坏在那张嘴。他老爱张嘴，一张嘴，跑的都是穿堂风。轻的重的生的熟的，他不管什么场合都是直通通地穿过去说出口。他总有一种把笑话讲成气话的超强能力，无须草稿，一气呵成。林文明曾高度概括自己的这个侄子是典型的"嘴不死"。有一回，两人同赴一个茶界专家的酒宴，一开场还喝得好好的，虽然林有福时不时地出点状况、闹点笑话。一会儿把郑和和郑成功弄混了，说郑成功下西洋的时候坐的就是福建的船，还把安溪茶也带到了非洲。一会儿又把乾隆当成康熙，说乾隆跟李光地多好多好，三天两头在一起喝茶，还把雍正御赐给李光地的"一代之完人"也往康熙身上套。大家蛮听，谁都不说破。后来不知怎么的就聊到柳下惠之所以坐怀不乱主要是生理问题。有个非常斯文的张姓博导说起女人的漂亮有 N 种方式，一种是让你千方百计想干坏事，一种是让你千方百计也干不出坏事。他讲起在印度碰上一个印度女人如何如何漂亮，但很奇怪，两个人待在一个屋子里泡了一个晚上的茶，什么事都没有发生。他说，面对那个印度女人，他的想法纯洁得像冰。有人就开玩笑说，你是喝茶才坐怀不乱，你换喝酒试试！林有福也不甘寂寞。为了表示他跟博导的关系亲近，可以开得了玩笑，他就拍拍博导的肩膀呵呵一笑，博导说的话也能听啊？大家用脚指头想都能想得出来，是不是？事实证明，笑话笑话，并不是笑着说出来的话都可以成为笑话。他明明在笑，可所有的笑话在他嘴里自然拐弯，成功抹角，完美避开幽默。气氛一下卡在那儿。像是紧挨挨的楼房，透不过一丝风。林有福见状又自我调侃一句，我这是俗人的通俗想法。斯文的张博导脸色煞是难看，绷着脸半天说不出话。在一旁的王子衿笑着推了林有福一把，算了吧，你那是低俗不是通俗。又找教授碰杯说，要我说啊，博导说的话才能听呢。这才救了场。

王家不会这么小气吧？王家长孙娶媳妇怎么也得摆个三四天请个百桌宴席，又不是请不起。林有福往上厅大旁外面的桌子上一坐，捏起一个瓜子指向王子衿，你啊，不能这么"四角"。

四角？为什么是四角钱？不是五角六角钱？也不是三角钱？茗哥好是惊讶。林有福说的是闽南语。茗哥听不懂，小茗辉一句一句地翻译给他。小茗辉也不知道"四角"是什么意思，就直接翻译成"四角钱"。

这个角不是那个角。林有福"扑哧"直笑。

那是哪个角？

林有福摸了摸桌角，又拍了拍墙角，说，是这个角，会扎人的角，不会拐弯的角。他嗑了瓜子，把瓜子壳往桌上一丢，望着耕婶言语中带上了狠劲。别忘了，她可是傻欢的妈。也别忘了，傻欢是怎么死的。

傻欢是他们光着屁股一起长大的玩伴。傻欢比王子衿大了整整六岁，比他高了一大截，壮了一大圈，但傻欢把他也称作哥哥。孩子们都喜欢把他当成玩具，这是一个致命的错误。"他五六岁的时候发过一场高烧，脑子给烧坏了。从此以后，他的智商就像客车进了终点站，停在那儿就不动了。这辆不再出站的客车满载我童年的欢乐向前出发。"小学四年级写作文《我的好朋友傻欢》时，王子衿曾经这样描述傻欢。傻欢傻是傻，对于五六岁之前接触过的东西却表现出超强的记忆和聪明的地方。他会在大雨欲来之前约大家去钓鱼，他懂得哪块石头下面哪丛水草里摸得到虾，金银花跟钩吻草长得很像，但他从不会把漏斗状的钩吻花当成金银花，也不会把喇叭状的金银花当成钩吻花。如果说高烧毁掉的是傻欢的童年，那么闹剧毁掉的则是他的人生。王子衿看到了多年前的那个婚宴，心头陡然生出了伤感。村口那看得见的坟头里埋着傻欢永远年轻的骨头，每年都在接受人世间的清扫与祭奠。而他的心底里还有一座看不见的坟墓，掩埋着他不敢去触碰的时光。

无数人设想过傻欢的死亡方式，却从来没有人能想到，最终他居然会死得连皮囊都没留下。那一年，十七岁的他因为酒后乱性被警察抓进派出所，发现他是傻子后，警察就把他放了。可是常年卧床的耕叔放不过他，拿着拐杖打他骂他，他就躲进树林子。80年代初的观音岩上树林子多密啊，什么狼啊虎啊野猪啊，哪哪都是。岩上的老人们都说，他进林子没多远就碰上一头饿得发疯的老虎。第二天耕婶找到树林里，只有一堆被嚼碎的衣服、鞋子碎片，以及一副吃不下去的人骨头。当场就昏死过去的耕婶此后开始了每天浑浑沌沌的生活。她曾经是戏台上的旦角，再不可能登台唱戏的她每年冬至日这天——观音岩的扫墓时间并非清明，而是在冬至前后一周——都会在傻欢的坟前来上一场声势浩大的哭"戏"，仿佛非要把她一年的哭声集中在一起一次性哭完不可。那种哭法像是哭丧，又不是哭丧。大凡哭丧，哀乐作为一种必要的提示，每个人的心境自然被带入到与死亡相关的氛围中，哀乐同时又作为一种背景，弱化和部分遮掩了哭声本身带给人的凄凉感。而没有哀乐的哭法盗用了哭丧关于哭的身体，却没有一丝哀乐的覆盖，就这么无遮无拦赤裸地横在那儿，竖在那儿，戳着人，捅着人，让人浑身不适。她的哭不纯粹是发出单个字符的哭，而是搭配着极其复杂的闽南语哭词，什么"你害阮……"什么"乎阮……"那词拉着扯着拔着锯着哭成起起伏伏的调子，连绵不绝地在整个山谷里回荡，恣意要让山上山下甚至再远些的人都听见的架势。特别在每一个哭句的尾部，两个哭句之间的相衔接处，总有一个夸张到极致往上提气的声响，让人无法忽略，也让人怀疑哭出这声音的人是否几近窒息。那一句近似一句的哭腔针脚细密，扎着人的头皮，身上的鸡皮疙瘩就这么立了起来。陈暖第一次听到这种哭法就给吓得不轻，直往人身后躲。

既然来了，只能安排入座。王子衿把耕婶带到五姑婆的那一桌，叮嘱女客们照顾好她。女客们尽管有些厌嫌，但碍于他的情面，只能接受。她应该认得出他来。尽管从上初中开始，他就离开观音岩，但是每年寒暑假都会回到岩上，偶尔还会打上照面。后来回到镇上接管工厂，见面的机会更多了。每次见面，他都不敢正面看她，不敢看她的双眼。戏台上曾经顾盼生辉的那双大眼睛像坏掉灯芯的一盏灯，一点点浑了浊了暗了，再生不出一丝光彩。小时候时常从她身上闻到的那股雪花膏的香味早已不再有了，那原本一直拿茶油梳得乌黑发亮、一丝不苟地盘在脑后的头发不知从什么时候起没了束缚，散着、乱着。他的眼里只有她满头的白发，白发下不再清澈的双眼，以及那纵横密布的皱纹。从他记事起，傻欢就一直傻着，耕婶与耕叔也一直是笑着的，不见他们的白头发和皱纹比别人多——他们该是早就习惯了这样的生活。每年中秋和元宵，当耕叔的笛子声响起，耕婶开始哼唱起小曲，傻欢总是听得口水滴滴答答地流，他们则看着傻欢一个劲地笑。耕叔躺下后，耕婶的笑容少了，也曾见她偷偷落泪，但有傻欢的陪伴，纵使没有笛子声的日子总归还有点色彩。傻欢走后，耕婶一下子增加了许多皱纹，头发也白了一大片出来。但毕竟还有两个人共同承担痛苦，皱纹多是多，但都是浅的，是细的。耕叔走后，皱纹便使劲地往深里长往狠里长。一刀刀，一条条，一片片，她原本那么白净的一张脸上似乎只长皱纹。

鞭炮再次响起，信立厝又一次沸腾起来。所有的阴晦、不美好，所有大的小的显的隐的暗点被蟹眼鱼眼波涛翻滚推到一边。走，吃饭啦！小茗辉拉着茗哥往小旁的次桌走。

放鞭炮就是要"驾崩"的意思啦？对于婚俗中的任何一个细节，四十几岁的外国人茗哥保持着一个十岁中国孩子的新奇。普通话与闽南语在他的嘴里自由切换，相互交叉，这形成了一种奇怪的效果。小茗辉实在忍不住了，为什么我听您用闽南语说"吃饭"那么像在说"驾崩"？

是啊，我说的就是"驾崩"啊。很早很早以前，我们老祖宗就说你们闽南语"吃饭"发音跟"驾崩"很像，以前在宫廷里如果喊皇上"驾崩"会被抓去砍头的。

您老祖宗是干什么的？他怎么这么有意思？

他是个作家。

哇哦，那可真了不起。

小茗辉崇拜作家，顺带把作家的后代也一并崇拜了。刚吃过三道菜，小茗辉就坐不住了。他在厅堂上跑来跑去，帮着端菜、打汤、接盘子，不时站起跟茗哥介绍每道菜，又带他去请教厨师又香又脆的鸡卷为什么不用鸡肉做，小小的猪肚里是怎么装进一只母鸡的，鼠曲粿用的鼠曲草长得什么样……王子衿站起来给自己和妻子都倒了酒，正要抬腿往外迈，陈暖示意他注意王子鸣还忙着接受别人的敬酒，他便明白了，又重新坐了下来。母亲拉拉他的手，去管管小幺子，别让他乱跑。王子衿只看了一眼，不用管他，小孩子么，让他去。当父亲这十几年来，他一点点琢磨明白了孩子的教育管理，这也是夫妻俩的一种磨合。以前，见两个孩子总是慢腾腾地吃饭，中间还会搭配很多有趣的话题，他便会说，你们知道为什么曾经在世界各地到处殖民的西班牙最终会走向没落吗，就因为他们吃饭慢。吃一顿饭四五个小时，一天能做什么事？时间都耗在吃饭上了。茗浩一般不说什么，茗辉可不那么老实，他会说，妈妈说吃饭就要细嚼慢咽，对胃肠好。妈妈还说，一家人坐在一起边吃饭边聊天是一种亲情也是一种学习交流。这时候，陈暖便会笑着接上一句，不是吗？日子不是就应该慢慢过吗？进了厨房，她还会偷偷补充一句，王爸爸，请你一定记住，进入家门你就不再是那个万众瞩目的公司总经理，你只是两个孩子的爸，你不能让你肚子里的知识成为生活的桎梏。他只能虚心接受老婆大人的教导。养孩子就跟手工捏陶罐一个道理，没有固定的模具，往哪里多用点力气，它就在哪里缩进去多一些。大哥大嫂宽养出的茗瀚兄妹思维活络、视野开阔，这给了他启发。老大已经被他管得太守规矩，他担心这会成为一种束缚一种羁绊，他想宽养一个完全不同的老二——就像升级一个系统版本。好不容易等到大哥大嫂启动敬酒环节，他也带着陈暖一桌一桌地敬过去。再过十几二十年，这老老的宅子里还会一次两次三四次地这么热闹起来。他有些感慨，你说茗浩茗辉将来会娶上什么样的姑娘呢？

最好也是个闽南姑娘。

给你娶个英国媳妇回来也说不准呢。

那不要。

到时人给你带回来了还能让你不要？

小茗辉带着茗哥跟在敬酒的新人身后，他负责端糖果盘，茗哥时不时地"咔嚓——咔嚓"几张照片。每到一桌，厝边妗婶总要献上几句闽南吉语。什么"茶盘圆圆，香茶甜甜，两姓合婚，明年双生"，什么"喝干干，明年生一个科学家"，什么"糖甜甜，茶香香，很快子女来成双"，常常解释到一半，小茗辉就开始抓耳挠腮不知如何转换，他又得问堂哥这是什么意思，那要怎么讲。村里最长寿的王太奶奶被大家扶着站起来，她已经一百〇五岁，额头梳得光光，脑后梳着罕见的髻子，一开口笑，整个脸凹进去一半，稀疏的几颗牙齿也挡不住漏出去的风，她颤巍巍地摸出一个红包，往茶盘里压，"手拿钱银压茶盅，新娘娶入万代兴。新郎甲水杨宗宝，新娘甲水穆桂英"。茗哥接连按下几次快门。这时候，周围的划拳声也次第响起来了，对你学习，魁来不对，六六六啊，单支独翘，八仙过海，满手全来……老宅子被这个有节奏的韵律托捧着跳跃着，一切都欣欣然新新然。

中部

去萨哈兰普尔植物园

　　刮过一阵很大的风，乌云层层叠叠地盖下来，天地之间只留一道窄窄的缝隙。白天喘着粗气，被压得特别短，夜晚一下子被拉得很长。哈瑞放了个很响的屁，蒸汽船像是颤了一下，急急往边上拐。我的屁有这么大的威力？哈瑞大笑。他学会了幽默。或者说，幽默重新回到了他身上——他说他读中学的时候还挺有趣，来了印度后，蚊子把他所有的幽默细胞都叮死了——这让烦闷的旅程轻松了许多。与上行的时候不同，下行的船上人明显少了许多。泉州的那个劳工并没有跟我们上船，亨利先生要求他等公司这批新育下的茶苗成活了再走。因为雨的缘故，很多人都待在餐厅里。水手们在玩一种印度圆形扑克，经常为一张牌吵得不可开交；几个招工机构的监工大声交换着信息：此次死了几个，逃跑了几个。到处招工，劳工还是缺。孟加拉的黑人相对老实，干活也比较卖力，但他们似乎越来越不喜欢跑那么远来赚每个月的 3 卢比。久居丛林的丹格人、噶兹人相对野蛮好斗，总想偷懒，经常不服监工的管教；几个欧洲人抽着大雪茄，小声说着话，脸上写着失望；有个白头发的英国老人坐在邻桌靠窗的位置，一路对着河水发愣；王之信和他的主子在下象棋，时不时听到他们在喊"将"，王之信的"将"总是急促地用力，像是怕人听不到。"幸亏先生"说起"将"来，却似一涓细流缓缓，有着特别长的气息。

　　之前的路程一直很顺，比上行时还顺。没有平底船的拖累，又不需要时不时地停靠，很快就出了茶区，直奔古瓦哈蒂。布拉马普特拉河涨得满满的，水面显得更宽了，水的流速在加快，蒸汽船也越跑越快起来。时间还是难熬。好在，王之信创造了很多话题，让枯燥和烦闷都有了消遣的通道。王之信读过六年书。在他老家，除了有官办的学校外，还有乡里有钱人出钱办的"私塾"。"幸亏先生"也在他们观音岩上办私塾，岩上的孩子只要想读书，不用交钱就可以进去。读书一般来说就为考取功名，将来当官出人头地。中国人重农轻商，一般商人地位不高，所以商人赚了钱就捐个官，这样就有地位了。林老板也捐了个七品官司，中国的官员有的核桃大，有的花生大，有的黄豆大，有的绿豆大，林家这个七品官据说只有芝麻大。一开始，王之信想啊，将来考取功名肯定最少也要考个芝麻大的官是吧，读到十五岁时，想法突然变了。那一年，林家茶铺回岩上招聘到厦门的账房先生和学徒，有人推荐一个三十几岁的秀才去当账房先生，秀才说，我堂堂一个秀才怎么可以，我还得考举人考进士呢！乡民们就笑话秀才，你一个秀才就考了十几二十年，再用个十几二十年考个举人，恐怕胡子眉毛都读白了也不一定考得上进士啊。秀才不服，他却听明白了。这一年，他到了厦门。王之信家有茶园，他从小就跟着父亲种茶、制茶，卖起茶来自然是头头是道，茶铺经营很快就上了手。几年后，他又被派到巴城。我们等着他下完象棋，再跟我们讲他的巴城奇遇。

蒸汽船突然停了下来，餐厅里瞬间安静。许多动作暂停，大家都没反应过来。有水手往窗外看了一眼便扔下牌，水手们开始往甲板上跑。是不是撞船了？有人问。很多人站了起来，有的往左看，有的往右看。船外似乎真有另外一条船。不知从哪里传来急急的一句话："黑鬼要造反了！黑鬼要造反了！"站起来的那些人纷纷往同一个方向跑，像是河流突然找到了方向。挤到门口，很多人又退了回来。下着雨呢，几个黑鬼，没什么好看的！快出牌！快出牌！哈瑞抓住了我。我们正在玩一种叫惠斯特的纸牌，他已经赢了我三墩。这种纸牌原本是要四个人分成两组才能玩，但我们试着一人分饰两角，分别打同组两人的牌，这样的自创打法另有一种趣味。虽然你知道对方手上的所有牌，但具体的牌在哪个对手手上你并不清楚，这让牌局有了很大的不确定因素。我重新坐回座位，但脖子不听从屁股的指挥，仍然试图打探船外的信息。白头发的英国老人显然比任何人有定力，他稳稳地坐在那里，一动不动地盯着河面。河面像是一个巨大的旋涡，把他的眼睛牢牢吸附进去。王之信的屁股已经离开了椅子，他的头时不时望向船外，再没听到他喊一句"将"。

输了输了，不下了不下了！身旁的王之信丢了棋子，一手拉起我，走走走，去看看发生了什么事！我借机把手上的牌一摊，跟对家的牌搞乱在一起。无论如何，这桥牌是没法再打下去了。哈瑞只能跟我们走。

对向行驶的一艘蒸汽船紧挨着我们的船停住。它的船头像是失控一般直直冲着岸边呈 45 度角，船尾跟我们的船头仅仅相距四五米，它的身后拖着一只平底船——每一艘上行的船上都是成果丰硕。这是一个危险的距离——如果刚才我们的船没有急急往右打出方向，我们的船一定跟他们的平底船撞在一起。平底船的顶棚只剩下一半，至少有六七百个黑人缩在一起。这样的阴雨天气，我穿着公司职员的整套行头，外面是西装，里面还多加了羊毛衫，脚上是高筒靴，都还觉得微微发冷。那些黑人，只有在加尔各答统一换上的粗布衣裤。现在，那套衣裤早就湿透了，贴在身上滴着水。平底船的船头位置，站着一群黑人，其中的两个拿刀顶着两个印度人——两个印度人应该是给他们做饭的厨师，他们借此跟蒸汽船上的人谈判：他们要船靠岸。他们想上前面的船。或者给他们换一条有顶棚的船。他们想要吃煮熟的米饭。他们需要干的衣服。很多人在发烧，他们需要药……可以想见，对方船只刚才经历了一个怎样的紧急情况，迫使船长紧急转出那么大的一个角度。

他们这是把人往死路上逼啊……还让不让人活了？王之信一手拍在船舷

上，手里的油纸伞差点掉到地上。他说了句中国成语：狗急了还跳墙呢！

无非差一个顶棚，这里对待黑鬼都这样……哈瑞不以为意。看着吧，他们想靠岸，蒸汽船会答应的。等船靠了岸，那几个闹事的肯定一个个被收拾。

六七百个黑人难道还打不过前面那几个监工和士兵？王之信很不屑。哼！

那你是太不了解这些黑鬼了。黑鬼就是黑鬼，他们没有人的智商。你们知道美国人管那些去挖金矿的劳工叫什么吗？猪仔？对对对，他们就是猪仔！

你说什么？你再说一遍！王之信瞪着眼睛说。

不是我说的，是美国人说的。美国人说得一点没错，他们就是猪仔，怎么啦？哈瑞耸耸肩，很是无所谓。

王之信抡起一拳打了过去，哈瑞跌出几步外。我赶紧冲上去扶起哈瑞，用身体挡在他们两个人中间。哈瑞使着劲想冲过去，王之信握着拳头还想冲上来。王之信！住手！"幸亏先生"不知从哪里冒了出来，及时抓住王之信又要挥出去的拳头，把他拉回船舱。

对方水手喊话让我们的船先走，我们的船长肯定觉得吃了很大的亏，不肯轻易放过他们。这里几乎是整个河道最窄的河面，旁边本就没有多大的空间，再卡着两艘船这样的角度，哪艘船先开都冒着很大的风险。我们的船长跑到船尾，要跟对方的船长理论。对方的船上突然发出两声枪响，不一会儿，两个印度人从驾驶室拖出来一个被打爆了头的黑人。他们把黑人拖到船尾，当着平底船上黑人的面扔进水里。平底船上一片骚动，黑人们纷纷往船头挤，叽里呱啦说着话。我们船上开始有人担心起来。有个欧洲人说，赶紧走，赶紧走，万一那些黑鬼上不了前面的船，会不会爬到咱们船上来？就那么几米，游都游得过来。

没听说黑鬼会游泳的。有个监工说。

万一会呢？欧洲人还是不放心。还是赶紧走安全！

又是两声枪响，平底船船头位置拿刀的两个黑人歪着身子倒下了。两个印度人跳进了水里。尖叫声、哀号声、哭喊声，各种惊恐的声音在河面上翻滚起来，平底船在晃动，像是随时有被掀翻的危险。我们船上的人都被吓着了，赶紧躲回客舱。船长小心地调整方向，不断地修正角度，以最快的速度驶离这个是非之地。在房间里躺了一会儿，就到了晚餐时间。哈瑞东西吃得很少，但心情明显好了许多。我们聊着英国的事，喝着味道很怪的印度茶。王之信跟"幸亏先生"走进餐厅，他往我们坐的位置看了一眼，没有打招呼，走到远一些的位置坐下。两个监工坐在我们旁边，他们要了瓶酒。

雨再这么下，估计那些黑鬼到最后剩不下一半。其中一个监工说。

那不会。你说，那些牛马不也都没穿衣服？它们哪里会感冒发烧？再说了，反正已经上船了，种植园主的钱都得照付。另一个监工说。

那是，劳工怎么招都还是缺。不过，听说最近英国政府好像是派出了什么调查员，要调查黑鬼被虐待的事情，文明的国家是不允许不文明的行为长期存在下去的……

是啊，往后大家都得小心点……

雨沙沙地下，河水哗啦啦地响。世界一片苍茫。如果世界就这么安静下去，那么后来的很多故事都得重写了。所以，注定会发生什么事。上帝都安排好了。我先注意到靠窗坐着的那个英国老头。他怎么一直坐在那儿？头部的姿势和角度好像也保持不变？我问。

哈瑞也注意到了。刚才好像也没看到他吃饭？他很快就有了自己的判断。看他这一副落寞的样子，他一定是个到阿萨姆投资失败的投机客。这种事情常有。所有人都抱着发财梦来，但没几个真正懂茶的。没错，确实有一些人靠投资种植园发了大财，但后来简直是疯狂了，明明是无中生有的茶园，通过一些人天花乱坠的吹嘘，也能将它卖出去。那些投机客大多人在伦敦，哪里知道实情，他就去招募很多人来投资入股……

不可能吧？都已经这么大年纪了，怎么可能这么傻？我无法将眼前这样一个白发苍苍的老人与奴役着几百名黑人的种植园主挂上钩。如果上帝也会变老，他应该也是这样一副慈眉善目的模样。

你不信？要不要打个赌？等不及我回应，哈瑞已经起身。他的兴致总是说来就来。他说，看着啊，我问给你看。他走到老人面前，跟对方打起招呼。嗨，先生，您是伦敦来的吧？您这是要回伦敦是吗？连续问了几句，老人才缓缓将头转向他。那目光像是从远古时代跑来的一匹疲惫的战马，写满无力与虚乏。

您是不是在阿萨姆投资种植园了？怎么样，是不是发达了？赚了很多钱吧？哈瑞回头看了我一眼，又是挤眉，又是弄眼，一脸坏笑。

我的两万英镑，我的两万英镑……老人像是突然从梦中惊醒，喊叫着站了起来。他比哈瑞整整高出半个头。他原地转着圈，四下里寻找着什么。看来，哈瑞找错对象开玩笑了！正想着，我跟哈瑞同时注意到——他从衣服里掏出一把枪！我们相互使个眼色，我起身，他往后倒退了一步，我们想要离开。就在这时，老人一把抓住哈瑞，手上的枪立马顶在他的脑袋上，嘴里咆哮起来，你们拿着我的钱都干了什么？啊？就是请了一堆人挖了一片地出来，然后呢？茶树呢？茶树在哪里？你们根本不懂得种茶，你们就是一群骗子！你们抢了我的钱！不，不，那不都是我的钱，两万英镑啊，你把两万英镑还给我，还给我，还给我……真让哈瑞给言中了，真是个投机客！老人的眼睛瞪得像两只发红的火球，额头上青筋暴出，举着枪的右手在剧烈地颤抖。哈瑞已经站不住了，他缩着脑袋一点点矮下去，脸色发青。周边座位的人纷纷起身，他们往门口的方向撤退。我做出投降的动作，希望借此能平息老人紧张的情绪。我努力跟他解释我们没有恶意，我们只是跟他打个招呼，但他的咆哮一声比一声激烈，手上的枪也随着他的咆哮一下重似一下地敲在哈瑞的头上。我不敢再说话。我担心我会进一步激怒他。我们就这样对峙着。

余光告诉我，并不是所有人都在往外走。有两个人正小心地往老人的后方靠，我不敢往那个方向看，我希望他们可以帮到我。老人可能也听到了响动，回了个头，枪口微微偏离了哈瑞的头。几乎就在那个瞬间，只感觉到一股疾风，一脚飞起，老人手上的枪被踢掉了。哈瑞的两腿一软，整个人栽到了地上。

如你所想，来解围的正是王之信和"幸亏先生"。这个晚上，压惊酒是少不了的。刚刚还是大仇人，瞬间又变成了大恩人，像从南极一下子跨到了非洲，这情形让哈瑞有些不适应。酒加快了进程。在喝酒问题上，我是英格兰人中的另类，半杯就倒。哈瑞则是英格兰人的典型代表，半斤嫌少、一斤不多，再来二两刚刚好。所有的感谢和道歉，哈瑞都把它装进了酒里。酒是他的胆，酒是他的力，如果不是借着酒，估计他都不知道怎么抬头。多年后，我们在伦敦提起这个中国人，他依然直竖大拇指。王之信的酒量其实也不小，但每喝一杯他都要强调他不能喝倒，一定要节制。强调归强调，他还是一杯接一杯地喝。"幸亏先生"喝酒跟平时的言行一般板正，好像他眼里和嘴里都装着精准的计量器，一杯分五次，半杯分三次，他都可以分毫不差。喝下一杯半的威士忌后，他便说要先去休息。王之信赶忙起身，"幸亏先生"示意他坐下，你们年轻人继续喝，继续喝，反正明天都在船上也没什么事……他出门时给了水手一个卢比，整个晚上，印度人都没催我们。

"幸亏先生"这一走，王之信便开始掌控全场。你来我往，没几分钟，他们一大杯又干了下去。这一中一西两团弹性极好的面团分开揉了半天，现在又揉在了一起，依然可以烤出香喷喷的面包，也依然可以切出严丝合缝的面条。酒是一种强效的疏通剂，人心里那些堵住塞住的东西，几杯酒下去就全解开了，话也越说越多，越说越远。王之信主动说起他为什么会忌讳哈瑞说出"猪仔"

那个词。十年前，他的一个哥哥跟人去广州，打算从那里乘船去巴城。一天晚上，两个年轻人出门吃宵夜，半路上就被人劫持了。几天后，他们便被装上开往弗朗西斯科的"猪仔船"，从此再无音信。

这些万恶的美国人把我们中国劳工当成猪仔来贩卖，来使用……成千上万中国苦力，被人装在"猪仔船"上，吃不饱，穿不暖，甚至连口新鲜的空气都吸不上，只能在暗无天日的底舱里煎熬……王之信往自己的酒杯里倒上酒，伤感地摇头。我的哥哥回不来了，回不来了！

对不起，我不知道。哈瑞再一次表达了歉意。

算了算了，我不怪你。你说的确实是事实。王之信拦住了哈瑞。我全叔说了，你们西方人就这样，说话做事都是直来直去，其实没有恶意。我琢磨着啊，这是不是跟你们吃的东西有关系？你看，你吃的是披萨，什么东西都显露出来，所以，话也直着说。我们中国人就不这样，我们吃的大饼、包子、饺子，总是把东西包在里头，我们说话会拐弯。所以，我不怪你。

这个中国人似乎说出了一个伟大的真理——尽管他只说对了一半，两个人喝得更加起劲。几个小菜都难以下咽，这样浑的河水做不出像样的吃食。一个不喝酒的人看着两个特别能喝酒的人喝来喝去，总觉得缺少了点啥。如果能来点上次你说的你们家乡的那个鸡什么就好了。我不由得感慨起来。

来，来，来，咱们就把这船想象成我们老家的南门酒家，红砖墙、红地砖、黑屋瓦、燕尾脊，把这河想象成我们老家的蓝溪，水面是清澈的蓝，旁边开着芦花，这哗啦啦的河水声就是我们的南音……王之信不停比画着上上下下、里里外外的物件，又冲着印度人比了个招呼上菜的手势——印度人已经睡着，来，上一碟鸡卷，几块豆干，再上一小碗炕蛋汤、一小段血肠，再来点月光就齐了，齐了。妙哉！美哉！来，来，满上！王之信做出举杯吟月的姿势，引得我们直想笑。在他的描述中，我们把他家的美食吃了个遍。他们那个老乡李光地在朝廷当大官，整天跟皇帝在一起，经常吃到皇宫里好吃的东西，回去了就让厨师学着弄给家人吃，回乡探亲的时候又把宫廷里这些好吃的东西带回安溪老家去。在吃食上，中国人有着超凡的想象力。他们确实更喜欢把各种东西包起来吃，可以做皮的东西也是五花八门，不同的皮可以做出完全不一样的美食——即便里面包的是完全一样的瘦肉、竹笋。面粉做皮，做成的是最寻常的饺子；芋头和白米磨浆沥干做皮，做成的是芋包；鼠曲草和糯米磨浆沥干做皮，做成的是鼠曲包。印象最深的是一道名为"鸡卷"的菜，鸡脯肉、葱头分别剁碎，拌上鸡蛋、盐、五香粉、地瓜粉调匀，再用猪肚内的那层透明的油纱一裹，包成长条形，放蒸笼上蒸。蒸好后切成小段，裹上鸡蛋白放油锅里炸，外皮香脆，内里酥松，尤其再蘸上点加了蒜泥的酸醋，肉香、葱香、蛋香等各种不一样的香鲜明地糅合在一起，每一口都是享受。

王之信的家乡也有一条河，但他们管那条河叫蓝溪。那是个不大的地方，还没有蒸汽船。从观音岩往外卖茶，有时候他们走陆路到厦门，有时候他们走水路到泉州。城区附近有八大景点：凤麓春阴，薛坂晓霞，阆岩夕照，芦濑行舟，葛盘坐钓，东皋渔舍，龙津夜月，南市酒家。这些好听的名字据说是宋朝时一个大才子朱熹给命名的。中国的文人日子过得悠闲自在，到处游山玩水，玩累了，就停下来写几首诗，给几个地方命名，然后好饭好菜好酒都有了。

第二天醒来的时候，已经到了中午，雨也停了。他们两个人都还在睡。一个小时后，阳光也出来了。甲板上人很多，这么多天的阴雨，快要发霉的不仅仅是身上的衣服、鞋袜，还有整个人，整条船。那个白头发的英国老人也在。他主动走过来打招呼。我一直在等你们！

等我们？

昨天，对不起了！把你们吓着了！

这其实是个非常斯文的老人，语气温和得像是一杯暖暖的中国红茶，甚至还带着他这个年龄少有的明媚。他是个药剂师，收入不高，但也不低，生活本无什么忧虑，几年前，听朋友游说投资了一个茶叶种植园，几个老年亲戚也拿养老的钱入了股。一直听说很快要分红，左等右等没动静，亲戚们坐不住了，让他来看看，到了印度才知道，哪有茶园，只有一大片空地，对方说，要么再投钱，要么就等空地卖出去。每英亩10卢比开垦出来的茶园卖多少？卖不出1先令。这不是纯粹在讹人吗？老人全身在颤抖，他已经说不下去了。我想跟他说，没关系，会有转机的，可这样的假话我终究说不出口。我走了！他说着，便转过身去，一直往前走。我一时并没有反应过来。他走得非常快，这让我感觉到了异样。我连忙追过去，边喊，你这是要去哪里？他没有回头，一个劲儿地加速。旁边许多人看着我，他们都不知道发生了什么。我开始跑了起来，但是，已经来不及了，他爬上栏杆直接跳了下去。

又一条生命葬在了这条河流里。

到了加尔各答，我们办了几件事。"幸亏先生"和王之信往巴城发了电报，我跟哈瑞去了趟圣保罗教堂。教堂高大得很，雪白的外墙，哥特式的尖顶，色彩斑斓的玻璃窗，颜色绚烂的大油画，我仿佛置身于伦敦的圣保罗大教堂。我们给老人做了祷告，祈求他落在印度河里的灵魂依然可以找到天堂的路。当然，我们也给之后这一段未卜的前程做了祷告。"幸亏先生"和王之信在教堂门口等我们，他们信的是佛祖和观世音菩萨，还有一种他们那儿才有的清水祖师。出来的时候，我们一起去兑换了印度卢比。中国人身上带了各种货币，有银锭、英镑、美金，还有一种墨西哥鹰洋，店家要了英镑。

我们进入的是白人居住的区域，如果不是街道上那些拉着大象坐骑走来走去的印度人，我很怀疑我是不是回到了伦敦。大象背上搭着漂亮的毛毯，毛毯上是架有凉伞的座椅，座椅装饰豪华，坐在大象背上估计有国王出巡的感觉。

一百多年前，东印度公司开始在这里设立贸易站，现在，这里深深烙下大英帝国的印记。到处是维多利亚风格的建筑，到处是英语招牌，到处是穿着西装、领带的欧洲人。路过一家照相馆，我跟王之信进去拍了照。哈瑞带我们吃了最正宗的英国牛排，又喝了王之信自带的铁观音，他们还买了一种叫作"香"的东西。上船前，王之信在岸边给那个冤死的英国老人点了两根香，他对着阿萨姆的方向拜了几拜，最后把香插在石头缝里。

可能是因为这一顿美食的垫底，恒河上的行程也跟着美好了许多。与布拉马普特拉河相比，恒河显得更加宽阔，流速也更为和缓。一路顺畅，很快就到了阿拉哈巴德，恒河与亚穆纳河在此交汇。据说，再过一个多月，浴佛节就将在这里举行，那是印度人一年一度的节日。我们需要在这里转船。船近码头，王之信双手合十，朝着西北方向念念有词，然后鞠躬鞠躬再鞠躬。终于等到他礼毕。

你干什么呢？我问。

我祈求我们老家的清水祖师保佑恒河的水位千万不要太低，保佑我们可以很快出发。

你们老家的神仙还能管到印度这么远？这能耐也太大了吧？哈瑞也觉得稀奇。

你们不知道，祖师爷可是我们安溪的一个大人物，专门管什么时候刮风什么时候下雨。七八百年前的大宋皇帝都对他礼敬三分，据说还有皇帝称他为"护国公"。王之信的得意劲又来了。你们别不信，他还就是这么灵验。去巴城第三年，我跟我全叔回家乡采购新茶，还采购了一些德化的瓷器。那一年夏天，遇上干旱，货船走到蓬莱山下就走不动啦。耽搁个十天半个月，新出的茶鲜度减弱不说，还会让其他茶类抢了新茶的先机，我们以后的茶叶销售会受很大影响。怎么办？怎么办？这可把我全叔给急坏了。山上不就是清水岩？我全叔突然开窍了。清水祖师肯定责怪我们没有去跟他打声招呼呢！于是，我全叔立马就带着我上山拜祖师爷。你说神不神，你说神不神，我们刚走到山脚下，雨就来了。王之信把手掌拍得"啪啪"响。

这才下过的雨，而且这喜马拉雅的雪水都已经开始融化了，水位怎么可能太低？我看你应该祈祷不要再下雨，否则水位太高水流太急，咱们有翻船的危险。哈瑞冲着我笑。托尼你说是不是？

呸呸呸，出门坐船不能讲这种不吉利的话，呸呸呸！王之信不停往地上做出吐口水的动作，仿佛所有附着在他身上的不吉利将随着他的口水被吐出去。

我知道王之信的担心。到驻地第二天，他就找我借福钧的书看。他一定也看到了我书里的那个细节——当年，福钧从中国得到的第一批茶苗就是在这里出了问题。好在，我们的运气比福钧的那些沃德箱好，我们很快就坐上了蒸汽船。进入恒河的上游，水流明显加快，船速也跟着慢了下来。到萨哈兰普尔已是下午三四点，下船后，很容易就找到了马车。听说去植物园，赶车人说，明早吧，明天一大早再走。问原因也不说。哈瑞替他回答，不用问，肯定担心不安全，半夜碰上个老虎豹子什么的。

第二天按照约定的七点，四轮马车载着我们从旅馆出发。恒河边上的码头像是一壶在柴火堆上正在烧煮的热水，已经微微冒着鱼目般的气泡。女人们最先在这里忙碌。有的赤着脚站在水里洗衣服，有的正从河里取水，有的顶着水缸往回走，有的拎着水桶刚赶到河边。一个被母亲硬拉去河边的六七岁的小女孩可能还没睡醒，也可能脚下的水太冷，正抹着眼睛"嘤嘤"地哭。一个背上背着婴儿的妇女拿右手护着头顶的水缸，左臂夹住腰间的一桶衣服，迈着小步往回走。尽管她如此小心，水缸里的水还是时不时地溢出，淋在婴儿的身上，孩子哭闹起来。一个八九岁的小女孩站在大树下卖大饼，她的目光追着我们的马车走。哈瑞说，那饼难吃得很，王之信还是坚决停车买了两个。一只肚子上掉了一大片毛的老狗半眯着眼睛，歪着脑袋趴在地上，偶尔微睁一下眼，懒懒一看又再趴下。两三部牛车、马车早早等在码头，船只还没到，有足够的时间，几个男人把脑袋凑在一起抽起烟来。几只乡船停靠在这里，一个守船的年轻人打着哈欠站在船头，裤头一拉，一条细细长长的抛物线落入河中。空气中弥漫着一层薄薄的雾气，灰蒙蒙、湿漉漉。近处的草尖上挂着晶莹的露珠，放眼看去，一大片的草地上像是结着一层透明的网。阳光稀疏地撒下，困意袭来。昏昏沉沉不知睡了多久，醒来时，天色大亮，已经出了城区，正往山上走。路明显窄了下来，刚好容得下一辆马车。一条被越走越实的山路，足见这上下山的人不在少数。走着走着，日头有些大了，气温也逐渐往上升。阳光。草木。空气清新。满目葱绿。王之信说，这才是春天该有的完整模样。除了"幸亏先生"，我们三个自然不愿负了这春色，时不时跳下马车来玩。无论是植物的种类，还是大自然的色彩，这里都与阿萨姆有很大不同。王之信认识很多山上的植物，树冠呈塔状的是冷杉树，树叶细得像针的是松树，树冠像个扁球的是椿树，叶片呈卵形的叫野牡丹，那些叶子细长的是兰花……哈瑞折了一根树枝当起拐杖来，又拿拐杖不停比画说，在附近的群山中居住着一群拉吉普特武士，他们身着红色的丝织品，蓄着八字须，饲养着世界上最好的马匹。他有些不甘示弱。

杜鹃！杜鹃！临近中午，王之信突然指着半山腰喊起来。顺着他的手势，我们看到一大片花的海洋。铺天盖地的淡粉和大红，高的植株是一整树地怒放，矮的植株也一朵朵地开。他掐下一朵便往我嘴里塞，你尝一下，很好吃很好吃的，酸酸甜甜的。我扯下一片花瓣，一尝，味道果然不错。他又掐了一朵给哈瑞，说，以前小时候每回上山割山茅，走累了，我们就停下来吃杜鹃花，这种花可以止咳、祛风湿、解毒。山上还有很多小野果，比如小金橘、草莓、桃金娘，我最喜欢吃那个桃金娘，我们管它叫"中尼"，叶子可以用来止血，果实可以用来安胎，一到了七八月，满山都是……他蹲下身去，指着开出纯白色、很香的花的植株说，你们看，这是栀子花，将来结出来的果实可以用来止血、消肿……又指着一根缠绕的藤说，这种很快会开出漂亮的黄花，它叫断肠草，吃了会死翘翘的……

不知女王伦敦的植物园里有没有这些植物？哈瑞转着手上的杜鹃花，他总会想一些我根本想不到的问题。这山上肯定有很多你们中国人所说的草药，这些完全应该为大英帝国所用。

你们英国人怎么整天想的就是偷窃别人的东西？王之信故意拉长了个脸，半真半假地说。这一点最讨人厌了。

我怕他们再起争执，赶紧找了个新的话题插进去。如果希尔公司的茶园不在阿萨姆，而是在这里，那该多好！我喜欢这里。哈瑞笑着说，公司可没有在这里种茶的打算。他告诉我，出发前亨利先生跟他谈及公司对种植园的规划。如果今年从萨哈兰普尔带回去的茶苗果真可以让茶叶品质有很大的提升，定然会吸引更大的资金投进来，公司一来会将之前的老茶园进行改种，二来会往丛林的深处进军再进军，开辟更多茶园。王之信也听到了，他对这样的做法坚决反对。你们英国人的欲望怎么就没有个头呢？你们这种无限量地扩张，只会加速更多黑人苦力的死亡，也会破坏山林里土著部落的生活。哈瑞没有把王之信的话当真，他哈哈一笑，这怎么可能？他们感谢我们还来不及呢！是我们英国人让这里野蛮的原始生活向文明迈进了一大步。如果不是英国殖民地，他们怎么可能有铁路？有公路？怎么可能有蒸汽船？王之信像被什么火给点着了，整个人几乎是跳了起来。你感觉你们真是来拯救人家的？人家好好地过着日子，你们闯进人家的家园，占有他们的土地，还说是来拯救人家？我真佩服你们英国人的强盗逻辑。你们的女王可真够"文明"的，我们中国的皇帝如果也这么"文明"就好了。可惜，中国的皇帝都太中国式文明了。要说文明，你们比得过中国四五千年的文明？一个国家强大一个国家文明就要去殖民他国？一千多年前，我们的国力我们的文明程度早就是世界第一了，如果我们想殖民，得殖民多少？按照你们这样的逻辑，我们中国早应该把你们英国荷兰葡萄牙这些小不拉几的落后国家给收了。哈瑞鄙夷道，你们还四五千年文明？你们就是落后又自大，女王才会想把大炮开过去。我就不明白了，当初为什么就只谈开放通商口岸？要我说，当初就应该直接把你们也殖民了，这会省去不少麻烦。或者，当初就直接在条约里规定让你们每年进贡茶叶，这样一来，英国人喝茶哪里还要付什么钱？！他好像已经忘了眼前这个"落后又自大"的中国人可是他的救命恩人，我完全插不上嘴。

你觉得一条蛇可以吞了一头大象？一只小老鼠可以跟大象提这么无理的要求？真是笑话！王之信冷笑一声，话语里满是嘲讽和不屑。你们真的一点不觉得可耻？一点不觉得悲哀？有时候想想，茶乃万恶之源，世界上真不应该有茶这个东西。如果没有茶，还会有两百年前爱喝茶的凯瑟琳公主？如果凯瑟琳公主不爱喝茶，或许当年她嫁给英国王子的嫁妆里只有直布罗陀海峡战略要地丹吉尔和印度孟买，没有那221磅中国茶，英国人还会流行喝茶吗？又或者，一百多年前,第七世贝德福德公爵的妻子安娜不会在下午三点左右低血糖发作，不会感觉心神不宁，还会有英国的下午茶时光吗？如果没有这两个爱喝茶的女人，你们英国人是不是就不用这么辛苦，整天想着偷人家茶苗了？如果率领英国使团的马戛尔尼勋爵当年乖乖地给乾隆皇帝行跪拜之礼，那么乾隆皇帝一高兴，就让你们英国在广州的茶叶买卖跟荷兰商人一样优惠和方便，如果那个无知的广州官员不允许，那个勋爵是不是就会打消带几棵茶树苗走的念头？又如果他带到印度去的那些茶苗根本就活不了，那英国是否还会有在中国之外的土地上种茶的想法？如果布鲁斯兄弟没有在阿萨姆发现古茶树，没有看到被当地人砍掉的水田边的古茶树的树枝上居然长出了新的茶树，或者如果东印度公司首席植物学家哈瓦奇不认可中国茶叶有可能在印度试种的设想，东印度公司是不是就不会派出他们的秘书戈登博士去中国找茶？如果戈登博士没有在广州找到茶苗和茶师傅，如果小布鲁斯没有在阿萨姆把中国茶与阿萨姆茶混杂育出杂种茶树，如果罗伯特·福钧不去中国偷茶，不把中国茶师傅带到印度来，那你们怎么需要到印度来？怎么需要在阿萨姆那么糟糕的地方受罪？怎么会有那么多黑人成为茶叶的殉葬品……

他的问题像一颗接一颗密集的子弹，我跟哈瑞一下子都听呆了。我不希望他们两个人再吵架，冲哈瑞摇了摇头。其实我多虑了，他的这种密集发射根本不给哈瑞留有时间反应与还击。我不知道这个人哪里来的这么多奇怪的理论。有些东西是我讲给他听的，很多东西并不是书上的，我也没听谁讲过。可他用我零零碎碎讲给他的东西，连同他自己原本知道的和后来书上看到的，拼出来另外一些东西。就像他手头有了一根针一条线，他把珠子串了起来。虽然那珠子有的是珍珠的，有的是植物种子，有的是塑料的，有的是木头做的，但它们是有着内部关联的。重新串在一起的珠子有了新的形状，比刚拿出来一颗颗独立的时候有趣多了。我承认他说的话不无道理，可我总不能当着哈瑞的面向着中国人说，是啊，茶叶如此美好，可在这里，却只有血泪，它更像是长在一个个黑暗坟墓上的尸腐花。不行，我不能这么说。

如果，如果，这个世界真停留在这些"如果"里还怎么前进？哈瑞好不容易憋出来一句话。赶马车的人在前面喊我们，快点啊，不要离我们太远啊，这山里有虎有豹有猞猁呢！我也借机催促起他们，走啊，走啊，快点追上去啊！重新坐上车后，有很长一段时间，大家都不说话。拐过一道弯，进入一片特别茂密的树林，马车走得更慢了。突然，一阵翅膀扇动的"扑——棱"声起，不远处飞出一只黑色的鸟，伴着一声奇怪的叫声。旁边的树林里有树枝摇晃了几下，发出"唏——唰"声。大家小心点！"幸亏先生"小声提醒大家。见我们一脸的诧异，王之信的得意劲又来了，听见乌鸦叫是凶兆，肯定有什么不好的事情要发生！

你就这么确定这是乌鸦？哈瑞指着空中那已经看不到踪影的鸟儿，哈哈大笑。就算它是只乌鸦，它怎么就跟好事坏事连起来了？你们中国人可真有意思。这就是你们几千年的中国文明？这也太好笑了吧？哈瑞的笑声还未停歇，几个印度人倏地从林子里蹿了出来，挡在我们前行的路上。赶马车的人见状将缰绳一扔，跳下车躲到马车的后面。难道这就是哈瑞刚刚才说的拉吉普特武士？他们身上穿着红色的丝织品，嘴上蓄着八字须，手上或拿着长矛或者拿着砍刀。走在最前面的那个年轻人用砍刀指向"幸亏先生"说，要想活命，把钱留下！他像是在笑，右嘴角大幅度上扬，右脸的肌肉堆积在一起，这让他的嘴看起来像是占了大半张脸。是他？！我偷偷指着最前面那个年轻人说，那人我见过，在船上。又跟哈瑞示意道，是不是哈瑞？那天你也在。哈瑞挨了王之信一拳的那天，在我们走回房间时，后面追上来一个印度人，他先是数落了一通王之信的不是，然后像是无意间提起地问了一句。那两个中国人是做什么的敢那么横？

做生意的。哈瑞正在气头上，想都没想就回答。

他们很有钱吗？

是，很有钱，相当有钱。

我看到那个人笑了起来。他的右嘴角像是被什么东西用力牵引着大幅度往上提，一半的脸挤在一起。那种笑容令人过目不忘。眼下，哈瑞知道自己闯了祸，伸手就要摸枪。可枪在我们的行李箱里，行李离我们有一个手臂的距离。王之信的两只拳头握得紧紧的，像是随时就要砸出去的两块硬铁。他的两只腿若不是"幸亏先生"拿脚顶住，恐怕早就跳下了马车。见我们没有反应，几个印度人抄着家伙往前走。眼看马上到达跟前，"幸亏先生"突然站了起来，"砰"的一声枪响，印度人立马抱头逃窜、四处躲闪。借着这个空当，哈瑞也慌乱地找到他的那杆猎枪。我这才注意到，"幸亏先生"手上举着一把手枪，枪口正对着天空。刚才那一发子弹，他并没有朝印度人打出。两匹马受了惊吓，有些摸不着北地在原地转起圈来，"幸亏先生"迅速抓住缰绳，急喊赶车人上车。马车很快就被控制住。现在，有两把枪正对着那几个拉吉普特武士，他们捡起掉在地上的长矛和砍刀，却不敢上前。

不要开枪！"幸亏先生"小声提醒着哈瑞，又转头催促赶车人。走！走！马车慢慢调整好方向往前走，那些印度人不敢轻举妄动。哈瑞可不听他的，直接瞄准那个最前面的年轻人。我抓住哈瑞的枪管前部往上一抬，"砰——"又是一声枪响。马车小跑起来，那些印度人就那么远远站着，变成一小片黑点。很快就进入一个村庄，马车慢了下来，赶车人忍不住发问，你们就不怕下山的时候他再来劫一次？这话可能正好说到了王之信心上，他一掌拍在座位上，很是愤愤不平地问"幸亏先生"，刚才为什么不朝他们开枪？对这些山贼土匪难道还需要客气？

出门在外，枪是用来防身，不是用来伤人的。

这——不是一样？哈瑞也不由得疑惑了。

不一样。

怎么不一样？伤人不也是为了防身？！

防身是目的，伤人不是目的。给别人留生路，也是给自己留余地。"幸亏先生"总是不舍得多说一句话。我想我是听明白了，我很有必要给两个还没听明白的解释一下。于是，我就接着"幸亏先生"的话往下说。林老板的意思是说，如果他们刚才追过来，或者真的动手，那我们才需要开枪。可他们没有。既然没有，咱们也没必要把事情做绝。是不是这样子，林老板？

"幸亏先生"不置可否。我看到王之信和哈瑞对视了一下，估计他们都很用劲地在琢磨我的这一番言语。剩下的行程，我们一点都不敢大意，两把枪一直握在他们手里。好在，一路顺畅，除了一只猞猁和几只山鸡，我们没再碰上什么危险。进入山谷，有几户人家，零星有些茶园，茶树已经发出新春的第一批芽，深绿色的底板上冒出星星点点的黄绿。转几道弯便到达植物园，给我们开门的是一个三十来岁的英国人。知道我们是希尔公司派来的，英国人很热情地带我们去办公室。刚往里走了几步，王之信就迫不及待地问，那个詹姆森在吗？

哪个詹姆森？

威廉姆·詹姆森啊，就是觉得福钧的沃特箱应该打开的那个。

不知道。英国人完全没听明白的样子。

你们现在的主管是谁？我插问了一句。

罗宾逊·史密斯先生。英国人突然间想起了一件事。哦，我知道了，你说的应该是我们老主管，他已经被调到加尔各答去了。

哎——可惜了！王之信一声长叹，无限沮丧与失望。我还有很多问题想问他呢！

你有问题可以问我们史密斯先生啊！他是植物学家，是你们要找的那个詹姆森的学生。你们真幸运，史密斯先生刚从德拉敦种植园回来，他肯定很高兴见到他老师的朋友。

不知道那个英国人是怎么跟他的主管介绍我们的，反正，十分钟后，史密斯先生确实一脸笑容地在办公室接待了我们，并为我们每个人送上一杯加了奶和糖的红茶。当然，他很快便知道，我们跟他的老师其实没有半毛钱的关系，顶多就是一本书的交情。但这并不影响一个英国绅士该有的风度。史密斯先生大学毕业后在切尔西植物园工作两年，而后来到了印度，一直服务于这家植物园。他今年已经四十五岁了。罗伯特·福钧来中国的第二年，他刚大学毕业，福钧来这家植物园的时候，他则开始启程来印度。两个人原本可以有交集的许多时间点就这么错开了，好在他跟詹姆森共事多年，知道很多关于这个笨蛋的故事，这让我跟王之信都提起了不少兴致。正如我们在书里看到的，福钧确实在这里把詹姆森骂了个狗血喷头，但詹姆森并不以为然。他不否认福钧说得有道理，但也不认为自己的理论完全错误——既然有那么多茶树在他主管的喜马拉雅植物园活了下来，那么他的方法没有道理不获得支持。而且，他说他会一直坚持自己的理论，除非不让他当这个主管。王之信表示支持詹姆森的观点，我觉得其中不乏巴结的意思。这是我几个月来聊得最为欢畅的时刻，明明五个人坐在一起，却完全是我们三个人的话题。聊完詹姆森，我们又聊到了罗伊尔、法尔康纳，最后又聊到了瓦里奇，他们三个都是东印度公司的植物学家。就是在这个时候，我们产生了分歧。

毫无疑问，作为植物学界的前辈，瓦里奇发挥了最为重要的作用。如果不是他认为印度确实适合种植茶叶，东印度公司就不会先后派出戈登和福钧去中国采集茶苗和茶籽；如果不是他组织了庞大的外科医生关系网络，全面搜集印度偏远山区的土地信息，并最终建议在法尔康纳任主管的萨哈兰普尔植物园建立茶叶种植实验场，那些茶苗和茶籽就可能葬送在加尔各答植物园里。瓦里奇博士认为，一定要在喜马拉雅山山麓，高纬度高海拔的地方，才可能种出好茶来。他的判断是正确的。没有他，印度今天这漫山遍野的茶园就不可能实现。史密斯先生几乎是在小结自己的一番讲解，他希望得到我跟王之信的认可。你们觉得呢？

我觉得那还是法尔康纳的作用大一些吧。如果戈登带回来的中国茶树种子和茶苗没有在这里培育成功，有瓦里奇的建议又有什么用？就如你刚才说的，送去加尔各答植物园可能就活不了了。我不会去质疑一个植物学家的专业知识，但既然他那么诚恳，我也愿意诚实地发表自己的观点。

要我说啊，罗伊尔对你们英国的意义更大。如果不是他说服福钧去中国，你们的茶叶种植园里哪能有这么多好茶种？我们也没必要跑这么远来买茶苗了。王之信倒是两边都不靠，但他的话听起来有些怪怪的味道。他自动划分出了"你们"和"我们"。所有人都以为他说完了，史密斯先生很可能想进一步阐述自己的观点，哪想王之信摆摆手，马上又否定了自己。不对不对，我觉得你们英国人忽略了一个人的重要作用。那个爵士，约瑟夫·班克斯爵士。很早很早以前他不是写了份报告，专门探索在印度种植茶叶的可能性？人家五六十年前就写了，只是你们东印度公司那时正沉浸在对华贸易巨大利润带来的喜悦中，你们把人家的建议束之高阁。即便是这样，他的想法也像一颗种子一样种在你们英国人的头脑里。没有他的那个想法，你们有谁会去注意印度有没有野生茶树？能不能人工种植茶树？能不能移植中国茶？今天在印度的一切怎么可能成为现实？他是你们英国全球植物贸易计划的核心所在，没有他，你们怎么可能开启世界最大宗的植物生产？你们永远要靠进口，进口！

你这想法非常新颖，我们英国人从来没有人这么考虑过问题。史密斯先生冲着王之信又是点头，又是竖起大拇指。如果他的耳朵再大一点，我相信它们都能扇出风来。他说，我觉得你说得非常有道理，科学就应该有这种质疑精神。我们欧洲人一直不缺乏质疑精神。欧洲人喜欢探险、冒险，而所有的探险都基于对世界的质疑。如果不是因为对世界的诸多质疑，我们的探险船不可能一次又一次地选择远航，我们不可能去发现美洲新大陆，不可能知道地球是圆的，不可能去发现宇宙的秘密。可是，现在，在我的学生里，恰恰最缺少的就是这种质疑精神。如果你留下来当我的学生，你一定会成为一个了不起的植物学家。

史密斯先生将这个美其名曰"质疑精神"。在此之前，我一直认为这是王之信对这个世界长期持有的怀疑态度。当我说起英国工厂专门设有给工人喝茶的"茶歇时间"，他会说，这怎么可能？资本家怎么可能对工人这么好？当我告诉他一百多年前的切尔西拉内勒夫茶苑有直径 150 英尺的圆形大厅，围绕大厅墙边设有两层包厢，人们穿着盛装在圆形大厅里漫步攀谈，在包厢里喝茶聊天，他会说，这怎么可能？这听起来像是一个大剧院！如果我跟他说，1706年伦敦有一家"汤姆的咖啡屋"开始卖茶叶，他会说，什么？这可真是稀奇，这不是我们中国说的挂羊头卖狗肉吗？当我说起一百多年前，单就伦敦就开有2000家咖啡馆，这些被人们称作"一便士大学"的咖啡馆里都可以点茶喝，他会说，天啊，这怎么可能？我们北京城七八十万人，也才一百多家茶馆，你们英国人怎么那么能喝茶？你们是不是都不用干活？如果我告诉他，正派的中产阶级家庭去旅游度假，都不会去提供白酒的酒馆，或去小旅馆酒吧，但他们会去茶店，他会说，天啊，多花那么多钱他们怎么愿意啊？！对我的话他总是怀疑，总是批判，但他的怀疑和批判里更多是好奇，是迫切想去了解的兴趣。这一点是很多英国人没有的，所以，我仍然会乐意讲给他听。现在，这个"怀疑"有了进一步的意思。

我？留下来？当你的学生？你觉得可能吗？这些可都是我们中国茶呢。王之信一阵冷笑。他的凤眼眯成一条线，他往下说出的每句话也像是从那道缝里发射出来的冷飕飕的箭。另外，我必须纠正一下史密斯先生的说法。您刚才恐怕是美化了欧洲人的殖民、扩张行为。没错，欧洲人是爱冒险爱探险，可试问一下，无论政府出资还是大企业出钱，你们的哪一次探险纯粹只为了探险？哪一次探险的初衷不是基于经济和政治的考量？难道不是为了抢先占领传说中可能存在的南方大陆，扩大英帝国版图，才有了你们英国探险家库克发现新西兰大陆？为了开辟一条横跨大西洋的贸易航线，才有了哥伦布发现美洲新大陆？你们可以看一看，你们的哪一次探险不伴随着侵略和掠夺，甚至是屠杀？就拿美洲大陆来说，那些探险者的名字，如哈得孙、哥伦比亚、温哥华、阿斯特，那些与探险相关的河流名和地名，如温哥华岛、哈得孙河、哥伦比亚河、阿斯托里亚，哪一个不是与捕杀动物获取皮毛密切联系在一起？那些所谓探险者的手上怎么可能缺少河狸、海獭、海狗这些"毛茸茸的钞票"？那些最为原始最为单纯的美洲印第安人，哪一个不是为你们创造财宝的奴隶？你们打着探险的旗号，干着侵略的勾当，你们……

哈瑞站了起来。这是一个非常明确的信息，它无礼地打断了王之信的话。史密斯先生意识到他可能忽略了两个更为重要的客人的情绪，赶紧转换了话题。他主动提出带我们参观植物园区。这里应该更像约翰叔叔说的中国茶园的场景吧。园区在山谷中，山谷四周是层层叠叠的群山，翻过一座山还有一道岭。附近分布着许多这样的山谷，植物园在许多山谷中都设立了茶叶种植点。温室及露天种植区域处于平地，平地四面几乎为崎岖、倾斜的山地所环绕，那些山地有大有小，一块块都种满了茶树。露天平地上种植着橡胶榕、辣木树、紫檀树、苦楝树、相思树，温室里种着各种热带、亚热带植物，如奇形怪状的仙人掌、棕榈树、苏铁、蕨类；各种颜色的杜鹃花正肆意地开放，除了猩红、粉红、杏红等红色外，还有白色、黄色、紫色、绿色、淡蓝；各个品种的兰花也是应有尽有，如蝴蝶兰、大花蕙兰、墨兰、君子兰、建兰、虎头兰；有福钧从中国带来的中国蒲葵、中国瑞香、白紫藤、中国金橘、迎春花、荷包牡丹、双黄茶玫瑰；还有印度本土的白玉兰、月季、瓜叶菊、天竺葵、海棠、旱金莲、扶桑、观赏凤梨、三角梅、茉莉花、米兰、金边百合竹……王之信的心思不在这里，他自己一个人在园区里转来转去。当我们在池塘边观看白色、蓝色、黄色、红色的各种睡莲，他跑过来问，怎么没看到福钧用的那个沃德箱呢？能不能让我看一下沃德箱？

什么沃德箱？哈瑞问。

福钧从中国采集茶苗和茶种来印度用的一个箱子。史密斯先生解释。

一个箱子有什么好看的？哈瑞依然不解。

你不懂。王之信没有看到哈瑞难看的脸色，只是一个劲地催促着史密斯先生走。他没有看到哈瑞难看的脸色。我主动走到哈瑞身边，跟他简单解释了福钧所用的沃德箱的工作原理：白天阳光照射，玻璃箱里的植物叶子吸收光能，利用土壤里的水分与空气里的二氧化碳发生光合作用，到了晚上，在冷空气作用下，植物挥发出的水蒸气凝结于玻璃罩上逐渐形成水滴滴落到土壤中，保持土壤中的湿度。如此这般，不需要外部给水，水分将从内部源源不断地产生，光合作用也将持续进行，玻璃箱中的植物便能长期存活，几年都不成问题。

听起来感觉神奇，真正见到那个沃德箱时，哈瑞还是表现出了不屑。这不就是个玻璃箱吗？还是破的。

通俗点来说，它是一个密闭的玻璃箱。史密斯先生指着箱体的交接处说，福钧当时让中国师傅在这些地方都用油灰和油漆涂上，保持箱体的密封性。没有密封，水分就会跑掉，没有水分，就没法进行光合作用。

这跟刚才我们参观的温室其实就是一个道理？王之信问。

对对对，你很聪明。史密斯先生赞许道。这种便携式玻璃箱颠覆了原始的种植模式，使各种跨大区域大空间的植物移植成为可能。这一二十年来，除了福钧成功把各种优良的中国茶种移植到印度，用来提取奎宁治疗疟疾的金鸡纳树也直接从秘鲁移植到印度，巴西的橡胶树也移植到了锡兰，这简直是植物经济的一次大革命。如果一百年前我们就有这样的沃德箱，那英国的植物贸易计划可以提前一个时代到来。他的言语中满是帝国植物学家的骄傲。

是啊，是啊，不得不佩服你们啊——王之信冷冷地"哼"了一声，说，1778年，你们第一次派出植物猎人到世界各地寻找植物样本，这么多年，你们的不懈努力确实成功了，你们的四处搜刮确实成功了。不得不说，你们这些优秀的植物猎人让你们的国家称得上是世界植物复制工厂啊！"伟大"的复制工厂啊！你们总是站在英国人的角度考虑问题，你们觉得合适？

那不然要站在哪个角度考虑问题？史密斯先生问。

事物总有两面性，看待问题也有多个角度。就像，一根笔是直的，插进水里，看起来就变成弯曲的了。王之信转身离开。

他没有回答问题。哈瑞说。

不，不，他回答了问题。史密斯先生笑了。

基本上都是史密斯先生和两个中国人在聊，我和哈瑞成了听众。史密斯先生是个美食家，他去过中国厦门，这个城市跟王之信的家乡同样说闽南话。年龄差距二十几岁的两个人又有了许多交集点。他们聊起一种叫作"蚵仔煎"的东西，把海蛎、鸡蛋、薯粉、香菜拌在一起煎，史密斯先生觉得那就是中国的海鲜披萨，王之信说披萨绝没有"蚵仔煎"的嫩滑口感；又说起吃一种把炸瘦肉、猪大肠、猪血、豆干胡乱加在一起的"面线糊"，需要搭配一种萝卜和米磨成浆蒸成的萝卜糕……说得我跟哈瑞都直流口水，王之信直笑我们是"望梅止渴"，我完全不知道这个中国成语什么意思。史密斯先生非常喜欢中国，他了解中国的历史。他知道能让"万国来朝"的汉朝、隋朝、唐朝、明朝都有着几百年的基业，知道八百年前的泉州就已经是全世界海洋贸易的中心，知道明朝灭亡在一个为红颜一怒而打开国门的吴姓大臣手上，知道清朝的乾隆皇帝把马戛尔尼使团送去的两把气枪当成玩物,认为在战场上它还不如中国弓箭好用。他不相信马可·波罗在中国朝廷里当过官，他甚至怀疑《马可·波罗游记》是杜撰出来的故事。但他说还有外国人在中国为官，而且是宋朝和元朝两个朝代的官，那人是波斯商人蒲寿庚……看来他还是个不折不扣的中国通。不管他说了谁，我最喜欢的中国人还是王之信的老乡——李光地。在中国朝廷上，随时都有可能因为说错一句话而掉脑袋，而汉族人李光地侍候清朝皇帝长达四十年，居然平安无事，这得是什么样的智慧？能让一个皇上几天不见就会想念，还会说出"最知我的是你，最知你的是我"这样的话的，得是什么样的人啊？

他侍候的康熙皇帝这样说也罢了，康熙的儿子、后来的雍正皇帝居然评价他是"昌时柱石""一代之完人"。这简直是神。

晚餐非常丰富——当然，不是他们谈论的中国美食。有烤羊排、煎牛肉、烤鸡块、青菜，居然还有炸鱼薯条。这是一道刚在伦敦流行的美食，我一直还只是耳闻。作为西班牙军人在美洲发现的印第安奴隶的主要食物，马铃薯长期被爱尔兰之外的英国人嫌弃。现在，同样的食材，当它被切成一段段，油炸成金黄色，与同样油炸过的鱼混合搭配在一起，有了完全意想不到的效果。唯一的缺憾是，炸鱼的原材料不是肉质细嫩的鳕鱼，而是恒河里的一种小鱼。史密斯先生无意间说起种植园附近的一条小溪里可以钓得到一种溪鱼，几年才长成一点点的小鱼，肉质更细更嫩更甜美。哈瑞便接口说，明天我们去钓鱼。

明天不是要去看茶园和苗圃？我小心地问。

那就看完再去钓鱼，哈瑞说，来得及。

你们去钓，我们正好去茶叶种植园走走。明天咱们就兵分两路……王之信表现出难得的大度后，向史密斯先生抛出一长串的问题——我想他充分利用了史密斯先生对他的赏识。他问，当年福钧带来的制茶师傅还在这里吗？你们后来应该又聘请了许多制茶师傅吧？能不能让我们认识一下？能不能看一下名单？有没有泉州的？福建的？有没有王姓的或者是林姓的？

你们到底是要来看茶苗的，还是要来看中国劳工的？哈瑞有些不满。

当然是来看茶苗的。顺便看看我们的中国老乡。王之信轻松一乐。就像你看完茶园去钓鱼一样，两者不相矛盾啊！说不定还能找到我哥呢！

你哥不是去美国了？他什么时候来这里了？哈瑞来了精神。

我有好几个哥呢！王之信笑了起来，他那眼睛可真够小的。开玩笑的开玩笑的。我哥才不会来这里，他要去挖美国的金子，才不来印度种中国茶……

你们是不是又要为中国劳工赎身啊？哈瑞说，要我说啊，中国劳工比那些孟加拉人条件已经好太多了……

他们又没卖给你们，怎么叫赎身？

不管怎样，你总得先了解一下违约金吧？我已经替你打听过了，这边的违约金比我们优惠多了，只需要150美金。再加上往返路费1000美金左右，在中国预支的两个月工资40美金，每个人顶多也就1200美金吧。你们这些中国老乡也真是傻，为了45卢比的工资，居然肯跟人家签这么高的违约金。当然，也不全是他们傻，主要是买办们太能说了。买办说，我让你去管一个大种植园，让你当大经理，管一两百号人，有白种人，有棕种人，每个月几十美元，每个季度制出上等茶来还可以有赏金，你是东印度公司的一员，可以跟公司专业人才一样享受优厚待遇，你们进出自由，想留下来就留下来，想回去就回去，你说这么好的条件谁不会心动？哈瑞非常夸张地笑了起来。这中国人也太好骗了吧！

我有一种强烈的不适感。福钧在描述那些他带到印度的中国茶师时曾经这样说："他们崇拜我，对我报以最大程度的信任，视我为他们的导师和朋友。只要我一直以仁爱之心对待他们，那我就等于起到了潜移默化的作用，让他们也以仁爱之心对待其他人。"他们是仁爱了，可是我们呢？我问自己。

上帝他老人家如果知道你这样没爱心，一定会不高兴的。王之信似乎是在开玩笑。但我听不出来这有什么好笑——中国人的幽默让人难以理解。哈瑞显然也没听出来。他收住刚才的笑，给王之信献起计策来。我觉得你们应该把那泡铁观音拿出来请植物学家喝一下，或者史密斯先生一高兴，就少算你们一点违约金……

你有铁观音？史密斯先生两眼放光。我在厦门时喝过。原本带回来一小包，可惜半路上不小心淋了雨，真是可惜得不行。史密斯先生咂巴了几下嘴，说，那是我喝过最好喝的茶，会让人留下深刻记忆的茶，那种茶特别特别香……

对，对，是能喝的香水。哈瑞插了一句。他为自己这个独创的比喻颇有些得意。我也很想再次把那个"能喝"改成"好喝"再说一遍，但我看到王之信冲我撇了下嘴。这个奇怪的中国人，他似乎不希望人家夸他们的茶。

那不是一般的香，是一种……史密斯先生激动地比画着，他在寻找一个最贴切的表述，是一种可以触动灵魂的香。

我惊讶于史密斯先生的准确用词。王之信的那泡铁观音，我后来又喝过三次。最近的一次是在来植物园的船上。船刚过莫拉达巴德，王之信说，这河里的水相当清澈了，我们可以来泡茶。他没有约哈瑞。虽然远远比不上用泉水冲泡的效果，但恒河的水也挡不住铁观音的香。这种香直冲进身体里，打开了身体里每一条狭窄或者堵塞的通道。于是，连呼吸进来的空气都跟着清爽起来，通体舒畅。确实如史密斯先生所言，喝过一次，便难以忘记，而且会时常想起。

可惜都喝完了。王之信无奈地摊了摊手。其实，也没你们说得那么好啦！

我们茶园里应该也有铁观音，史密斯先生说，是不是，你们明天正好帮我确认一下。

应该也有不少黑人劳工吧？哈瑞冲我使了下眼色，他似乎在暗示什么。见我没有附和，他凑过来小声地说，看吧，今晚肯定又有事情发生。他话中有话，但我将信将疑。

哈瑞恐怕要失望了——这一夜太平得很。第二天上午，史密斯先生带我们参观植物园的苗圃和实验性茶叶种植园。名为植物园苗圃，实际上有不少于五分之四的面积育的是茶苗。茶苗的种类之多完全超乎我们的想象，看来在福钧之后，他们又成功采集到许多中国茶种。A号苗圃育的是武夷山的正山小种，B号苗圃育的是武夷山的大红袍，C号苗圃育的是大白毫，D号苗圃育的是西湖龙井，E号苗圃育的是黄山毛峰……史密斯先生指着远处一个接一个的苗圃说，那边还有肉桂、大叶乌龙、凤凰单枞、白芽奇兰、紫笋、碧螺春等等，很多。王之信和"幸亏先生"都不说话了，这有些出人意料。"幸亏先生"一般言语少，但只要讲到茶，一般也会说上三两句。王之信最大的特点是闲不住。通常情况下，他的嘴巴和脚至少有一样不得闲。嘴闲了，脚必不闲着。脚闲了，嘴必不得闲。两者都闲了，眼睛就闲不住了。若干年后，我们三个英国人在伦敦的咖啡馆喝茶还聊到了他三个"不得闲"。哈瑞说，他将来一定是个靠脚吃饭的好伙计。我说，不，他应该会是靠嘴吃饭。史密斯先生连连摇头，不，不，不，我觉得他应该会靠这个吃饭。又拿食指轻轻点了一下自己的脑袋说，这种人，给他一把斧头，他能造出一艘船；给他一把梯子，他能上天摘月；给他一个支点，他就能撬动整个地球。眼下，没有斧头，没有梯子，也没有支点，两个中国人成了哑巴。

天啊，中国人搞出这么多个品种的茶出来，他们怎么也不怕把自己搞晕了？哈瑞显然跟我一样震惊，他的头摇得就像我小时候玩的拨浪鼓。我一直以为中国茶就是绿茶和红茶，怎么还有这么多区分？这怎么区分啊？

史密斯先生借机给我们上了一小课。关于绿茶和红茶是按照制作工艺来区分，同样的茶树上采摘的茶叶，可以做成红茶，也可以做成绿茶这一点，福钧在他的书里早就提及，只是没有说得这么详细。史密斯先生用了一个非常形象的比喻，就像同样的面粉可以制成面包、蛋糕、披萨，也可以做成面条。不同的茶种，做出来的红茶和绿茶是完全不一样的口味，它们各自有着自己的相对适应性。比如，正山小种如果制成绿茶，它的醇厚使得茶叶难以清爽。再比如，西湖龙井一旦制成红茶，则汤水寡淡，无法比拟正山小种。这其实又跟面粉的道理一样，如果你拿低筋面粉做面包，永远做不出你想要的韧性来。如果你拿高筋面粉做蛋糕、饼干，永远做不出疏松的口感。

我看中国人最大的特点就在于，他们总喜欢把简单的事情搞复杂了。你说我们英国人，茶就是"tea"，多简单。他们中国，茶除了叫"茶"，居然还叫什么"荼"啊，什么"蔎"，还有什么"荈""槚""茗"，听起来都晕。哈瑞说。

这说明中国人自古有讲究，他们过得细致。虽然都指的是茶，但称呼不同还是有所区别的。发苦的茶为"荼"，老粗的茶叶为"荈"，会香的茶为"蔎"，茶树长得高大的为"槚"，早采的为"荼"，晚采的为"茗"。史密斯先生越讲越来劲。不仅这些呢。他们还会管茶叫"云华""余甘氏""先春""不夜侯""玉爪"……中国人多有文化，能创造出这么多词来形容茶。还有，中国管"喝茶"叫"吃茶"，你们知道为什么吗？人家以前真就一直是拿茶叶来吃的。你们不要以为是像印度土著那样野蛮地嚼食，人家是几个文人聚在一起吃吃茶吟吟诗。宋朝人管那个吃法叫"点茶"。怎么点？把茶碾碎了，先加点水拌匀，然后边冲开水边搅拌，就生出许多洁白如花的泡沫，他们就拿泡沫来比赛，谁泡沫挂得久谁就赢……我说得对不对啊，林老板？

约翰叔叔果然没有开玩笑，中国人以前真的是吃茶。史密斯先生连问了两遍，"幸亏先生"才回了句"没错"，他总是不舍得多说，哪怕一个词。几个英国人在大谈特谈中国茶，而两个中国人几乎一句话都没有地跟着我们走，这是多么滑稽的场面。这种情形维持了差不多半个小时，直到史密斯先生带我们来到山坡上5号试点种植园。他所说的铁观音茶树就在这里。整个种植园里几乎都是瘦瘦高高的乔木，唯独边上有几棵矮矮壮壮的灌木。这些灌木上长出的茶叶叶片革质层显得特别厚，茶叶的锯齿状特别明显。

这真的是铁观音！王之信几乎是惊叫了起来。

不，这不是。"幸亏先生"说得非常肯定，这是我们那边另外一个茶种——本山。

这明明就是铁观音。王之信想要争辩。你看它这锯齿，本山不是应该……

哎呀，难道师父还会不如徒弟懂吗？哈瑞像是好不容易找着了挖苦的机会，拍拍王之信的肩膀笑。好好学着吧，不要不懂装懂啊……王之信抬了一下手臂，有些厌烦地甩开哈瑞的手，又转头问史密斯先生，你们有没有育这个茶苗？

暂时没有。一直不知道这是什么茶种，所以也就一直没有育苗。现在知道了，明年可以考虑培育一些。史密斯先生问，本山应该是属于乌龙茶了，那好像是另一套制作工艺了？

那是。王之信的小骄傲又来了。乌龙茶的工艺可没红茶和绿茶这么简单了，需要晒青、摇青等等很多工序，特别是那道摇青……"幸亏先生"招呼哈瑞往苗圃走，说，一会儿还要去种植园，现在我们就把茶苗种类和数量给确定下来吧。

有些东西再明白不过——低调的老板不想伙计太高调。这是哈瑞的想法。我却不这么认为。哈瑞便一再取笑我，你现在也学着中国人把一条直直的道给走弯了。我们按照"幸亏先生"给的建议，完全排除了广州的茶种，决定购买武夷的正山小种、大红袍、水仙和肉桂，以及西湖龙井和安徽大白毫等，每个茶种都要了四五千株。一个小时后，史密斯先生、两个中国人，还有植物园的一名医生坐上植物园的四轮马车。他们要去的是珀伊尔茶叶种植园，据说种植园里只有刘姓和陈姓两个中国制茶师傅。哈瑞纠结了很久，终究没有坐上去。一辆马车坐四个人相对舒适，他坐上去，势必有一个人要留下。医生和史密斯先生是少不了的，让王之信留下跟我一起整那些茶苗，他似乎很不放心。跟王之信一起去种植园，他又心有不适。看吧，这回肯定至少又要带个中国劳工回来了。哈瑞望着马车的背影说。这一天，钓鱼、打牌、打山鸡，能做的事情我们反反复复地做了几遍，他们还没回来。那天晚上，我甚至把王之信跟我讲过的他那个老乡李光地的故事跟他讲了三遍，哈瑞还是睡不着。他有些后悔自己的决定，似乎真的有什么事情要发生。

四个人直到第二天傍晚才回到植物园。哈瑞预测错了，什么事情都没有发生，他们也没有带回来什么工人。他们只是多去了哈瓦勒堡种植园，那里制作出来的茶叶有一种比较特殊的气味。史密斯先生之前一直推测这跟一个陈姓的师傅有关，"幸亏先生"帮他们找到了答案。那片茶园土层比较薄，土层下面是烂石层，含有丰富的矿物质，种出来的茶叶自然含有更多微量元素。王之信的状态有些不对劲，整个人蔫得像颗葡萄干，刚进房间就直往床上躺。史密斯先生笑说他咋晚被黑人女仆关照了一个晚上累坏了，我当然知道这只是个笑话。

史密斯先生帮我们安排好了第二天的用车，四轮马车用来载人，四轮牛车用来载茶苗，九点钟出发。离晚餐还有一点时间，他便在自己的房间摆开了茶桌。喝的是史密斯先生珍藏的正山小种，前不久刚从英国带来的。茶是好茶，只是少了王之信，这样的下午茶像是缺了润滑的齿轮，生涩难行。每个人都坐得方方正正谈得正儿八经，连哈瑞也俏皮不起来。刚冲到第三遍水，王之信喊我出去。史密斯先生请他进屋喝茶，他应了声，不了，返身就走。进了我的房间，他伸手递给我一个小瓶子，说，送给你一点我们最好的铁观音。

不是说没有了？我接过来，忍不住问。那是一个圆形青花瓷小茶罐，说不出来的漂亮与精致。得是什么样的茶才能配得上这样的瓶子？我在想。

他让我先将茶收起来，见我用衣服等细软包裹住茶罐，这才说，上次你喝的那种确实没有了。不过，有我也会说没有的——他是植物猎人。末了，他又交代，这茶自己喝就好了，不必示人。

你很圆滑。我笑了，嘴里蹦出约翰叔叔跟我说过的这个中国词。中国的文字非常奇怪。两个意思都非常好的词结合在一起，会产生另外一个意思并不是很好的词。比如，"圆满"的"圆"挺好的一个词，"光滑"的"滑"也不错的一个词，它们结合在一起的"圆滑"一旦用在表扬人的聪明上，那这种聪明便带有了不老实的意思，这样的聪明人难以让人信任。眼前的这个人并非不老实，他只是不安分而已，我完全信任他。我注意到了他脸上的尴尬——我想他没有领会我的西式幽默——于是便自我解嘲，你就不怕我将来也成为植物猎人？

不，你不会。王之信一下子释然了，他想起了另外一件事。找你借的那本书能不能送给我？

我本来就打算送给你的呢。我说得非常轻松，但肚子却有十万个为什么。为什么这么着急说这个呢？我们不是回加尔各答的船上还在一起？你怎么看起来像是明天就要离别？

我怕到时给忘了。王之信的脸红了，他摸着脑袋解释说，忘了就不好了。看他有些心不在焉的样子，我指着他说，不对，你肯定还有事。王之信放下手，说，算了，算了，有件事情还是告诉你吧，也还要请你帮忙呢。他说出来的事情着实吓了我一大跳，故事还没完全讲透，我还有一肚子疑惑要问，不知怎么的，他突然站起来，边往外走边笑着比手势说，走，走，去"驾崩"！去"驾崩"！我有点摸不着头脑，跟着站了起来。这时候，哈瑞走了进来。我灵机一动，学着王之信，一半英文一半闽南语地混在一起，拉着哈瑞往外走，走啊走啊，去"驾崩"！去"驾崩"！哈瑞只能稀里糊涂地跟着走。中国话非常有意思，除了通用的官话，各个地方还有各个地方的土话。这些土话听起来完全不一样，有时候不同的话还会打架。王之信的家乡说闽南语，据说是两千多年前的官话。这种语言可以编出很多童谣，他曾教过我一首关于萤火虫的，"火焰姑，人人爱，请怹公阿来吃菜……"那明明是一首并没有任何旋律的童谣，但当他用闽南语念出来时却有一种强烈的节奏感，又带着高低起伏的韵律，可惜我怎么学都记不住。我能记住的只有简单的几个词："真漂亮"是"呀〔sui〕"，"真香"是"呀〔pang〕"。明明是喝茶，他们的闽南语说的却是"吃茶"。这个词非常容易学。"茶"确实跟英语的"tea"很相像，准确地说，它读起来更接近"tey"。据他说，再早个两三百年，福建茶从水路传到欧洲时，"tea"的发音正是〔tei〕。而"吃"的发音就更简单了，就是骑马喊的那个"驾——驾"。

更有意思的是这个"驾崩",它的意思其实是"吃饭"。你看,这样这样……
当时,他让我特别留意他的唇形,第二个字双唇爆破音以猎枪"砰砰"响为基础,只需要把音调往下压。"砰"字的鼻音气息是更多往头腔上部走的,而"崩"字的鼻音气息则更多是往头腔的前下部走。他的方法很管用,一会儿工夫,我就能跟着他"驾崩""驾崩"地念着。看我念得有模有样,他又笑着提醒我,什么时候你有机会去京城见上我们皇帝,你千万不能用闽南语喊皇上吃饭啊!当时,我一边问着"为什么"一边嘴里又"驾崩""驾崩"地学起来。他又卖起关子来,给我讲了一个故事。以前,宫里新招了一个闽南人当皇上用膳的传饭官,第一天传饭,他就喊,"皇上驾崩了""皇上驾崩了",那还了得?直接拉出去就砍了头。为什么?因为官话"驾崩"就是去世的意思。我当时就笑崩了——做中国人可真辛苦,一不小心就有可能说出会掉脑袋的话。"吃饭"跟"驾崩"离得那么远的两个词,居然在闽南语里发的是一样的音,这真是匪夷所思。我讲得兴致勃勃,可哈瑞的心思完全不在故事里。他又问了一遍,他跟你说了什么?

没说什么。

他一定跟你说了什么。

真的没说什么。他就是希望将来我去中国找他。

他没邀请我?

当然有,他让我们一起去呢。

真是一顿愉快的晚餐。小溪鱼做的炸鱼薯条果然更加美味,哈瑞打到的山鸡做成的山鸡蘑菇汤鲜得不行。大家兴致都很高,喝了很多酒,我跟哈瑞都睡过了头。简单吃过饭,左等右等一直没看见两个中国人。他们的房间收拾得很干净,包裹也不在,桌上留着一张纸条:"有急事需要先行,我们提前出发了。一路平安!"所有问题似乎都有了答案。

马车都在，他们怎么走的？哈瑞问。

他们骑马走的，天没亮就走了。印度园丁说，有人牵了马匹来，应该是之前就约好的吧。

真不知这些中国人在玩什么把戏。莫名其妙！哈瑞非常生气。史密斯先生还在休息，我们不便打搅，只能出发。下山的速度快了许多，到加尔各答时才下午四点。安顿好那些茶苗，我们正商量着先去买船票，然后去照相馆取了照片再去吃饭，史密斯先生带着人来了。他们检查了我们牛车里的茶苗，又翻看了我们的行李。怎么啦？发生什么事了？哈瑞问。

工人中午才发现那几棵本山茶树不见了，它们被连根拔起，一棵都不留，甚至都没有任何一根树枝留在现场……史密斯先生没有再往下说。但我猜到了什么。

肯定是那两个中国人，他们天没亮就走，一定干了什么见不得人的勾当。我一直认为他们是中国政府派来的。哈瑞恶狠狠地说。走就走，他们还要拔几棵本山茶树，这什么意思？

有没有可能那些是铁观音？史密斯先生说。

肯定是，肯定是！哈瑞连声赞同道，这些狡猾的中国人。

这个可爱的中国人。我想。

故香（二）

　　林有福打了一个非常响的饱嗝，把扑克牌往桌面一扣，身子往后一靠，二郎腿一翘，点上烟连抽了两口，才把打火机扔回给表弟郑宝生。他歪着头，眼睛红红的，直盯着白小瓜看。白小瓜可真是白小瓜，只懂得死死地盯着自己手上的牌，不懂得抬头看一眼自己的老板。无论他右手如何用劲几乎要把掉自己的头皮，又无论他如何使出全身力气连续咳了又咳，白小瓜还在看自己的牌。郑宝生拿展成扇形的牌捂着嘴偷笑，又偷偷跟对家交换了一下眼神。半个小时前，林有福喝完王家的喜酒来到公司，表弟安排他休息，他却要表弟招呼牌局。勉强凑齐了一桌，郑宝生和自己的老搭档抢先坐了对面，初生牛犊白小瓜不知所畏地成了老板的对家。你会打牌？林有福有些不相信。会啊，我得过我们学校围棋比赛第一名。我说的是 80 分，你跟我谈什么围棋？围棋可比 80 分难得多了。我看还是摸牌决定对家吧。跟生手做对家终究是一种冒险，林有福依然不想放过配合最默契的郑宝生——这么多年，郑宝生简直就是他肚子里的一只蛔虫，他放个屁郑宝生都能知道他中午吃了洋葱圈还是土豆泥。牌面一亮，白小瓜最大的牌，林有福最小的牌，天意使然，他们依然逃不过对家的命。

　　白小瓜前年大学毕业入职小湾智谷网络营销中心当客服，春节后刚调到厂区办公室。"双 11"后不久，公司举行了十佳优秀客服表彰大会。白小瓜作为获奖代表上台发表获奖感言。这个只有二十三岁的安徽人从自己家乡的六安瓜片说起，讲到两千多年前最早记载蜀中茶叶销售的《僮约》，讲到晋朝茶学家杜育的《荈赋》和陆羽的《茶经》，再讲到茶通过陆路走向中国西藏、蒙古、俄罗斯、土耳其、伊朗、阿富汗、巴基斯坦等，通过海路走向日本、印度、英国、荷兰、美国等，讲着讲着，讲到了一千多年前的泉州刺桐大港称得上是当时世界海洋贸易中心，讲到了茶是世界交流的手段，是世界人民共同的语言，最后讲到了茶叶电商现在走的是云端上的茶路，这条"云路"如何如何漫长如何如何宽阔，他相信千年后的人们再谈起茶叶历史绝对绕不过这第三条路。十几分钟的发言，白小瓜全程脱稿，捏在手中的讲稿完全成了摆设。他说的东西让人听得云里雾里，很多人都惊掉下巴，林有福记住的就只有一个词。颁奖颁到他手上的时候，林有福问，"云路"这个词谁起的？我自己起的。嗯，这词起得好。现在，估计这个傻不愣登的白小瓜把打牌当成了一个人的演讲稿，全然只顾翻看自己的牌。

没错，这个词让林有福相当受用。创业二三十年，林有福最值得骄傲的莫过于开辟了一条老祖宗们从未走过，甚至是想都不敢想的云路。论陆路，他比不过太祖，太祖把茶叶生意做到了俄罗斯、土耳其；论海路，他比不过烈祖，秉全公把茶叶卖到了英国、荷兰、葡萄牙。祖上这六七代，走出一个不是很标准的"N"字形，"N"字的两头短中间长，从远祖、太祖、烈祖，高位一条短直线往上升，到了天祖、高祖、曾祖、祖父，一条长直线哧溜溜往下降，下到父亲这一代便低至无可再低，到了他这儿又回峰直上。回峰直上是写在族谱中的大方向，若拿放大镜把这几十年一照，总方向不变的情况下，内部其实走出的是一条有规律的波浪线：放着冰厅不开，从港商手里挖得人生第一大桶金，风风光光七八年；碰上个小广东，一夜回到解放前；风平浪静四五年，一头扎进房地产行业挣大钱；哪想楼市寒冬出现，西装革履地进场，出场只剩下个借来的裤衩遮人眼；开辟网店一片天，无限风光再次现。

回首几近裸泳的那段日子，直到现在，他仍是看不明白。问题到底出在哪里？头几年，楼花生意明明做得不仅顺风而且顺水，简直顺得一塌糊涂。夹个包，带张卡，每天这里那里看看房子，抬抬眼皮子，动动嘴皮子，刷刷金卡子，一套房子订金2万、3万、5万元，一个转手，就10万、20万入账，比没日没夜累死累活地陪吃陪喝陪玩才做成几十吨出口茶叶的生意好得实在多。一开始5套10套地拿，后来，50套50套地拿，再后来，动辄整幢楼整幢楼拿下。那几年，喝的都是路易十三，进的都是五星级酒店。谁能想到，拐点不打招呼就来了，冰点一夜之间来临，房子卖不出去了。这烫手的不是山芋，而是一只只吞下订金的猛兽。他以为一两个月扛扛就过去了，先割肉吧。哪想过会被房市这刽子手凌迟处理，先下手的是外人看不见的胸脯肉，然后是腹肌、臀部、四肢，最后才是脸面。不知割了几百刀，赚的钱进去了，本钱也进去了，贷的款也进去了，半年过去了，还没有回旋的余地，只能勉强拿着借来的裤衩遮住屁股走人。想着那一屁股不知道怎么还的债，想着一大家子还得养，那段日子，用他现在的话说，想卖身做鸭的心都有了。每次听他这么说，白飞雪总是不客气地揭他的底：放在90年代初，你做鸭子应该会有很多富婆看得上。八年前，你给富婆拎裤子人家都嫌你丑，人家会让你脱她的裤子？这个女人就是这样，从来不懂得给自己的男人留体面，哪怕就剩个裤衩她也还要给你当众扒个精光。从去年开始，女人的狠话又多了一句，你文明叔说你这一辈子最大的毛病是嘴不死，我看不是嘴不死，而是心不死，总是不甘寂寞。

　　他不得不承认，女人说对了一大半。他确实是不甘寂寞。人生已过五十年，用这个词概括再精辟不过。成也不甘寂寞，败也不甘寂寞。七八年前，重新回归茶产业，好在还有一块小酵母——安溪的茶厂还在。年轻人都走光了，只剩下郑宝生和两三个老师傅。当年他转战房地产，本意要带郑宝生一起闯，表弟考虑了三天三夜后说，算了，我还是留下来吧，去厦门吃海鲜我的胃肠受不了。

表弟的那点小心思当然逃不过他的火眼金睛，索性就成全表弟，让表弟过一把临时经理的瘾，全权负责公司业务，前提是不允许生出债务，相当于把公司承包给了表弟，表弟每年象征性地缴纳 10 万元盈余即可。一开始只是业务量有所萎缩，裁了一部分员工。后来吃了一场官司，伤了很大元气，裁了大部分员工也难以为继。回到安溪才知道，离开茶界的这些年，王记在小湾镇置下几十亩厂房，在厦门设立了总部，在全国各地开出了直营店、加盟店，生意越做越大。他们明明是他的小弟，现在却跑到了前头，这无论如何令他无法接受。人家坐的是动车是高铁，你拿什么追？只能是飞机。可是你连飞机票都买不起，你怎么追？继续走出口，订单在哪里？开辟国内市场需要开店，钱在哪里？想到哪里烦到哪里，没有一条路想得通。那时候，网络游戏正在兴起，十三岁的儿子林首赫一放学就吵着闹着要玩游戏。有一天，他又在书房里吞云吐雾地琢磨出路，白飞雪在客厅厉声疾呼，林有福，出来看看你的宝贝儿子。不用看，他都知道准没好事。大凡有什么好事，她说的是"看看我的宝贝儿子"。就这目光短浅的女人的狭隘观念，不好的总跟他有关，好的总是她一个人的功劳，好像没有他的卖力播种，她一个人就生得出孩子似的。

　　林有福装作没听见——他懒得理她。她却坚决要他同呼吸共命运。女人呼呼一阵风进屋，把儿子跟考卷一同丢到他跟前，看看你的宝贝儿子，就考了个 60 分还想玩电脑，玩你个鬼电脑！我看你是越玩越笨，越考越差，别想玩了，一次都别想玩了。一看果真刚过生死线，他的肝火瞬间被煽起，顺手操起桌上的衣架就要揍下去，没承想个头快赶上老子的臭小子一蹦三尺远，抓起一把椅子挡住老子的去路。房间不大，又隔着这把椅子，顶着个大肚子，林有福怎么都跑不过儿子。儿子边躲边藏边转圈，列举了玩游戏的 N 个理由，包括可以训练逻辑思维，可以结交五湖四海的朋友，甚至还可以赚钱。玩游戏简直比上学读书还多出 100 倍的作用来，不给玩游戏理应革母亲的命造父亲的反。林有福有些惊住了。他不知道这个自己平时没怎么管教的孩子什么时候练就了如此上天入地的口才，又哪里来的这些歪道理。追了几圈，他也追累了，索性就不追了，一屁股坐在椅子上。见他难能可贵地显现出中年老父亲的慈爱，儿子的胆更肥了，一边讨好地帮他捶着腿，一边继续灌输新理论新思想：你们自己不读书不看报，你们以为网络只能打游戏？人家老师都说了，小朋友要多接触网络，网络上有很多知识。你们都不知道，网络也可以卖东西，吃的用的玩的什么东西都有。我有个同学的哥哥就在网上卖球鞋呢，都卖到全国各地去呢，赚了好多好多钱。以后我也要开网店，我帮爸爸卖茶叶……

最后这句话像是点着了林有福脑门上的引信，他一把拍在儿子的手上，整个人几乎跳了起来。你说什么？儿子以为父威发作，一蹦又是三尺远。中年老父亲憋不住笑了，你刚才说网上卖茶叶？网上可以卖茶叶？可以卖到全国各地？儿子一个劲地点头。好！既然飞机票买不了，索性自己造个小飞机。自己当然不懂得怎么造，但儿子懂啊。儿子成了他的启蒙师傅，帮他开设了网店"传芳人家"，帮他申请了 QQ 号"茶乡小子"，又教他拼音打字，教他使用QQ，又帮他聊到了一个很好玩的客人。好玩的客人是上海人，一直爱喝乌龙茶，聊天时知道"茶乡小子"因为父亲生意失败开设了网店，一会儿说要资助他上学，一会儿说要来茶乡看他。有一天，客人在 QQ 里留言，10000 元可以买多少斤茶叶？林有福预感，这是一只潜在的大鱼。他要了对方的地址，给他快递了 5 斤不同等级的茶叶过去。对方问，多少钱？他回，您先试喝一下，就当交个朋友。喝好了，再说。一个星期后，上海人打过来 10000 元，要了其中两款茶。林有福给他快递了 30 斤过去，一种 300 元，一种 500 元。对方收到茶，在"怎么这么便宜"后一连发了几个问号外加几个感叹号。林有福算是大开了眼界。跟出口相比，这简直就是暴利。他一直忽略的国内市场，几斤茶叶便可轻松创下上吨出口茶叶的利润。云路就此开始。

林有福很欣慰，白小瓜所说的三条路，到他这一代，林家就都给走齐了。小时候，二叔公林志豪最经常讲起的是烈祖秉全公和远祖罡挺公的故事。林有福最崇拜的还是秉全公。虽然远祖开始往武夷山发展，置下18座山头的产业，但他更多靠的是命，靠的是梦中白马的指引。从秉全公开始，林家的茶叶生意从陆路扩展到海路，曾经走出过福建茶界的大半个江湖。林有福读的书不多，但对于秉全公，他总会有一种充满文学意味的想象。秉全公创造了茶界的神话，几十年的生意他一直在高位上行走。在他无数次的想象中，秉全公总是与王家的之信公一起出现，秉全公长着他现在的模样，王家的之信公更多出现的是王子衿年少时的容颜。他会想象秉全公穿着绸缎面长袍马褂，脑门梳得光光的样子，背着手教小之信一遍遍地读着"a b c"，拉着小之信的手写下"Hew are you"；他会想象秉全公挑一挑柜台上煤油灯的灯芯，让小之信对着账本誊写、计算；他会想象秉全公带小之信去拜会一个个客户，小之信手上提着茶礼，秉全公脸上满是笑意；他会想象秉全公带着王之信在印度坐马车，土匪拦住他们的去路，他把王之信护在身后，拔出脚底下的枪对着天连开两枪，王之信吓得软了脚；他会想象王之信娶亲的那天，秉全公威严地坐在林家的厅堂上，王之信面对秉全公行着跪拜大礼，一拜再拜三拜。很多时候，他经常会问，如果当年秉全公没有带王之信去厦门去巴城，王家也不可能有今天。二叔公的回答不是他想要的答案。二叔公总是说，那也未必。秉全公从岩上带出去的人一拨又一拨，后来王家之信公也从岩上带很多人出去，但通常富不过三代，像王家能一代一代都这么兴盛地传承下去的绝无仅有。他们最为成功的恐怕还不只是做生意。讲到这里，二叔公总要"哎"一声摇头长叹，只可惜秉全公的教育出了问题，"一代蜈蚣"生出的子孙成了"一代蚯蚓"，一代不如一代。单凭这一点，林有福觉得自己比秉全公高明。

磨了半天，白小瓜终于埋好了牌。先打的是主牌。一张"3"。林有福用"2"大起来，又回了一张"4"。郑宝生大起来，同样调主一张"3"，白小瓜随了5分，林有福见对家完全不理解领导意图很生气，索性就不管。郑宝生见状，喜滋滋地继续调主牌。林有福咳了两声，白小瓜加了10分，这一来他只能拿大鬼去压。眼看手上只剩下四张主牌，干脆一对小鬼出去，又一张主牌，郑宝生正"2"压了他的副"2"，白小瓜放行。郑宝生连着走"6""8"两对主牌出去，白小瓜手里的大鬼小"2"瞬间功夫全废。现在大家手上都没有了主牌，郑宝生走了两张A，一对小小的副牌过去，对家接住后一个拖拉机出来，40分够了，白小瓜下台。林有福不高兴了。你为什么要捏住大牌不舍得放？我要顾老底啊。有我给你顾，你怕什么？我又看不见您的牌，我哪知道您能顾底？我还以为您要我加分呢。我刚不是给你回了小牌了？您没打副牌，我就以为您也保不了底啊。我那不是让你转牌吗？意思是你副牌有什么牌赶紧走啊。我不是还说了，没事，你尽管下。我以为您这是在鼓励我继续调主呢。林有福忍住了，没发大脾气。白小瓜虽然牌数算不得上精，但也算得上会打牌会算牌的。往下，有来有往，一圈下来，谁都没有走出"2"。又轮到林有福做庄，好到极致的牌，最后8张牌，白小瓜只要回一张主牌过来便一锤定音，他偏偏打了个副牌对，而偏偏又被对手压了，对手五张副牌一出来，15分入账，又凑够了40分。林有福手上的三张天牌成了一堆破铜烂铁，他气得把牌往对家面前一摔，不打了！跟你这种不懂打牌的人打牌，那简直像是跟一个充气娃娃做爱。身体射了精，心理上永远不会有高潮。

　　这话骂得够粗。与二十七年前受教于港商李先生的骂法相比，起码粗过三厘米。李先生是林有福的贵人，他踏入茶界头几年最主要的大客户。认识李先生纯属偶然。那时候，他在河滨路的冰厅开得正热闹，有个香港人几乎天天都来吃刨冰。香港人做的是茶叶生意，每次来都有县里大小茶厂的人跟着。李先生爱打牌，没事就爱约几个人到冰厅打牌。有一天，港商的对家临时有事离开，林有福半推半就替补上场。那时，他对80分没多少研究，只懂得迷迷糊糊傻傻跟着下，哪懂得算牌，更不懂得战略战术。但"牌疼憨的"，他随便抽都有好牌，动不动就是大鬼对小鬼对，动不动就能抽到拖拉机，好牌在手上，他随便打随便赢，赢得不知所以，也赢得没有天理。眼看又是一手烂到极致的牌，又是没有一点发挥的余地，香港人打趣说，小林你还真是有福啊！跟小林这种不会打牌的人打牌，简直就是戴着杜蕾斯做爱，射是射了，却怎么都兴奋不起来。林有福怎么听怎么不舒服，一把将牌摔了过去，我就有福了怎么啦！兴奋不起来就别找我代啊，我又不是来让你们消遣的。说完，起身离开。香港人居然哈哈大笑起来。这年轻人，我喜欢。香港人的喜欢还真是喜欢，依然每天都来冰厅，只是再没邀请他打过牌。林有福事后经常回想，如果一两个星期后香港人才约他打牌才这么说，他定然不会跟香港人计较。不是他不想计较，而是计较的成本在那摆着——那时李先生已经答应每年给他50～100吨的生意。如果不计较，是否香港人还会喜欢呢？如果香港人不喜欢，还有他的今天吗？

当然，生意因骂而起，却不全因骂而来。都说人生处处是机遇，那是指经历过的回头：同样一件事，转化为好的称为机遇，转化为不好的便是困境和险情。有些东西更像是命中注定。那天晚上，临近打烊，林有福坐在柜台前玩俄罗斯方块。吃过冰的香港人用冰厅的电话回呼机，打的是国际长途电话，说的是茶叶已经收购好，现在就在等出口许可证。问题有些麻烦，深圳茶叶进出口公司的出口配额已经用完，需要再找中国茶叶进出口公司申报出口配额。配额的申请可能遥遥无期，也可能就是个未知数，香港人只能继续在安溪等。电话费总共58元，找钱的时候，林有福鬼使神差地多问了一句，需要茶叶出口配额？香港人眼睛一亮，你有？他摇头。没有你问什么？香港人有些生气。那一刻，他在对方的目光中看到了鄙夷、不屑，虚荣心立马跳出来作祟。他喊住了对方，有个朋友说不定有呢，我打个电话问问。你明晚来。香港人不说话，只是咧了一下嘴角，象征性一笑。就冲着对方这瞧不起人的嘴脸，他暗下决心一定要把事办成。在农械厂开货车那一年，他认识了一个汕头茶叶进出口公司的业务员，当时业务员家里正在装修，他给业务员送过十几块老家山上的木头做家具，把业务员感动得眼泪都快下来了。他约莫记得对方管的就是出口这一块。电话还真打通了，业务员还真有办法拿到出口配额。香港人再次出现已经是两天后的事情。只有 50 吨，没办法多。林有福有些遗憾地说。够了够了，50 吨够了。香港人的每颗牙齿都闪着光。如果不是几年后香港人酒后猝死，他们的生意有可能一直做下去。此刻，隔着这么长的时间，他居然骂出香港人骂过的一句话，连他自己都觉得匪夷所思。

对于这个白面小书生，再粗的骂也只能是白骂了。白小瓜窘红着一张小白脸，坐也不是站也不是。他望着老板的背影，不解地问郑宝生，打牌不就打着玩吗？又不赌什么，为什么这么在意呢？

郑宝生拿食指立在嘴唇中央，"嘘"了一声，摇摇头，小声说，你以为老板那么闲有空陪你玩？老板最在乎的是输赢。

那意思是大家都要假装让他赢？这样打牌还有什么意思？初生牛犊白小瓜不仅不怕虎，还有些不服输的小傲骄。既然他这么在乎，我看他以后也不要叫"有福"了，干脆把名字改成"永赢"得了。

不要提名字！不要提名字！千万不要提名字！郑宝生连连摆手。但是，已经来不及了，林有福返身走了进来。

人生头十八年，林有福一直觉得自己的名字就是个笑话。小学上的是复式班，一到三年级的孩子都在同一个教室上课。每次老师点名，王子衿！王子鸣！念起来都朗朗上口，还铿锵悦耳，带着一种有力度的明亮色彩。更可气的是，那个说话细声嗡嗡、瘦小得如同一片薄纸的语文老师居然还知道"子衿"来源于《诗经》，"子鸣"来源于李贺的《昌谷诗》。嗡嗡老师一再强调王家兄弟的父母有文化，因为他们的有文化，从小沐浴在名字文化气息中的两个儿子都往他们的名字方向长，一个长出读书人的斯文气，一个长出不惊人则不鸣的坚决态势。老师表面上夸的是别人，实际上是把自己的学问卖弄了一回又一回。到了他这里，林有福！同学们就笑，流鼻福，流鼻福！他从来不是鼻涕虫，但却跟"流鼻"有着剪不断理还乱的关系。观音岩上的孩子都有外号、小名，你给我取来我给你取去，大多能形象地呈现身体的某个具体特征，什么圆头扁头臭头老鼠耳，什么宽嘴龅牙尖嘴鹰钩鼻，什么竹竿弯脚水桶大象腿，应有尽有。他早早给自己取名刘备。王子衿说刘备最没用，兄弟被杀就只懂得哭，不像武松，武大郎被毒死，他提着刀就去杀了那对奸夫淫妇。林有福不管，被人唤"刘备"时，就像顶着王冠，连骨头里的骨髓都多了起来，脊梁骨硬挺得很。他不再计较别人有父母他没有，别人有兄弟他没有。可喊了不过一两天，孩子们把闽南语的"刘备"喊成了只差一点点的"流鼻"，越喊越起劲。他郁闷得很，他给自己开辟了另一条让人嘲笑的通道，怎么堵都堵不住。后来，春节跟着二叔公贴春联，往门上贴着一个个正"福"倒"福"，正月十五再开学，老师再点他的名，他感觉老师叫的是门上的春联，东倒西歪、滑稽可笑。那以后，他的作业本上出现过不下十个不同名字，林鸿运、林伟鸿、林成业、林宏图……这些名字字面上看好是好，可似乎又缺少了点什么说不出来的东西，它们停留的时间不会超过半年。

　　到部队的第一个晚上，新兵蛋子一个个躺在床上谈自己的家乡，谈自己的父母给自己取名字的各种说法。上海兵说，每一个名字都凝聚着父母对子女最大的期望。他的父亲是大学教授，母亲是文工团歌唱家，他的名字叫明博；湖北兵说，名字是父母烙在自己身上的印记，一辈子都擦不去。他的父亲姓陈，母亲单名"靖"，他的名字叫陈艾靖。那天晚上，他第一次梦见了父亲。父亲的面孔有些模糊，却一脸安详。他刚想问，你为什么给我取这么土的名字，让我老是抬不起头来？父亲摸着他的头先开了口，能给你的好像也只有这个名字了。本来给你取的名字是"佑福"，神佑你幸福，结果入户口的时候，给错写成了"有福"。有福就有福吧，有总比没有好。那一刻，名字里有了神明的力量。他突然明白，再不好的名字终究也是父亲留给他的遗产，是父亲唯一留在世上的东西。东西用是还用着，却怎么都爱不起来。他喜欢人家喊他"林总"，他从不往自己建起来的二层楼里贴"福"，直到大前年他偶然看到县里的一个大书法家朋友写的"福"字很有些意思，两年前二层楼改建成小别墅后，这才开始每年往门上贴"福"。他贴的这"福"字据说是适应新时代而衍生出来的，最上头涵盖一切的弧形代表屋顶，下面的"田"字变异成圆圆的车轮子，中间似粮仓也似财宝，这几乎是一个非常逼真的象形字，有车有房有粮仓有存款。如果说姓是一个大家族的脐带，那么一个人的名则是两个大家族的交集圈。借着姓，他与林家一两百年的历史有关联。借着名，他只跟父亲母亲有关系。父亲在他两岁的时候就去世了，母亲改嫁，他对父亲母亲都没有任何印象。父亲和他的父亲一样，在村里都没有好名声。一个当过红卫兵，死于酒后溺水。一个当过汉奸，死于除奸队。两代人的耻辱，挡住了几代人的荣光。那年去武夷山玩，半路上遇见一个相命先生。那人的手一用劲，揪出来一根长长的鼻毛，非常肯定地说，你命里有好大几个劫，要破这些劫数唯一的办法就是迁墓。他权且一听，并不放在心上。在房地产市场跌撞得头破血流的那一年，他突然记起相命先生的话，赶紧把父亲和祖父的墓往东迁在一起，背对他们的祖厝。可是劫数终究没破，还是只能滚回安溪继续弄茶厂。这回，特意去找了风水先生，人家又说了，做茶叶生意挺好，但公司名一定要更换。你老祖宗以为木木可以成林？木木就呆了，还怎么发展？嗯，非常有道理。改就改，改成什么？他跟郑宝生绞尽脑汁拼命想，合伙想了几天，终于想了一堆：馨香、林伯、德韵、醇美等等，就是想不出来一个满意的。他偷偷跟语文老师求救，陈暖一听，几乎就是不费吹灰之力不假思索，咱们观音岩林姓是"九牧传芳"支脉，人家做服装做卫浴的公司名"九牧""九牧王"，你做茶叶的干脆就叫"传芳"吧。

出乎大家的意料，按下回车键的林有福这一回没有骂脏话。声明一下，我林有福也是输得起的人。我刚才生气不是因为输赢的问题，而是因为队友没弄明白合作的意义。我看最好先把你的名字白小瓜改成白傻瓜，或者干脆叫白一瓜吧。白小瓜挠着头不知怎么办，干脆就埋头洗牌。如果有可能，估计他一定愿意同时把自己洗白。为了缓和一下现场气氛，林有福又招呼大家，走，都跟我去车间转转。这个神一般的操作估计把郑宝生也给看呆了，他边站起来边说着风凉的话，哟，哟，这个嘴上从不饶人的老板也会饶人了？他不知道，年岁越长，林有福越相信天道有轮回。很多年前，上海客商带几个朋友来安溪玩，吃饭时同桌的一个女教授说了一句非常经典的话：让一个花心大萝卜的坏男人变好的最好办法是让他生出一个如花似玉的女儿来，所有原本用在小姑娘身上的手段他将来都得替女儿防一遍；让一个脾气不好的爸爸变得有耐性的最好办法是让他生出一个特别能惹事的儿子来，所有原本自己用来对付大人的种种伎俩他将来都得让儿子重新给他练一遍。林有福当时并不以为然，还自我调侃了一句，算下来，我是在座最凄惨的那位，儿女全摊上了。哪想得到，没两年后，后半句话开始在儿子身上应验。好在，女大十八变，女儿的逆向发展让他的良心少受了很多谴责。白小瓜跟林首赫差不多年纪，跟他当年被骂成杜蕾斯的年纪也相差无几，正是年轻的时候。跟儿子斗智斗勇这些年，他似乎真被磨出了一点心性。年轻最大的好处不在于轻易被容许犯错，而在于犯错本身的成本低。毕竟，拥有的本不多，失去的又能有多少？

刚走到楼下，一个身影急闪进保安室。林有福叫了声，首赫！见躲不过，儿子只能推着行李箱走出来。才一两个月，他又换了个发型。这回烫了个夸张的中分头，八九十年代张国荣款的，每一根头发都蓬勃在发际线之上。这样的发型让小伙子的额头显出比天空更宽广、比草原还辽阔的宏伟气势。好在当时给他取名字的时候，看天文相地理找度娘，林有福费了很多心思，到目前为止他还基本满意，否则他三天两头一不高兴肯定把名字给换了，如果搞一个他妈觉得好的什么"林首富"或者"林首贵"的出来，老父亲定然很受伤。林有福注意到他手上的两个大行李箱。不就祖厝落成回来祭个祖？怎么大包小包这么多东西？儿子也不回避，一些冬天的衣服都没洗呢，拿回来让我妈洗一洗。他乖乖把行李箱往边上放，乖乖跟在父亲身后走。郑宝生跟刚才的对家使个眼色，两人趁势开溜。白小瓜没明白什么情况，眼睛追逐着郑宝生他们，脚步却只能跟着老板走，一步三回头。工人们没有休息，车间一片繁忙，满屋子都是茶香。入门处，几台摇青机不停旋转着，晒过的茶青正一筛篱一筛篱地往摇青机里倒，不断有茶青掉落在塑料布上。见老板进来，生产部负责人老王一路小跑过来。负责摇青的男工人赶紧掐掉自己手上的烟，把漏到塑料布上的茶青一捧一捧地往摇青机里放，刚刚吸进去的最后一口烟含在嘴里半天也没敢吐出来；负责搬送茶青的几个中年女工将空筛篱立起，举在手上，挨得很近地说着悄悄话，贴着墙根往外走。老王不停做着介绍，采摘工人比较紧缺，从邻县临时雇请了二三十个。以这两天采摘的情况来看，今年的茶青质量不错，应该可以做出好茶。林有福背着手往里走，像是将军在检阅他的士兵方队。不必说话，这种感觉已经非常好。林首赫戴着无线蓝牙耳机，双手不停在微信上发着信息。厂房还是二十几年前的厂房，车间也还是二十几年前的车间，只不过现在一楼的车间里装进了一条小型不落地生产线，晒过的茶青倒进去，摇青、炒青、揉捻、烘焙，所有的程序都在机器上完成。二楼的包装车间里，蜜桃乌龙茶、芒果乌龙茶、柠檬乌龙茶、袋泡茶正一罐罐、一箱箱地打包装箱。水果与乌龙茶的结合是两年前儿子给的建议，每一款都卖得非常火，最近的订货量在不断上升。林有福有意夸赞儿子一下，拍拍儿子的肩膀，怎么样，等你大学毕业这个公司就交给你？

我才看不上你这么点儿小厂。摘下蓝牙耳机，听父亲重说了一遍，林首赫说得懒洋洋。

哇哈，口气还不小啊？

难道不是？都做了几十年了，也就搞了这么大点名堂出来，我都替你不好意思。你不觉得自己像那拉磨的驴？转来转去都在原地？要是我，绝不会这点出息。50万，你只要给我50万，算借的。你借给我一棵树苗，我绝对还给你一片森林。儿子冲他伸出了手。

还森林？还只要50万？就怕树苗给你，一片叶子都不剩。他一巴掌拍在儿子的手上，给，给，我给你50万！林有福不可能告诉儿子这么多年自己几落几起，几起几又落，眼下又一次可能性很大地一败涂地。他怕儿子跟他娘说出一样的话来。他娘挂在嘴上的一句话是，你就是狗改不了吃屎，做事跟做人一样不专一，活该你这么起起落落不能消停。女人没文化，说话比拿刀子捅人还可怕。哪怕二叔公也这么认为，但老人家就不这么说话。二叔公临死前两天最后一次喊他去家里吃饭，还在纠结二十多年前那个王记仓库被淋水的事件。他拍着胸脯跟二叔公保证，真不是我做的。我林有福从来敢做敢当，要干我也当面干，不在人背后使伎俩。那我就放心了。二叔公嘴上说放心，其实也没真放心。他说，你最大的优点是聪明，最大的缺点是太聪明。人啊，在这世上几十年，能好好干成一件事就够了！够了！道理他都懂，但他就是寂寞不下来。这似乎成了一个死穴——他具有把穷日子过富的能力，更有把富日子一次次过穷的本事。

你不给我也没关系。国家现在在鼓励创业，总有办法找到钱。实在不行，我找人众筹。找谁？网上找，谁都可以。说不定到时你公司的员工，你合作社的茶农，也会来参加呢。他们如果有远见，绝对会支持我，是不是，小瓜瓜？林首赫特意问了白小瓜，白小瓜连连点头认可。这一来，林首赫更自信了。你看你看，我说的没错吧。连你那老班长都认为将来我注定是要做生意的，既然这样何苦再多浪费我两年？你说，明知道一个人五音不全，为什么非得让他去学唱歌？明知道一个人色盲，为什么偏偏逼他去学画画？这是何苦？

你要做生意我也不是反对，但总要等你三年后读完大学再说吧。你喜欢搞营销，你现在读的不就是营销专业？明年考个专升本，你就是咱们家第一个大学生了，多好。既然去读，总得读完吧？做事情不能半途而废。

还专升本？还多好？爱好你们自己好去。你们可真不把自己当外人啊？为什么要读完大学再说？学校那些都是纸上谈兵，他们讲的我比他们都懂。这真的是在浪费时间浪费生命。谁说这大学一定得读完的？林首赫收起蓝牙耳机，扎克伯格，你知道吗？比尔·盖茨，你总该知道了吧？两个人读的都是哈佛大学，够名牌吧？都是读了一年多就退学，为什么？不想浪费时间，要创业啊。没有半途退学，哪有扎克伯格的脸书？没有退学，哪有比尔·盖茨的微软？好，好，你觉得这些都很遥远，小瓜瓜你说，你那个同学是不是读到大二就退学了？人家现在那方肆传媒一年近千万产值，是不是？小瓜瓜现在工资多少？也就几千吧？人家一年就可以创造的财富，你一辈子都达不到吧？林首赫再一次拉白小瓜做赞助，哪怕老板瞪着牛一般的大眼，白小瓜仍然很负责任地点头再点头——因为事实确实如此。林首赫继续往下说，在这个信息时代，你知道三年意味着什么？三年可以做出多少事？李子柒从返回乡下陪奶奶生活的一个小姑娘，变成一个 YouTube 点击量动辄千万的世界级网红，被称为"来自东方的神秘力量"，无非短短三个月；喜茶，原本只是广东江门的一家小店，两三年时间先后进入东莞、中山、佛山、惠州市场，又三年，完成 4 亿元人民币 B 轮融资；

奈雪的茶从创立到成为中国茶饮行业独角兽也就用了三年。我不敢说这三年我可以跟他们做出一样大的事业来，但绝对比把我关在学校里浪费这美好的青春有意义。

我看你就是阉鸡趁凤飞！林有福一副很是不屑的口吻，心底却是暗自欢喜。这小子头尾加起来才上了一学期大学，嘴皮子溜得直接从绿皮火车改成了动车，大有向高铁发展的可能。这更坚定了林有福让他读书的想法。知天命之年，他唯一后悔的只有当年高一读了半学期坚决退学这件事。当年满脑子就是钱钱钱，任凭二叔公拿竹竿敲，拿扫帚打，不去就是不去。他不否认儿子的脑袋瓜好用，跟他一样具有经商的潜质。他读小学的时候就懂得买几本连环画，租给观音岩上的小孩子们看。一本连环画无非一毛钱，租一天就能收个两分钱，五天就回本。儿子比他聪明，初中一年级时就懂得拿家里的两部旧手机租给寄宿生用，每天收一元钱租金，一星期就挣下十几元。他相信儿子将来会赚大钱，但他希望儿子的路走得更长远，别像他一次次吃没读书的亏。可惜儿子把聪明用错了地方，全用来对付家长和老师。不知从上初中后的哪一天开始，每天晚上把被子垒成一条长长的形状，半夜偷溜出去上网吧。直到有一年秋天，夜里突然降温，白飞雪起床要去给他加被子，一看被单下盖着的竟然是一条长长的棉被。如果不开灯，你真会以为床上睡着的是个人。上了高中寄宿后，问题就更多更麻烦了。他总有办法弄到手机，晚上在网上开夜车，白天睡大觉，书越读越差，最后就考了个大专。大专刚入学，又懒又散，林有福想办法把他送到老班长的部队。老班长已经贵为一师之长，对当年这个最喜欢的小兵的儿子自然疼爱有加。无奈流水有意落花无情，两年后，任最擅长做思想工作的老班长如何好说歹说，林首赫一点面子都不给，军校不考，志愿兵不当，老班长很生气，狠狠踢了他一脚，滚回福建跟你爹做生意去！私底下给林有福交了个底，这小子随你，脑瓜灵活，就是不用在正道上。一句话把两代人都给骂了，林有福很不服气，谁说我不用在正道上了？现在，他再一次把阳光正道摆在儿子的面前。你给我揣着张大学文凭，放到祖宗牌位前就可以。林家没出过大学生，你出个给我看看。你看看人王茗瀚，澳大利亚留学，再看看人王茗浩，书都读到英国去了。有本事你也留个学给我看看。

想要文凭是不是？哼，简单，网上给你买一张来。多大的都有。我就奇怪了，咱明明有的是马有的是驴，你为什么非得希望养出一模一样的骡子？你干吗老拿我跟王家的孩子比？你自己为什么不跟子衿叔比？也不用比生意啦，比身材就好啦。你看看自己的底盘。什么底盘？呵呵，比五指山还稳的底盘。你连自己的身材都管控不了，你还管控我？这么些年，你也就"三高"够高，还有什么比人高？要拿我比也可以，不要比读书。人家有会读书的爸妈，我又没有。这个只能怪基因，不能怪我。我就不明白了，你们这些家长为什么总拿自己没有的、不擅长的去跟人比？为什么不拿我擅长的网络经营能力跟他们比？这世界上明明有无数条道路能证明你的孩子这也行那也可以，你们为什么就偏偏只选择读书这条窄窄的羊肠小道，只为了证明你的孩子就是不行就是笨？为什么？实话告诉你吧，学校那边我已经办退学了。

你说什么？你怎么可以退学？你要还承认是我儿子，就马上给我滚回学校去！林有福指着儿子怒吼。他需要掩饰心中的恐慌——他害怕儿子身上正一点点长出白飞雪的嘴脸。

放心，我会滚得远远的，不过，不是因为承认是你儿子，而是因为不想当你的孙子。我不会回去的。这次回来我只是告诉你，不是要征求你意见的，我的人生不需要谁来给我指手画脚！三千繁华弹指刹那，百年之后一把黄沙，我一定要做我自己喜欢的事。林首赫重新戴上耳机，倒退着往门外走。走到门口，一个漂亮的转身，我不可能再浪费青春去做那些无任何意义的事！

你给我回来！这怎么会是无意义？！林有福拍着桌子吼着、嚷着，换来的只有儿子头也不回，只举起右手在空中做着挥别的动作。耳机里的音乐已经重新响起，他的头和身体随着音乐扭动着，双脚走出六亲不认的步伐来。看来热暴力冷暴力都解决不了儿子的问题。他的怒火需要转移，他指着白小瓜劈头盖脸一阵骂，还傻站在那里干什么？去，把他给我追回来！

一憨做皇帝，二憨做老爸。这真他妈是个不破的真理。林有福想。

快活没几时，一切美好全都化为乌有。到了办公室，血压更是"倏倏"往上升。五阆山、大岭山上的那些半野生茶计划明天开采，问题却一大堆地生了出来。事情早早交给小舅子白飞鹰做，白飞鹰却只有飞的本事，没有鹰的能耐。他就负责反映问题：由于多年没人管理，茶树已经长出一米多高，根本没办法进行机采，只能全部依靠手工采摘。那么大两座茶山，即使安排五六十个人，没有半个月也采摘不完。别说半个月后已近小满，就是十天后，立夏后那么多天，茶叶都老了，暑茶味也出来了。怎么办？增加采茶女工，10天之内务必采制完。上哪里去找那么多采茶工？不知道。周边永春、德化、大田，实在不行，就到龙岩、三明去找，包专车送过来。100个工人，吃哪里？住哪里？每天车辆如何接送？不知道，不知道，不知道。一系列问题连锁在一起，之前却从来没有人考虑。林有福喊来郑宝生。这个忠诚的灭火队队长最擅长啃这种难啃的骨头，擦那种难擦的屁股，这回却也犯了愁。所有的茶叶公司所有的合作社都在抢采摘女工，这一时半会儿你让我去哪儿生那么多人？这我不管，英国这单生意谁都不能给我搅黄了。就是上天入地，你都得给我生出人来。生不出来，你带着你老婆孩子一起去采茶。得，得，算我没说，郑宝生只能举手投降。林老板负责发话，宝生我负责跑断腿磨破嘴磕破头，帮人背锅当替死鬼。禽女人的力气有是有，就不知道能不能禽出工人来。林有福抬脚作势要踢过去，他一闪赶紧跑。

想什么都烦，只有打游戏。论打游戏，林有福算得上是老司机。从90年代的俄罗斯方块开始，他玩过的游戏不下十种。算起来，当年儿子会迷上王者荣耀与他有很大的关系。他唯一的兴趣爱好就是打游戏，一回到家先钻进书房，打上那么一两个小时是常事。儿子小的时候，他经常把儿子抱在腿上让他看着。大一些，就站在身旁。再大些，儿子不满足于干看了，父子俩就错开时间段打。到了寒暑假，除了睡觉的时候，家里的电脑基本被当牛使。上了初中，他发现这样不行，会耽误孩子学习，开始限定每周两次，每次一个小时。很快，儿子就不满足于此限制了，先是跟白飞雪一番唇枪舌剑：为什么我爸可以打我不能打？说好的他打两个小时轮到我，都打了两个半小时了，他还不停！一点都不守信用。你爸是大人，你是小孩子，你跟你爸比什么？打游戏容易上瘾，不能老是打打打。我爸是大人都戒不掉游戏瘾，凭什么要求我戒？你是学生，先读好书再说。除非我爸也不打，不然我也要打。你爸是你爸，你是你。对啊，我爸是我爸，我是我，他自己都做不到凭什么要求我做到？白飞雪被儿子一路逼问到了墙角，只能返过身身来劝林有福，林有福也不干了：钱是我挣的，电脑是我买的，就连他小子都是老子生的，老子打个游戏还要听他小子指挥？反了天了？老子就是能打，他就是不能打，明天开始一次都不要打了，再打我打断他的腿！抗争无效反被停了一周两次的指标，儿子干脆闹起了革命，不吃饭、不上学，躺在床上睡大觉。白飞雪偷偷给了他电脑密码，林有福知道后一气之下砸了电脑。可不到一个月，林有福先扛不住了，又搬了台新电脑回家。那以后，林首赫倒是不争也不抢了——谁能想到他把游戏战场从地上转到了地下。网吧事件爆发后，林有福改变了斗争策略，把打游戏作为激励机制，考试成绩每前进年级20个名次就提升半个小时的游戏时间，累积三次就增加一次游戏时间。要知道，以年级几乎垫底的508名起跑，林首赫可提升的空间实在是无限量大。那以后，儿子在学习上稍微用了点心，家庭关系也相对和谐了。游戏成了父子俩和平共处的语言，儿子很快成了老子的师傅，开启带着老子一起玩游戏的幸福时光，地下城与勇士、穿越火线、英雄联盟、王者荣耀，一样样地玩过去，最终儿子在英雄联盟上安营扎寨，老父亲选择了王者荣耀，英雄更少，操作性更小。

　　木鱼脑袋的电话又来了，已经是第七个。林有福想都没想，直接按掉。没有什么比打游戏更大的事。木鱼脑袋是公司副总，姓潘，另一个外号是"潘高峰"。很长一段时间，公司一直没有设副总，由总经理直接管理各个部门负责人。林有福曾自诩这是借鉴了部队扁平化的管理方式。讲起军队的扁平化管理，林有福必定要谈一谈遵义会议后中央对军队的整编。红一军团撤销了军级设置，直接设了两个师六个团，红三军团和红五军团更彻底，撤销了军级和师级，下面直接就是四个团、三个团。减少指挥层次，公司的运转快准狠。但几次跟大公司谈收购，对方都一眼就看出公司的不规范——什么都是总经理说了算。好，那咱就往规范走，该讨论的讨论，该民主的民主。这一来，这种管理方式最大的弊端便暴露了出来，总经理需要主持召开的会议特别多，部门之间的协调动辄就要他出面，这让他过得很不逍遥。他迫切需要找一个人来替他挡挡会议挡挡事情。论网络经营，论人才管理，论民意，木鱼脑袋当然是最合适的人选。从店铺优化、流量提升到排名升级、口碑营销，再到爆款打造，他都一套又一套，也确实取得不可小觑的战绩。他的主要问题是情商低，经常不能及时了解老板的意图和化解老板的情绪。有一回，公司被人连续恶意投诉，林有福猜测出是哪家公司有竞争，让木鱼脑袋也组织一拨人去攻击对方。木鱼脑袋连连说，不可以，不可以，即使真是对方不仁，我们也不能不义。这在国外是犯法的事情。又有一回，公司要做推广一个新品，木鱼脑袋建议选择淘宝客，林有福举双手双脚反对，理由有三：其一，淘宝客带不来多少流量；其二，淘宝客什么都没做，无非动动手指头在空间做个转发，完全没有道理拿那么高比例的佣金；其三，每成交一单就会被割一次肉，割到最后，公司基本没有肉。木鱼脑袋当场反驳，理由同样有三：招募优秀的淘宝客带来的不仅是流量，更重要的是成交量。当然，淘宝客发挥作用需要一定时间；淘宝客的佣金价值所在不是他们做了多少事，而在于他们贡献了多少客流资源；如果把付给淘宝客的佣金当成你投入钻展的广告费，那你就不会感觉是在"割肉"，而是一种互利共赢。虽然实践最终证明木鱼脑袋是对的，但没面子的过程在那儿，老板把钱赚得并不开心。现在，就算他再来个十个八个电话，老板也不想接。

木鱼脑袋看来也没那么执着，电话没有再响起。十几分钟后，白小瓜直接撞进了办公室。林有福很生气。他急速敲击键盘，终究回天无力。他把键盘往前一推，一手拍在桌上。你搞什么鬼？你家死人啦？！游戏被他玩死了，人倒是没死，不过，直通车面临翻车。白小瓜三言两语做了概括。网络营销部选择的几个关键词平时出价都在一元钱左右，上午还稳定在三四元，下午就一路往上蹿，已经过了 7.9 元了。点击量不少，但转化率并不高。最为奇怪的是，就连加入收藏和购物车的比率也低。网络销售，出现高点击率、高收藏率、高加购率、低购买率"三高一低"的情况通常不多，但也算正常。出现"一高三低"的情况就明显反常了。根据木鱼脑袋反馈的信息，竞拍的点击单价一高再高，每分钟都在烧大量的钱，但几乎没怎么转化。这不符合常规。网络并非虚拟，而是一个实实在在的竞技场。网络上的销售，流量为王。此次公司在直通车做推广的是先前的爆款贵妃芒果茶，125 克，售价 29.8 元，即使不做推广，每个月都有几百笔订单，评价非常好而且回头客特别多。"五一"直通车是他决定参加竞拍的，全时间段全区域推广是他钦定的，关键词出价实时第一、不设日限也是他确定的，他对此很有信心。木鱼脑袋反对不设上限，说他这么操作具有很大的盲目性，企业发展到这样的阶段不适合做。他建议采用递增预算，设定日限额和推广集中时间段，根据后台提供的数据选择竞争性相对小、点击转化率相对高的一些词汇组成的长尾词，根据访客量、加收量、加购量以及销售量等及时调整出价。反对归反对，反对无效。林有福说，你是老板还是我是老板？老板花钱都不疼惜，你疼惜什么？做生意要有大气魄，舍不得孩子套不着狼。像你这么做生意，捏怕死，放怕飞，怎么成事？再怎么烧也是烧我的钱，你怕什么？你尽管给我做。做直通车，林有福有过非常成功的经验。刚进天猫第一年，他先是在首页购买钻展页面，每天2000元、3000元、5000元地砸，没有见到明显效果。第二年，干脆贷款15万进入直通车，打出的概念是"乌龙茶19.9元包邮到家"，所有人都以为他脑袋被猪撞了。妻子白飞雪，大舅子白飞鹰，表弟郑宝生，木鱼脑袋，一个个站出来坚决反对并试图劝说。末了，白飞雪更是以带着儿子回娘家长住相威胁。他不管不顾坚决上，还果真当月就显见成效，一个月几十万的业务量做上来了。网络推广无非三大利器，一是钻石展厅，二是直通车，三是淘宝客。钻石展厅像是固定地段固定时间点的广告牌，无论消费者有没有看到、多少人看到以及有没有任何转化，它都立在那里，只要立了，就按固定的收费标准来收取。淘宝客借助的是一群网络上的大V，有转化按约定的比例收取费用，找到最佳淘宝客是个技术活。直通车就完全不同了，顾客点击了查看了才会产生费用。运气好的时候，每一个点击花费无非几毛钱，却能引来几百万的购物量。运气不好的时候，单个点击花费几十元，引来的购物量却寥寥无几。那一年，在全县电商代表大会上，林有福发言时曾经对这三种方法的利弊做了比较。他打了个生动的比方。就像是去海边钓鱼，一到海边就开始算钱，这是钻石展厅模式，给你这片海，能不能钓到鱼那是你的本事。钓上来鱼才收钱，鱼大条就收多多的钱，鱼小条就收少一点钱，这是淘宝客模式。从鱼来咬钩开始收钱，鱼大鱼小鱼最后能不能被钓上来全看你运气，这便是直通车模式。哪一种方式都有赌的意味，直通车的赌味最浓。这么多年，所有推广方式都试了个遍，林有福最喜欢的还是直通车。"五一"是个重要的黄金时间点，往年也都有实实在在的战绩，他不可能放过这最后一搏的机会。

白小瓜继续传递木鱼脑袋的信息。潘总说，再这么下去，投入产出比不要说常规的 2.5，估计 0.25 都成问题。他建议还是要设置日限，选择重点时间段，不能这么烧钱。他担心有人在恶意竞争，他说……

咻，这做爱做到一半，都快要射了，要舒服了，他却硬要拔出来？林有福摆摆手，点起手上的烟。这个木鱼脑袋总是这样，怀疑东怀疑西，怕这个怕那个，不用管他。我都不知道他怕什么？小鬼仔没见过大猪头。又不是没碰上过。人家以前不还有竞拍到一百多元的？这还没到 10 元，你们就沉不住气了？竞价往上走，说明有人关注，说明流量在累积，效果很快就会显现出来。现在下线，之前烧掉的钱不都白烧了？能不能有点冒险精神？如果连这点险都不敢冒，玩什么电商？继续往上竞拍，一定给我守住直通车的首位宣传广告位，绝对不能掉下来。还站着干什么？去跟他说。

我觉得潘总分析得有一定道理。白小瓜说得很小心。

他是老板还是我是老板？林有福把打火机往桌上一拍，白小瓜跑得比兔子还快。嘴巴上硬是硬，林有福的手还是软了，还是点开木鱼脑袋让他看的其他后台数据。访客量、浏览量、支付金额、支付订单数、支付买家数，收藏人数、放购物车商品数、收藏和购物车转化率……每个数字都呈现欣欣向荣的上升趋势。嘴角的笑还没完全展开，一长串评价数据让他慌了起来。25 日，差评 8 条；26 日，差评 13 条；27 日，差评 15 条；28 日，差评 15 条……密密麻麻的差评像是从一群细腰肥臀的美女中间突然冒出来的一只黑猩猩，大煞风景，令人大跌眼镜。前段日子，市场部经理几次跟他反映过这个事情，他一直没放在心上。从事网店经营，谁能回避得了几个差评？谁又能避免恶意竞争？毫不夸张地说，网络上的竞争无时无刻不在发生。回想当初进驻天猫的第一个月，刚做了十几单生意，便有了第一条差评。只这一条差评，他们的分值便从 5.0 降到 4.9。

那是个任何一点风吹草动都足以让他经营的小船翻个底朝天的初始脆弱时期，他一下子就慌了，第一时间联系了顾客。是个黑龙江的顾客，一问，完全不懂得铁观音的冲泡方式，像泡绿茶一样将铁观音浸泡在玻璃杯里，一泡半天，茶苦了涩了，便觉得上当了，二话没说先给个差评。了解缘故后，他让客服耐心地解释、尽量补偿，以一切方式争取谅解，最后以一套白瓷茶具成功说动客人取消差评。有了这第一次经历后，再碰上差评，心不急了。第二年，13.9元单品卖爆后，同行的劈杀也来了。骂得最凶的是福建人。他们咒骂他在啃老祖宗的死人骨，在砸福建茶的牌子。他又不是傻子，怎么可能不懂得算账？他们不知道，他装的只有8小泡，无非一两茶，加上包装费3.5元、邮费2.3元，基本也就贴个一两元钱。他总不能告诉他们说，自己花一二十万元上的可是全国一个月的广告，哪里去找这么便宜的广告位？有人雇请专人买遍他店里的所有茶品，反复买，反复差评，非扯住他的后腿不可。投诉到天猫，天猫一介入，对方再换一个人来买、来差评，胶着了一段日子也没办法。第三年，他一咬牙狠下血本，用超低价促销刷单七八百万元直接进入主页推介中心，这一来，业务量像疯了一样地往上冲，任你这三三两两的差评也只是沧海一粟，再挟持不了他。眼下，情况大不相同。销售体量虽然也不小，但差评的增长显然远远超过了销量的增长。

林有福仔细翻看着一条条差评，他担心的不仅在于差评数量的递增，更在于差评所属区域之广——经济发达的北京、上海、广东、福建、浙江，经济相对落后的新疆、西藏、广西、宁夏，全国十几二十个省市都光荣上榜。以他多年网店经营积累下的人脉与经验，对付几条恶意差评绰绰有余。可是眼前的这一堆差评着实令人心生危机感。都是对当前最热销的中等价位茶的评价，没有一条评价来自同一个人，也没有一条评价的内容是相同的。这让它们表面上看起来如此纯洁和干净。但他隐约有一种感觉，它们在某个隐秘的角落存在某种不为人所知的关联。茶还是那些茶，经营也还是那些人在经营，没有任何改变，而那些差评里，关于"香"、关于"韵味"、关于"汤水"、关于"色泽"等诸多专业用语的表述暴露出一个共同的指向——他们不是制茶的就是卖茶的，总之得是懂茶的人。如此集中的时间，如此一语切中要害，如此一致地点明问题所在却又在不同字眼上区分的评价，它们绞在一起，一齐发力，这不是一般人可以做得来的。如果真是这样，那么，他确信自己一定碰上真正的对手了。他颓然地往后一靠，不停摸着脑壳，手掌在头顶上转出一个接一个的圈。

他的网店经营不下百种乌龙茶品，高至上万元一斤，低至几十元一斤的茶叶都有。近两年来，网络经营茶叶已经进入一个瓶颈期。超低价茶品曾经是他抢占市场的制胜法宝，而今却是鲜有人问津。经营网店的这八年，他将其分成三阶段：第一个三年是超低价抢占市场份额的时期，有巨大的销量但利润几乎为零；第二个三年是中等偏高价位茶叶抢占利润空间的时期，高利润和高销量；最近两三年则是回归理性消费的时期，中等价位占据主导地位，消费群体相对稳定，销售利润也基本稳定。产品的利润空间不可能再加大，当下最重要的只能是稳定和拓展市场。他承认，他们说的那些问题有些也真是事实——得是内行人才看得清的事实。一旦这些问题差评继续发酵联合发力，那将产生不可估量的后果。

怎么办？怎么办？一种强烈的孤独感突然从头浇了下来。二三十年，从未有过。当年到广州找小广东讨不到债都没有这种感觉。那时候的他，二三十岁，正是年轻气盛、精力充沛的黄金年龄段。用二叔公的话说，正是"吃不知饱做不知累"的好时候，天天陪着客人进出酒店进出歌厅。小广东最能喝也最能玩。喝完酒唱歌，唱完歌按摩，一条龙成了标配。他最怕陪小广东唱歌。唱歌不可怕，可怕的是给唱歌的小姐送花篮送花环。一个花篮200元，一个花环100元。小广东冲着林有福大手一挥，林有福不敢怠慢，赶紧将这有力的挥手接力下去，冲着妈咪一挥，花圈5个！妈咪瞪了他一眼，他赶紧拍拍自己的嘴，哦，口误口误，是花环是花环！妈咪再冲着场内的工作人员一挥，5个花环齐刷刷地挂到了女歌手的脖子上。有一次碰上隔壁桌一个台湾老板，举着一把花花绿绿的美金冲着妈咪喊，妈咪，给我送10个！花篮！10个花篮被捧上了台，台下的掌声"唰啦啦"地响得欢快。女歌手冲着台湾人鞠躬、行礼，在花篮的簇拥中送出双倍甜美的微笑。小广东瞪了林有福一眼，抓起一罐啤酒仰头喝干。林有福心领神会，冲着妈咪比出10个手指头，喊，再10个！花篮！掌声响得更热烈了，伴着欢呼声，瓶子、杯子、桌子相撞的声音。10个花篮还没登场，女歌手的目光还没来得及落到小广东的身上，台湾人的声音再次响了起来，给我再送20个！话音未落，他瞬间又把两个手指头改成了三，噢，不，30个！林有福有些不知所措了。他看一眼小广东，刚要张口，却见小广东径自站了起来。他小跑几步上了台，一把搂在女歌手的腰上，对着台下说，钱是毛毛雨啦！剩下的花篮花环我全包了……他的目光在台下的昏暗中好不容易搜索到了林有福，冲他一挥手，林老板，上，全送！他摸摸口袋里仅有的一万元，只能是硬着头皮指挥妈咪把场内的所有花篮花环全部送到台上，眼见小广东与女歌手已经淹没在花海里，这才抓起大哥大急急往外走，让郑宝生立刻马上飞速给他送钱。付出总是有回报，小广东当年找他订购的茶叶从100吨增加到了200吨。那年冬天，林有福押送茶叶到广州，几个人在酒店里狂欢。第二天，居然在小广东的办公室碰上了来催款的王子衿。就50吨的茶叶，王总还怕没了？小广东有些不屑。真是不好意思，最近在装修厂房，急需资金。王子衿的解释合情又合理。小广东当场让财务把王记的款给转出去，又另外要了5万元现金。财务问，昨天不是才取了5万？小广东说，5万算多少？一个晚上就出去啦！回到安溪后不久，有一次几个年轻人一起吃晚餐，王子衿偷偷问他，小广东那儿有没有拖欠的货款？还是尽早要回来保险。他摆摆手，我还有两三年的货款没结清呢，不急。生意贵在长久，催人家结货款多伤感情？再说了，小广东那么强的实力怕什么？王子衿提醒，凡是需要在饭桌上搞定的关系都是不牢靠的。做茶叶生意最重要的是质量和信誉，跟小广东这么败金的人做生意风险很大。林有福笑他，我正好跟你想的相反，凡是能在饭桌上搞定的一定都是好关系。你怕有风险，那把你每年的指标也给我，我不怕。谁能想得到，第二年春天王子衿的话就应验了。100 吨的春茶发出去一个月，再联系不上小广东。林有福追到广州，厂区、住宅皆是人去楼空，不见踪影。那天晚上下起了雨，大雷小雷一个接着一个，闪电一道紧接一道地划亮夜空。他从小广东家的楼道走出来，走上广州街头，雨水顺着额头脸颊往下流，压垮了他的最后一点希望。头头尾尾加起来有三百多万元，那是他全部的家当啊。路旁的一家大排档里正在播放刘欢的《从头再来》："心若在梦就在，天地之间还有真爱。看成败人生豪迈，只不过是从头再来……"他抹了一把脸上的雨水，在摊位上坐下来，要了一碗面，又要了两瓶啤酒。他把两瓶酒同时打开，双手各举一瓶互碰，再对着空中的雨碰了一下。他奶奶的，我本一无所有，一切无非从头来过。

现在，今非昔比。到了这把年纪，真的再禁不起犯错了。林有福想着，悲从中来。他那个在云南开翡翠店的战友，生意原本做得不错，也赚下了不少钱。但就是贼心不死，一次次玩赌石，一次次把牙缝里省下来、指缝里抠下来的钱扔进了石头缝里。战友形容自己是质量不够好的紫罗兰，一见光就死。他可不想成为下一个紫罗兰。

先摆上的是生桌。很多林氏宗亲昨晚 11 点后就开始摆桌占位，他们到得迟了些，生桌摆到了门口埕。林有福叫儿子帮忙把抬上桌的那只供品猪架好摆正，让它高昂起头，把猪心塞进那只猪的嘴里，往脑袋上涂红，再往猪身上贴红纸。每家每户都摆好了生桌，一只只被开膛破肚、拔得干干净净的猪趴在一张张供桌上，红红的脑袋，红红的背，从上厅延续到天井，再延续到下厅，出大门，到大埕，再到道路的两旁。宽阔的一条大马路被两边各一桌猪占去了将近一半，只留一辆汽车可以通过的宽度。远远看过去像是一片粉红通到天，稍微靠近点看像是一群乖巧的猪在听课或等着开会。儿子虽然不会读书，好歹还懂道理，也还算识大体。昨晚他没有回岩上，林有福一度担心他会不会缺席今天的祭祖。让白飞雪给他打电话，白飞雪说，自己拉的屎自己擦屁股，我才懒得管你的事。只能给儿子发微信，儿子半天就憋了个"嗯"的表情出来。那表情真像是拉着多么难拉的硬屎。林有福开始后悔昨天下午骂得凶了。好在，卯时刚到，他还没把脖子伸断，儿子就举着灯在蔚然楼出现。没有错过叩谢、起鼓的仪式，没有错过水尾宫取水。

在闽南，那些色彩艳丽、造型别致、装修漂亮的房子里往往住着各方神明和各个姓氏的祖先。新落成的蔚然楼无疑是最艳丽的那座。它改变了结构，改变了格局，改变了材质，也改变了给人的感觉。一开始，关于重修还是新建，族人其实产生过完全不同的两派意见。有的说，要在原有格局、架构的基础上，完全按照当年的样式建新如旧，完全木质，主厝护厝格局，那些能用的老木料、老石板能用一块是一块。有的说，新的时代祖厝也应该与时俱进，要用石板材新建，木头房子怕火烧，石头房子什么都不怕，最牢固，几百年都不怕坏掉。后来找人做预算，按旧式木质建造需要上千万，而用石板材重建只需要两三百万即可。林有福当然知道，倘若要让祖厝有留存下去的历史意义，当然要花大价钱建新如旧。可他选择了沉默，选择了少数服从多数。事情最终按着他预想和期盼的方向发展。很好，过去的正在消逝，新的正在走来。新的石厝，新的色彩，新的记忆。整座祖厝只有原本主厝部分的大小规模，双护厝位置都拆成了空地，铺上了水泥，安置了一些运动器材。厝体全部石砖结构，保留了屋顶燕尾脊造型，红色的砖，红色的琉璃瓦，红艳艳的一片。

摆弄好那头敬祖的猪，林首赫站在新砖新石砌起来的建筑前，皱着眉头不停咂嘴，祖厝怎么被弄成这样了？新得完全没有一点历史感，土得不像样，难看，难看，太难看了。没文化真可怕，没文化的人做事更可怕……小孩子不懂不要在这里乱说话！林有福骂了儿子一句，儿子不与他争辩，借机往家走。心里的不快一层顶着一层往上冒。一些想覆盖的东西没有被覆盖，另一些东西又生了出来。老厝虽然破败，一砖一瓦一木一石起码装着最为美好、最为纯粹的童年，以及最令人崇敬和怀念的祖上荣光。太祖手上建下了观音岩上最为壮观的蔚然楼，双护厝、四开间的双层建筑，东侧两层高的石构炮楼，有上下厅，还有上下埕，规模大，气势恢宏。祖先们一次次把武夷茶、安溪茶运出去，把外域的文明一次次运回来。喜爱收藏的秉全公对蔚然楼进行过一次大装修，添置了很多洋玩意儿。地上的六角砖、窗户上的灰雕都是意大利产的，梳妆台上的玻璃镜子是英国造的，床架抽屉里的望远镜是欧洲造的，桌子上的煤油灯和怀里的派克钢笔都是美国产的，墙上的挂钟和他的怀表都是瑞士产的。爱读书的秉全公将西外护厝辟为私塾之用，购置了古今中外很多书籍，还捐了个七品官。上厅的两根大木头柱子上镌刻着一副对联——"福宜惜惜衣惜食惜不尽，田有赋赋中赋上赋其通"，墙上的砖石有的采用透雕，有的采用浮雕，有的采用平雕，雕出飞禽走兽、花草虫鱼、山水人物，窗户上装饰有精美的木雕，各种花鸟图案、人物造型，都是栩栩如生。这些都是他童年时残存的片段记忆，一些是亲眼看到过的，更多的是二叔公那边听来的。只可惜八国联军攻进北京那一年正月初九，林家又请来戏班子，老老少少都去看戏，几个孩子躲在东护厝玩火，玩出了一场大火灾，三分之二的房子被烧毁，藏在西护厝私塾里的古籍躲过一劫，但许多精美的老物件付之一炬。这把大火烧掉的是蔚然楼繁华的物质生活，六十多年以后，另外一把火烧掉了蔚然楼的精神生活。据说到了二十世纪三四十年代，做过私塾的房间里还藏着很多古籍，整整一个房间的书，多是清朝时期刊刻印刷的，除了四书五经，还有《康熙字典》《东莱博议》，还有很多、科技关于自然的英文书和几本英文大字典。在 60 年代末期，曾祖父提前嗅到了文化的火星味，他把老宅子里的灶膛点起来，连续烧了三个晚上，才把所有古籍连同一身官服和一顶官帽烧完。最后一秒，武夷山的多张地契也被丢进了将息未息的火堆里，无一幸免。1979 年冬天，崇安县政府派人到观音岩了解历史上十八岩的产权归属，林家人再拿不出片张纸屑证明自己的祖先。两把火彻底烧掉了林家几代人的辉煌过往、精致日常以及曾经的精神向往。现在，楼名还为蔚然楼，大门上和厅柱上还是一样的对联，但不少于一百五十年的历史在她新生的这一天戛然而止。还有什么法子？建房子又不像玩乐高，轻易就可以拆开了重来。

跟老厝唯一有关联的只剩下门口上埕东西两侧各垒起的一处旗杆位和东侧位置的一口老井。下埕处早成了宗亲们的菜园子，你一畦我三垄，种得不亦乐乎。那里曾经有个高高的戏台。每次站在上埕往前看，林有福总会不由自主地想象着，一百多年前，每逢春节，秉全公早早请来有名的戏班子在那里唱大戏。唱的一般是南音和高甲戏。高高的戏台上，有时是漂亮的战甲、闪亮的戈枪加高亢的喊唱，有时是琵琶、尺八、三弦加绵软的鸟啭莺啼。林家的丫鬟伙计们在上埕处摆开桌椅，桌子上放置了一碟碟的小点心，林氏宗亲们一个个入座，秉全公安排续茶，他跟宗亲们介绍着，今天演的这一出是高甲戏的代表剧目《郭子仪拜寿》，明天会再来一出《斩黄袍》，后天要唱的是南音，请的是厦门南音乐团，要唱的都是最经典的曲目，有《八骏马》《梅花操》，还有《三千两金》。他看到，王之信带着老婆孩子也坐在那里。

哦，不，不，是王之信的后代王子衿站在那里。同时出现的还有昨天在王家出现的那个外国人。看来真如儿子早前所说，外国人就好奇中国人最传统原始的那些事，越土他们越喜欢，哪儿热闹他们就出现在哪里。外国人对什么都好奇，拿着相机这拍拍那拍拍，连偶尔路过的一只狗一只鸭也不放过。他们在大门前停住了脚。外国人指着大门上的对联，一字一字地往下念："曼岭参天七品龙团辉宝国，陀峰插地千章雀舌灿霞滨"，对联里都说了什么？王子衿告诉他，短短22字对联将世界文化与自然遗产——武夷山的曼陀、宝国、霞滨等三座名茶山嵌入其中，这是林家祖上的主要产业。还不止这些，他们曾拥有武夷十八岩，在十八岩上建了十八个岩茶厂。龙团是乌龙茶，雀舌是绿茶，可能当时他们祖上在武夷山都有生产和销售。

Oh！Oh！我的天啊，十八岩？十八座岩茶厂？那他们祖上岂不是大资本家？！茗哥的眼睛瞪得比算盘珠子还大。

那当然。我老祖宗当年可是王总老祖宗的老板，他的祖上曾经给我们祖上当伙计，是不是啊，圆头？林有福主动走了过去。他不会放过任何一个把王子衿比下去的机会。他还指了四周告诉外国人，一百五十年前，我们老祖宗建的房子可比这个大多了，这边，那边，都是，主厝，双护厝，楼上楼下最起码四五十个房间，下人都住到护厝那边去。

外国人的兴趣点还在那副对联上。他指着对联又问，那个"七品"是指的七品芝麻官吗？林家祖上有人当过官是吗？

是啊，没错，我们秉全公当过官，应该就是七品吧。以前我们家还有官帽官服呢，只可惜都烧掉了。林有福指着东西两处旗杆位说，以前，我们这屋子前头是有旗杆的。

这旗杆应该跟当官的没有关系吧？我以前有看过介绍，好像家里出过举人、进士、贡生的，都可以立旗杆。外国人还是一脸疑惑，他问向王子衿。你说这"七品"要是指的七品官，那为什么跟"龙团"连在一起呢？

还有一种说法是说，"七品"指的是龙团的七个品级，以前可能对龙团茶有这么一种划分吧。王子衿稍微做了解释。

外国人连连点头，这个说法有道理，有道理。走进屋内，外国人马上又被高悬在厅堂之上的四字牌匾给吸引了。潜德幽光？什么意思？林有福解释说，我们老祖宗从观音岩上带了很多人出去，这些人都过上了好日子，皇帝一高兴就嘉奖他，赐他块牌匾。王子衿补充道，林家祖上在武夷山那边诚信经商，还经常资助他人，用现在的话说就是一方面帮助解决农民就业，致力扶贫，一方面又乐善好施，做了很多公益事业，当时的崇安县令专门就此上报朝廷，嘉庆皇帝特赐了这块牌匾，以示嘉奖。

我知道我知道，那就是相当于你们国家给你颁一个脱贫致富带头人或者扶贫工作先进个人的奖，是不是？外国人兴奋地对王子衿说。

可惜的是，这只是一个复制品，真品已经被偷了。王子衿表示遗憾。

讲起这块牌匾被盗，跟林有福还不止半毛钱的关系。网络销售引爆天猫后，省、市、县各级媒体蜂拥而至。泉州来的一个记者做足了功课，刨出了《武夷山市志》里关于他祖上买下几座山建茶厂的记载，串出林家世代经营茶叶生意的一条线，又刨出他曾经失败的房地产生意，采访时开玩笑地蹦出一句，我突然想到一个非常吸睛的标题："没落的贵族重振茶业世家雄风"，林总您看如何？林有福一听，大腿一拍，这题目有气魄，我喜欢。人一得意，就容易忘形。一高兴，就说漏了嘴，祖上秉全公曾经得过皇帝赐的一块牌匾"潜德幽光"。曾祖父烧古籍那三个晚上，原本也瞄准了那块牌匾，算好了第三天要劈成柴火烧掉，幸得二叔公提前把它埋进地里。那个记者两眼发光，那块牌匾还在吗？在哪里？二叔公收着呢。这太可惜了，再好的东西藏在抽屉里都成了没用的东西，应该挂起来，让大家都可以看到，给后人一个启示。他想想，是啊，有道理啊，便找二叔公拿出来，挂到厅堂上。报道出来的第三天，那块牌匾便不知所终了。那以后，他真正领教了什么叫"宣传的负面效应"——新闻这把火彻底烧掉了祖厝的最后一丝气息。事后，白飞雪替他总结了一句：他啊，虚荣心一作祟，便连裤子都想脱了给人看。可再怎么后悔，牌匾也回不来了。幸好当年记者拍了照，才让此刻挂在厅堂上的赝品还能像点模样。

外国人在一只只猪里穿梭，摸摸这个猪头，捏捏那个猪尾，跟不同的猪玩自拍，还时不时往微信里发。很快，法事开始了。摇铃"丁零零"地响起来了，木鱼"笃笃笃"地敲起来，铙钹"克楞克楞"地敲起来，道士也开始含混不清地念起经文来。一切都静穆下来，为法事腾出了场。所有族人的说话声、路过的车流声都偃旗息鼓，甚至连一旁的鸡鸣狗叫声都弱了下来。外国人忙得很，在人群里钻进钻出，手上的相机已经转为录像模式。他歪着头看看这个道士手中的法器，踮起脚看看那个道士手中的乐器，转过去，再转过来。他注意到了龛台。再大再宽的龛台，也摆不下所有的祖宗。到林有福这一代，是林氏到观音岩的第 20 世，秉全公是第 14 世。从秉全公的祖父开始，林家的七八个祖辈悉数在龛台上入座。相机扫过龛台上一个个林氏祖先的牌位，扫过牌位前的茶杯，又扫过墙上的捐资芳名录。几天后，当他制作的视频在网上播放出来，这形成了一种强烈的视觉冲突。一句"终有一天，这些芳名录上林姓的男人也会一一入座龛台。这就是闽南，这就是中国，生望着死，死望着生。生死都集中在这方寸之间，集中在这种对视里。我想，这就是中国人所说的传承"，让人听出一种澎湃的豪情和悲壮的意味来。

男人女人都被外国人和外国人手上的"长枪"吸引了，再次聚到芳名录前。在此之前，男人们已经默默完成了一次精神的较量，女人们则已经不知多少次偷偷算过自家男人和儿子在芳名录上的排位。男人们后悔当初没有坚持多捐个一百两百，那样的话顺位就可以往上提个十名八名。女人们的兴致绕过了这里，她们不止一次地分析过，堂叔家的孩子这几年当了个小官，现在有钱了，自然不肯落于人后；大伯家只生了两个女儿，靠着招进门的女婿把日子过好了，好不容易有这样的机会，一定想方设法把面子给争回来；还有那堂侄子今年高考，人家还指望着老祖宗显灵保佑高中呢，那还不得多出点力气表示表示？这回，旁边多站了个白飞雪，她们讨论的重点自然又不同了。飞雪啊，你们家有福厉害啊，捐五万呢！是啊，比枞伯他儿子捐的还多呢！对对对，那个梅婶还说儿子多厉害多厉害，也才捐了一万元。

　　哎哟，你们可别这么说。我们家有福啊，就爱这样，没啥潲还装华侨！白飞雪说这句话的时候，腰肢几乎要扭成大麻花，又是娇来又是骄。再来点风的话，那130斤的体重估计也要跟着眼角飞起来了。她最大的特点就是屁股斗大。当初两人结婚的时候，厝边妗婶都说，这新妇屁股斗大好生养。闽南人习惯把女人的屁股用"斗"来形容，装得下儿女，也盛得住富贵。生养倒真是好生养，带着坐了胎的卵进了佑福楼，老大三周岁，老二又接着怀上了，有男有女，也算上对得起天、下对得起地、中间对得起厅堂上的老祖宗。唯独一点不好，生养一个，斗就大出三分，裤子从 M 码一路加加加，加到了 XXL 才停下脚步。这种迅速膨胀法，她辛苦，林有福也受不了了。他学不会用贾平凹的口吻夸赞那屁股大的女子是"家里有钱，人前屁股摇得圆"，才从她身上下来，他边找拖鞋边摇头，真是一点意思都没有，前面两个面团越来越软，后面一大团泥巴越来越烂，没意思没意思。她一脚便踢了过去，不偏不倚正踢在他的屁股上，面团还不是你捏软的？泥巴还不是你摸烂的？还别说，就他们的嘴上功夫，真是天造的一对地设的一双，无人能比无家可敌。

　　提起这捐款，两个月前她可不是这么说的。那天，两个人去信用社续借一笔款，林有福刚签完字，主事的宗亲正好打来电话，告诉林有福幔陀西的谁谁谁已经捐了一万，谁谁谁要捐两万，谁谁谁也要捐两万。秉全公这一支系属幔陀东。林有福当场表态，那我也捐两万吧。刚放下电话，白飞雪的脸就臭起来。你要捐两万？胸口无肉你还要装好汉？他很想说出杜月笙的那句名言，人生要吃好三碗面，一是体面，二是场面，三是情面，话到嘴边却换成了，查某人眼眶窄，你懂什么淆？白飞雪把笔一摔，我不签了，看你脱裤阑去捐！你这种是典型的空砍的勇敢，也不看看自己的斤两。你真拿裤裆里那最后几根毛还能扇风？真能扇风的话，扇的也都是不痛不痒的鸟风。林有福甩着贷款合同，你不签啊，是你说的啊，那干脆婚也不要离了。那时候，他们还没办妥离婚手续，但很多财产已经有意划归给她，白飞雪只能乖乖地签字画押。女人说出去的话收不回来了，它强烈地刺激了男人的自尊心——再没钱也他妈的不能给秉全公丢脸，得捐出个人样来。他把原定的 2 万直接升到了 5 万，那几乎是他当时银行里的最后一点流水。这一来，就像电商销售刷单，他坐了火箭直接冲上冠军位。

女人们听出了白飞雪话里酸中带甜的味道，就想撒点葱花再拌点盐巴加点辣。对了，听说你们都离婚了，是不是真的啊？我才不信呢，离婚了飞雪怎么可能还来啊？人家飞雪舍不得他们家有福啊！舍不得怎么还离啊？是啊是啊，为什么呢？女人们叽叽喳喳。

白飞雪呵呵一笑，离是离了没错，男人嘛，有几个不花心？但我觉得吧，女人不能跟男人一样不懂事，女人嘛还是要以大局为重。林家祖宅落成是大事，孩子毕竟也姓林吧，是不是？他毕竟是孩子的爹，在他还没跟别的女人结婚前，我总不好让孩子和孩子的爹在林家老祖宗面前没了面子？万一老祖宗看到就他媳妇、我们首赫的妈没来，一不高兴就把将来我们首赫的好风水给拿走，那怎么行？就算是看在孩子老祖宗的分上，也要站好这最后一班岗啊，是不是？何况，将来我百年以后也是要入祖厝的，是不是啊？是不是啊，林有福？！白飞雪连名带姓地叫住正要打身边经过的林有福。他不想理她，摆手摇头继续往前走。你们女人啊，若无现时的好日子，我看你们一个个还能这么闲地在这里嚼舌头？

现时这个也叫好日子？白飞雪抓住林有福的手，若论好日子，厅堂上坐着的你们那几位老祖宗真真正正过的才是好日子，出门有轿坐，入门有人服侍，饭有人盛，脚有人洗，出国像赶墟，吃洋参像吃花生，咱们谁家现在能过上这日子？林有福，你有？没有吧？那怎么比？你说如果当年不是肇文公那么败家，如果林家每一代都像秉全公那么厉害，咱们现在是不是也还可以过那种饭来张口衣来伸手的好日子？

恁姆的！残疾人才饭来张口衣来伸手呢。林有福挣脱了白飞雪的手。要没肇文公这么败，估计林家早被当成大资本家抓起来了，那样的话没有我也就没有你在这儿什么事了。

外国人听不明白这些人你一句我一句的闽南语说的什么热闹的意思，但他听懂了骂人的话。你们闽南人真有意思，动不动就搬出自己的妈，骂人的时候说的是"恁姆的"，痛苦的时候喊的又是"我姆的"。都是妈妈，为什么别人的妈妈和自己的妈妈用起来差别那么大？

可能这就是中国的文化吧。王子衿一时也不知道如何解释，只有耸耸肩，摊摊手，中国人最讲究血脉亲情，最不能伤的是亲情，最想保护的也是亲情。顺着这层意思，他跟外国人讲起了他们刚才提到的肇文公。

林家祖上最大的变数出在高祖肇文公。林家子嗣一直兴盛，每一代通常都有两三个儿子。到了肇文公是个例外。肇文公有兄弟三人，老大父子负责武夷茶厂生产，老三负责南洋的生意，他主要负责安溪茶的生产，定期到厦门茶铺查账。他十八岁成了亲，蔚然楼着火那年已经是两个女儿的爹。第二年，父亲过世，三兄弟分了家。两个兄弟早早张罗着找地建新居，他也想。老婆说，不着急，等生了儿子再建也不迟。过三年，兄弟的福安居、宝芳楼都建起来了，他的儿子也生出来了。刚把地买下来，儿子发了一场高烧夭折了。从大喜到大悲无非几个月，肇文公不能接受，开始借酒浇愁。又两年，生的还是女儿，更加郁闷，酒喝得更大了。四十岁那年，好不容易又生出了儿子，却是个死胎。

从此以后，他开始拎着酒瓶过日子。被火熏过的老房子又老了十岁，两个兄弟每次回乡都看不过，总是催促他还是先建个房子吧。动工的日子终于来临。这边正在下地基，邻居有个刚抽过大烟的堂叔公指着他笑，肇文啊肇文，你连个儿子都没有，建房子有鸡巴用？你们家的风水都让老大老三夺走了，没用了，还不如我抽大烟快乐。这一说，说到了他的心痛处，抓起酒瓶就喝。喝舒服了，接过堂叔公的大烟就抽。这一抽再放不下了。后来，又娶了一房姨太太，儿子没给生出来，倒是卷走肇文公的很多家产跟一个演戏的跑了。肇文公临终前一直拖着一气游丝不肯走，直到老大说出"我把幺子写给你"才断了气。至此林家元气大伤。好在肇文公兄弟扶持，好在曾祖父够努力，林家这才慢慢有了起色。曾祖父后来还带头出资重新修葺了主厝……

　　是这样子，是这样子，没错没错。圆头你倒是比我还了解我们老林家的历史啊？只可惜亏得我们祖上对你们祖上那么好，关键时刻你们王家神龙见首不见尾啊。林有福随时随地总能找到奚落王子衿的地方，他说，总归还是自家兄弟好，还是血缘亲啊。有多好？到了六七十年代，日子都不好过了。那年，我曾祖父带领子孙给高祖父拾骨，还从墓里挖出来一块白玉佩和一只金汤匙。据说，那是肇文公兄弟俩当年给他的陪葬品。曾祖父分两次卖掉那两个老物件，一块玉也就卖了几元钱。不过那年代，几元钱很大，可以买好多东西，我们整个大家庭就靠着那两件东西熬过了最艰难的几年。

　　他们林家祖上的事你怎么也那么清楚啊？外国人好生奇怪地问向王子衿。

　　这些都是小时候阿公讲给我们听的。我天祖是林总烈祖的女婿，他们算得上生死之交，可能就是这样一代讲给一代听传下来的吧。

　　是啊，我刚才不是都说了，他们之信公是我们秉全公的伙计？林有福再次强调。如果不是当年我老祖宗带上他老祖宗去巴城做生意，哪有王总经理的今天，是不是？

你说你们祖上那个去巴城发展的老祖宗叫什么信？

之信公。之乎者也的之，信任的信。

王之信？那林家那个老板呢？

秉全公。秉承的秉，全部的全。

BingQuan Lin？ZhiXin Wang？外国人反复念叨着这两个名字，我应该在哪里听过或者看过这两个名字。这时候，密集地响起一阵急促的摇铃声，交谈被打断。铃声一停，祖宅里的人分散开去。他们奔向各自的生桌，三两下切下猪头，拿盆一装，抱起盆便往祖厝门口的东侧跑。那里早已架起三口大鼎，鼎里烧着沸腾的水，猪头往里一放滚两滚，再掉个个儿滚两滚即可捞出。再摆上桌，便可敬熟了。男人们抬起猪身往家走，女人们搬着提着抱着各式各样的东西往祖厝来。同样那张桌子，摆上 12 道清菜盘，白米粿、萝卜粿、芋包、柚子、香橼果、菠萝、木耳、香菇、红菇等，再摆上 12 道荤菜盘，包含鸡、鸭、兔、鱼等。林有福取来一张桌子，让王子衿帮忙打开往最边上放，又取来两大袋东西放上，主要是莲子、坚果、糖果、饼干等包装完好的干货。白飞雪气呼呼地跑过来，林有福，你又在搞什么？自己在背皇金你还有时间给别人看风水？管她什么耕婶不耕婶，赶紧叫你儿子一起去抬猪！快点，快点，人家敬熟马上就要开始了。林有福像没听见似的，继续慢悠悠地把东西往桌上放。王子衿惊住了，你这是替耕婶在摆桌？！林有福"嗯"了一声。白飞雪把目标转向了王子衿，王总你说是不是，我也不是反对他帮耕婶，可是你要帮人家总得要先弄好自己的吧？王子衿不知该怎么回答。白飞雪找不着声援者，边拿手指指着林有福骂，边叫住两个二十来岁的堂亲往自家的桌子走，林有福，你他妈的，我上辈子算是欠你的！

外国人的好奇心和快乐劲又一次被这新摆上的盘盘碗碗盆盆激起，开始在桌子间进行新一轮穿梭。他时常侧着身子，歪着头。林有福拿下巴点一下外国人的方向，突然说了句，你有没有觉得他很像一个人？不是五官。是那种傻愣愣的神情。

谁？

还能有谁？傻欢啊！你说当时你要不那么说，他也不会把整瓶酒都喝下去……

你——像是小时候两次溺水，王子衿被狠狠呛了一大口，喘不过气来。他掏出手机拨电话，一个接一个地拨。三十七年前，那是个多好的周末啊。连续多日阴雨后猛然放晴，孩子们的心情如同荷叶上被那新出的阳光照得一身光亮一身明媚的露珠摇着晃着。一早，几个小伙伴相约去镇上，把积攒了好几个月的牙膏壳、橘子皮和一堆破铜烂铁拿到药店和废铁收购站去卖，回来的时候，每个人口袋里都有了五毛、一块的零钱。中午时，几个人及时赶回岩上吃酒桌。蔚然楼里上厅、下厅、大房、二房、三房、四房以及天井摆了十几桌酒席，好不热闹。一年难得吃上两三回的金针菜炖封肉、鸡卷、菜丸子、发糕等一个接一个地上来了，每个人都吃得肚子浑圆、嘴角渗油、额头渗汗。吃饱喝足就是玩。在西护厝捉迷藏很快就玩累了，过五关跳格子也跳累了，能打鸟的弹弓又没带在身上，捕鱼的网也不好拿。这回咱们来玩点新花样。林有福提议。具体是什么，他不说。一会儿，他不知从哪里偷来了一瓶已经开过封的白酒。趁着傻欢去小便的时候，他朝兄弟俩使了个眼色，今天咱们来赌一把，每个人赌五毛钱，谁要能说得动傻欢把这酒给喝了，这一块五就归他。一块五是个不小的诱惑，兄弟俩没有疑义，各自掏了钱。

傻欢一回来，赌局就开始了。傻欢，你看这是什么？很好喝的，你试一下。林有福冲着傻欢露出坏坏的笑。傻欢端起酒瓶来闻了闻，摇摇头傻傻笑，嗯，这是酒，不好闻，不好闻。他的脑袋不停摇晃着，扭动着，像是装错了地方在重新定位。右手手指半张开提在胸前，嘴歪歪地往右上角抽着。你喝一口，就一口，林有福从口袋里掏出一颗糖果，在傻欢眼前晃来晃去，你喝一口，我把这颗糖果给你。谁没有糖果？我也有！王子衿和王子鸣同时从口袋里掏出了一颗糖，都抢着说。我也有！傻欢开心得收不住口水，歪着脑袋就要把酒瓶捧起来。

这个时候，王子衿突然想到了一个问题。他这样喝了，算谁的？当然算我的！林有福急了，是我先使的糖果计，当然得算我的。好，这次算你的，那等下用我的糖果，他也喝了，就算我的？王子衿同时又想到了一个新问题，他把王子鸣和林有福拉到一边说，他又不可能把这酒一次性都喝了，谁知道他这样是喝没喝？喝多还是喝少？如果我们都劝得动他喝酒，那算谁赢？那就看谁劝他喝得多！林有福说。那谁知道他哪一次喝多哪一次喝少？王子衿继续挖掘问题。那还不简单？林有福说完，又折回大厅去拿了一个小酒杯过来。就用这个杯来量，每次满满一杯！

好！一致认可。先是糖果，接着是玻璃珠，再接着是弹弓，你有我也有，你给我也给，你承诺什么我也可以承诺什么，几乎是类似的招数，几个回合后，三个人的赌局基本成了两个人的事情。年长一岁的大哥王子鸣向来不爱说话，在这种高密度的对阵情形下话语的生产显然跟不上局势的需要，他只能默默地看着他们你一轮我一轮地唇枪舌剑，战得不留缝隙，战得怎么都插不进嘴。眼看着傻欢已经连干了十小杯酒下去，他还没有发球机会，他料定再这么下去，自己就是个陪着那个小阎王一起赔钱的主，索性就不跟他们玩了，从桌上抓起自己的两张两毛钱和一张一毛钱说，我不玩了，我要回家，你们玩，我退出！其他两个人还没反应过来，他已经跑远了。

眼巴巴地看着王子鸣的背影消失在屋角，两人几乎同时把目光投向那桌上仅剩的一张五毛、一张两毛和三张一毛。少了五毛钱的赌局还得继续。可是，傻欢不干了。不喝了，不喝了，太难喝了！他捂着嘴就要往外走。林有福抓住他，王子衿往酒杯里倒满了酒，指着酒杯，装出很凶的样子，目光中满是威胁。傻欢，你不把这杯酒喝了，我就不跟你玩了！傻欢歪着头无辜地看着他，看不出所以然，只能乖乖抓起那杯酒喝了，老半天都展不开容颜。你不把这杯酒喝了，我也不跟你玩了。林有福端起一杯送到傻欢面前，更凶更严厉。快点！傻欢只能乖乖地喝了那杯酒。

我不带你去看猪、打架、女人洗澡！我不带你去掏鸟窝！我不带你去……越往下，林有福的优势开始一点点显现出来，王子衿已经很难找到可以使用的招数了。眼看那一元钱正一点点地往对方的方向移动，眼看林有福将最终取得胜利，王子衿喊了出来，你不把这些酒全喝了，我就把你爸怎么摔倒的事情告诉你妈！话一出口，王子衿自己都傻了眼。林有福盯着他，小声地说，你怎么会说这个事？这个事怎么能说？好，好，我喝，我喝！未等及他们反应过来，傻欢抓起整瓶酒"咕噜噜"全喝了下去。他站在那里傻傻地笑，右边嘴角往上抽得更厉害了，右手剧烈地颤着抖着，嘴巴里开始胡言乱语，眼睛血红血红，一片浑浊。两个人你看我看你，开始有些害怕。不一会儿，傻欢抱住一根柱子绕起圈来，一圈，又一圈，再一圈。他们想去拉傻欢，却被傻欢带着绕起圈来。停不下来的傻欢像个陀螺傻傻地转，迅速地转，越转越偏，越转越低，随时都有栽到地上、撞到柱上的可能。全世界都跟着傻欢旋转起来。走啊，公狗母狗干在一起了，走啊，傻欢！傻欢，走啊，去看狗打架了！林有福说话的时候，双手已经架起傻欢一边的臂膀，以止住360°旋转。王子衿赶紧冲过去帮忙。让陀螺赶紧停下来，让陀螺赶紧停下来。他想。

一切都静止下来。那年，王子衿十一岁，林有福十三岁，傻欢十七岁。

是不是要"驾崩"啦？时间不是还挺早的吗？外国人兴冲冲地跑过来，示意了一下拿在手上的手机。他的脸上开着一朵灿烂的花。刚才那边太吵了，手机响我没听到。现在就走？走，驾崩去！林总要不要一起驾崩？见林有福听得一愣一愣，王子衿解释，他说的是吃饭。

他懂得说闽南话？他怎么懂得说闽南话？

是啊。他——王子衿看着外国人，外国人不停摆手说着"No！No！"。王子衿还是说了，他其实是何晚的老公。

何晚？你昨天怎么不说？

我也是昨天晚上跟他聊着聊着才知道的。他一直不让说。

那你为什么还是说了？林有福的目光朝着祖厝厅堂。因为傻欢？还是因为我老祖宗？

因为——我们。

热情像是地底下冒出来的温泉，说来就来。林有福提议上他家，中午他亲自下厨。他习惯在饭桌上，尤其是自己当家做主的饭桌上解决问题。或者说，他相信这世界上除血缘关系以外，能够迅速拉拢关系的唯有饭局。关系关系，门关起来才联系得上才系得起来。关起门来干什么？除了睡觉不就是吃饭？"吃饭皇帝大"，吃饭最重要。吃是硬道理，是每个人的生理需求。也唯有在吃的时候，人才不做作，会显现出本真。所有社会关系都是吃出来的，最终也要在吃的过程中体现。亲人间一日三餐是吃，逢年过节聚在一起也回避不了吃；同学、朋友间今天你结婚明天他过生日，后天孩子升学，也是吃吃吃；生意上的往来没有组上三五七八个饭局，怎么称兄如何道弟？也不可能有永久的生意做下去；同事间没有吃上几顿饭，哪谈得上公事之外的私交？一次你不跟人吃，两次你不跟人吃，没有第三次，你直接会被踢出局——任何一个局。为什么中国人的饭桌通常是圆的，不像外国人是有棱有角的长方形？因为中国从来都是人情社会，不要你太方太正太四角。一张圆形的桌子把围在一起的人箍在一起，箍得圆圆的。圆桌有圆心，圆心是关系。关于吃饭关系学，他曾经给儿子上过一大课。那时候，儿子刚进部队，他带了一大堆好茶去部队看望老班长。老班长特批新兵蛋子半天假，要请他们父子俩吃饭。新兵蛋子一点不领大首长的情，在电话里直接就来了一句，要去你自己去啊，我不去。我在食堂吃就可以了，十分钟搞定。跟你们吃饭那么辛苦，一点意思都没有。像上次坐在那里坐半天，就听你们把那些战友，什么小包菜啊，什么臭脚丫啊，一个个都拿出来回忆了一遍，烦不烦啊，我没时间啊。林有福一听，恼了，你以为吃饭就是吃饭这么简单？你不知道所有的吃饭吃的都是关系？你看看我们国家领导人整天那么忙那么累，为什么还要陪那些连中国话都听不懂的外国人吃半天饭？你以为他们不烦？烦就可以不吃啦？肯定不行啊。不请吃不陪吃哪来的好关系？你爸我生意做了几十年，最大的经验就是，所有好关系都是吃出来的，唯有经常一起吃饭才是硬关系。当然，经常一起吃饭，未必都能吃出铁关系。但很少在一起吃饭，关系肯定好不到哪里去。这个社会，没有好的关系，你将寸步难行。时至今日他还会非常佩服自己当年急中生智，居然讲出国家领导人的那一段精彩论述。不仅仅是理论，当时他还跟儿子讲了一段亲身经历。90年代末，他往省里争取一个项目，负责的处长总是摆出四四正正的"佛公"脸，让人严重怀疑他的脸部神经是否丧失了表情功能。项目一直拖着办不下来。后来，他跟福州一个客商说了这个事，福州客商说，这事简单，我跟他哥是朋友，改天把他们兄弟俩约出来一起吃个饭。饭桌上，处长突然会笑了，佛公脸一下子圆了起来。一个星期后，项目通过了。末了，他对儿子说，你给我记住了，只做事情不吃饭，关系永远只能停留在一般。饭局是关系的雪球，只会越滚越大。

王子衿表示了为难。要不，晚上吧。中午我们那边都已经……而且，你们今天中午不也都得请亲戚吃饭？

白飞雪在饭馆摆了几桌，都是她们家亲戚，我就不去了。我看择日不如撞日。几次说要请咱们何大老板，总说没空不凑巧，今天我看就很巧了嘛。请不到咱们何大老板，请咱们中国女婿也是一样一样的。今天又赶上我们祖厝落成，一两百年才能碰上一次呢。林有福说着，左手已经搭在外国人的肩上。外国人有些怀疑，一两百年一次？这么久？是啊，我们之前的祖厝应该是十九世纪五六十年代建的，算起来不有一百七十年左右了？我看也不要等晚上了，晚上不定大家又有什么事呢。就现在了，马上走。林有福的口吻不容置疑，左手也往前送着力。见王子衿不动，便伸出右手拍了一下他的手臂。走啦，圆头！不要动不动就一副上市公司大老板的样子，要多接点我们这种农村人的地气。你以前不是最好我做的那道爆炒腰花？中午就炒给你吃，刚刚敬过老祖宗的农村猪养了一年多呢，肯定好吃。

这话说得王子衿哪还有路可退？林有福家离祖厝不远，一座欧式三层小别墅，两年前新翻建的，楼名佑福楼。观音岩上，论建房子，林有福该是最与时俱进的。1992 年 8 月 8 日，港商的几十万港币入账后的第三天，佑福楼开始下基础，赶在春节前全部装修完成。搬进新楼那天，林有福请了十几桌。席间有人笑他，你光杆司令一个，这么多房间怎么住得过来？需要帮忙说一声，我们帮你住。这戳中了他的痛处——他给二叔公留了房间，但二叔公不愿意过来。喝得有些醉意的他直接冲上去就要跟人理论，我房间多怎么啦？我挨个房间睡过去不可以？我愿意让它空着，哪怕空着我看着也舒服。幸亏二叔公和文明叔抓住了他。结婚后不久，他在县城买了房，逢年过节才回佑福楼住几天。炒楼花的第三年，他在厦门买了别墅，两个孩子也办了转学，佑福楼就更少回了。后来，别墅贴进了楼花里，好在保住了县城的房子。经济很快又缓过来，白飞雪希望重新杀回厦门国。他说，厦门是我的伤心地，不去了，我更想回观音岩把佑福楼翻成别墅。白飞雪当时正在做炸枣，听到这话整个人跟油锅里的糯米团子一样炸开，你发什么神经啊，大山上的房子一年又住不了三两天，而且还好好的，你建什么别墅？我看你是，痒的地方不挠，不痒的地方挠破皮。白飞雪这一反对，他倒是更来劲了。本来还只是想法，第二个月就付诸实施。

林有福确实有一手好厨艺，简直把一只猪的平庸做出了新时代出类拔萃的新高度。王子衿带茗哥到月寨、日寨、泰山楼、梅记楼一圈走下来，不到一个半小时，三菜一汤一主食，哪里都是猪的曼妙身影。爆炒腰花片出花的妖娆，够嫩又够脆；封三层肉不加一滴水，够弹也够味；五花肉做成的水煮肉片，微麻微辣超香超滑润；炕蛋汤里肉香、葱油香、芫荽香交相辉映，酥嫩有余，怎一个爽字了得。一个锅里同时炒出来的米粉面更称得上一绝。细的米粉粗的面，吸附了酱油的色泽，在各自地盘上两两相望。它们紧密靠近，却又互不侵犯互不干涉。相间其中的细碎葱花显得格外翠绿，摇曳生姿。你可以根据自己的喜好，全部打面或者全部打米粉，也可以面打多一些米粉打少一些，或者反之。装入碗里，它们便冲破原有的界限，你中有我我中有你，别有一番滋味在心头。

为什么我会在米粉面里吃出鸡卷的香味？茗哥挑出了碗里的一点肉末，是这个瘦肉的香吗？又好像不是？王子衿也呼应着，确实是香。

哇，可以啊，看不出来茗哥也是个吃货啊。林有福说，米粉面里确实加了鸡卷。你的感觉是对的，单纯瘦肉是不可能有这么多层次的香的。必须得是鸡卷，鸡卷里有肉香、葱香、蛋香、五香粉的香，各种香汇集在一起，切成丁，再经过油炸，香又得到升华。

这个是不是也是你们那个在朝廷里当大官的安溪老乡从京城带回来的做法？以前宫廷里也这么吃？

你知道我们的赤脚宰相李光地？林有福更惊讶了。

我爷爷的爷爷的爷爷，你们称呼烈祖，很早以前有个中国朋友，告诉他很多中国奇趣的事。他在书里写过鸡卷，写过湖头米粉，还写过鼠曲包。好神奇，这次来观音岩都吃到了。确实好吃。不过他没有写米粉可以跟面一起炒，还可以直接往里加鸡卷炒。

那是我独创的。湖头人一般是炒米粉再单独配上鸡卷吃，有一回几个朋友到我厂里吃午餐，三个说要吃炒米粉，一个说要吃炒面，四个都说想吃鸡卷。时间那么短，分开炒实在是麻烦，冰箱里鸡卷又只剩下一小截，按常规切成小段一个人吃不了两段，解不了他们的馋。我就琢磨着能不能把米粉和面在一个锅里同时炒，把鸡卷也加进去，这样想吃米粉的就吃米粉，想吃面的就吃面，还都能吃到鸡卷。没想到还真成了，而且米粉和面同时从汤汁里吸收到鸡卷的精华，更入味更香甜。

林老板，看来你是被茶叶耽误的大厨啊！茗哥惊叹。

大厨谈不上，主要是我这个人从小贪吃，大凡看过或者吃过什么好吃的就爱去研究人家怎么做出来。我这个人嘛，比较不思进取，想法也比较简单，又不像王总可以周游列国，此生最大的愿望就是即使长居安溪，也能做尽、吃遍中国美食。脚走不到的地方，让胃代替走到。

这个我强烈认可。美食的一大功能就在于唤醒记忆。王子衿插了一句。美食是可以行走的故乡，一个懂得做美食的人绝对可以带着故乡去远游，将故乡带到世界去。每个人的胃里装着他的故乡，装着他的童年，装着他最深处的想念。

我今天做的除了这个水煮肉片，都是我们家乡的菜。这些都是简单的，我能做的还有很多。闽菜里的佛跳墙、鲁菜里的葱烧海参、江浙菜里的叫花鸡，还有湘菜里的剁椒鱼头，我都很拿手。改天我再搞个大的，今天人太少，时间又短，做不了太复杂的。

这些还不算复杂？茗哥大为感慨。我越来越感觉做中国菜简直跟中国山水画一样。中国八大菜系，鲁菜味道浓厚，像泼墨泼彩山水；苏菜、浙菜精致细腻，像工笔山水；川菜、湘菜味重多辣，像色彩艳丽的金碧山水；徽菜惯以冰糖提鲜，像素雅的浅绛山水；粤菜、闽菜清淡鲜美，简直就是明亮的青绿山水。

我不懂你们这些肚子里有膏的、净是文绉绉的比喻，还是喝酒喝酒！林有福开始拿出酒杯要倒酒，王子衿和茗哥同时反对。一个下午要开车，一个下午还要干活。他加了十二分的力气，调了老祖宗的兵遣了闽南待客礼仪的将，客人依然态度坚决不为所动。这不喝酒的饭局没有大雪球可以滚，着实无趣。幸亏儿子不在现场，不然肯定又多出一个笑柄来。他想。半个小时前，他打电话给儿子要他回来参加饭局，儿子说已经跟白小瓜进城了。白飞雪倒是乐意，从一楼飞奔上二楼来。他把锅铲一扔，好啊，你来啊，我去接待你那些亲戚！她只能随便喝了口汤，乖乖地回到楼下，一块块地切好猪肉，再送到饭馆去分送给他家和她家一个又一个的亲戚。更无趣的还在后头。先是茗哥注意到了博古架上的一个小物件。博古架不大，堆放的东西多且杂。架有不规则的五层，最上层摆着伟大领袖毛主席的雕像、一把短剑，外加一个养着绿箩的小瓶子。往下一层一个大红色圆形瓷罐、一饼标注 1989 的生普。最底层一个竹编小茶篓、一个竹编的迷你茶罐，一堆鹅卵石。往上一层一个陕西博物馆卖的倒流壶，一组茶宠，有大公鸡，有弥勒佛，有小沙弥。居中的那一层，一个紫砂茶壶，一个白瓷茶壶，一个小茶罐。茶罐为白底青花瓷，圆形，罐身上几朵牡丹盛开，几根枝蔓伸展。茗哥起身拿起茶罐，上看看下看看，正要打开看个究竟，林有福紧走几步护住茶罐说，小心，这茶罐起码一百五十岁了，如果不是建了这新房子，我二叔公可能就一直藏着掖着，定然舍不得拿出来送我。这一说，茗哥把茶罐往林有福手里轻轻放下，说，我们家好像也有一个这样的茶罐。林有福接过茶罐，一脸不相信。怎么可能？这是我老祖宗留下来的。茗哥指着罐身上的图案说，真的，看起来真的很像，印象中也是青花瓷的，也有这么几朵花，小时候在我们家的柜子里呢。林有福把小茶罐重新摆上博古架，不可能不可能！茗哥也不再坚持，但他的目光随同那小茶罐一起被高搁。

后来就很自然地聊到茶。先聊到那一年领导带队去欧洲参观法国葡萄酒庄园，王子衿提及王记的茶叶合作社就是借鉴了这一经营模式，林有福则把在船上跟另一个茶企老板喝掉整整一瓶两斤装的轩尼斯，惹得一个外国人倒扣杯子以示抗议的事情又讲了一遍。又聊到世界各国的饮茶方式，聊到各种茶具，这是大家都熟悉的话题。除了中国人更多保留最原始的原叶冲泡习惯，其他各个国家的人似乎更习惯往红茶里添加东西，可以是糖是奶，也可以是各种香料，甚至是咖啡是酒。俄罗斯人创造了煮茶用的茶炊，土耳其人引进俄罗斯茶炊后又改造发明出了双层茶炊，而在中国香港的茶餐厅里，大厨们会把红碎茶灌进女人的丝袜里放进壶里煮。王子衿讲了几个关于喝茶的小故事，林有福就记下了喝茶识间谍的那个。俄罗斯人沏茶用的是长颈杯，下面套金属茶托，茶匙一定要留在茶杯里，不能取出。喝茶时用拇指扣住茶匙，为防止被茶匙碰着，眼睛会自然地闭上。冷战时期，有个苏联王牌间谍被派往美国执行情报窃取任务，他记得像一般欧洲人一样把茶匙从茶杯里取出放在茶碟里，但喝茶时却下意识地眯起了眼睛，美国人一眼就看穿了他的真实身份。他们的信息交流量非常大，慢慢地，林有福听得有些乱，他感觉自己一点一点被撂下了。就像是三人在跑步，才跑了三分之一的路程，他们两个在前头并驾齐驱，完全忽略了两百米之后他的存在。明明是自己搭了台，怎么唱戏的却成了别人？他很不明白。

应该是聊到王记智泡茶饮机的时候出现了分歧。林有福认为这个东西肯定卖不动。为什么？没有了泡的过程，还算什么中国茶？看看周边，谁会去用这种泡茶机器？茗哥却认定这个迷你小机器一定会火。为什么？因为很多需求总是跟在发明后头，这是一种世界经济规律。他引用了洗碗机的例子。1880年，美国的科克伦太太因为仆人经常打破她的珍贵瓷器而发明了世界上第一台洗碗机，供自己家庭使用。几年后，因为经济出现问题，她才办公司生产洗碗机，主要生产大机器卖给酒店和餐馆。可是直到1950年左右，女人进入劳动市场，更多家庭有了洗碗机的需求，家庭式洗碗机才开始风靡。后来，他们的话题干脆就停留在十九世纪这个时间轴。什么疟疾、黄热病等本土疾病保护了非洲，使欧洲人不敢轻易殖民非洲，但又使得一千多万的非洲人被欧洲人贩卖到遥远的另一个大陆——欧洲人的美洲殖民地；什么象牙最终造就了非洲殖民地，连比利时那么小的国家也能以文明的名义控制许多没有土地所有权观念的非洲民族，白人像射杀动物一样射杀原住民；什么十九世纪二三十年代，英国结束多种轨距并存的混乱局面，统一使用第一条铁路采用的 4 英尺 8.5 英寸宽的轨距标准，而最初这个轨距的出现只因为附近煤矿的马拉煤车的轮距是 4 英尺 8.5 英寸，政府规定这第一条铁路必须能让矿场的马拉煤车可以在上面行驶；什么如果当年墨西哥的白银足够丰富足够充足，英国政府不会为白银换茶叶而愁，或者中国物产不是这么丰富，英国物产不是那么匮乏，不是出现那么大的贸易逆差，那么鸦片战争完全有可能不会爆发。林有福不知道他们说的 1881 年大吉岭铁路开通，迷你型蒸汽小火车频繁地蜿蜒行驶在这条山路上，跟 1889 年印度对英国茶叶出口达到 9450 万磅，首次超过中国，其中是否真有那么大的关联？他不知道他们说的暴力经济学、"第一即是标准"跟做茶叶生意有什么关系？他不知道他们说的秘鲁的那个叫什么查的小岛上数千万个免费的鸬鹚工人是怎么回事？他们怎么会是世界上最完美的员工？他们为什么从来不需要休假，不需要老板提供吃住，又为什么他们本身就是工厂？他们创造的鸟粪怎么会是一堆堆的黄金，又怎么酿成了灾难？他也不知道当时欧洲人钟爱的猩红、深红的挂毯、垂帘、丝织品怎么就跟印第安人跟仙人掌上的胭脂虫扯上了关系？

他们聊得如此热烈，他只能零零碎碎地听，接二连三地打他夸张和响亮的嗝。他们聊的东西如此烧脑，又隔着一个多世纪，一点都不让人轻松，也一点都激不起他的兴趣。吃饭正一点点失去原有的意义。林有福试图挽救，但未遂——总是不出三两句又被完美绕回去。好在，他们一点点往近的时间轴里聊。聊到英国主导了第一次工业革命，发明了蒸汽机，美国和德国主导了第二次工业革命，发明了发电机、电灯和电车，聊到美国主导了第三次工业革命，发明了计算机，又聊到美国和中国谁有更大的概率主导第四次工业革命的进程。眼看汤都凉了，他们还聊得热乎，他直接劈了一刀下去。茗哥啊，有个事可能需要拜托你一下。上次签的那个采购合同我想修改一下，数量减一半行不行？100吨就好，你们可以把另外100吨给王记他们，今年我们实在有些顾不过来。当然，我如果像其他人那样随便收一收卖给您，数量上肯定不是问题。但我们这么熟，不能质量上没保证，是不是？

那不行噢，我们300吨都做不过来呢，怎么还可能多？王子衿赶紧表态。

不好意思，公司的事您不要跟我谈，我不管这些的。茗哥一脸尴尬。

那么大的公司您居然不管？就何晚一个女人管？

是啊！有什么问题吗？

没，没，没有。

形势非常紧迫，很多事情需要亲自出马。趁着夜色，林有福跟着郑宝生悄悄住进了祥远镇东源村的一户陈姓村干部家。从几年前开始，王记故香系列一经推出就风靡全国。先是低价位的小故香，后是高价位的大故香，王记茶业在电视台、报纸、公路广告牌上频频轰炸"心里有故乡，杯中有故香"广告语时，他就让人专门研究过这王记茶叶烙印般稳定的"王记香"。"王记香"的核心在于一种天然梨子香型的铁观音原材料，这种原材料集中在这个叫作东源村的局部区域内。当然，那自带梨子香的铁观音还需要与其他区域产的一般铁观音进行拼配，才能把一家公司有这种独特印记的茶叶量做大。他们已经研究出了这其中拼配的大致比例，只是从未投入过大批量的实际应用中。他每年都要求采购员到安溪各个山头去收购不同的铁观音，希望能采购到有别于梨子香的苹果香、香蕉香、橙香之类的茶叶，再借鉴王记的拼配比例也能创造出属于传芳茶业特有的"传芳香"。几年过去了，"传芳香"没有研制出来，倒是要偷偷着手先批量研制"王记香"了。

陈姓村干部是郑宝生联系的制茶能手，他之前跟此人买过茶叶。每年春秋两季茶叶除了小部分卖给传芳外，陈姓茶农其余每季一千多斤的茶叶都会卖给王记。他不仅自己制茶，两个兄弟制茶，还有五个堂兄弟也制茶，而且都是王记采购商的主要供茶大户。两周前，郑宝生跟他电话联系要买断他今年所有铁观音茶，陈姓村干部不敢应承，支支吾吾好一会儿，最后才说，我们村主任是王记的采购商，村主任这几年待我不薄，我不能对不起人家。郑宝生说，奶奶的，村主任算你多少钱，我都再加2块钱。这是市场经济，谁出的钱多就卖给谁，这是再正常不过的。他说，这不是钱不钱的问题，而是信誉的问题。郑宝生把价钱再往上抬，3块！对方仍然不为所动，郑宝生一咬牙，5块，每斤给你加5块。村干部说，到时再说吧。林有福决定亲自出马，他希望把陈姓村干部和他周边的"碉堡"一举拿下。

林有福起床的时候已经十点。一个晚上的同吃同睡，特别是同喝了一晚上的大酒，效果非常明显。两年前，因为他的"三高"，医生已经下了减酒令。可是不行。很多生意都是在酒场上谈下来的，很多关系也是借着酒劲攀上的。酒是他的左臂右膀，酒是义气肝胆的催化剂。没有酒，哪来这番顺利？同意卖给传芳茶业的茶农已经增加到了二三十户，算下来应该有三五吨的量。这几十户茶农一旦发挥群体示范效应，在这个村收个十几二十天，收购一二十吨应该不成问题。有一二十吨梨子香的茶，就不愁拼配不出何晚要的200吨"王记香"。看着清朗的星空浮动的三两朵白云，再看看"墨迹天气"里连续的晴天，他的心稍稍安了下来。这几天，从十几个采购员分赴各个乡镇收购茶叶情况看，前段日子接连半个月的雨水天气还是给茶叶生产造成了一定影响。收购上来的茶叶大多没能消去叶片中的"水汔味"，茶的香气整体偏弱。东源村整体推后几天采摘恰使叶片中多余的水汔蒸发充分，整体提升梨子香。今天是东源村这一季新茶开卖的第一天，第一天的情况非常重要。

临近中午，林有福让人在村头茶市里摆起了临时收购点，一张八仙桌几张塑料椅子，一台磅秤，收购点前竖起一块小黑板，黑板上写着"特级铁观音价格面议　一级铁观音　元/斤，二级铁观音　元/斤，三级铁观音　元/斤"。郑宝生问，这价钱写多少？他摸摸脑门说，不急，再等等。半个小时后，林有福跟着村主任来了。村主任一直是王记的采购商。因为东源村原料的特殊性，每次开卖的第一天林文明都会亲自到现场把握品质香气。有福你们今年也来东源收茶啊！他主动打着招呼。村主任在对面摆起了王记茶业收购点，立起的大幅喷绘广告上印着"一级铁观音98元/斤，二级铁观音78元/斤，三级铁观音58元/斤"。90年代中期林文明多少有几分赌气成分地离开传芳茶厂后，堂侄没有任何挽留，直接任命郑宝生为大茶师，又招募了一些年轻人加入。看着堂侄尽管经历了几次起起落落，最后还是找到了网络营销这个爆破点，一天天地重新把茶叶生意做起来，他多少还是有些慰藉。

明叔，我这次可真是跟王记抢生意来了。林有福把多年不叫的"明叔"叫得尤其亲切，借着它不遮不掩地来了个实话实说。再阴再暗的谋当众往台面上一端，谁还能否认它的正大光明？他一努嘴，郑宝生便麻利地在小黑板上的各个空位里挨个填上"100""80""60"。

你这样？林文明注意到了，他跟村主任交换了目光，指着传芳的小黑板说，不好吧？

也是明叔教我的，要跟紧王记的脚步和节奏走不是？莫非明叔给忘了？呃——打出一个气壮山河的嗝，林文明耙着寸头笑得意味深长。

林文明当然不会忘记。几年前，上了岁数的父亲林志豪就反反复复地要求他回到传芳，说传芳做到这么大不容易，不能出个万一。说心里话，毕竟是祖上的牌子，是自己父亲养大的堂侄在做的企业，他也想过回去帮忙。从离开传芳的那天起，他无时无刻不在想着回去。他一直在等待林有福的开口，可林有福偏不开口。林有福不给他铺上回去的桥他可以理解，可连他一点点的好意都不领他就无法接受了。去年春节，好不容易坐下来一起吃个火锅，林文明想试探一下林有福，外面有人在传你在跟人放高利贷？是不是真的？林有福拿着筷子在火锅里搅来搅去，你不懂就不要听人瞎说，这两分的利息也算高利贷？这属于国家保护的范围怎么可能是高利贷？林文明缓了缓语气，不是高利贷就好！我只是提醒你一下，高利润总是伴随着高风险，往外放款的时候一定要特别小心。这几年，有人拿钱去赌球，有人拿钱去买什么时时彩，有人拿钱去澳门赌博……林有福不爱听。好了好了，说了你也不懂。放那么大笔钱，我们都会做调查，人家做的都是正经生意，都有厂房家产抵押，有什么好怕的？林文明还有很多真心话想说，你做生意也这么多年了，你说哪有一种生意这么好做，拿两分钱的利息还能赚钱的？什么行业有这么高的利润？林有福把筷子往桌上用力一拍，双手交叉在胸前，这都二十几年了，你怎么还是改变不了喜欢说教？你现在不是传芳的茶师，你要说教就去给王子衿兄弟说教去！

这句话把有些东西挑得更破了。父亲早逝，母亲改嫁，林有福一直跟着二叔公生活。初二到高一的那几年，林有福经常逃课。问他为什么逃？说是听物理老师讲那些弯来扭去的电路，他的脑袋就一次次短路；那些长长短短的化学式已经够让人晕头转向的，再跟加减乘除搞在一起，简直就像密码符号；英语课就更难了，尽管他十八般武艺全派上场，把每个单词都换算成闽南语词汇——"China"标注"菜篮"，"key"标注"气"，"crocodile"标注"可怜可代"，最终还是逃不脱单词认识他而他不认识单词的悲惨命运。尽职的班主任成了他家的常客。总是班主任的前脚刚走，堂叔林文明的政治课就开始了。擅长制茶的他不会跟堂侄讲"吃得苦中苦方为人上人"的大道理，而是从制作一泡铁观音茶的小道理讲起，讲茶叶在摇青凉青中死去活来，在千揉百焙中规矩成型，最后再引到一个人的成长问题。他讲得不可谓不生动，堂侄听得不可谓不认真，可结果是堂侄的课逃得越来越惊天地泣鬼神。后来林文明补员芦美茶场当茶师，林有福趁机退了学，跟着二叔公学制茶，张口闭口都是"明叔""明叔"。明叔大他十岁，从小就比二叔公还爱管他。当年送他去当兵是明叔出的主意，退伍那年进芦美农械厂开货车也是明叔一手操办的。1993年，因为超生一个儿子明叔丢了茶师工作。正在考虑是去深圳打工还是下海经商，木木茶厂办起来了。林有福说，正好，你回来帮我，你来当茶师，我给你双倍的工资。他想，在家门口当茶师也好，帮得上堂侄，更照顾得到家庭。林有福不是很懂茶，头两三年，他也确实非常尊重这个堂叔的意见。林文明把国营茶场的那套规范性原则带进木木茶厂，丁是丁卯是卯，最大程度地保证了茶叶质量，逐步树立起了木木的声誉。后来，林有福的表弟郑宝生也进了厂，两颗都有些小聪明的年轻脑袋凑在一起，便经常能生出一些在他看来匪夷所思的想法。比如，他们一致认为，一吨的铁观音里掺进一两百斤的毛蟹或者黄金桂，根本不影响质量，外国人也看不出来，一吨茶叶就可以多赚个百来块钱；他们还认为，外国人对进口茶叶含水量的要求是不超过7.5%，厂里的茶一般烘焙出来就3%～4%的含水量，这白白浪费了三四个点的利润。他们会要求工人把袋口打开，上上下下让它一定程度地吸潮。他们算着一笔大账，每10吨茶叶多4%左右的含水量就能多出来将近800斤，二八一十六，那就是1600美金，将近15000元人民币……两个年轻人一次次试图挑战林文明的原则，他坚决不配合。他给堂侄讲诚信经商的重要性，讲铁观音与色种茶看都看得出来，讲含水量高会影响茶叶质量。林有福听得耳朵生了茧。那天，看林有福又要工人们剪开袋口吸潮，他忍不住又搬出"千金难买好诚信"，林有福彻底烦了，我请你回来是让你来帮我赚钱的，不是让你回来给我当师傅念经的。你以为你是唐僧吗？我又不是孙悟空！话已至此，他只能脱下工作服离开。

一转眼已经二十二年过去，很多东西都改变了，可彼此的性子似乎都还停留在当年。林文明给堂侄倒了酒，又满上自己的杯子。有些话我其实也可以不说，但我总担心自己将来后悔。所以，不管你高兴不高兴，我还是要说。当然，说不说在我，听不听在你。堂侄没有跟着举杯，他就自娱自乐地自饮杯中酒，长长地"啧"了一声，然后说，你刚才说到王记说到王家兄弟，你还真不能不佩服人家。这么多年，我觉得他们成功的秘诀无非两个字——坚持。再大的利益诱惑，他们坚持做茶。再大的风险来临，他们还是坚持做茶。你知不知道有一种运动叫冲浪？冲浪手总会放弃小浪，挑选更高更大的浪去冲。做茶叶生意其实跟冲浪一个道理，隔个十年八载总会有这样那样的危机会出现。浪来了，是危机，更是机遇。危机一来，王子衿采用的是改变策略，换着法子继续上。而你呢？总是改变方向，转到其他领域。当年遇上 SARS，王记低价囤了几仓库的茶，你转道房地产；人民币升值，出口生意不好做，王记就两条腿走路，降低出口数量，开辟国内市场；你房地产摔了跟头，回归茶界做电商，卖的是低端茶，王记看到高端礼品茶的大商机推出国茶"香见"；"八项规定"出来后，高端茶礼市场疲软，茶叶利润空间缩窄，你转向民间金融，王记推出国民茶小"故香"。这么些年，你大凡跟着王记的脚步和节奏，都不会是今天这个样儿。

　　我为什么要跟着他的节奏踩？他王记一直是我们传芳的小弟弟，他圆头从小也是我的小老弟，怎么可以说跑到我前头就跑到我前头去？怎么可能我跟他？

　　做生意论的不是年龄不是过去，论的是现在的实力，是智慧，是胸怀，是格局。别看人家知识分子那么斯斯文文，做起生意来该硬硬，该软软，一点都不含糊，稳扎稳打、严丝合缝，你一个当过兵的，怎么就一点不讲规矩没有原则？我记得哪个著名企业家曾经说过，当一个人放下面子赚钱的时候，说明他已经懂事了；当一个人用钱赚回面子的时候，说明他已经成功了；当一个人用面子就可以赚到钱的时候，说明那人已经是人物了。而当一个人还在那里喝酒、吹牛，顾着所谓的面子，还要打肿脸充胖子的时候，说明他这辈子也就那样了，成不了大出息。

从小你就看不起我，我是没人要的孤儿。如果我也有个能干的爸留下的酵母，有个能干的哥帮忙，我绝对不会比王记做得差。

出身你无法选择，但做什么样的人，做什么样的事，怎样做事，你完全可以自己选择。你真应该多向王家兄弟学学……林文明还没说完，林有福已经站了起来。他的手指头用力敲在桌子上，愤愤地说，说一千道一万，反正你就是看不起我，要我永远落在人后。

现在，林有福断章取义，选择了当面为敌。自己的堂侄，林文明无话可说。王记与传芳的这场原料价格战看来是在所难免了。以他对堂侄的了解，堂侄一定会不惜血本。他给王子衿打了电话，把大概情况一说，王子衿似乎并不着急，只说价格上可以适度提高，但不能跟他死扛，太贵肯定不能收，成本还是要控制的。老板不急，可林文明急啊，他说，没有东源村的铁观音，我们怎么拼得出英国人想要的"王记香"的？没事，我会想办法。什么办法？您放心，办法不在多，一定会有的。他猜不出老板葫芦里卖的什么药，只能跟村主任交了底，不打价格战，能收多少是多少。

林有福的脸跟天色一样黑。不出所料，第一天，他并没有尝到多少甜头。王记在东源村定点收购茶叶已经有十年以上的历史，根基很难动摇。除了陈姓茶农和他的那些沾亲带故的亲戚如约卖茶给他们，其余只有一些产量小的茶农受了他们这2元钱的诱惑，大多数跟王记长期挂钩的茶农还是把茶叶送到了对面王记的收购点。两个隔开不足10米的收购点似乎隔着一条窄窄的河流，茶农们划着小船在河流的中央迟疑、观望，有的划向岸的这边，有的划向岸的那边。

几分钟前，他接到一起联办担保公司的刘经理打来的电话，说"肥三"可能跑路了！"肥三"是县城一家工艺品厂的老板，又是他们担保公司最大的客户，他们合着贷给他3000多万元。这3000多万里他占了2000多万，其中自己的钱有将近1000万，另外的1000多万是亲戚朋友经他之手转借给"肥三"的——他算给他们两分钱利息，自己赚下一分利息差价。原本自己的钱只有200万，三分的利息领了两年，每个月6万，一年72万准时进账。再没有比这种钱更好赚来得更快的了。心一大起来，脑袋就跟着发热。去年，追加了300万，两个月前，自己又贷款500万，又一轮发动亲戚朋友，多凑了900万元的整数给"肥三"，第一个月利息就被打了折扣，说是等一批出口欧洲的订单转账一到就补上。这一两天本是利息支付日期，"肥三"干脆直接跟刘经理说利息付不了了，货被欧洲海关扣下了。如果真是货的问题也就罢了，刘经理又说了一句让人更揪心的话，听说他在网上玩赌球，玩得很大，输了可能有一两个亿，欠的不止我们。

"肥三"的电话还是开机状态，却是始终无人接听。好久，才连着发来两条微信说，人在香港，回去聊。不要听信谣言，我很好。听这语气完全不像是跑路的人，照理应该可以放宽些心，但这个夜晚基本上还是无法入睡了。村庄里很多人家的灯一直亮着，摇青机的声音、揉捻机的声音、茶师傅交流的声音碰来撞去，摇青过的青草香、炒青过的半熟香以及烘焙过的火熟香混出一种半生半熟的香，好不容易盼到天亮，清晨微凉的空气中更多是那种暖暖的火熟香。第二天一早，王记就将收购价钱往上各涨了1元，他一看，直接在王记单价基础上又增加了2元。这下，开始有个别长期给王记供茶的茶农禁不住诱惑走向了传芳。试茶、定级、过秤、付款，两个收购点前各排起一条长龙来。

林有福左右看看，并没有看到林文明。看来他真是按着往常的惯例当晚就回厂里去了，他怎么坐得住？在陈姓茶农家自斟自饮铁观音的林有福还是绕不开这个疑问。他叫来郑宝生布置了战局，无论王记挂出什么单价，都直接再往上增加2元。他确实不相信这世界上还有钱解决不了的问题。人生五十年，再大再难的事情都碰上过，只要钞票在前头开路，绝对每个路口都是绿灯。入伍那年，招的是野战兵，具体又细分为维修兵、驾驶兵、卫生兵几个类别。他最希望当驾驶兵。驾驶兵很热门，武装部的同志说，不行不行，全县就一个名额，给不了你。明叔买了两条烟两瓶酒托人送给来带兵的那个连长，连长不收。后来一打听，连长是个集邮爱好者。明叔就把两条烟退回去，又添了几十元，好说歹说从茶场一个老工人手里买回来一本集邮册。册子里没有"全国山河一片红"，也没有"全面胜利"，但有一张60年代毛主席说"将文化大革命进行到底"的票面8分邮，老工人一再交代，这一张千万留着，不能卖更不能给别人。明叔当然没有听老工人的。集邮册到了连长手上，连长翻得漫不经心。当翻到这一张，集邮册突然重得不行，连长再翻不动。新兵连三个月后，林有福脚下的车轮飞速旋转起来。十几年后，孩子要上学。他找到刚搬了新校区的实验小学，穿着花裙子的女校长说，不好意思，你的户口不在这个片区读不了实小。没办法通融？没办法。真的一点办法都没有？真的不行，这是教育局的规定。如果你也通融一下我也通融一下，那所有的孩子都要来这里读，我校长怎么当？校长埋头看他的文件，林有福只能走。刚走到门口，教务处主任进来请示，开学后高年级的电脑课到底安排不安排？校长很生气，电脑室没有电脑上什么电脑课？！林有福觉得机会来了，他返身又回校长室，电脑室需要电脑？我捐！20台够不够？繁乱的碎花一下子开到跟前，双手也包围了过来，仿佛他们是失散多年的好兄弟。感谢我们的家长，感谢我们的家长！您这是送来及时雨啊！如此这般，逢山钱开路遇水钱搭桥，再高的山也上了再深的水也过了。他说，看着吧，明天，后天，肯定都往咱们这儿走。我就不信了，这年头还能有不爱钱的？！

那还用说？必须的！郑宝生拍着老板的马屁往外走。

吹过来的风里带着茶香，一嗅，鼻腔里通畅得很，呼吸间似乎都是熟梨子的香气。心里居然有些失落起来。像是赛场上没遇上旗鼓相当的对手，又像是用力地一拳出去，却只打到了空气，空空荡荡的感觉。林有福不知道此刻林文明正在王子衿的办公室里为挽救他做努力。林文明接过王子衿递过来的茶，说，我只想求证一下，你是不是早就有东源村的"备胎"？

有是有，但没有很早。

所以，我昨天去东源村纯粹是演戏给有福看？

不，不能这么说。您每年收茶的第一天都会去，今年只是跟往年一样而已。

你怕有福起疑心，再来跟王记抢？其实他人也没那么坏，他只是太想赢而已。

我是怕他一起疑心，又放弃东源村到处抓瞎花冤枉钱。他要完成英国的订单，东源村的茶必不可少。明叔您放心，我们祖祖辈辈一直有交代，大凡林家跟王家有生意上的矛盾，王家一定不跟林家抢。这也是我为什么不要你们在东源村跟他打价格战的原因。价格战往往会两败俱伤。

是是是，有福这不识好歹的东西未必能理解王总的好意。林文明频频点头。你说英国公司明明知道"王记香"是我们王记独有的，为什么他们就非得要传芳的茶也有"王记香"？

这也是我最近一直在琢磨的问题。这个时代，企业生产讲究知识产权，不用讲到高科技企业的核心技术，就是一般食品药品的成分表、配方比例，这些都属于知识产权的范畴，有没有可能将来我们茶叶生产企业也需要讲究知识产权？比如以后我们开发出哪款产品的特殊工艺、特殊配方，这些不都是知识产权？依靠原材料的特殊性获胜的时代已经过去，今后，恐怕真正拥有独立的知识产权才能永远立于不败之地。就像药企卖配方的道理一样，你要生产我这种类似的产品可以，你付给我知识产权费，我把配方卖给你使用。

从头到尾，王子衿没有提"备胎"的具体位置，林文明也没有问。这是他们这么多年形成的默契。当年王子衿向他发出邀请，王子衿先征求了林有福的意见，而他征求了父亲的意见。林有福说，他现在不是我们木木茶厂的人，他想去哪里应聘那是他的自由。父亲说，按理应该要帮自己人才对，但既然有福用不着你，那你就去帮子衿兄弟吧，王家也不是外人。进王记的第一天，他就感受到了王记的不一样。传芳茶厂以林有福为中心，以他想不想为前提。厂里无论大事小情他想管的时候再小的事情也管，不想管的时候再大的事情也丢给员工。比如通知今天开的会，结果头一晚喝大了，那就算了，改天再开。改哪天？再说吧。王记茶厂以制度为中心，以该不该能不能为前提。再大的事情该谁负责王子衿不轻易插手，再小的事情属于厂长的职责他一定亲力亲为。比如，员工住院手术，他一定亲自慰问。这二十几年来，王家上上下下确实拿他当自己人，一直尊重他，只要他提出的建议都会被采纳。当然，他也不会随便提。他知道什么能说什么不能说，什么应该提什么不该提。就像刚才这个"备胎"，眼下几乎是个核心机密，而他与竞争对手毕竟有着这千丝万缕的关系。从总经理办公室出来，他还是忍不住给林有福发了一条短信：王记一直是用心用脑子在做茶，你莫要用脚趾头做生意。一切该适可而止。他绝不会想到，林有福在收到他这条短信的前两分钟，担保公司刘经理的电话又打来了。这一接，什么铁观音黄金桂，什么梨子香落果香，统统抛到九霄云外去。刘经理和另外几个债主已将"肥三"围堵在他厦门的别墅里，大家正在讨论如何分配"肥三"名下的财产，他必须尽快赶去。他径自进屋抓起包就往外走，刚走到门口，郑宝生冲过来问，我们这一二十吨的量应该很快就差不多，还要不要多收？

恰在这时，他一眼瞥到了堂叔的信息，刚才焦急的火顿时给淋上了油。他恶狠狠地说，收，我把梨子香的茶都收了，我看他们王记还怎么做出"王记香"

来。郑宝生小心地提醒，我们收这么多梨子香的茶成本高很多的，万一……林有福不容对方把话说完，别人有出路你还能有活路吗？要想自己有活路，一定不能让别人有出路！

两天后，传芳茶业的黑板上"各个级别的茶叶每斤比王记多4元"白白的一行字跟那天的阳光一样晃人眼。几乎所有的茶农都排到传芳收购点前，窄窄的河流顿时偏了重心，一边几近泛滥，一边几近干涸。

河岸决定了河流的走向，但它并不知道每一朵浪花的真实想法。

约何晚见面是个困难的过程。用林有福的话说，困难程度绝对不亚于他老婆当年生老大。头尾三天，阵痛不停，"哎哟"声不断，孩子就是不出来。又连着三次被拒绝，他在放下电话前的一分钟自我安慰了一下，理解理解，都说万事开头难嘛。我们家老大难产，到了老二就简单了，跟拉大便似的，早上八点阵痛，九点多就生出来了。希望下一次再约何总也能这么简单就好了。说这话的时候，林有福感觉自己像是抱着电线杆在自慰。想不到的是，电线杆居然有了反应。何晚"扑哧"一声笑了出来，王爷抓去，算我怕你了！

"王爷抓去"这个词像是被雪藏二十年之久的青春之酒，一被打开坛盖，那隔着年代的香与醇便穿过高山越过重岭，蹿到林有福面前，让他喝了满满一杯90年代的味道。对于第一次听到这个词，他印象深刻。应该是何晚到学校报到的那天晚上，他约了几个老师一起吃饭，陈暖带来了新舍友。一见面，他就说了句，哇，学校又来了个大美女！她只骄傲地甩两下长发，并无任何回应。他还以为又来一个矜持的，没料想，酒一开喝，她的可爱劲就来了。划拳、摇骰子，没她不会的。酒量大，喝酒也爽快，你邀她喝一杯她就喝一杯，你邀她吹一瓶她就跟你吹一瓶。喝到最后，她话里话外"王爷抓去"出来了，摇骰子也摇出了境界——摇倒了一桌男人。连输了三杯酒后，他便偷偷伸出小手指去翻动骰子，却被她瞧见了，揪住他的小手指大喊一声，林有福，王爷抓去！他"哎哟"一声"夺"回自己的小手指，乖乖在她的监督下又喝掉一杯酒。被人当众连名带姓地叫本该让他不舒服，可当普通话的"林有福"与闽南语的"王爷抓去"合着拍子押着韵从那么漂亮的一个女孩口中溅出，在酒精的作用下，达到一种极其暧昧的效果。酒入喉的那一刻，他的脸上装出一副苦大仇深的痛苦惨状，心里却是暗暗欢喜的——莫名的亲切，莫名的亲近。他顺口回了一句，我又没做什么坏事，你为什么单单诅咒我被瘟神爷抓去？她更来劲了，王爷抓去王爷抓去，就诅咒你！他的心更欢喜了，一种同频共振的感觉。他确定，那种感觉依然在。

地点是何晚选择的。茶香饭馆还保留着二十多年前的老样子，楼有三层，楼下店面两间，二楼是包间，三楼居家。与对面街道新开发建成的那些十几层的高楼相比，它显得矮了小了，也旧了。室内倒是几年前刚重新装修过的，桌椅也不再是当年简易的四方桌，而全换成了大圆桌。在整个90年代，镇上压根没有酒店，上茶香饭馆吃饭对于镇上任何一个人而言都是非常有面子的事。"走，上茶香！"是一句可以叫得非常响的话。除了林有福经常出入县城的酒店歌厅外，陈暖、何晚这些领点小工资的工薪阶层，以及王子衿这样创业初期的青年，平时最经常去的地方还是学校边上的捞面摊。几个人往摊前的矮桌椅上一蹲一坐，每人一碗三四块钱的酸菜面，再加两块豆腐，再来一盘鸡爪、几个鸭胗、两段猪大肠、一盘青菜，一顿夜宵就齐了。只有碰上谁晋升、加薪、获奖、生日之类的，大家才会趁机"挟持"主人下这饭馆。到茶香饭馆每次必点的是卤面、红烧猪蹄、肉皮卤、炕蛋汤、盐卤豆干。只一会儿，菜就上齐了。最小的一个房间，唯独的一张小圆桌，对面摆放的两张椅子，一整桌的菜。林有福开上一瓶轩尼斯XO倒了两个半杯，一杯递给何晚，自己手上握着的酒杯直往她手上的酒杯碰，来，先干上一杯！感谢何大美女终于在百忙之中接受我的邀请，给了我表达谢意的机会。感谢何大美女不忘旧情给了我这么好的订单。更要感谢何大美女挑这么个小饭馆，着实给我省了不少钱。

干杯就干杯，少那么多废话！何晚也不推辞，举起酒杯一仰脖子就喝。

看来你真是一点没变啊，还跟当年一样漂亮一样干脆！林有福放下酒杯，开始给她夹红烧猪蹄。借着夹菜，他的目光也多次在她脸上身上跳跃式前进，短暂性逗留。他知道自己又一次违背眼睛在说话。上一次在茶厂他说的是，我们这站在一起是不是特别像父女啊？父慈女美。惹得她"咯咯咯"地笑了好半天。这么多年，林有福跟形形色色的漂亮女人打过交道，风月场上的歌女、舞女、陪酒女、洗脚女，看茶店的店员、他茶厂里的女工，还有学校里的老师和乡镇小干部。见过和睡过的美女不可谓不多，可对于那没够着的两段恋情他始终有一种说不清楚的念想。是不甘？或者是不舍？又或者是不愿？那容易得到的，像是一包包快速冲泡的方便面，吃过后嘴里香香，心底空空。那不容易得到的，像是躲藏在时光草丛中的一只小咬，你看不见它，但指不定什么时候它就蹿出来咬你一口。你一动，它又跑了，怎么都够不着。正因为够不着，心底里才会有更多念想。对于漂亮女人，他总结出三种类型：一种是让你见了就想跟她上床，一种是让你见了就想跟她结婚，一种是让你见了想都不敢想——虽然喜欢也不敢靠前。女人是一本本各不相同的书，有的薄有的厚，有的黑白有的彩色，有的艳丽有的平实，有的斑斓有的简单。他自认为翻过的书够多，对女人够了解，一直以为只要他见过的书，就没有他打不开读不懂合不上的。现在看来，至少有两本他一直就没真正打开过，即使打开过也还是没琢磨透。二十多年前是这样，二十多年后还是这样。这两本书都卡在那儿，令他不敢靠前，可是他还是觉出了两者的不一样。一种来自内部的柔软，一种来自外部的刚强。不可思议的是，柔软与刚强产生了同样强大的力量。

依然烫着大波浪，依然穿着圆领 T 恤加牛仔裤，邻家女孩常有的打扮，但眼前的何晚显然不再是当年那个在小学教书的女孩子——对面是一个强大的气场，一股强劲的寒流。脖子项链上有一大尊像冰一般透明的佛挂坠，手上是一圈又厚又宽的全圆满绿翡翠手镯，这些物件与她丰满的身材、白嫩的脸蛋以及板栗色的波浪长发搭配得浑然天成，释放出一种牢牢罩住自己的光圈。他感觉自己被牢牢排斥在光圈外。他对翡翠并不内行，但曾经在战友的玉石店里见过一个标价200多万的满绿手镯，跟她手上的这个非常相像，也是这么绿这么透。他猜测她的脸应该打过肉毒杆菌，不然不可能那么丰满的身材却只有巴掌大的脸。这种针几年前白飞雪也在她的大苹果脸上打过，一边各打过一针，说是可以让脸瘦下来。在他看来，瘦是瘦下来了，但是苹果变得一边大一边小。有时他也纳闷，满世界都在谈漂亮的苹果肌，白飞雪的大苹果脸为什么就没让他感觉出丝毫的漂亮来？同样说的是苹果，难道此苹果跟彼苹果没有半毛钱关系？白飞雪的大苹果脸还打过玻尿酸，说是可以去皱纹。结果皱纹去了两三条，苹果红了有半年。结婚二十多年，他算是总结明白了，世间有许多白飞雪这样的女人，她们最大的能耐就是男人有钱的时候可着劲地跟着大花，绝不给男人留后路；男人没钱的时候可着劲地跟着大骂，绝不给男人留面子。十几年前，还不时兴这种美容，她顶多就是洗洗脸敷个面膜，干过最疯狂的事有两大件：一生气就逛商场，从早上10点逛到晚上10点，中午直接在里面吃个饭继续逛，逛出最好的历史成绩是十七件衣服和三双名牌鞋；一高兴就K歌，从晚上八九点可以唱到凌晨两三点。儿子两三岁的时候，她也照K不误。他说她，她便说凭什么男人可以出去疯，我们女人唱个歌都不行？凭什么男人可以疯到夜不归宿，我们不能唱到天亮？都说嫁鸡随鸡嫁狗随狗，我只不过是跟你保持同频共振的节奏，有什么好说？

说吧，什么事？何晚放下杯子，十指相扣抵着下巴说。

你想多了，真没什么事，就是吃个饭。你离开这二十几年，请你吃个饭应该不过分吧？林有福笑着给她夹了肉皮卤，打了炕蛋汤，突然想起了什么，你先吃着，我去几分钟就来。他要给她做一道汤，一道当年她最喜欢的肉羹汤。最简单的材料，最简单的做法，他不确定她是否还会喜欢。那一年，他还在追她，那晚，在她们宿舍打完牌，林有福约大家去吃点心，何晚说太累了不想去。有人提议要不就在学校里自己煮，省得跑来跑去。就地取材，东西非常有限，林有福把切成小块的农家五花肉、洗净的虾皮、炒好的花生、切成丁的花菜和香菇搞在一起，加入盐巴和很多的地瓜粉，居然搞出了一大锅特别美味的肉羹面线汤。何晚吃着吃着，突然眼泪就下来了。众人不解。她说，以前心心念念这样一碗肉羹汤，就是吃不到。这肉羹汤里有亲爸亲妈的味道。大家知道她五岁时被养父母抱养，童年过得很窝心。陈暖安慰她，以后不用心心念念啦，想吃就让有福来做。有个女同事不明就里，还要开玩笑起哄，那是噢，这里面满满都是爱的味道啊！何晚好一会儿才听出那人话里有话，放下碗追过去要打人，那人赶紧躲到林有福身后继续说，我看某人爱的不是肉羹汤，爱的是做肉羹汤的人啊！做肉羹汤的人比肉羹汤好吃，是不是？是不是？何晚这回真生气了，抓起一个碗就要摔过去，林有福夺下碗说，她说她的你吃你的，别管她。今天这个还不够好吃，下次做把虾皮换成虾仁干，再加上巴浪鱼，巴浪鱼一定要撕成细丝，再撒上点芫荽，味道会更好。后来又做了很多次，不是少了这一种就是少了那一种。这一次，所有东西都齐全了。他帮她打了一小碗，来，尝一尝，还是不是当年那个味。

何晚的眼睛闪了一下光，跟晶莹的粉团一样亮。肉羹很烫，久久才能咬上那么一小口，汤进到嘴里还"啾啾"作响。就这么吃着，有一句没一句地聊着当年穷日子里的各种穷快乐穷开心。大多数时候是林有福在讲，何晚"嗯""噢"着呼应。慢慢地，林有福越讲越开，越讲越远，越讲越兴奋，讲得唾沫直飞，讲得手舞足蹈，讲得胸脯拍得"扑扑"响，讲得额头上的汗都冒了出来。这几乎是一个人的舞台。他忽然觉得自己是一条越来越宽阔的江河，穿越山林奔流向海。像是回到了当年，一种舒坦，一种酣畅。从闽南讲到海南，从浙江讲到四川，讲到了这么多年他走南闯北的奇闻趣事，讲到了各个地方的美食，他总结出了自己的美食文化。他说，许多美食的诞生其实都是生活给逼出来的创意。比如，臭豆腐的诞生源于豆腐卖不出去，做豆腐的人怕豆腐变坏，便参照腌制菜干的方法，将豆腐切成一小块一小块，辅以盐巴和香料，装进坛子里，密封住。一段日子后，打开一闻，臭得能熏死人。总不能扔掉吧？做豆腐的试着一吃，天啊，居然别有味道。又比如，那个很出名的叫花鸡，叫花子四处游荡，好不容易逮着一只鸡，根本就没有锅没有灶可以煮，总不能生着吃？那怎么办？扯几片大树叶，把鸡包起来，准备放在火堆里烤，又怕树叶三两下被烧鸡会被烤焦，便在树叶外面裹上一层厚厚的泥土，泥土烤干了，鸡也烤熟了，特别香特别美味。再比如，这个闽南很多人家都会做的地瓜粉团。很早以前都是拿地瓜粉拌一下肉做成肉羹汤，再根据喜好加面线或者米粉。有户渔民带着小孩出海，小孩吵着晚餐想吃肉羹汤，母亲想成全孩子，可船上没有猪肉，便把船上有的巴浪鱼干撕成碎片当成肉，又不想中午剩下的小半碗饭菜浪费了，便偷偷把剩下的一点干饭、几朵花菜、几颗花生米也加进地瓜粉里，哪想到，做出来的大杂烩还更好吃呢。末了，他又小结一番说，从饮食喜好看得出一个人的性格，一个人的胃口里装着他的精神家园、灵魂里的故乡。爱吃甜食的人骨子里必是相对安逸的，吃得偏咸些的人必是爱打拼的，爱吃辣的人性子相对急躁也更为直率。

碗空的时候，林有福想要再给她添点，她拒绝了。她一边擦着嘴，一边指着桌上的菜，表情似乎也跟着碗里的东西一同吃进了肚子里。其实有这碗粉团过来也就够了，不需要点这么多。我觉得吃饭挺浪费时间的，所以，我一般很少应酬。陈暖和王子衿都说了几次要请我，我也都没有答应。说吧，什么事？她一脸严肃地说，像是刚才回忆中的小温馨只是上课不小心开出小差的表情。

她的脸如果装上弦，一定能从眼睛里射出箭来。这——奔跑的河流怎么都无法在悬崖前紧急刹车。林有福不知道如何开口——说与不说同样揪心。上一次在小湾电商中心见面，那么多人坐在一起，关系非常清楚，他是甲方，她是乙方，一种公事公办的氛围，你公开谈要求我公开谈问题，省去了不必要的私人想法。现在，关系的边界正在模糊。表面上谈的也关乎公司的生意，骨子里明明又存着借私交一用的心思。他曾经以为边界模糊是最好的关系，现在看来，并非如此。

算下来，该有二十年没怎么有苦求于人的感觉了。那时候，围绕着茶叶生产销售需要征收农业特产税，茶农按人口缴交茶叶生产环节税，茶叶采购商按照重量缴交流通环节税。所有产茶乡镇都设有收税的关卡。每斤 0.75 元流通环节税，一辆东风大货车通常载 10 吨茶叶，这是一笔不小的开支，许多茶厂冒险冲关。1998 年秋夜，已过 11 点，林有福坐镇茶厂指挥 50 吨茶叶冲关。先派出先遣货车，10 吨的茶叶只办了 2 吨的流通环节税，县内一路安全，货车刚进邻县境内就被扣下。一开始要求交一罚一，司机大骂，你们这是土匪啊！收税员一看，好，态度恶劣，从重处理，要通行可以，补税加 5 倍罚款共计 8.7 万元，一毛钱都没得商量。林有福连夜找到镇领导，镇领导托县领导说情，县领导找邻县的县领导，邻县的县领导找了邻县的镇领导。救命大人很爽快，答应第二天一上班就解决。他想等，可连同在县城待命的四车总共 50 吨的茶叶 9 点前必须到达港口，哪里等得了？又一圈找过去，再一圈走下来，凌晨 1:30 终于在歌厅里见到了可以救人于水火之中的镇长大人。救命大人已经喝得有点高，他站在边上不知怎么说。想解决问题，同时又不想扫人兴，这种状况下似乎有些难。好一会儿，救命大人突然想起了他，指着他带去的两瓶茅台说，全部打开。他只能乖乖地打开。救命大人又说，你自己喝！他傻眼了。看来，救命大人不是来救命的，是来要命的。救命大人见他一动不动，又补了句，你自己不喝谁喝？喝！至少喝一瓶，我马上打电话，多少都让你走！只能把所有的苦往下咽。就这么一口气干掉了一瓶白酒，现在想想嗓子眼都还在冒烟。后来，特产税取消了，生意好做了。做电商这几年，似乎更简单了，什么事都用不着求人。平台在网上，客户在网上，除了茶农除了工人，似乎都不需要跟太多人打交道。特别是两年前，县里在小湾镇开辟电商城，不需要像以前求爷爷告奶奶地找人，很多优惠和服务都自己送上门来。

眼下的情况完全不同，油锅已经烧开，只等着把他扔进去了。短短十天，烦心事一件接着一件。"肥三"的电话已经打不通，有说出国了，有说躲起来了。幸亏当时早下手，从"肥三"那里分到了几瓢羹，虽然窟窿还很大，但总算是填了一些起来。几个债主同时盯住了"肥三"在县城的最后一套房子，可太狠的事情他真做不出来——"肥三"的父母亲住在那里。直通车卡在半山坡，加一点马力它就上一点，减一点马力它又往下掉，只能先摁下暂停键。商品的滞销率越来越高，降不下来的差评率已经引起天猫平台的关注，近期很有可能被约谈……前线一次次告急，后院也不太平。林首赫居然真跑去厦门创业开公司了，开的是"我的茶"网店。网店开张的头一天，他把微信上的签名改成了"河岸决定不了浪花跳跃的想法"。他从白飞雪那里"骗"了8万元，又游说了两个堂哥各赞助支持了2万元。更严重的是，他还拐跑了乖孩子白小瓜。白小瓜等不及领这个月的工资就跟着他走，理由是"不想错过青春错过最好的时光"。白小瓜四十岁的大哥气势汹汹地跑到厂里找他要人，可他到哪里找回给人家？再打电话，两个人都不接。好在乖孩子良心未泯，同时给他跟白大瓜发了一条短信，内容很鸡血——哪怕是坑，也允许我们自己跳一回。没有摔倒过的青春怎么精彩？！林有福还能说什么？只能由着他们去跳了。毕竟他们跳的不是楼，还只是有可能存在的一个坑。憋了半天，酒又喝掉了一杯，林有福终于憋出了一句，你还真是当年的何晚。

不，当年的何晚已经死了。何晚冷冷地说。她的眼睛里结出固体酒精，没有了液体的透明。什么事，说吧。

只能说了。林有福不说则已，一口气说了三件事。如有可能，希望增加订购数量，100吨200吨都没问题；如有可能，希望单价上能有所浮动。因为竞争关系，采购成本增加许多；如有可能，希望能把全部货款先给支付了。无论成与不成，说出来总归舒服了。林有福长长地舒了一口气，举起杯子就来碰，何晚静静地看着他，前不久你还要求减少订购数，这会儿又要求增加？两个杯子再次碰在一起的时候，茶香饭馆的钱老板推门进来了，堆着一脸的笑，远远就冲着林有福递烟。稀客稀客，林总现在走的是高端路线，好些年没来我这小饭馆了。听说你那企业要上市？别忘了也分点原始股给我？不要多，给个几十万就可以了。别摇头嘛，你是嫌我少啊？递烟给何晚的时候，他不停拍着脑门，这不会是咱们小学原来的那个叫什么西施晚来着的老师吧？那时你们可是郎才女貌的一对啊！我要好好敬你们一下！

奶奶的别乱说话，人家现在可是何大老板！林有福嘴上嗔怪着，脸上却是一脸幸福样。你敬我们何大美女老板一杯酒就可以忙你的去了……

话是这么说，钱老板还是连着敬了三回才出去。他一出去，林有福干脆把门也关上了。何晚起身要去卫生间，高跟鞋被两个人中间的椅子脚绊了一下，身体一歪，他赶紧伸手一扶，这一扶，心头不知怎的就热了起来，直接就把人往自己的怀里拉，她整个人栽到他的身体上，他嘴不由凑了过去。她用力一推，眼睛瞪得圆鼓鼓的，你干什么？

没，没干什么！林有福跌出一步，被她的目光逼停了欲动的身体，也逼退了继续前进的目光。如果说当年陈暖的拒绝一开始便是明朗的，那么何晚的态度却是模棱两可、左摇右摆的，甚至让人琢磨不透。她穿着打扮都是一副时尚样，再红再绿再短的衣衫她敢穿，再卷的大波浪她敢烫，再艳的口红她敢涂，可一谈到在外过夜便没得商量。她明明接受他一次次的鲜花、香水和约请，却又一次次拒绝他的拥抱他的亲吻——即使喝过酒，也依然不给他机会。他一直相信，除非女人不喝酒，一旦喝酒，酒精绝对是女人的催情剂，是男人借以开启女人心智抵达女人内心的快速通道。有一天晚上，大家都喝了比较多的酒，陈暖先喝醉了，他们一起把她送回宿舍。陈暖很快就睡着了。两人往卧室外的小客厅走，当何晚返身拉拢卧室与小客厅间的帘子时，已被酒精点燃欲火的他再难以自持，一把抱住她就要吻下去。她却左右躲闪起来，这更激发了他的征服欲，强行把她往怀里抱。他以为一切都水到渠成了，任凭胸中那把燃烧起来的火苗越烧越旺。啪——何晚挣脱开，一巴掌拍了过来，你这是要强奸啊？她的眼睛红得像是一团火，足以将人烧成灰烬的火。林有福抓住她的手，用力往身边拉。他管不了那么多，他只想亲她吻她。我喊了啊！何晚挣开他的手跑到门边，冲着门口做出要喊的姿势。林有福紧跟着跨了几步过去，伸手拉。她分开双腿，一手抓着门框，一手抓着门把，把身体顶在门上岿然不动。王爷抓去，都说了，你是观音岩的林姓，我不会跟你好的！为什么？林有福不明白，手上的力气少了三分。没为什么！反正我不会跟你好的。何晚撅起嘴，漠然地别过头去。此刻，他不敢看她的眼睛，只抬手在寸头上转圈，看你这身打扮感觉就像在昨天一样，忍不住就想……

想什么？何晚的眼睛依然瞪得浑圆，像是两只将要爆裂的球。王爷抓去，我看你还真是一点没变啊。你是真把自己当蓝牙了？我可不是 WiFi！

不要误会，不要误会，我只是有点旧情复燃了而已。林有福的目光在躲闪。你不要轻信别人说的话。人家一直讲我跟这个跟那个，其实压根没影的事儿，我感情很专一的。

是——吗？我看你这是此地无银吧？

什么意思？

此地无银，三百两啊！你不要以为我接受你邀请就是想跟你发生点什么，也不要以为我想跟你一起回忆往昔。过去的已经过去，没有什么再值得提起。

呃——非常不合时宜的一个长长的饱嗝。林有福忙着又是找烟，又是点烟。接连抽上几口，一个劲儿地笑。我承认，对于漂亮女人，特别是有韵味的漂亮女人，我完全没有免疫力。

对观音暖，你也没有免疫力？

陈暖啊？林有福龇牙咧嘴地摇头，她正经得像观音，哪个男人敢对观音有想法？

那你意思是我不正经？

不是不是不是……奶奶的，你跟我玩这文字游戏我还怎么说？！这下，怎么解释都圆不过去了，林有福一个劲儿地挠头。恰在这时，门倏地打开了，白飞雪闯了进来。什么正经不正经啊？什么正经不正经啊？哟——她一眼就认出了何晚，刚才还气势汹汹的一张脸立马开成一朵花，原来是我们西施晚啊，你早说啊，何必骗我说是要回厂里办事？我又不是不认识何晚，是不是？听说你回来，我都说了几次要请你吃个饭，他总说你没空没空……林有福赶紧起身，他的身体挡在她继续前进的路上，却挡不住她继续前进的嘴。你是不是答应刘精明今天要先给谁一部分钱啦？凭什么要你出，他刘精明怎么那么精明啊？你除了死不敢答应人家，你还真的什么都敢跟人拍胸脯啊？这么多年拍的胸脯，都拍出一边大一边小了你还在拍？现在，讨债的都堵到家门口了，你让老娘我堵枪眼，自己倒跑这里来逍遥了？林有福的脑袋"轰——轰——"地几声响，他伸手把她往外拉，白飞雪死命拽着椅子不走。他看到白飞雪的嘴巴不停张合着，耳朵却"嗡嗡"响着听不清楚她在说什么。她的目光让他感受不到善意。

她是什么时候开始变成这样的？林有福一次次地问自己。当初之所以最终选择了她，除了那酒后一夜，更重要的是她是两个女人的综合体——陈暖的鹅蛋脸，何晚的热辣、活泼。这二十年，她的大大咧咧被放大了五倍十倍，她的脸从小鹅蛋变成了大鹅蛋，变成了鸵鸟蛋。两个不同文化程度的人生活在一起，如果你保持你的高，我保持我的低，那婚姻一定掉到坑里去。婚姻应该是一个妥协的过程，不是低的被往高处带，便是高的被带到低处。婚姻是一台破壁机，先削去你的棱棱角角，再剁去你的疙疙瘩瘩，然后搅拌在一起，你中有我我中有你。很多时候他会想，如果当年他娶了陈暖，是不是也会像他们夫妻现在这样出双入对的和谐？或者娶了何晚，生活将会怎样？更多时候，他又不得不承认，恐怕也只有白飞雪能允许他每天喝到三更半夜才回家，能允许他跟别的女人七搞八搞还愿为他生儿育女，能接受他上床不脱袜、吃饭"吧嗒吧"、没事爱放屁，能见得他坐在客厅抠脚指甲、抠过指甲又挖鼻屎不发火，能由着他过山车一般地折腾这个折腾那个。这种随时随地的自由像空气中的氧气，有它很舒服，没有它他活不下去。偶尔一两次参加那种正儿八经的活动、饭局，需要端着个比较像其他人的样，他总觉得束手束脚浑身难受，像是女人被裹了小脚布，像是男人被去了势。要是换成是何晚或陈暖，能这样？恐怕也得天天端着，恐怕这婚没离个十回八回也解决不了问题。当年，又白又苗条的白飞雪算得上厂里最漂亮的女工，她的瓜子脸比陈暖的圆脸更上镜，比何晚偶尔长个青春小痘的脸来得白嫩，她齐整的一口好牙比起陈暖几颗稍微大的门牙和何晚参差不齐的牙齿都好看多了，她凹凸有致的高挑身材比起陈暖微圆的体形和何晚偏偏的屁股都来得火辣。还没谈恋爱的时候，看着小学毕业的她又直又白地说话也觉得是淳朴清纯的，说是厂里的一股清风也不为过。结婚后，他觉得她的原始乡村味有些野蛮起来，这让她与别的女人——尤其是陈暖、何晚这样的优雅女人站在一起时总是显得特别突兀。

有一回，几个人同时出席一个刘姓老板的宴席，刚从欧洲回来的刘老板谈论完一番欧洲女人生过孩子如何臃肿、皮肤如何松弛、斑点如何之多后，指着两个女人一阵夸，看来看去，还是咱们中国的女人水嫩。二位不愧是茶老板的太太，你们这是逆生长啊，比欧洲那些二三十岁的看起来还年轻！陈暖微微一笑，只客套地说了一句，刘总果然是刚出过洋下过海，话里话外都是水分啊！白飞雪的表现则大不一样，她摸着自己的脸兴奋地尖叫起来，真的吗？真有那么年轻真有那么漂亮吗？我们家有福还说我现在肥得像头母猪呢！说着，又挽住林有福的胳膊，作小鸟依人状，林有福，你看你看，还说我肥得像头母猪，人家刘总夸我美着呢，你们男人啊都这样，孬猪贪别人家猪槽，总是觉得别人家的女人好。话一出口，林有福和刘总都尴尬得说不出话来。倒是陈暖的一句话帮两位男士圆了场，她说，男人对自己的女人有要求，女人才会进步啊。不过话又说回来，女人上了这岁数啊，长得胖一点说明老公照顾得好。白飞雪并不知道领情，冲着陈暖继续往下说，我们家有福哪懂得照顾人啊？他不整天去KTV找小姐疯不让我生气就已经很好了！哪像你们家子衿，整天粘在老婆身边转。这回，连王子衿也被拉进了尴尬里。林有福的语气跟他的脸一样臭了起来。他妈的白飞雪，你少说几句没人当你是哑巴！人家王太太是负责给老公加分的，我看你最擅长的是来给我拆台啊！陈暖赶紧接了一句，我们家子衿不像你们家有福交际广，哪哪都有朋友。这可说到了白飞雪的心坎上，她开始专心投入地细说起来。要说这交际，我们家有福还真是比你们家子衿强……任林有福怎么冲她翻白眼努嘴，她依然自我陶醉地讲得神采飞扬。两个年纪相当的女人在一起，不说白飞雪像泡了水的白馒头，松松软软一碰就烂，就假设说白飞雪是褪了色的铜器，已经一点点剥去了青春貌美的老本，陈暖则像那几十年上百年不变色的老瓷器，日益显现出一种亚光的包浆。这种包浆像磁铁般充满着强大的吸引力又不无排斥力，让人想接近又不敢轻易亲近，甚至连想入非非的念头都不敢产生。时光给不同的女人注入不一样的气息，长出不一样的气质。

你刚才开玩笑吧？有这么做生意的吗？何晚安静地听完白飞雪一番激动的

言语，笑着对林有福说出一句冷冷的话。咱们应该还没到借钱的交情吧？

我这——应该不算借钱吧？林有福料想不到何晚用了个"交情"。交情这东西确实分着看不见的等级和重量，只不过没有事情发生，谁都称不出它实质的斤两。电视剧里演的都是狗屁，哪有操起电话就能借来几百万的交情？那都是酒桌上自慰的话语和哄人开心的把戏。可笑的是，有些谎话听得多了说得多了，很多人就想当然地以为是真的了。男人这一生啊要不经历些大事情，哪里会知道那些看起来很厚的地方其实薄得不行，一捅即破甚至没捅就破？交情是个什么东西？它并非有交集有交往就有情，它如此脆弱，如此不堪一击。

你让我预付全款给你不就等于借钱？

白飞雪见有旁人的东风可借便又继续煽火。你看你看，你怎么可以一见面就找西施晚借钱？你平时就知道喝喝喝，喝喝喝有什么鸟用？关键时刻一个个全钻老婆裤裆里啦？你那些狐朋狗友呢？在哪里？在哪里啊？我看你一辈子就注定毁在朋友手里。1998年载走100吨茶叶不给钱的小广东是不是你朋友？2003、2004年拉你去厦门炒楼花的同安仔是不是你朋友？跟你说办担保公司有多好有多好，真办起来后公司的账不是这收不了就是那放不出去，自己吊着算盘打出来的小日子倒是一天比一天好的你那个战友刘精明刘经理是不是你朋友？借了钱跑路的"肥三"是不是你朋友？你这些朋友是负责来吃你的，你是负责给朋友吃的。前两次没吃死你是你运气好，这次我看你还怎么活！去啊，去找你那些朋友啊……

还有完没完，有完没完啦？林有福一扬手，"啪——"地一巴掌拍过去。他不否认她说的那些事实，但是这话不能叫人说出来，尤其是自己的老婆，又是当着何晚的面。人这一辈子最悲哀的不是活到这把年纪才发现两个口袋被掏空，而是活到这把年纪才知道自己一直光着身子在人间游走。二十几年前刚回镇上办厂，二叔公提醒他要谨慎交朋友。二叔公说，"朋"字在古代是货币单位，五贝为一系，两系为一朋，一个"朋"字就是两串钱。合而为"朋"，分之则为"贝"，多为利益关系，很难为友。年轻的他曾经不以为然，现在回头一看，这二十五年，像只是在对二叔公早早列下的那个方程式进行证明的一个漫长过程。证明终是证明了，可惜早也成了被拍在沙滩上的前浪了。属于自己的时代已经过去，但他仍需要维护自己最后的尊严。白飞雪可不懂这些，也不管这些。能借给你钱的没一个，来讨债的倒是一堆。我不管你啊！她刚刚安抚过自己脸的食指隔空对他戳戳点点，边往门外走，边做着一次次的强调，我不管你啊，你自己看着办，反正我们手续已经办了，反正房子车子都是我的，他们谁都别想要走……快走到门口，她又转向何晚说了一句，西施晚啊，改天我请你吃饭啊，你不要拒绝啊！

　　不好意思，让何总着笑话了。没办法，拣拣拣，拣到一个卖龙眼的。白飞雪一走，林有福重新掩上门，重新入座，拿手指犁儿下头，举起酒杯时不忘用一句闽南俗语来自我调侃，以缓解尴尬。来，再走一个。说实在话，他觉得自己比俗语中的那个大户人家的小姐运气更差，大户人家的小姐最后挑到的好歹是个实在的卖龙眼的后生家，他挑到的几乎就是个做臭豆腐的了。臭豆腐也能吃，但就是臭。他一直坚称自己当年是被下了迷魂药喝醉酒才会跟白飞雪上床，白飞雪不否认当年自己喜欢他，但她说，我是喜欢你，但你也太不懂得害臊了吧？那天晚上是谁灌谁的酒来着？我一个黄花大闺女也不跟你计较了，你倒好，第二天裤子一提就不认账了？又开始去想你的小晚，想你的小暖了，只可惜人家都不领你的情。如果不是怀上你宝贝儿子，估计你早甩了我是不是？他很奇怪自己当初看上她明明就因为她像他一样直来直去地说实话，不像其他女人那么爱说谎，或者说话老是不痛不快，老是爱遮遮掩掩，可为什么后来又觉得她最大的毛病是每次都把实话说得太实？好在两个孩子都读了书，都只随了她的上半句。好在两个孩子的智商都随了他。女儿的脑袋瓜没有儿子好用，但又乖又听话，书也读得比儿子好，明年考个二本应该不成问题。就在几天前，知道茶厂最近在接的生意是何晚的，白飞雪的酸言冷语又来了。你是不是觉得机会来了？他问，什么机会？少给我装傻，你知道我说的是什么。你神经啊？人家有老公呢。有老公又不影响，况且你不就专爱吃这种有主的草儿？神经病！林有福不想跟她吵，只能选择出门。这么些年，只要白飞雪一提高分贝，这日子就得过得鸡飞狗跳，他真是有些累了。那些结了痂的伤口还是不能碰，一碰，总会有那么几滴血珠子渗出来。

像是碰杯给碰出来的一整串的闷雷。唔——窟——窟——窟噜噜，窟噜噜，天空似乎饿出了肠鸣音的效果。何晚只抿了一小口就放下酒杯，她点了烟抽起来，吐出一个大大的烟圈，说，你这样是没有前途的。

这句话再次戳中林有福的痛点。儿子林首赫也说过类似的话。终是不忍心让儿子往坑里跳，两天前，他一番周折才找到儿子的出租屋。地段不错，但屋子很小，只有五十几平米，墙上贴着"'我的茶'网上云空间"，右下角还有一行小字——"到'我的茶'，喝你的茶！"。客厅成了工作室，两张桌子、两台电脑，白小瓜给他开了门，恭恭敬敬地站在一边，坐在电脑桌前的林首赫只看了他一眼，继续"啪啪啪"地打着字。垃圾桶里几个外卖盒，椅子上几双臭袜子。他抓起儿子的手往外拽，你爱做电商是不是？跟我回安溪，我让你做电商，我把公司交给你！全部交给你！

我绝对不会跟你回去！儿子摔开他的手，一句重重的话甩了过来。像你那样做电商绝对是没有前途的电商！真的，不是我看不起咱们的传芳，但传芳如果再让你这么做下去，估计很快就会呜呼哀哉。为什么？你不知道为什么？第一，看看吧，你开始做电商的时候，淘宝店铺就一两百万家，天猫旗舰店估计也就几千家吧。现在多少家？淘宝店铺上千万家，天猫旗舰店九万多家，四亿以上的买家，每天几千万的访问量，竞争一天比一天激烈。好，你觉得这都不是问题，你觉得你之前一个月还上百万地卖，那我今天干脆给你说透点。首先，你根本不懂网络营销的内在规律，策略上你没有周全的安排，战略上你没有宏远的规划。你能想到的就是当年用过很有效的那些老招数，价格战，直通车，是不是？你什么客户都想要，结果你什么客户都留不住。你什么钱都想挣，结果你什么钱都挣不牢靠。现在的消费者已经不是当年的消费者，他们没那么傻，况且现在可选择空间这么大。消费者胡乱购买的时代已经过去，靠把价格压足够低就可以把东西卖出去的时代也已经过去。个性化搜索已经成为一种趋势。未来时代，购物讲究的是更加精品化、更加个性化，电商必须精准定位你的终端客户，让小众群体高度接受你的产品，这才是王道。必须全面优化 SEO 你懂吗？你看，你连 SEO 是什么你都搞不清楚，你凭什么做得好电商？这个是搜索引擎优化。以前你的商品可能销量大、价格低，就可以占据搜索的重要位置。将来绝对不是这样的。举个最简单的例子，如果我一直购买的是高价位的商品，你给我跳出来这些低价位的商品，有意义吗？我不会去买的。好，就算我勉强去买那么一两次，你商品的质量跟不上来，我完全就是不良的购物体验，这会影响我对天猫的印象。或许，我就往唯品会往京东去购物了，这肯定是天猫最不愿意看到的。所以，天猫一定会想方设法规避这种行为，那么将来势必会运用大数据分析，精准定位每个消费者的消费水准、喜好、习惯等等，以后在自然搜索引擎中跳出来的一定是跟这个人信息紧密匹配的商家。你打价格仗还有用吗？你花大价钱做宣传有用吗？产品本身才是关键。做生意最根本靠的不是宣传，而是实实在在的好东西。或者说，任何一次有效的宣传都要建立在好东西的基础上。

第二，你完全不懂得怎么用人。白小瓜就是一个最典型的例子。没错，他口才好文笔好，他知识信息量大，但你做的是网络销售，而他是电商界的奇才，你居然让他去当客服？甚至让他到办公室写材料？你这是硬把一颗好螺丝往泥巴里拧啊，完全就是浪费。高颜值、好口才、人又亲和，如果是我，我就先把他捧成公司的网红。你一直说公司缺人才缺人才，可是整个网络营销部那么多专业的人，你让人家发挥作用了吗你？你说人家不好用，没错，你在闯荡社会的时候，人家还没出生，可人家晚出生不代表人家懂得比你少啊。你不让人家专业的人做专业的事，那你招那么多专业的人干什么？人才其实有时候跟东西就一个道理，你利用好了利用对了就是个宝，利用错了没利用好就哪哪都是废物是垃圾。比如翡翠，原本不也就是块石头而已？如果没有懂得欣赏它的人，没有懂得打磨它使它发亮的人，它不还是块石头？第三，你完全听不进去好的建议。我跟你说过多少次了，网店已经老化了，需要优化需要美化需要升级，你听进去了吗？白小瓜也说过吧？潘高峰也说过吧？你想一般的实体店为什么隔个几年都得翻新装修一下？不就是激起顾客的兴趣和喜欢度吗？网店也一样啊。没有请更专业的摄影来拍产品，没有请更专业的团队来设计网页，网店没有吸引力，顾客怎么可能进来？进来又怎么留得住？你怕花这个钱，好，跳失率高吧？访问深度低吧？转化率低吧？再往下只可能越来越严重。就这次这个直通车宣传，人家潘高峰早跟你说过了，利用生e经、生意参谋分析得那么到位，建议设置日限额、投放平台、投放时间和投放区域，你倒好，说人家是木鱼脑袋是书呆子，盲目相信数据，你非要搞全方位全时段全覆盖，这下，全军覆没了吧？第四，你什么都要管。你做的是电商啊，你的员工应该围绕的是客户是市场需求才对呀，你让所有员工都听你的，都围绕你的想法团团转，唯你的马首是瞻。问题是，你懂得管吗？你不觉得自己的思想已经很LOW？真不知道你这种从不体验网上购物的，怎么做的电商？动销率低于80%了，你就让员工找人刷滞销商品的单。销量降下来了，你就往直通车砸钱。这是典型的头痛医头，脚痛医脚。第一个差评出现，你说没关系，那么多好评不怕那三两个差评。你知道美国著名推销员乔·吉拉德的"250定律"吗？在每一位顾客的身后，大约隐藏着250名亲朋好友，一个差评让你失去的会是250个客户。破窗原理懂吗？一扇窗户破你不补上，会有更多的窗户被弄破。事情就是这样，没有一个系统的考虑，所有的问题永远存在。公司越大，越要有一种通盘考虑，不是随便想哪儿是哪儿，今天想一个什么出来做一做，明天再想一个什么出来做一做。你让专业的人听你完全业余的人瞎指挥，那不死路一条？瞎指挥比不指挥麻烦还大你知道吗？如果是在战场上，就你这么干，百万大军也毁你手里。这个时代是创业为王的时代，人人皆可创业，人人都有机会成为最好的自己。所以，我不会当你的接盘侠，我要做属于我林首赫自己的事业。我要做茶界的阿里巴巴，我要做让更多年轻人爱上中国茶的茶叶交易平台，上"我的茶"，喝的是消费者自己喜欢的茶……

心头瞬间生出悲凉来。已是知天命之年，却完全弄不懂天命为何如此。人家的孩子听话懂事，人家的妻子贤惠温柔，人家的家庭和和美美，自己的呢？曾经，自己以无所依靠为憾，而现在，自己的孩子却坚决要摒弃自己能给予他的依靠，只为证明自己。还能再说什么？好半天，林有福还回不过神来。更加强烈的危机感越熬越稠——属于他的黄金时代看来真的已经过去了，儿子正在一步步取代老子的地位。他下意识地捏起盘子里的一颗瓜子在手里转着，望向何晚说，也许，做生意就像这嗑瓜子吧。为什么是嗑瓜子，不是吃瓜子？重点在嗑不在瓜子，是不是？如果人家嗑好给你一大捧瓜子仁吃，那还有什么意思？

可如果没有瓜子仁，单让你嗑那瓜子壳有意思？何晚反问。

前路已经被堵死，林有福再接不下去，无奈地回到之前的话题。算了，你既然说借那就算借吧，行不行？天猫那边在做直通车，烧了很多钱。可不连着烧，之前烧的便成了白烧。真是碰上困难了，不然不会跟你开这个口。你也知道的，我顾面子比什么都顾。还记得我很早以前跟你说过的事吗？以前当兵时战友一起出去吃饭，都没钱，上海人请客一定是先管自己吃饱再说，我请吃饭，一定是先让大家吃饱，自己饿着也没事。

哼！何晚冷冷一笑。中国男人都这样，闽南的男人尤其严重。以前参加过一个社会调查，用一个字概括中国男人。东北男人就“直”，北京男人就“爷”，江浙沪男人就“娘”，湖南四川的男人就“硬”，广东男人就“拽”，闽南男人不就一个字“面”？既然这么好面，为什么在我面前就可以不顾面子？

我也不知道为什么。可能是直觉吧。我们是一类人。

你说王子衿和王记真就那么完美吗？真的无懈可击？你就愿意一直当老二老三老四？

什么意思？

你就不想取代王记？

这怎么可能？人家都快上市了！林有福觉得有些荒唐，他的脑子里生出一万个为什么。他盯着她的大眼睛看。在那两汪阴郁沉闷的深潭里，他看到了一种奇怪的东西。当年她说那句“我不能跟观音岩上姓林的”时，眼睛里似乎也有过这样的东西。那些东西像她手里正燃着的烟，时而明时而灭，扑扑闪闪。她避开他的目光，冲门口努了一下嘴，突然冒出了一句，你不是正缺钱？刚才那老板送到门口的钱为什么不要？

乡里乡亲的，那么大的风险。人家赚的都是辛苦钱，不能害人家。

那我的就不是？

几十万于你可能就是指甲屑的事，于他，可能是一辈子的积蓄。何况，货款你早晚都得给不是？

也是。她说着，耸了下肩，连抽了几口烟，而后用力捻灭了剩下大半截的烟头。“哐——”一个惊天雷响，天地间罩下一整块大黑布。一种从未有过的孤独与无助跟着雨一同倒了下来。

不过，也未必吧。她举起酒杯，又说。

下部

大吉岭上

Hi，哈瑞，最近是不是又换女佣啦？看你一脸幸福样。

哪里哪里，再换也没你换得勤啊，还要跟你多学习啊！

Hi，杰森，什么时候带我认识一下勋爵啊？

哈瑞，你可真会说笑，勋爵跟你舅舅可是老朋友啦！

Hi，亲爱的爱丽丝，最近气色很好啊，人更漂亮了！

讨厌的哈瑞，一直都不来关心人家，人家最近都睡不好呢。

让你父亲赶紧把嫁妆准备好，我马上来娶你。有我在身边，你肯定会睡得很香。

Hi，比尔，今年的茶很不错啊，能不能透露玄机啊！

少来哄我，谁不知道你们的茶更好！

······

哈瑞像是一只勤劳的蜜蜂，不停地在各个茶桌间穿梭。这只蜜蜂过于肥胖，我总是忍不住要替他担起心来——那个浑圆的肚子万一顶在两张椅子中间动弹不得该如何是好？当然，我的担心完全多余，这样的场景没有出现。对于这样的场合，他已经应付自如。大吉岭春茶品赏会已经连续举办四年了。五年前，大吉岭红茶在伦敦拍卖市场拍出了历史最高价，被誉为"红茶中的香槟"，有人就建议，应该让这杯香槟第一时间与在印度的英国茶人分享，于是春茶品赏会就诞生了。只有规模足够大的公司才会收到邀请，各个公司派出代表，也送来各自最好的春茶在这里一决高下。往年，都是亨利先生带着他来参加。今年，人还在英国处理公司事宜的亨利先生赶不上这场盛会，哈瑞便拽上了我。现在，他已经是希尔公司的小股东，是公司在阿萨姆地区的负责人，我则接替了他原来的角色。这么多年，他见过无数世面，喝过无数好茶，非常懂得跟不同的人说不同的话，喝茶的时间明显也多了起来，但他还没完全学会如何正确鉴定一泡茶。这恰是我擅长的。这就是那个万物守恒定律的作用原理。我的舌头在这种社交场合极不灵活，但一碰上茶水便成了一条游弋自如的鱼。我把王之信当年教授的那个品铁观音的方法，照搬过来应用在红茶的品鉴上。事实证明，无论是对于香气的衡量，还是对于口感的把握，这个方法都极其管用。经得起舌头充分接触和感觉，不苦不涩满嘴舒服的一定是好茶。我现在是公司的首席茶叶品鉴师。上个月，约翰叔叔来信说，托尼，如果你现在回到伦敦，肯定有很多家茶馆会争着抢你！我很高兴他这么看好我。我来阿萨姆的第二年，他发了笔小财，让我继续回英国完成学业，我拒绝了。后来，他又提出在伦敦开个茶馆让我打理。但我还是更想去中国。再后来，他给我介绍了乖巧的女朋友——世间真有又乖又巧的女孩，现在，她是我的妻子，我们一起在阿萨姆生活。等攒够钱，我们打算来一趟中国之旅。

我不喜欢这样喧闹的场合——它始终无法让人安下心来细品茶水。与其说这是春茶品赏会，不如说这更像是一场茶界的交际会。绿色的草地，分散的小圆桌，洁白的桌布，像树一般站得直挺挺的黑人佣人，白衬衫、硬挺的西装、绷紧的马夹，拖地的白色礼服、白礼帽、白手套，说不完的客套，喜气洋洋的寒暄，如果不是有远处喜马拉雅的皑皑雪山，近处冷杉树林层叠而上的苍翠，谁都有可能误以为这是在伦敦。我跟哈瑞打了个招呼，想四处走走。等等，等等！哈瑞一把拉住了我，一脸神秘地说。走，走，带你见一个老朋友，你会喜欢的！

我一个猛转身，跟身后一个强壮的雷布查人撞到了一起。雷布查人手上拿着的一包东西也撞到了地上，我一边跟他道歉，一边帮他把东西捡了起来。他愣愣地接过东西，不停对我说着谢谢谢谢！坐在一旁的大吉岭茶叶公司生产部经理大声呵斥着雷布查人，雷布查人赶紧把手上的东西递给那个经理。哈瑞拿手往我肩上一搭，走，走，走。他最大的特点就是热心，整个品赏会的重心完全是没完没了地介绍人让我认识。托尼，托尼，这位是梅尔公司的经理霍尔先生，整个阿萨姆长得最帅的经理，如果你想知道如何泡妞，那问他肯定没错……托尼，托尼，这位是疗养院的院长助理肯特先生，很快他就要接任院长了。如果你关心总督官邸什么时候可以建好，大吉岭上是不是真的要修建铁路，你都可以问他……托尼，托尼，这位可是我们的大英雄亨特少校，你不能只关心你的那些小事……他是个聪明的人，正利用各种场合弥合与我之间的缝隙。前不久，我的方案再次被他否决。我希望他给公司董事会提议对种植园制度进行改革，方案借鉴了苏格兰人詹姆斯·泰勒在锡兰经营鲁勒康德拉种植园的做法。在那里，茶叶的制作与销售由各个茶园独立负责，每个种植园都是独立的小村落，有着情人崖、伯加哈茶村、波菩蕊丝小镇等一些听起来非常亲切美好的名字。他的劳工是自由的，每年稻谷要播种的季节，劳工们可以沿着北方通道回印度耕作自家的田地。就在前不久的茶叶拍卖会上，泰勒的23磅红茶卖出了4英镑7先令。哈瑞说，连上报都不用上报，董事会不会同意的。一来黑人本来就是奴隶，跟他们谈什么自由？我们给他们自由，谁来为公司支付增加的成本？二来，把权力都下放给各个种植园，那还要我们这些总部的人干什么？后来，我做了让步，或者给黑人加薪，或者给他们自由。哈瑞大笑，公司聘请你是让你来为公司创造财富的，不是让你来当救世祖的！这话说得非常难听，来大吉岭之前，我都一直不想理他。

原来是史密斯先生——他现在已经调任加尔各答植物园的主管。跟六年前相比，他瘦了许多，背也微微往前驼，眼睛里没有任何一点光。哈瑞拍着自己的肚皮说，真羡慕你这么好的身材，不像我这，费布又费力！史密斯先生倒也直言不讳，说他生了一场大病，可能这一两年就会申请调回英国。我表示了遗憾，不知该从哪里安慰起。这样好这样好！哈瑞马上生出很多话来——他总能化解尴尬。你肯定是水土不服，回英国休养一段时间就好了！好了还可以再来嘛！这些话其实很有问题。他的老婆第一次来印度便"水土不服"，回英国后便没有再来。他最近也在申请回英国工作，但他从来不说。我看他一眼。史密斯先生突然问了我一句，你上次带去的那个茶还有没有？

什么茶？哈瑞很好奇。

噢，那是我们公司做的红茶。我赶紧接过话，我希望史密斯先生理解我的用意。那次你不是让我带人去萨哈兰普尔买茶苗？就是那次，我带了一点公司的茶请史密斯先生帮忙鉴定鉴定。

是是是，那红茶还真不错。史密斯先生果然聪明。

他说的其实是王之信送给我的那泡茶。回公司驻地后，我自己曾经一个人泡过两次。果真比之前的那泡更厚重更滑润。如果茶汤的软滑可以用织物来形容的话，那么之前冲泡的那一泡应该是纯棉布料的，它厚实、豪气，但也显得相对粗野；而小青花瓷茶罐里的这泡茶该是丝绸质地的，细腻、绵软、优雅，它紧密柔软地包裹着唇舌，那种香和韵在口腔里持久回荡。无论是红茶还是绿茶，一个人都可以随时随地一大杯一大杯地往下喝，但喝铁观音不行。它至少需要有一人可以对饮，然后彼此交流，否则就会怅然若失。就像中国古代有位琴师伯牙弹奏那首千古绝曲《高山流水》，如果不是遇上知音钟子期，他自己一个人弹自己一个人听，那有什么意思？从我到阿萨姆的那年冬天开始，公司抓住灾难来临的机遇，陆续收购了周边区域的许多茶园。跟那位跳河的老人的境遇相似，很多英国人低估了种茶的难度和风险。他们以为种茶就像淘金，一挖出来就是财富，从没想过现实会如此残酷。时间像是淘沙的流水，现在掌控阿萨姆绝大多数茶叶生产的是阿萨姆茶叶公司、乔里豪特公司和我们的希尔公司，另有十几家小型茶叶公司只是一息尚存，估计也扛不了多久。大量收购新茶园的那两三年，公司每年都派人去萨哈兰普尔植物园购买茶苗。第一年是我去的，我把那小罐茶也带去了。尽管时间过去了整整一年，但它除了香气有一点点转化，汤水依然那么醇厚、绵软，在口腔里百转千回地漫涌萦绕。我嗅着杯中的茶香，不禁赞叹，如您所说，这真的是能触动灵魂的香，会让人经常想念。

史密斯先生闭上双眼，深嗅着盖子上的茶香，吸气，吸气。我没有打扰他，等待他慢慢地喝下那杯茶，久久才说出那一句令人震惊的话。这绝对是一泡有灵魂的茶！跟它相比，所有的茶都是没有灵魂的。他的眼睛里闪出不一样的光芒。他说，这种香经过岁月的沉淀会更加沉稳，更加含蓄。有思想深度的人也是这样。你见过哪个有思想的人会高调、张扬的？史密斯先生没让我失望，他确实是个懂茶的人。连续两个晚上，我们都在喝这泡茶聊这泡茶。

如果早知道会在大吉岭见上你，我一定会把剩下的那一点点茶带过来。我表示了无限遗憾。

也好，就这么心生想念也是一种美好。史密斯先生没有多说什么。

我们像是在打着我们两个人才懂的暗语。哈瑞感兴趣的似乎也不是谈话，而是打招呼。他的眼睛像探照灯，在草地上四处扫射，他又发现了新的对象。他招呼我一起过去。我厌倦这种无效的社交活动——只需转个身，我几乎已经忘记他们谁是谁。我婉拒他的邀请。眼见这只胖蜜蜂又在桌椅间忙碌穿梭，我们找了个地方坐下来。可以聊的话题很多，史密斯先生是个博物学家。不停有人过来打招呼，他偶尔也会跟我介绍，这位是"会说话的图书馆"坎贝尔医生的侄子，正是他在大吉岭上开辟出大英帝国茶叶种植事业；这位是胡克先生的学生，胡克是个植物学家，他是达尔文的密友，他出版了著名的《喜马拉雅日记》……这才只是开始。然后，他会跟我讲坎贝尔医生和胡克的故事。大吉岭与中国西藏、尼泊尔、不丹相毗邻，邻国军队常常光顾这片土地。二三十年前，大吉岭还属于锡金王公的领地，东印度公司租用大吉岭作为军人疗养院，疗养院的坎贝尔医生把戈登博士带回来的种子撒在附近的山坡上，学会了喜马拉雅山当地居民的语言，深入研究了当地人的生活习俗，甚至包括郭尔喀人和雷布查人的宗教仪式。1849年，胡克正在喜马拉雅山脉开展植物考察研究，狂热的植物学爱好者坎贝尔决定追随其左右。一开始，坎贝尔只是留在后方提供信息和资源保障。一天夜里，他做了一个梦，梦见女王为其加冕，他突然意识到，这是一次很有可能为女王"做出金子般贡献"的探险机会，他不能放弃。第二天，他便启程追赶。5个月后，他终于赶到了胡克的宿营地。有了坎贝尔的帮助，考察工作非常顺利。就在他们走到卓拉垭口，以为胜利在望的时候，锡金王公派人逮捕了他们。东印度公司旋即派出军队前往大吉岭，两人获释，大吉岭也正式纳入女王的版图。极具讽刺意味的是，刚在大吉岭坐过6星期牢的坎贝尔医生直接被任命为该地区英方驻地官员。两年后，他在这里种下了福钧带回来的中国茶籽。可惜苏伊士运河通航不久，他就回到英国。

如果当年东印度公司没有派出军队去营救他们，也不可能顺便占领大吉岭。史密斯先生巧妙地用了一个"顺便"，这让他们的牢狱生活突然就轻松了起来。他说，他们都是了不起的植物学家，都为女王为大英帝国的文化带来了数十种的植物，构建我们的全球植物贸易王国指日可待。

您也是。

不，还不是。但很快就是了。史密斯先生看着手中的茶杯，意味深长地说。过不了多久，这杯中的茶也会换成铁观音了。见我怔愣着，他的脸上挂起胜利者的微笑。是真的，你别不信，这还要感谢你的那泡好茶。几年前，我就交代人去找铁观音茶苗，去年还真让一个洋行的买办给找到了。那些茶苗已经送到萨哈兰普尔植物园，不出意外，再过三年大吉岭上也可以种上铁观音茶树了。比较要命的是这个茶种需要做成乌龙茶，制作工艺很复杂。之前有广州和武夷山来的中国劳工说会做，结果做出来的什么都不像。这完全没有道理，武夷山也有乌龙茶，按理他们应该也会做才对。安溪的那些茶师把这个当成他们老祖宗的遗产，坚决不肯外传，人也不愿意来，给再多工资也不愿意。这真是麻烦……

什么东西咬了我一下，瞬间便没有了交流的欲望。我后悔当年没有听王之信的话。现在，这确实是个麻烦——我惹下的麻烦。萨哈兰普尔植物园的现任主管过来打招呼，我借机起身。蓝天，白云，青山，绿树，都是白日里最好的光景。这里看起来已经初具一座山城的雏形。原本只有一座提供给军人和政府雇员休闲避暑的疗养院，后来依着山势又多整出几块平地，多建了几座房子。现在，附近又新建了几座欧式小别墅，有几十个英国家庭在这里定居生活。疗养院区域是几座风格统一的平房，都带着舒适的小凉台，凉台上摆着可以泡茶的小圆桌。院区内设有网球场、小型板球场、医务室、棋牌室、图书室、活动室，以及一个小商铺，还布置了两间供孩子们学习的教室。两个雷布查园丁在花园里，一个在拔草，一个在种花；两个夏尔巴人在马车棚里，一个在整理马车座位，一个在梳洗马匹；几个尼泊尔妇女正在打扫房间，一个给窗台上的花浇水，两个正在晾晒衣服；一个强壮的雷布查人拉着马匹往马车棚走，经过我跟前，那人突然停了下来，对着我鞠了一个躬。是刚才那个跟我相撞的人。我觉得这个印度人过于礼貌了，没想到他又说了一句，感谢您……他后半截说了什么，我没有听到。马车棚里有个夏尔巴人在叫他，说他们马上要出发了，夏尔巴人的声音非常大。我微笑点头，算是回应他——我想他一定是认错人了。几十米外，一座新建的学校正在装修。一个苏格兰传教士急急走在小道上，前方不远处正在建设中的圣安德鲁教堂已经露出标志性的哥特式尖顶。一条窄窄的街道，几间小店铺，一家小诊所，以后，街道会拓宽，周边还会陆续建起医院、银行……一条宽阔的上山公路盘绕着山体蜿蜒，再过几年，顺着这条山路将会开建铁路。到时，蒸汽火车将替代牛车把山上的茶叶运往山下，运到加尔各答，时间将从 3 天缩短到 8 个小时。山路两旁东一处西一处散落着低矮的木头房子，常常是三五间成群，七八间结队，房子是住着马尔瓦尔人、比哈里人、廓尔喀人、藏族人，更多的是尼泊尔人。尼泊尔人的房子周边通常都有他们分散种植的小块茶园。陡峭的山坡上规模壮观的连片茶园，像是起伏的绿色波浪，大吉岭茶叶公司的监工正指挥一大群孟加拉人在茶园里劳作。再过十几天，今年第二茬的采摘即将开始，他们正忙着给茶树抓虫、拔草。更远的地方，喜马拉雅雪山在阳光下发出晃眼的冷光，一闪一闪，蓝天被它映衬得格外蓝，格外醒目。

几个英国小孩在一片空地上玩，两个男孩在踢球，五六个在做游戏。两个男孩子拿手搭出一顶轿子，手轿上坐着一个小女孩，前方两个男孩做着敲锣打鼓的样子，旁边一个头上插朵花的女孩把手搭在手轿上。这不像英国人的游戏。果不其然，他们一边往前走，一边齐声念了起来："天顶一点红，地下甘草十二丛。李花开，桃花红，松柏籽，做媒人。做哪里？做大房。大房人刣猪，小房人刣羊，敲锣打鼓娶新娘。新娘新当当，饰裤鞋袜百二双，叫你一双阮穿甲无甘，乎老鼠咬去塞壁空。"他们并非在唱歌，可那些念出来的一个接一个的词里带着一种高低起伏的旋律和节奏，男孩搭起的那顶手轿也随着节奏有规律地上下颠晃起伏。那些词我从未听过，但那种节奏和旋律又分明有着些许的熟悉。我突然意识到，这应该也是一首闽南语童谣。英国小孩怎么会念闽南歌谣？难道这附近也有闽南人。我加快脚步追了上去，拦住那几个小孩。坐在手轿上的那个小女孩告诉我，是后面小山坡民房里的小孩教的。我往山坡走，平地处有几间简易木房，这些木屋里住的都是中国茶师傅跟他们的妻子儿女，他们一般娶的都是印度女子。木房的柱子上挂着两三条新制的腊肉，正往下滴着油。中国人几乎没有什么忌口的东西，他们尤其喜欢吃猪肉。而印度人不吃猪肉。每回上山捕到野猪，就成了中国人的节日。他们会将猪肉切成条，用炒过的盐腌制，然后挂在通风阴凉处风干，一年里碰上端午、中秋、春节等重要的日子再切一小块煮食。更讲究的会将猪肉剁碎，加入盐巴、胡椒、花椒进行腌制，再灌进猪小肠肠衣里，然后风干成腊肠，据说这样的滋味更丰富。几个孩子在木屋前奔跑、打闹，他们看起来完全就是中国人的模样，但他们后脑勺并没有辫子。我用英语问他们，你们是不是有谁会说闽南话？他们听得懂英语，但不明白"闽南话"是个什么东西。我又问，那些英国小孩念的歌谣是你们教的？所有人都把目光投向一个七八岁的小男孩。

你是闽南人？

他摇头。

福建人？

他又摇头。

那歌谣是谁教给你的？

陈中国叔叔。他终于说出了一个人的名字，又往后面的山林指了指说，他在山上砍树。

果真就听到砍树的声音，我循着声音一直往里走。成片的冷杉树林郁郁葱葱，犹如一把把插向天空的长剑，间或一两棵白杨树、白桦树、橡树、榆树。每年的五月，春天要走未全走，夏天要来未全来，正是一年里最好的气候。7000英尺海拔，温度和湿度都不高不低。林子里的风吹在身上干干爽爽，清清凉凉。猩红的杜鹃花已经开败了，只剩下零零星星的三两朵。一棵树皮粗糙的大树上寄生着好几圈的石斛兰，它们整齐地开出紫粉色的花，煞是好看。声音越来越大起来，应该就在很近的地方了。我加快脚步往前走，声音就在此时戛然而止。我只能按着大概的方向继续往前走，又走了一两百米，并没有任何发现，只能倒退回来。我试着再往西面走。没走出几步，似乎听到东面传来什么声响，赶紧又掉转方向。果然很快就看见一棵高大的冷杉树直挺挺地倒在地上，前头像是有男人哭泣的声音。我踮着脚，轻轻走过去。一段崭新的冷杉树桩高出地面五六英寸，一个长辫子的中国人面朝树桩跪在地上，树桩上摆着几朵杜鹃花，几串山上的野果，还有一小碗米饭、一小段腊肉。他的手上举着两根点燃的香，做双手合十样，双肩不停抖动着，一句接一句我完全听不懂的话里带着哭腔。不知说了多久，他把香往树桩前的地上一插，开始磕起头来，一个，两个，三个——东北面，那正是中国的方向。见他起身，我这才走了过去。请问，你是陈中国？见他一脸诧异，我便把刚才歌谣的事情一说。所幸，他听得懂英语。

我就想请问一下，你是福建人？

是。

你教那些孩子的是闽南童谣？

是。

你是泉州人？

是。

你是安溪人？

不，不是。他的嗓子里像是支了台破旧的纺布机，涩涩地卡在哪儿，划拉不大过去。他的身材不高，有些壮实，眼睛很大，脸上密布冷杉一般粗糙的树皮，那是阳光深深眷顾过的痕迹。他像是急着离开。

你认识不认识一个安溪的制茶师傅，他叫陈金鼎？

不，不，不认识。他蹲下身把那碗饭和那段腊肉抓起来，转身就要离开。

他一点都没有中国人的热情。

那你知道不知道大吉岭上还有没有安溪人？或者，还有没有姓陈的闽南人？

不知道不知道！没有没有！他不耐烦地摆着手，大跨步往前走。

我想我打扰了一个中国人的清静，他有理由对我无礼。上帝一定知道我的无心——如果没有第二天的再次见面，一切便都已经结束了。此次大吉岭的茶会其实还有另外两项内容叠加在一起。去年春天，一个叫杰克逊的年轻人在阿萨姆 Heeleakah 茶园发明了茶叶揉捻机，机器开始在整个阿萨姆大量推广使用。大吉岭茶叶种植园今年第一次使用这个机器，他们拿 1/4 的茶园进行试验。活动第一天下午，各个茶叶公司较量的是纯手工制作的茶。第二天上午，较量的则是半机械化制作的茶。来山庄度假的一位勋爵的生日恰在这天，所以还会在当天下午举办一场隆重的生日派对。勋爵的生日派对上，请大家品鉴的是大吉岭茶叶公司今年最好的两泡茶，一泡红茶，一泡绿茶。红茶产自阿鲁拜里茶叶种植园，绿茶产自帕塔邦茶叶种植园。公司今年首次举行了制茶比赛，这激励了几个制茶师傅将十八般武艺全部拿了出来，整体水准明显有了大的提升。勋爵将亲自为两个制茶师傅颁奖，他们每个人获得 50 美金。我惊奇地发现，那个陈中国居然也站在领奖台上。他的眼睛始终没有抬起，像是被死死钉在身前六七英尺的地方。我在犹豫，要不要去表达祝贺。史密斯先生看到了我，特意走过来。我佩服所有能把一片平平无奇的树叶变成杯中香茗的制茶师傅，他们是茶叶的魔术师。用上次那个中国年轻人的话来说？那是化腐朽为传奇。他举杯指向奖台，问，你说，他们有没有可能会做乌龙茶？如果他们会做，那该多好？我不知道该如何回答，但这提醒了我。我作势起身，要不，等下我去帮你问一下？

陈中国正要走下领奖台，有个矮个子中国人突然冲了上去。矮个子中国人揪住他的胸口，一拳打到他的脸上。他倒退了两步才站稳，一只鼻孔里流出了血。他拿手捂住鼻子，往上仰起头。台上台下顿时一片哗然。勋爵冲着疗养院的主管发了一通火，主管拿手一挥，几个士兵立马冲了上去，架起矮个子中国人就往外拖。他顾不得自己的鼻子，小跑着追上去，拦住了他们，说，这是个误会，误会！放开他！放他走！矮个子中国人趁势逃脱。眼见他走出绿地，我几步追了上去。陈中国，祝贺你！我把自己的手帕递给他。

不，没什么好祝贺的。他的脚停住了，但他的手一点不领我的好意。这——只是个耻辱。

你赢了所有人。

我不想赢。

那你为什么要赢？

为了奖金。

你在攒钱？

……

你想回中国？

……

我可以帮助你。这句话如此急迫地溜出嘴，我才猛然想起，亨利先生终究没有兑现诺言，两个安溪人的泉州老乡至今还在我们的种植园里。如果王之信在这里，他肯定会说我是"烧烧脸贴人冷屁股"。闽南人实在是聪明，你以为他们日常挂在嘴上的一些俗语很粗俗，其实到处充满生活的哲理和趣味。比如，他们要批评你做了不该你做或者还轮不到你做的事，会说"大鼎未滚小鼎枪枪滚"；比如，他们希望找一个好邻居，会说"做田要有好田边，住厝要有好厝边"；他们要说一个人丑，可以一个"丑"字都不说，只需要一句"鸭母装金也扁嘴"便让人无地自容。为了缓解这份尴尬，我连忙追加了一句，如果你请我吃茶的话！我特意用闽南语说出"吃茶"两个字，这样听起来似乎亲切了许多。我甚至感觉自己就是半个王之信。

我不需要洋人的帮助。陈中国说得风轻云淡，一点不近人情。我看了史密斯先生一眼，他一直注视着我们。我善意地提醒，你现在是制茶能手，估计他们也不会轻易让你走。他冷冷一笑，手艺是说来就来，说走就走的。他没有继续交谈的想法，脚步已经迈开，我犹豫了一下还是跟了上去。有件事，我还是想提醒你一下。如果将来你们这儿有安溪的茶师傅过来，千万不要告诉人家是安溪过来的。

为什么？他转过身来。

他们正在找会做乌龙茶的人。我看了一眼史密斯先生的位置，说，不久的将来，可能这里也会种上铁观音。

做梦！我不可能让这里长出铁观音。他们种一棵我就拔一棵。

你们中国人怎么都一样啊？我笑了出来。

他们以为真能在这里种活铁观音？再说了，即便能种活它也会变成其他味。

如果是这样，那也就没什么好担心的了……我释然道，说实在话，你还真有那么一点像是安溪人，他们安溪人也是这么说的。

哪个安溪人？

我便跟他讲了王之信的故事，讲了王之信送我的那罐茶。印度之行，他们在寻找一个叫陈金鼎的亲人。到了印度才知道，这里的茶叶公司好几十家，种植园更是多如牛毛，要寻找一个中国茶师简直是大海捞针。王之信拜托我如果有机会到其他茶园，就帮他打听一下这个人。一旦有消息，就想办法联系他。这七八年来，我问过很多家茶叶公司，可惜一直没有消息。讲到这儿，陈中国突然问道，你说那两个中国人叫什么名字？我把名字告诉了他，还给他看了我跟王之信的合照。照片上的王之信鼻梁高高挺挺，眼睛长长扁扁。情形似乎在这里发生了改变。他呼了一口长气，其实，我认识那个陈金鼎。

可惜，他死了。几年前就死了。陈中国说。

　　哈瑞要陪勋爵去打猎，我多了一天的时间。这两个晚上他都陪着勋爵。一个晚上打牌，一个晚上打网球，他的十八般武艺全都派上了用场。我觉得我们公司应该在大吉岭设个临时办事处，这样，哈瑞就有更加充分的理由经常出入大吉岭了。大吉岭上最不缺的就是大人物，军界政界的都有，而大人物身边特别需要哈瑞这样的人才。要是这样的话，估计他会撤回当初的申请。勋爵是个狂热的狩猎高手。据说，他只比那个富有传奇色彩的罗格斯少校少猎了208头大象。1356，这是一个很难超越的纪录。在猎杀了他生命里的最后一头大象后，那位少校被雷电击中，暴尸荒野。这以后，勋爵也不再猎杀大象了。大概他知道，上帝对少校的惩罚是有原因的。更大的可能性还在于，他们家从餐具的手柄、家具的把手，到台球桌上的球、钢琴上的琴键、螺丝刀的握把，甚至再到纯粹只是成为摆设的中国毛笔上的木柄，中国围棋棋盘上的白色棋子，全部都用象牙换了个遍——工业革命在他家得到淋漓尽致的体现，他们现在可真的是住在象牙塔里的人了。如果再这么猎杀下去，除非他把家里的佣人也换成全象牙做的，否则，再大的家也装不下了。这回，他要猎杀的是豹。据说，他最近新找的小情人尤其喜欢豹纹装。哈瑞希望勋爵给他一个效力的机会——除了之前送给方方面面头头脑脑的权贵，他在阿萨姆至少还存有六张豹子皮。但勋爵是个绅士，他可不允许自己给爱情造假。他说，我怎么可以让她的身上沾染其他男人的气息？当我的子弹射穿豹子的胸膛，也会射中她的芳心。穿着我猎杀的豹皮，她便能时时感受我的爱。他发誓一定要让子弹打穿它的头部，不在豹身上留下枪眼，这样她穿上的豹皮才是完美的。昨晚，哈瑞拍着胸口对我说，幸亏他的情人没有爱上中国熊猫的黑白装，不然麻烦可就大了。说这话的时候，他其实是咧着嘴笑的。

他们要去的树林离山庄有较远的距离，那里经常有虎豹出没。天还没亮透，他们就出发了。我也没了睡意。我的计划是，先去教堂走走，再去印度当地人的寺庙里看看。然后，随便找一处开阔的地方静静地看会儿书，坐上那么一整天。在这里，呼吸山野的空气，吹吹山野的风，闻着山野的花草香，什么事情都不做的感觉也很好。史密斯先生打乱了我的计划。吃过早餐，往房间走的路上，史密斯先生说，一会儿一起去散步，再带你去喝大吉岭的乌龙茶，我叫你。大吉岭有乌龙茶？我想我一定是听错了，但我不会拒绝一个资深茶人的好意。大吉岭茶叶公司的生产部经理带着我们沿着公路往下走。不时有牛车经过，下山的牛车上通常装的是茶叶，上山的牛车上通常装的是肉类、粮食和酒。从山上到山下，牛车需要走一整天。火车开通后，它将缩短到三个小时。女孩们跟着自己的母亲围在村口的水井边，母亲们负责打水、洗衣，女儿们负责把水缸顶在头上送回家，然后烧水做饭；男孩们捧口水缸里的井水喝，再随便抹把脸，就跟在父亲的身后上山伐木、砍柴、打猎。那井水清澈、冰凉，有着丝丝甜意，让人瞬间清醒。印度这几个产茶的大区域，属大吉岭的气候最好，海拔、湿度、温度都不高不低。无论经度还是纬度，它都处于一个相对中心的位置，往西是萨哈兰普尔，往东是阿萨姆。适合茶树生长的阿萨姆，是世界上最不适合人居住的地方。半年的雨季，再加上沼泽丛林，潮湿是最大的问题。每年春天，只需要两天雨，被子就潮得都能拧出水来。又重又硬，无边无际的冷。如果只是一般的温度低，顶多就冻在表面。一旦寒冷又带了很大的湿气，冷便会变得坚硬如铁，生生戳进骨子里。这个季节正是阿萨姆的雨季，高温、闷热、蚊虫肆虐，连空气都跟着发霉，一动就是一身汗。大吉岭这里却凉爽得很，难怪政府和军队的官员们都喜欢来这度假。

晨雾罩着整个大吉岭，最美的是翠绿的茶园。有时是雾的大片白里猛地吐出一点茶的绿，更多时候是茶园的大片绿蒙着一层透明的白纱。山顶浓厚的雾成团成簇，显得有些笨重，它们与天上的云连接在一起，遮住了山体的面目。山腰以下的雾又轻又薄，似乎轻轻一吹它们就会消逝。只是一个转眼，它们便又上升了几英寸。轻的重的，厚的薄的，看得见看不见，它们都在一点点往上飘移，像是高处有一双无形的大手，正把它们一点点往天上收。在阿萨姆，早晨起来也经常会看到这样一层气体，一开始我以为是浓度较大的雾，后来才知道，那是有毒的瘴气。有形的瘴气还好辨认，若碰上看不见的无形瘴气那就危险了。有一年，公司正在平整的一片丛林里出现过一阵奇异的香，香气过后，那些负责砍树的黑人倒下了一半。道路两旁有很多成片的茶园，或高或低，连绵成片。跟阿萨姆的成片茶园不同的是，它们并不处于同一个平面，而是以道路为中心，向上向下各走出一条美丽的弧线。这条弧线并非完全规矩的弧线，它会随着山势起伏。远处的茶园已完全看不出垄与垄的分界，但按着相对固定间距保留下来的一棵棵原始冷杉树高高耸立着，笔直修长的树干，塔形树冠，活脱脱像是花园里的一把把绿伞，为每一垄做出标识。毕竟坎贝尔医生是植物学方面的专家，主管大吉岭的这么长时间，在开辟大量茶园的同时，他尽可能地保留了良好的生态。用来制作绿茶的茶树多是戈登从广州带回来的茶种，制作红茶的则大多是福钧从武夷带回来的茶种。远处连绵不断的雪山与大朵的云团重叠在一起，有些难分彼此的意思。

"啾啾""喳喳""叽叽"，鸟儿的声音渐渐稠密起来。像是被那些云雾滋润过，显得格外清脆，悦耳动听。它们遥相呼应，枝头一片嬉戏热闹。雾气往上飘的速度越来越快，天光大亮。山顶树林的方向，隐约传来读书声，一个男人在领读，两个孩童在跟读，那声音被阳光裹挟着投射下来的，有了一种明媚的味道。他们读的应该是中国的《论语》，"子曰：学而时习之，不亦说乎？有朋自远方来，不亦乐乎？人不知而不愠，不亦君子乎？……"当年王之信摇头晃脑地给我读过几段，还讲了其中大概的意思。那个名叫孔子的中国老师应该是他们中国的大思想家，两千多年前就把有关学习和为人处世的道理都跟他的学生讲得深刻透彻，中国人将其奉为人生宝典。我特别记得那句"父母在，不远游，游必有方"。好在我不是中国人，否则我确实是做了大逆不道之事。史密斯先生跟经理也注意到了中国人的朗读，但他们不感兴趣。经理有些厌烦地说，这些中国人就这样，有力气不用来研究制茶，宁肯去读这些晦涩难懂的文章。每天都在这里念念叨叨，跟念经似的，烦都烦死人了。史密斯先生说，他们一定是怕忘了中国话怎么说。

不管怎么样，一路上，也还算相聊甚欢。陪着他们把风景看过，把新鲜空气呼吸过，正要往回走，两匹马"嗒——嗒——嗒"地走上来，旁边跟着几个看热闹的尼泊尔人。前面的马匹上坐的是英国人，英国人手上抓着一根马鞭。后面的马匹上坐的是那个强壮的雷布查人，雷布查人手上拽着一条绳子，绳子的另一头绑在一个中国人手上，他的个子矮小，脚有点跛，脸上有一条条的血痕——昨天就是他打了陈中国一拳。矮个子中国人的双手被捆绑着往前拖，雷布查人在前头拽一下，他的身子就带动脚步往前跟跄地跌出几步。看得出来，他很疲惫，身子随时有倒下的危险。尼泊尔人提醒了前面的英国人，但他不为所动。他干脆走到后面，抽了中国人几鞭子，说，这些中国人放纵不得！我让他再逃！我让他再逃！中国人一边抬手挡着脸，一边左右颠晃着脚步，鞭子密密麻麻地落在他的身上。每个种植园都会有这种情况发生，鞭打、挨饿、加倍工作量，这些都是常用的惩罚。眼下，经理需要回去处理这个事宜，我们便跟着往回走。像是滚雪球一般，两匹马走到哪儿，不断有围观的人加进来。这场景看起来不是很舒服。拐过一道弯，陈中国带着两个孩子站在路旁。见到后面的矮个子中国人，他冲了过来，伸手就要抢拽在雷布查人手上的绳头，雷布查人迅速把绳索从左手换到右手，用力一拽。我看到雷布查人在笑，他的右嘴角夸张地上扬，右脸的肌肉紧密地堆积，他的嘴简直占了大半张脸。上帝啊，加上八字须，穿上红色丝织品，他不就是当年去萨哈兰普尔植物园路上碰到的那个强盗？！他比当年胖了三分之一，难怪我认不出他来。矮个子中国人被拖着拽着往前连跌了几步，我失声喊了句，小心！我愤怒地瞪了一眼雷布查人，他的笑突然僵在那里，手上的绳子也软了下来。抢不到雷布查人手上的绳头，陈中国跑到矮个子中国人身前，两手抓住绳子的中间靠后部位，用力往后一拽，雷布查人差点从马背上掉下来。再一拽，雷布查人只能放开手，矮个子中国人双腿一软，跪到了地上。眼看英国人的马匹又往后走，我实在看不下去了，对经理说，如果你们大吉岭用不着这么多制茶师傅，可以考虑送给我们希尔公司用，我们正缺茶师傅呢！史密斯先生也暗示说，别闹出人命来！经理这才叫住了英国人。陈中国赶紧跑过去扶起跪在地上的矮个子中国人，说，跟你说过，你这样是跑不掉的，你就不信！你就不信！矮个子中国人把他往边上推，别假惺惺地当好人了，滚开！一定是你举报的，是不是？是不是？陈中国愣住了，你说什么呢？矮个子中国人抓住陈中国的手臂，对着经理和史密斯先生喊了起来，你们不是一直要找会制作乌龙茶的人吗？他会！他是安溪人，他会！他手上就有一泡很好喝的乌龙茶！我喝过！陈中国慌了，扯开他的手，你说什么呢？别乱说！

　　我有些后悔来这里。人越聚越多，场面有些混乱，经理安排两个尼泊尔人把矮个子中国人扶上雷布查人坐的马，让他们先去厂部，雷布查人朝我的方向回了下头。大吉岭茶叶加工厂就在前面半英里的地方。围观的人很快就散了，陈中国看了我一眼就要往前走，经理叫住了他。他跟身边的两个男孩子交代了几句话，让他们先走。还是你比较聪明识时务！经理先夸了他一句，又转头对我们说。我就不明白这些中国人，有房子给他住，有工资给他，让他可以娶妻生子，他跑什么跑？他这是身在福中不知福。你说他回中国不也是一样种茶制茶？我笑着回了句，人家回中国再苦再累种的可是自己的茶啊！经理讨了个没趣，又转回去对陈中国说，不用再瞒了吧？其实我们早就知道你是安溪人。不，我不是。陈中国说得很小声，像是不想让人听见。他不再看我，只是一味地低下头。这看起来有些奇怪。

没有人应该否认自己的故乡。史密斯先生嘴角露出狡黠的笑、得逞的笑。中国人不是最讲究以茶待客？怎么样，能不能请我们喝上一杯？经理赶紧补上一句。是啊是啊，你带一泡到厂部去，我们在厂部等你。就在刚才，我还跟史密斯先生说要带他去找你喝茶呢！

不，我没有。

你们中国人也太小气了吧？你知道史密斯先生是谁吗？他想喝你的茶那是在给你面子，你懂不懂？经理有些生气。史密斯比了个打住的动作，一脸微笑。他总是笑得如此斯文。他说，不想请我们也没关系，那就卖给我。陈中国又不说话了。谁都看得出来，他在犹豫。史密斯先生又说，多少钱？你说。我给你100卢比，如何？他看一眼史密斯先生，又看一眼我。我很想跟他摇头，但史密斯先生也看着我。不，我没有，你们一定弄错了。他缓缓地说。史密斯先生这么友好，你怎么可以这种态度？经理厉声质问，你这傲慢的中国人！你以为你不说我们真的就没办法了吗？

是啊，你们得不到就会用偷用抢！这是你们最擅长的！陈中国冷冷地笑，冷杉树皮一样的脸更黑了。我真不明白，你们为什么就一直惦记着中国茶？一直喜欢当强盗？你们难道真的一点都不怕上帝再惩罚你们吗？你们是不是忘了，你们的孩子是怎么被印度人的长矛挑着烤熟的？印度人为什么要把那么多英国人骗上船，然后点燃船篷烧死他们？你们真的以为只是因为步枪的弹药上擦了牛油和猪油，这挑战了印度人的宗教信仰？

你知道什么你？！来大吉岭这么久，你难道不知道，对于穆斯林来说，猪肉是禁品？对于高种姓的印度人而言，触碰一头死去的牛是犯大忌？

那是你以为。陈中国双手交叉在胸前，冷眼看着经理，问，如果你们不抢人家的土地，人家会这样？反正你们英国人最擅长的，不是偷就是抢！

史密斯先生是个斯文人，他可不会像经理这么粗鲁野蛮。他点上一根雪茄，缓缓吐出一口烟，慢悠悠地说，这个世界谁不偷？可可树原本只长在墨西哥丛林中，咖啡树原本只在中东沙漠生长，现在有多少个国家种可可和咖啡？你们中国不也从印度偷了罂粟去种？

我们那是被你们给逼的，那是对你们侵略行为的回应，这叫以牙还牙。如果你们不变着法子把印度的那么多鸦片卖到中国，我们压根不会想种鸦片。再说了，我们那是种在自己的国土上，我们的咸丰皇帝可没有把脚踏进别人的版图。

看来你是真不知道啊！史密斯先生夹着雪茄的手冲着陈中国点了点，笑了起来。你们的同治帝已经登基十几年了。见陈中国愣在那里，他又接着说，其实最早提出要移植中国茶树的也不是我们英国人，人家瑞典人一百二十多年前就做了，只因为当时条件差，茶苗都死在半路上。再说了，中国茶树现在也不单种在印度、锡兰、爪哇、肯尼亚、俄国、土耳其，还有美国，很多个国家都有了。以后，肯定还会有更多的国家种上中国茶，这是任谁都挡不住的。即使英国不做，别的国家也一样会做。

史密斯先生，不必对一个中国人这么客气的。经理把头伸过来，小声地嘀咕了一句。我有办法让他乖乖把茶拿出来……中国人总是喜欢敬酒不吃吃罚酒！

算了，算了，没意思。史密斯先生摆了摆手，别过头。他将双手别在身后，晃晃荡荡走在前头，经理赶紧追了上去。故事本应到此结束。可是没有。

我正想加快脚步去追赶他们，陈中国抢先一步走到我身边。他悄悄说了句，太阳落山时，你来小树林，我有东西给你。还没等我反应过来，他已经一路小跑，跑过经理，跑过史密斯先生。太阳就在这一刻突然从云层间蹦了出来，万道阳光照射在他的身上，随着他起伏、跳跃。一路都是光芒。

河流认准了悬崖的方向，时间也学会了奔跑。深蓝、浅蓝、灰蓝、灰色，大吉岭的天空不停变幻着色彩。当天边泼洒出成片成片的墨色，连绵的山峰顶部铺叠上最后的一层殷红与一层金黄，涌动成最后的霞光。冷杉树下的天色比外面暗了一两分，陈中国提前点起了一小堆篝火，以迎接夜晚的来临。我们在篝火边坐了下来，离晚饭还有整整一个小时的时间。他递给我一小包用纸包着的东西，说，早上他们说的乌龙茶。这场景似乎有些熟悉，我顿在那里。你不是说没有了？

对他们没有。对你，有。你不一样。陈中国指了指那包茶，不好意思地说，当然比不了他们给你的那包铁观音，这个是用肉桂茶叶做的。还没等到我接话说"谢谢"，他又往下说出了一句，给你讲个故事吧。火苗在闪烁，蓝色的、红色的、金黄色的，有如他故事里的各种色彩，时而忧郁，时而活泼，时而暗淡，时而明亮。

那年夏天的雨水特别多，用了一个月的时间也没下完。六岁的陈中国站在林家的门口埕，看着送他来观音岩的堂叔一步步走远。雨一直下，他不肯进屋。他的父母被山洪冲走，从此他就要永远寄居在姨妈家。姨妈家住的是非常大的房子，有很多个房间，外墙是红砖砌的，砖墙上开出木雕的窗户，厅堂上一块块精雕细琢的屏风。以前跟着父母来，他特别羡慕他们家。可是现在，他一点都不喜欢没有父母在的姨妈家。姨妈拉他，他哭；大表哥要抱他，他哭得更厉害。堂叔说父母是为了给林家送货才会遇上山洪，父亲一直替林家制茶。他恨林家，他恨母亲在临终前把自己托付给姨妈。完全看不到堂叔的背影了，他哭得更加厉害。去我家躲雨吧！一个跟他差不多大的男孩跑过来，拉住他的手就走。你为什么哭啊？

我爸妈死啦，我没有爸妈了。

你不要哭，我把爸妈分给你。我做你朋友。

他跟男孩回了家。男孩的眼睛细细的长长的，笑起来像弯弯的月牙。男孩的家离姨妈家不远，他们家仅有的两间土坯房自然留不住他。但从此以后，他有了第一个朋友——小算盘。小他两岁的小算盘之所以被称为小算盘，主要是因为聪明，不需要大人教，才三岁就懂得简单的加减乘除。姨妈家做的是茶叶生意，姨父常年在武夷山，家里的大小事情基本是大表哥在打理。大表哥整整大了他十八岁，总喜欢把他当儿子一样严格管教，还经常会跟他说一些他听不明白的话，什么"有千年山没有千年官"，什么"有千年茶香没有千年富贵千年运气"。十岁那年，大表哥请了老先生在祠堂里办私塾，他和小算盘都入了学。他本不想读书，可表哥说这是他父亲的遗愿，他不想做不孝之人。那些四书五经非常难懂，他经常捧着书睡大觉。表哥亲自教大家的外国话就更难了，读起那些鸡同鸭讲一般的语言，他的头大舌头也跟着大。可小算盘不会。小算盘最大的毛病就是学什么都快，读书也一样。这一点很不好，表哥总拿小算盘做参照。那年春节放假前，表哥亲自到私塾里考学。表哥提问他，孔子说应该去交的三个好朋友都有谁呢？他根本不懂，就偷偷拿眼瞟小算盘。表哥让小算盘替他回答。小算盘便答，友直，友谅，友多闻。表哥让他具体解释，他觉得这也太简单了吧，迅速答道，一个叫"友直"，一个叫"友谅"，一个叫"友多闻"。讲到这里，他觉得哪里不对，又说了句，后面这个名字应该叫"友闻"，刚才小算盘多说了一个字，他们三个应该是三兄弟。全班同学哄堂大笑，表哥气得一把将书摔到他脸上。小算盘站起来说，错了错了，人家孔子说的是要跟正直的人、诚信的人、知识广博的人交朋友。这样的情形屡次出现，他一次次在表哥面前出丑。在他看来，有小算盘在的地方每天都没有晴天。于是，他坚决不肯再去读书，任姨妈怎么劝都不听。十几岁的孩子能干吗？表哥说，那就去武夷岩茶厂跟你姨父学制茶，等你学会制茶，就让你去厦门管理茶铺。他想，制茶好，不用动脑子，不用背这些摇头晃脑的枯燥东西。

那几年，广东、天津、浙江等地一直战火不断，山野中的日子过得倒是简单又快乐。他天生就是当制茶师傅的好材料。不出一年学会制作红茶，再三年，可以独立完成一泡上等乌龙茶的制作。晒青，凉青，摇青，炒青，揉捻，包揉，烘焙……这一道道制作乌龙茶的程序看起来都是需要使上力气的活，实际上在暗处用的都是脑子。它需要调动一个人所有的感观系统，眼睛看，鼻子闻，双手摸，再形成判断和考量，决定手上的力道，决定时间的长短。三四岁就跟着父亲摸过茶叶，陈中国上手极快。制作乌龙茶的核心在于摇青，每一遍摇青都是茶叶的一次涅槃。四至五遍的摇青没有固定的公式，时长、力度、间隔，全凭个人把握。一般的师傅判断每一次摇青的时间节点需要眼、鼻、手多管齐下，他则不然。他只需要靠手。他的手上像是长了眼睛、长了鼻子，拿手一摸，"死了""活了"全知道。很快，他就在武夷小有名气。1860年夏天，战火烧到北京时，表哥让他去厦门茶铺，却不是当掌柜，而是从一个伙计当起。那时候，小算盘已经是茶铺的二掌柜。

说好了，年底把各种欠账收了就回老家过年。那天早上，表哥跟大掌柜一早就出去收账，小算盘、陈中国和另外一个伙计留下来看店。来了一个英国客人，他看中店里卖的特级铁观音。来50斤，英国人说。不好意思，这个茶已经全卖了。小算盘绑住袋口。英国人指着一级铁观音说，那就这个来50斤。小算盘又绑住这个袋口说，不好意思，这个茶人家也买走了。陈中国把小算盘拉到一旁，咱们明明都有茶，为什么不卖？这一看就是大客户。小算盘骂了起来，我就不想卖茶给这些洋人。他们刚刚在北京烧了我们的圆明园，逼着皇帝签了这条约那条件，还硬抢了广东的九龙，我们为什么要卖茶给他们？一颗茶都不想卖给他们。英国人走后不久，又来了两个荷兰人。陈中国一见又是洋人，直接就把他们往外赶，说，我们什么茶都不卖。柜台内的小算盘一听冲了出来，瞪着他把他往边上一推，你干什么？！又赶紧堆着一脸笑把客人迎进店内，说，有，有，有，我们这里什么好茶都有。两个荷兰人总共买了100斤一级武夷和80斤一级铁观音，表哥回来后对他又是夸赞又是奖赏。陈中国一肚子的不服气，但他不说。当天晚上，小算盘拿着赏钱请大家吃酒，店里所有伙计都去了。酒过几巡，陈中国终于忍不住地发起了牢骚，我就不明白，同样是洋人，我要卖给人家50斤特级铁观音就不行，你卖给人家130斤就没问题。这到底什么逻辑？小算盘拿手指着他，又一个个地指过去，一脸轻蔑地笑，这你们就不懂了吧？英国法国欺负我们，人家荷兰人又没犯着咱什么，为什么不卖？咱们卖茶的不能只懂得卖茶，要关心时势关心政治关心国家。懂吗？懂吗？小算盘说着，就跑到隔壁桌去敬酒。来厦门几年，整条街上似乎没有他不认识的人。看着他一脸春风得意的样子，几个伙计也不乐意了。一个说，你们说，这什么道理啊？根本没道理嘛！白亏了你跟老板是亲戚，还比不上他一个外人。他不就比我们多读几十本书吗，有什么了不起的？搞得他什么都懂似的。一个说，听说人家明年春节后就要去巴城了。老板看重他，要把一家茶铺交给他打理。一个说，你说你呀，到底你跟老板是亲戚还是他跟老板是亲戚啊？陈中国越想越来气，越来气就越是闷头大喝。

不知过了多久，几个外国人在邻桌入座，他们一直在聊茶。突然，一个荷兰人指着小算盘说，今天的茶就是跟他买的，好极了。说着，就跟身旁另外一个外国人说，你也可以找他们买，他们的茶很好，很好。陈中国一看，这不是上午他们不卖茶给他的那个英国人吗？英国人也认出了他们，立马就走过来。他一把揪住小算盘的胸口，质问，为什么你卖茶给他不卖给我？小算盘呵呵一笑不说话。一旁的陈中国坐不住了，谁让你是英国人了？英国人不高兴了，抡起拳头就要打，被陈中国一把抓住了。他的手劲非常大，英国人吃不消，一边"嗷嗷"乱叫，一边却还在叫嚣，我是英国人，你敢打我？你敢打我？就在这个时候，不知谁喊了句，打死洋鬼子，打死洋鬼子！陈中国用力一推，英国人像个皮球一样撞到了墙上，他的拳头又密密麻麻地跟了上去。这时，几个外国人同时围了上来，小算盘害怕了，拉着陈中国喊，走走走，不要打！陈中国的酒劲已经上来，听不进任何劝，直接冲上去跟他们扭打在一起，几个伙计也加入混战，场面乱作一团。小算盘想把陈中国往外拽，却被人一把推倒在地。爬起来的时候，他看到几个衙门差役远远地跑过来。他大喊一声，不好，有人报官了！所有人四散。小算盘预判这个事情有些麻烦，衙役会到店里捉人，他让陈中国不要回店，不要住小旅馆，随便找个地方躲一个晚上，往下有可能需要先回武夷山躲一阵子。两人相约第二天上午卯时正点在码头见面，小算盘给他送盘缠和衣服过来。这一夜可真是难熬啊！码头的风很大，夜很黑，陈中国蜷缩在一艘小舢板上。风从四面来，酒一点点醒了，有些问题也慢慢想明白了。这次回武夷山他就不再回来了，一辈子当制茶师傅挺好，做生意也许并不适合他。在林家的这十五年，他第一次对自己有如此清晰的认识。好不容易等到卯时，近正点，小算盘果然来到了码头。陈中国正要探出身子，突然看到小算盘朝身后招了招手，又有人走了出来，先是表哥，接着是两个身穿制服的衙役。他知道，完了，完了，他们要把他送官了。这个事情本因小算盘起，现在他们要抓的却是他——怕是武夷山也去不得了。这很不公平。他的身子像一团浸了水的棉絮软了下去。没有人珍惜他，王家，小算盘，所有人。也罢，也罢，那就走！他知道有广州来的洋行买办正在招聘茶师去印度，条件相当优厚，可以预支几个月的工资，将来还可以管几百号人。他希望踏上开往印度的轮船，立刻、马上。

很后悔当初离开了中国……我一直不敢结婚，怕回不去，可是，可是……陈中国面朝东北，无奈地摇头，泪水开始在眼眶里打转。可，还是回不去。

回得去的，回得去的！我说过，我可以帮你。我拍着他的肩膀，希望能够安慰到他。你表哥要知道你在这里，也一定会来找你，他那么有钱，他一定会出钱来赎你……不知为何，我的脑袋里突然闪过雷布查人的身影。如果有他的帮助，情况将完全不一样。我想。

你说，表哥和小算盘来印度找过我？他们真的来找过我？陈中国"呜呜呜"地哭了起来，像个孩童。可惜我运气不好，他们去了阿萨姆，去了萨哈兰普尔，他们不知道我一直在大吉岭……

你就是陈金鼎？！林老板是你表哥？王之信是小算盘？我惊叫了出来。那两个衙役怎么可能是去抓你？怎么可能？！你表哥怕外国人再生事端，所以请衙门里的人帮忙，那是为了保护你！我看到熊熊的火焰映照着他，他的脑门可真光亮，他的辫子可真长，他的眼睛可真大。

故香（三）

从拉上行李箱出门，到走出电梯间，安迪一直在交代：一定要吃早餐，鸡蛋不能少，每天睡觉前要喝驼奶；容易造成胃寒反应的菌类、米粉一定要少吃，不能由着自己的性子，吃进去吐不出来；一旦再出现小腹疼痛的现象，暖宝宝先贴上，泡杯姜糖水喝，半个小时以内如果没有缓解，一定上医院；"大姨妈"来那几天，鱼汤少喝，西红柿蛋汤、紫菜汤、青瓜汤都不要喝，最好喝些羊肉汤，要加很多很多的姜，让小陈买个榴梿；包包里一定记得放一包坚果或者几块小饼干，千万千万不能饿着自己的胃……这口吻，跟两年前小陈带去找她们村里的那个老中医有点像。

老中医姓许，单名曶，人称许半仙。半仙住在半山腰，不仅头发和胡子都有贯长虹之气势，就连眉毛也长出黄山迎客松的身姿。纯棉衣衫黑布鞋，清清朗朗加瘦矍，往里深陷的两只眼睛里装满了山谷里的日月和峰峦，完全一副仙风道骨与世隔绝的样子。一把跟他一样上了年纪的老壶不离手，壶里泡着的正是何晚托小陈的父亲早早送去的王记的"小故香"888。一并送来的其实还有茶水更为细腻滑润的"大故香"5条1和6条1，但许半仙更爱"小故香"的厚重。许半仙轻易不给人看病，沾着边的亲戚关系再加一泡好茶动摇了他不够坚定的决心。许半仙之所以称许半仙，除了看病，还在于他擅长看面相命。据说，十年前曾经有一个身价几千万的有钱人找他看病顺便看命，刚走到门口，隔着三四米远，正坐在下厅泡茶的许半仙把茶壶往桌上一放，整个人弹跳进来，站住！不要进来！来人未及反应，大门已经关上。任有钱人左等右等，许半仙坚决谢客。后来，有好事者问他原因，他说，那人身上挂着几条人命，阴气太重。好事者笑他，人家那么有钱的人，做着正经生意，怎么可能？他不多说。过几年，有钱人被抓了进去，外省一个二十多年前的灭门惨案关联到了他。自此，找他看病相命的人趋之若鹜，而他跟很多人玩起了捉迷藏。

掀眼睑，看舌苔，又把了把脉，许半仙咬着茶壶嘴一口茶下肚说，你这一身寒气可都是小时候落下的毛病，积了几十年的东西不好根除，它们随时随地爱来就来，一来就得闹腾几天轻易不肯走。她觉得半仙不愧半仙，一下子就戳中了要害，是啊，小时候没人告诉我能怎样不能怎样，一年四季都是冷水澡，生理期也不例外。这几年一直在调理，好像也没调出什么效果来。每年春秋两季，气温一旦降得厉害，胃肠都要出来造反。许半仙摇头，指了指心脏的位置，说，那些都是表象，重要的还在于这里。小陈急了，晚姐心脏有毛病？不可能啊？5公里长跑我都跑不过她。许半仙将了将长长的胡须，盯着何晚看了看，眼睛里的话舀了一碗又一碗，嘴却像是受了震动的河蚌只微微开了个口又迅速合上。她捂住心口处，强装笑颜地说，心脏病？那应该没有吧。许半仙开了药方，交代了饮食上的注意事项，不能喝冷饮，雪糕、冰淇淋更不能吃，不要吃凉性的东西，比如苦瓜、绿豆、豆腐，要多吃些温补的东西，比如羊肉、阿胶、红枣。临走前，许半仙突然问了她的出生年月日时。指头掐掐算算过去，又掐掐算算过来，身体突然不动了。诶，这就对了，你是观音菩萨命，是可以渡人的，也会经历一些劫难。佛说，渡人先渡己，渡己先渡心。姑娘，等你到了我这年纪，很多事情便都放下了。我的药治标不治本，心病还得心药治，心结还得心药解。每个人心里都装着自己的药，能渡你的只有你自己……说完，他又端起茶壶，何晚看到他的喉头上下一番蠕动，她听到"咕噜"一声。

五岁之前，她的亲妈出门总喜欢带着她，村民们一夸她长得漂亮，亲妈总会得意地说，我家小妞儿可是观音嬷命，我们家将来就全指望她了。可是，五岁之后呢？不再是了。养父母把送子观音高高供在厅堂上，却一次次把她的这个观音嬷命踩在脚底下。亲妈不知道，观音菩萨的生日有三个，只有二月十九这个诞辰日，一落地就是三公主，这才是彻头彻尾的好命。另外两个日子需要救人于水火，那是操心受苦的命啊。而她出生在夏季，成功地避开了公主的养尊处优。出事那天晚上，亲妈屡次纠结的还是这个问题。那是一个什么样的夜晚啊？一屋子的烟味，令人亲近的烟味，令人放松的烟味。她以为有人来救她，她不会再痛了。她努力想睁开双眼，却只打开一小缝，看到的是一屋子的白，令人头晕的白，令人疼痛的白。几个人围坐在床头，亲妈不停抹着眼泪，祖母不停安慰着，亲爸只顾闷头抽烟。好累，好累，好痛，好痛，重新闭上双眼。她只想好好睡一觉，睡一觉……先是祖母说，这孩子一定不能再回村里……这样回去，我们陈家哪还有脸？亲妈说，她是观音嬷命，怎么会出这事？亲爸说，还是让她换个地方重新过活吧！他还说，我已问过了，有个远房亲戚，离得远，条件差是差点，但他们结婚十年没有生养，应该……亲妈说，那个女人那么冷脸，对孩子肯定好不到哪里去，还有那个男的，长一个酒糟鼻，孩子肯定不会喜欢……她好想抬手，可是手上压着泰山。她好想张口，可是舌上压着黄河。亲妈又说，她明明是观音嬷命，不该啊不该啊！眼前一大片一大片的黑暗压了过来，再醒来的时候，天地已颠倒乾坤已扭转。

　　到了点一定要吃饭，不要老是拖拖拖，睡前一定要记得煮姜水泡脚啊！安迪又想起了很重要的一点，还有还有，出门一定记得带上保温杯，你的胃祖籍中国，受不得凉水……

　　好啦，好啦，我都记着呢，你都说了100遍了！何晚亲昵地挽过他的手臂，你怎么越来越像中国式老爷爷啊，这么啰唆？

没错啊，我就是你的老头子，你就是我的老婆子啊。安迪曲起手臂，把她的手夹在自己的手臂里，唱起了庞龙的那首《幸福的两口子》："你笑我变成了老头子，我笑你变成了老婆子，心里念着彼此的名字，永远不能忘的白裙子……"英国人感染了何晚，她不由把头靠了过去，在他手臂上蹭了蹭，昨天晚上，实在抱歉，对不起啊。

说什么呢。安迪把何晚揽进怀里，在她的额头亲了一下。我知道，不做，并不代表不爱。是我不好，是我忘了，今天是四月初八……你知道，我要的是你一辈子。

一辈子过了一大半，何晚遇到的贵人有三个半，安迪算是她的第二个贵人。发现她手长腿长适合练田径的体育老师和后来那个每学期赞助她500元生活费的陌生人合起来只能算半个——长着酒糟鼻的男人和一年365天冷脸的女人早就威胁她初中一毕业就要去打工，这半个贵人让她初中之后有五年时间过得相对幸福，但也仅仅只是延迟了五年——无论她有没有读师范、有没有稳定的工作，都改变不了三姑婆和台湾男人的亲戚关系，三姑婆依然会上门说亲，依然会以她缺了口子说事，他们依然会往饮料里下安眠药，她终究逃脱不了嫁给台湾男人的命运。从他们的亲儿子出生的那天起，他们就掐着指头算计从她身上压榨出儿媳本的这个日子。第一个贵人应该是阿娇。那天中午，她跟着台湾男人买到下午两点的车票后就进了"阿娇卤面店"。店主人是个矮矮胖胖的中年妇女，脸蛋是圆的，嘴角保持着上扬的姿势，单眼皮的眼睛里每时每刻都含着笑。她听到进进出出的客人称呼店主人"阿娇"。台湾男人点了一桌菜，她一口都没吃。她之前已经绝食一天。跟王子衿的订婚照还崭新地挂在墙上，她却马上要嫁给别的男人。没错，以她的烈性子，她应该跑，她必须跑。可台湾男人说了，要走可以，你拿八万来。八万？她上哪里去拿八万？谁能有这么多钱？一个月工资才三四百元，她要几十年才能还得清这钱？她能想到的只有王子衿。

她大声喊叫，你们让我走，我一定拿八万给你们！可酒糟鼻说了，我让你走了，你还怎么可能回来？你把钱拿来，我就让你走。她被锁在屋里三天三夜，第四天便成了台湾男人的女人。台湾男人说，你不是处女，我不会嫌弃你！一个女人在一个男人面前连仅有的一点尊严一点秘密都没有了，还能有什么退路？退路已经失去了退的价值。她便不再拗什么了。冷脸看透了她的心思，把话说得更绝，你不要想着现在跑不了，离开家就可以跑了。除非你想让所有人都知道你被台湾人睡过，否则你就不要想跑。她相信看在钱的分上，再没脸的事冷脸也做得出来。

唯一能做的只有绝食。何晚盯着趴在餐桌上呼呼大睡的台湾男人，眼眶一点点地湿了。身份证在他束得紧紧的腰包里，手也在他手里紧紧地攥着。她试着想抽回自己的手，台湾男人半睁开眼看了她一下，把手攥得更紧了。一只苍蝇落在他的秃顶上，她死死地盯着它。她多么希望它能在他的秃顶上叮出一道缝，吸出他的脑髓，让他一直这么睡下去，永远醒不来。可惜，这种情形没有出现。醒过来的台湾男人见她一筷子没动，劈头盖脸就是一顿打，再难听的话也骂了出来。许多客人只是好奇地看，看不明白也不问也不说。在后厨忙活的阿娇抄着大锅铲直接就冲了过来，她一手抓住他的拳头，大锅铲横在他的面前，充满了震慑作用。你再动手我报警了啊！阿娇大喊，台湾男人这才住了手。他拽起何晚就要走，被阿娇拦住了。阿娇把何晚带进洗手间，帮她把嘴角的血清洗干净，告诉她，你也不用不好意思，我在车站都开了十几二十年店了，什么没见过？如果不想跟台湾人走，现在还有机会。如果决定跟台湾人走，一定要善待自己。唯有活着，好好活着，才可能有一切。她不说话，抹了把脸要往外走。阿娇拍拍她的肩膀说，女人的命啊，需要自己去抗争。要抗争也要吃饱了才有力气去抗争。身体垮了，病倒了，死了，什么都没有了，还拿什么抗争？从洗手间出来，她大碗喝汤大块吃肉，像换了个人似的。阿娇的话她听进去了，往后再苦再难的日子里，她都不会让肚子受罪。回到安溪的第二天，她去旧车站所在的位置找过阿娇，可惜车站已不复存在，那家卤面店的位置也盖起了商住两用的高楼。一颗流星从天上滑落，贵人阿娇闪亮着轨迹。

到台湾的第二天，何晚就认识了安迪。安迪是台湾男人家的租客，当时正在大学里读书。一个白皮肤蓝眼睛的英国人，却对中国历史中国文化感兴趣，开口说的是腔调怪异的中文，写的是歪歪扭扭的中国字，房间里摆放着四处搜罗来的台湾茶：冻顶乌龙、木栅铁观音、阿里山红茶、文山包种茶、金萱茶，这让她颇感意外。有一回，安迪肚子胀气，喝过东方美人碰风茶也不见有效，她给他冲了一杯陈暖送的陈家蜜制多年的安溪铁观音，不过几分钟，打了嗝，放了屁，人就舒服了。离开安溪，除了几件换洗的衣服，她只带了陈暖送的这一小罐茶。她从小爱胀气，吃个粽子或者吃点油腻的东西就不消化，亲妈总给她喝这个蜜茶。记忆中亲爸该是乡村里的制茶能手，每年春秋两个茶季都会在生产大队里制茶。家里有了自己的茶园后，亲爸每季都会留下两三斤自泡茶。不管他留多留少留好留坏，最疼她的亲妈总要先保证做一罐几乎专供她的蜜茶。安迪问，这是什么茶蜜制的？她答，铁观音。他不解，我喝过台湾的木栅铁观音，味道不是这样的。她又答，植物可以移植，但土壤、空气等自然环境有看不见的密码难以完全复制到位，移植后发生变异很正常。安溪是铁观音的原乡，你喝到的是母本的味道。他表示认同，两人慢慢成了朋友。

那一夜，还是由何晚不想做爱而起，还是因为没有生孩子的问题成为导火索，醉酒的台湾男人再一次把拳头落在她的身上，她一个人跑到海边，冲进大海里。毫无尊严地苟活于世，人生真的没有多大意义。海水没过腰部的那一瞬间，一双大手从背后抓住了她。她想挣扎，那双大手直接将她抱了起来。是安迪。原来，他听到了他们的争吵，听到了她跑下楼梯的声音，便悄悄跟在她的身后。他艰难地走到沙滩将她放下，突然说，离婚，跟我回英国吧！白色的月光罩在他的头顶，他的身上发着光。她摇着头哭，不，我生不了孩子。他一把将她抱紧了，我知道。我不要孩子，我只要你！她哭得更厉害了，有时候我都怀疑自己还能不能做得动爱！他转过她的身子，看着她说，做不做不重要，重要的是爱！就是最后的这句话，让她最终下了决心。大凡男人，谁不需要女人与他做爱？娶一个不想做爱甚至不能做爱的女人，就像抱回家一个啃不动的很甜的菠萝，或者种了一盆不能碰的带刺的玫瑰花。一个男人，如果明知道你做不动爱，还依然愿意娶你，那一定是真的爱你。她主动抱紧了他瘦瘦的身体。那个时候，再瘦的拥抱都是温暖的。往下，就是激怒台湾男人，激起更加严重的拳打脚踢。报警，打官司，将一切都存为呈堂证据，离婚并没有想象中的困难。十八年了，安迪是这么说，也是这么做的。

安迪注意到从另一部电梯出来的两个上了年纪的大妈跟在他们身后，她们手上各抱着一大捧金纸，像是在赶路。安迪揽着何晚往边上走，主动为她们让出道来。路的一边，十几二十个烧金桶堆在一起，几天前它们还风雨无阻地放置于广场上，横七竖八拐过去就是一个小广场，两个大妈往广场的北面走。北面角落与绿篱相邻的地方，立起了一个近两米高的金属塔状物件。安迪停下脚步，那边怎么会建了一座宝塔？

那哪是什么宝塔。何晚窃笑，那是一个供小区居民集中烧金纸的环保塔桶。

什么时候建的？我怎么不知道？

也就这两天吧。你整天待在屋子里拍视频录节目琢磨你那些东西，怎么可能知道？也不是建，是做好了直接拿过来安装上去的。

真服了你们闽南人的信仰了。安迪做双手合掌作揖状，以前一直以为只有农村社会才这么拜来拜去，没想到城市里的居民也这么拜拜拜，还与时俱进搞起了这种集中烧拜点。日日都是上帝留在人间的烟火，处处都可以升腾起人间烧给天上的烟火。感觉你们闽南人聪明，又最无私。闽南的三个社区里，人的社区最不重要。

什么三个社区？一个县城都不止三个社区呢。

我说的是闽南社会的三个社区：人的社区、祖先的社区、神明的社区。在乡村，你们最漂亮的房子不是给老祖宗住的，就是给那些神明住的。在城市，活动空间这么有限，还要给这么多的精神信仰腾出位置来，不容易，不容易。

这不是一样的道理？你们的教堂不也很漂亮？教堂周边的建筑不也不被允许高过教堂？这说明世界是共通的，世界人民都把精神信仰放在很高的位置。

不，不，不，我觉得闽南人的精神信仰最为复杂，闽南人也最博爱。安迪呵呵一笑，悄悄改变了刚来安溪时的表述。紧挨着小区的是一个四星级酒店，何晚曾在这家酒店住了两天，怎么感觉都不舒服。酒店主体楼的背面原本是一座四层的楼房，一层经营高消费的夜总会，上面三层作为停车场。夜总会不太平，三更半夜常有打架斗殴的事件发生，附近居民不堪其扰时常举报，后来就改建成住宅，都是三十几层的高楼。耸立的四幢高楼几乎跟九层高的酒店主楼脸贴脸，肚碰肚，这边住宅里的人站在窗前打个喷嚏，唾沫星子都能直接喷进酒店的窗户里。她对小陈说，住这里还不如去小区租个房子住，多少还有点回家的感觉。也就一说，小陈还真去找了小区门口的房产中介。一打听，一个月租金才3000元左右，5天的住宿费就可租住一个月。小陈看了三套房子，留下两套供她备选，一套是东面的边套，一套居中。

小区东面是占地颇为壮观的谢氏宗祠，西面是气势不相上下的显应庙，周边除了不远处的体育馆和这家酒店，全都是二十层以上的高楼。90年代，新城建设保留了它们。前几年，新一轮城市建设，谢氏宗祠被纳入了拆迁范围，谢氏族人上连"天线"，去中央、省、市各级政府部门找人，下接"地线"，族人联名向县政府反映诉求，最终采用整体吊起平移近百米的方案。几横几纵的道路勾出了城市的大发展格局，因了这两处古建筑的存在，城市才错落起伏，有了疏朗的空间依托。安迪在后来的一期《闽南人的精神家园》里详细叙述了县城周边区域种类繁多的民间信仰，而后话锋一转，写下这样一段精彩的描述：站在我们租住的22层阳台往下看，车辆在城市交通大圆盘缓慢流转，这边进那边出。像是以前乡村用的水车，吞进来什么又吐出去什么，不停旋着转着。你会觉得传统与现代在这里交汇，城市与农村在这里融合。四周环抱的大厦高高在上，日日俯视着低处的老厝，却也不敢生出任何不敬；处于中间区域的老建筑紧贴大地，夜夜仰视着高空中的楼宇，却也绝无半点自卑。仿佛那大厦只是一个班上凭借先天身高优势高过两米的同学，而他们不时指着天空一字一句地告诉他，你看，我们离天空一样遥远！这似乎呼应了古希腊哲学家苏格拉底曾经说过的那句充满智慧的名言——认识你自己！是的，闽南人的精神家园里也不乏这样的警醒与提示。他们相信，借着人间那一张张涂抹着金膜的纸燃起的烟火，人的精神可以抵达那遥远的第三世界，那无所不能的神明们也会循着一样的路径而来赐予他们力量与机遇。当初看房子时，安迪还在英国，何晚拍了视频给他。视频里不仅有房屋内的结构装饰，还有周边大环境。看到东面的边套，他说，感觉这个还不错，就这儿吧？

就这儿了！何晚拍板说。

这么多年，两个人已经默契出一种方式。安迪习惯给她分析情况提供信息缩小选择范围，而她负责拍下那一板又一板。她的心比他大，她的胆比他肥，她的眼也比他亮。刚到英国，别人需要半年以上才能过的语言关，她只用了两个月。一开始，安迪到一所中学教书，他为她的工作提供了三个选项：A.中国餐厅里的服务员；B.朋友开的小超市里的收银员；C.自己开一家小店铺。他更倾向于在A和B里做选择，她选择了C选项。当地人开的超市一般晚开早关，她七八点就开张，晚上十点还没打烊，而且经常帮忙送货上门，生意火得不行。她早上很快就将小店铺扩张成小超市。又一年，小超市挣下了不少钱，他提议，或者再开一家小超市，或者开一家大超市。她很干脆地做了选择，小超市变成了大超市，一家又复制成了多家。这回，她没有给他选项，直接说，你辞职回来帮忙打理生意吧！有一回，超市接待了一团中国游客。她的第三个贵人——晋江刘姓老板就在其中。当时刘老板看了她标注为 25 英镑的箱包后说，我们公司生产的箱包比这个漂亮，质量比这个好，在国内也就卖个几十元钱一个。你要不要试着卖一下？我先发一小批货给你，你卖完了再给我钱。卖不动的话，就当我送给你了。她抱着试试看的想法接受了。没想到第一批发来的箱包因为款式新颖、做工精致、价格便宜，一下子就卖爆了。短短几个月时间，自家的超市连同别人家的超市频繁要货，前后卖出去近万个。后来，附近的批发市场也慕名而来，她一口气拿下了 5 万个箱包的订单。这个经历让她在"Made in China"里嗅到了无限商机，自此一发而不可收。安迪分析了摆在眼前的三条路的机遇与风险：一是重点做贸易，留一两家大超市经营的话相对保险，假使贸易上出现什么情况，起码还有超市生意可以兜底，但超市经营的精力不足，很有可能成为赔钱的生意；二是不做超市的生意，全面进军国际贸易，利润高风险也大，一旦碰上汇率调整，或者两国关系发生战略性变化引起关税变化，极有可能倾家荡产；三是重心仍然在大超市，国际贸易偶尔为之，风险小了很多，但钱也会少赚很多。她选了中间项，转让了所有超市，专心跟刘老板做起了贸易。先是箱包，后来是服装、鞋帽，她在两个国家间飞来飞去，从浙江、福建订制的货物一批接着一批地发往英国，曾经有一年单一双运动鞋就让她赚了 200 万美元。

　　几年前，刘老板的市领导朋友到英国考察，何晚接待了他。市领导主政安溪多年，说起话来既有一种不同于一般市民的官方口吻，却又有着接地气的风趣和亲和，关键还三句话离不开安溪——让人不得不怀疑他到底是来考察还是来招商。喝咖啡的时候，他会说，你是安溪人，安溪人喝了再多洋咖啡也不能忘了安溪茶啊。知道安迪爱喝茶，而且祖上还开过茶苑、茶馆，他就更来劲了，你看你看，安溪的洋女婿都爱茶，安溪的女儿可不能不爱啊。参观葡萄酒庄园的时候，他会说，欧洲产酒，咱们安溪产茶，茶酒茶酒，绝对好朋友，真的可以考虑做茶叶贸易。安溪那么多家茶企，那么多茶山，肯定有你喜欢的茶。参观巴宝莉公司时，他又说，英国人喝茶已经有几百年的历史，他们一直是中国茶的消费主体。后来，因为茶叶大盗把中国茶移植到英国的殖民地印度，又从印度传到一海峡之隔的斯里兰卡，印度和斯里兰卡生产的红茶才慢慢占领了英国人的茶杯。一百多年前，也是因为小小一片中国茶叶，英国挑起了鸦片战争。新的历史时期新的时代，茶叶理应担当新的使命，成为世界和平的使者。安迪一分析，中国目前在世界发起丝绸之路经济带概念，英国人均茶叶消费量又是世界第一，茶叶贸易应该是可以做。早在二三十年前，专家就预测21世纪应该是茶饮风靡的世纪，以目前来看，空间还无限巨大。英国人喝茶的历史悠久，当下更多喝的是加了糖和奶的红茶，但若要论奶茶，乌龙茶尤其是铁观音的香和韵具有无可替代的先天优势。何晚开始关注起茶叶贸易，但也仅限于关注——直到小陈出现。

小陈的出现纯属偶然，却也是天成。那天一大早，贸易公司的门刚开，就来了一个中国姑娘，长得又黑又瘦，还一脸忧愁，眼皮肿肿的，像是被水浸泡了一整夜，睁开都有些困难。姑娘一进屋就打起苦情牌。她自我介绍姓陈，来自福建，来英国留学，前天刚到，因为搞错地名下错车，半路停下来问了个路，结果行李箱被抢走了。行李箱里除了衣物、书籍，还装着出国前父母托人兑换的三千多元英镑。幸亏护照装在随身背的包里，否则就更麻烦了。姑娘家经济本不宽裕，父母也一直不太支持她出国，大学毕业后她工作了两年把学费赚得差不多了才申请了留学，哪想就出了这档子事。幸得一位学姐指点，她才重新看到了希望。既然来了，何晚就问了几个问题。英语怎么样？还行。学的是法律，数学怎么样？还行吧。经济法读得好吗？也还行。

一听这，何晚有些恼了。对不起，我这边不是救济中心。何晚没有给她好脸色。像是唱跑调的一个曲子，好不容易听完又被告知还要再听一遍。刚送走一个"一般"女孩，又来了个"还行"姑娘，她自然没了兴趣。那阶段每天总有中国留学生来求职，总有这样那样的缘由。一开始她也曾试着留下一两个，可问题总是很多。白天要上课，晚上来了没精神，周末偶尔还想出去参观游玩，留下一个留学生就等于留下了一系列不可控和不确定，她真的是不胜其烦。最离谱的要算那个"一般"女孩。女孩来自浙江，面试时的回答非常有意思。问，你会德语？你的德语口语如何？答，一般一般。又问，你在国内学的是经济学，自我推荐写着唱歌跳舞体育样样行，看来你综合能力很强？又答，没有啦，一般一般。再问，你参加过啤酒大赛？你的酒量很大？再答，一般一般。何晚以为，中国女孩含蓄内敛谦虚低调，"一般一般"通常都会"世界第三"，哪想用了不到两星期就知道，这个"一般"果真能力是一般。到了要辞退她的那一刻，她倒是显现出了她能力之外的不一般。带了英国男朋友来理论，男朋友学的是法律，天上地下国内国外的道理讲了一堆，要求为她维权。幸亏安迪搬来了他的同学，那男朋友一看，是给他们上过课的律师事务所的老师，赶紧撤。

姑娘黑瘦的脸庞更黑了。几年后一次喝过酒，她才告诉何晚，当时地上如果有道缝，她肯定钻进去。如果不是真的感觉走投无路，想着死马当活马医，她断然不会那么不要脸地硬赖着不走。姑娘很执着，紧接着打起了亲情牌。听说您也是福建人？您是福建哪里人？

安溪。

安溪？我是南安的，我们是邻居啊！姑娘的两眼放着光。这么巧？！

不要给我打老乡牌！没用。我们不缺人。

听说你们有考虑做茶叶贸易？姑娘并没有放弃，我之前在茶叶公司做过两年，这方面比较熟悉，也许……

茶叶公司？何晚几乎是条件反射地顺口一问。哪家茶叶公司？

深圳王记茶叶进出口公司。

王记？何晚来了兴致。你们老板是谁？

您指的是深圳公司，还是指总公司？深圳那边是分公司，董事长和总经理都是王子鸣，总公司董事长是王子鸣，总经理是王子衿。

何晚相信这就是天意，便成全了这天助之笔。小陈绝对料想不到远在万里之外的前老板还能帮助她在异国他乡找到新工作。研究生毕业后，她正式入职BEAUTIFUL LIFE 贸易公司，何晚的茶叶贸易也正式启动。入职的头两年，陈姑娘就立了三次大功。第一年春茶，公司先入手红茶生意，小陈陪着何晚考察了武夷山市、政和县、福安市和福鼎市等几个红茶主产区域的茶叶市场，几天跑下来，无论是政和工夫，还是坦洋工夫，抑或白琳工夫，因为并称"福建三大工夫红茶"之名气，哪种工夫茶都不便宜。正山小种就更不用说了，金骏眉银骏眉简直赛过黄金价。这与她们之前预判的价格差出了十万八千里，何晚有了退却之意。陈姑娘大胆建议，索性撇开这四个主产区域，在周边寻找合适的红茶。何晚并不认可，谁都知道福建的红茶就是这四大主产区域，怎么可能在其他区域买红茶？这也太外行了吧？！陈姑娘自有她的道理。没错，任何一种茶都有一种地域的特殊性。正山小种的最佳原材料主要是桐木关的武夷菜茶，政和工夫的最佳原材料是政和大白茶，坦洋工夫的最佳原材料是福安菜茶和福安大白茶，白琳工夫的最佳原材料是福鼎大白茶、福鼎大毫茶以及福鼎大白茶与云南大叶茶自然杂交后的"福云"系列半乔木茶，但是除此之外，还有许多茶种同样都可以制作成红茶。比如，你们安溪芦田产的梅占茶，做出来的红茶有一种独特的梅占香。还有你们安溪大坪产的毛蟹，做出来的红茶有一种蜜糖香。如果拿铁观音去做成红茶就更妙了，有一种非常优雅的兰花香气。当然，再好肯定也比不上铁观音做成乌龙茶的好。何晚还是摇头。陈姑娘话不多说，开始泡茶。泡的是前一天刚到手的上中下三个等级的三泡红茶，一喝，一样红亮的琥珀色，一样香高味醇。一问价格，比先前任何一家公司的红茶都便宜了30% 以上。再一问厂家，武夷山南侧清流县一家茶叶公司聘请武夷山的茶师傅用当地的茶叶制作的。

见何晚的态度不再那么坚决，陈姑娘便又加了一把小火，说，日本2006年正式出台"肯定列表制度"，十年前，那么严苛的一两百个指标，谁都担心过不了关。王记提前三四年就在做通关准备，怎么准备？2004 年，王子衿找到了外省一个非常偏远的有机茶场的绿茶生产基地，茶场主人是个台湾人，因为合伙人撤资资金链断裂难以为继，一个当地人刚刚接手，还是按照原来的有机茶园进行管理。王子衿把制作乌龙茶的机械运往那里，指导采摘那里的茶叶生产乌龙茶。一开始茶场的工人还在笑，绿茶怎么生产乌龙茶？茶叶一生产出来，咦，还真就是乌龙茶了。中国六大茶类，绿茶、红茶、黑茶、白茶、黄茶、青茶，指的其实都是制作工艺，理论上来讲，任何一种茶树都可能制作成这六种茶。当然，每一种茶树都有它最适合制作的茶类。我们买的是红茶，没有特指哪一个茶种，也没有特指哪个区域，到时我们标注的是中国红茶，顶多也就体现到福建红茶，那就只要是福建这个大区域就可以了。我探听过了，这家公司的生产基地原本是一家监狱的农场，几乎是完全按照国营农场的管理，比零零散散的一般茶农对茶园的管理更严格更规范，质量更有保障。几年前因为国家对监狱政策的一些调整，农场这才对外承包给了这家公司，之前一直做绿茶，这一年刚转道来做红茶，市场还没打开，自然想以价格优势来兜住客人……

签合同的时候，陈姑娘又立了一大功。厂家拿出的是常规的茶叶购销合同，合同上关于茶叶的含水量标注的是低于7%，她建议更改为6%。厂家一开始并不同意。你这少一个百分点，我就得多给你1000斤，来去就差了好几万元呢。陈姑娘说，我降这一个百分点，图的可不是那几万元。你们也知道茶叶容易吸潮，今年的雨水又多，万一到时含水量超标过不了海关的检验，到时损失的可不是几万元的事情，你们说是不是？自此，公司购买的任何一批茶叶，含水量都要求在6%以下。第二年，公司开始入手武夷岩茶买卖，陈姑娘更加游刃有余。公司驻武夷办事处的代表建议主要购买正岩区的大红袍，质量上有保障。陈姑娘否决了这个建议，力导非正岩区的一般色种茶。为什么？正岩茶与非正岩茶价格天差地别，大红袍与非大红袍的价格也是一个天上一个地上。于英国人来说，只要能通过欧盟海关的质量检验，正岩茶与非正岩茶有多少区别？只要都是好的乌龙茶，有几个英国人能喝出大红袍与半天腰、铁罗汉、肉桂、水仙、白鸡冠、水金龟的区别？况且他们大多会往茶里添加奶和糖，这样就更喝不出差异性了。何晚又一次采纳了陈姑娘的观点，为公司节省下来几百万元。也差不多在这个时期，安迪慢慢退出公司经营，专心投入自己对茶叶的喜好和对中国文化的研究。

正是知道安迪的喜好，来县城的第三天上午，何晚便带着他四处转。在一家茶叶店喝了两泡茶，便转到了显应庙。见庙堂上供奉着感应尊王、清水祖师、保生大帝、五谷真仙、武德真人、仙姑娘嬷等各路神明，安迪看得眼花缭乱，不禁大发感慨，天啊，你们闽南人真是这样，有庙就进、有香就烧、有神就拜啊。可是这么多神仙，闽南人怎么供奉得过来？闽南人也太没有原则了吧，谁的神明都拜？还有，每天这么多人来敬供这么多东西，神明们吃得过来吗？怎么吃？轮流吃吗？要先吃谁的好？怎么知道哪个神明吃没吃？庙里的老者不容他继续"放肆"，打断了他，外国少年家，神明面前不能乱说话啊！要不要做、怎么做神明都知道，不需要我们凡人操心，我们只要做好我们的事就可以了。

安迪赶紧捂住嘴。老者主动介绍说，神明界自有神明界的等级、层次和规矩，人家分得很清楚，不会乱。附近各个自然村落还建有安美宫、文兴堂、进玉殿、新宅馆、文安馆、福美宫、灵庆堂、聚善堂等十七座宫门，供奉着各自的"境主公"。其中有五六个宫门隶属于显应庙。而在远处的午峰山麓，还有一座宗教院，奉祀释迦牟尼和观音菩萨，专门统领包括显应庙在内的这些宫门。每隔几年，这十七个宫门要轮流往显应庙"请火"，宫门之间可以相互"割香"，感应尊王偶尔会到各宫门"巡香"，偶尔有外乡宫门来交流要"留香"……晕乎乎地听完讲解，安迪的头更大了，但他不敢再有不敬的言语，一句话憋到出了庙门才说出口，说出来的却是一长串的问句。上有天公中间有佛祖有观音有弥勒，下面有关帝有清水祖师有保生大帝，还有数不过来的这神那神，做闽南人也太累了吧？单敬拜这些神明就够忙活的了，人哪还有喘息的时间？闽南人就不怕被这么多的神明给折腾死？何晚说，怎么可能？心中有神明就不累，心中无神明就会累。闽南人有句话，头顶三尺有神明，你说真的有神明？也未必。那为什么这么说？其实就是"人在做天在看"的意思，靠的是一颗敬畏之心。

短短一个月时间，看来安迪已经部分消化和吸收了何晚的观点，她忍不住夸了他一句，不错啊，看来孺子还是可教也。他也不客气地收了，咧着嘴笑，当然可教啦。我是闽南女婿，肯定要学会融入这种文化当中啦。其实这种文化也正好体现了闽南人的特点，既精明能干又开放包容，挺好挺好。陈姑娘的车还没到，两个人在小区门口等。小区门口有一排自建的五层楼，最边上的一楼开着一间简易的便利店。每到这个时间点，吃过早餐的店主去散步了一小圈回来，打开电视接上话筒就开始跟着电视唱卡拉 OK。今天循环播放的是 90 年代初的一首闽南语歌曲《心爱的甭哭》："手撰伤心的行李，今夜决心来离开。看着你满面的珠泪，我的心肝强要碎。虽然真心疼痛你，互相勉强也无意义。送你这卡无缘的手指，感谢你陪伴我这多年。啊，心爱的甭哭，请你将我放袂记，啊，你无欠我我无欠你……"安迪一边说着，这歌有点应景啊，多少年没唱了，一边不由得跟着旋律哼唱起来。这是当年何晚在台湾时经常偷偷哼唱的一首闽南语歌曲，她一唱起来总是泪流满面，他一听上就欲罢不能。闽南语的腔调本身并不像江浙一带的吴侬软语那么绵软，但搭配了旋律的闽南语情歌少了山的硬挺，多了水的柔情，总是软软地贴在人的耳畔，像根藤蔓似的往里钻。能将这首歌唱到极致的唯有王子衿，他唱歌时微微有些鼻音，又无师自通地擅长运用颤音，轻易就唱出了其中凄美的伤感。安迪后来也学会了，他将这首歌唱出了滑稽的味道。他的闽南语发音实在太不准确，更多时候只是发出一个大概的音，不仔细听的话整句整句串在一起便糊了过去，一旦仔细起来，便一会儿卡在这里一会儿卡在那里。就像是幼儿学说话时完全不知所云，就依着大人说话的腔调囫囵地说。第一次唱给何晚听的时候，把她给听得又想哭来又想笑。此刻，她没有嫌弃店主人的破锣嗓把这首歌的旋律糟蹋得体无完肤，也没有嫌弃他没有半点自知之明地摇头晃脑沉浸其中，不断给周边环境制造噪音，她突然觉出了一种可爱来。你说，生活其实也很简单啊。也不需要多少钱，人家一个小老百姓也可以把日子过得如此悠闲、自在。

我们也可以啊。

恐怕不行。

关键看你要不要。安迪又谈到了房子的事情。这几天他在网上看了几套房子，有他们这个小区的，也有对岸的，有城中心的，还有城南的。有大房子，小房子，还有别墅。何晚的脸绷紧了，你又不买房子，看房子干什么？

怎么不买？你难道不想长久居住下来？！我觉得这里跟台北很像啊！以前我会选择到台湾求学那么多年，就是因为我喜欢中国的文化。现在，在这里，连说话都是一样的，吃的东西也基本相同，感觉就像在台湾一样。我以为你是这里人，在这里又有这么多认识的人和想做的事业，我们以后一定会在这里和英国两地轮流长住，这样不是挺好？

不，不，这些都只是暂时的，我不会留下来的。我会离开，离开这里的人，离开这里的事，离开这里的一切！

为什么？安迪两步跨到她的面前，提高了音量。你不是说，你拼命赚钱就是为了回到中国？见何晚张了张嘴，并没有说话，他又说了句，千万不要做让自己将来后悔的事。

何晚闭着嘴不说话，只拿眼睛看他。他知道他说了不该说的话了——说就说了，他不想自己后悔，更不想她后悔。每次都是这样。他容忍她的敏感、任性，容忍她的喜怒无常，就像她容忍翡翠手镯上那条几乎要贯通的横向裂纹一直裸露在那儿，不愿像一般的主人一样，给它镶嵌一圈耀眼的黄金以加固它、掩饰它、装饰它。她不，就不。过后，她也不会告诉他究竟不该说的是什么，但他基本也能推测出个八九不离十。这么多年，一次次提纯过后，敏感词最终剩下几个：父母、童年、伤害，那些都是埋在地下随时可能炸响的雷。他尽量不去触碰，但有时它们会闷声不响地自爆。他害怕看她不说话时的眼睛。仿佛她的情绪原本有着两个出口，嘴巴合上了，所有的东西便往一处挤，眼睛里堆满了着火或者爆炸的理由。

一片干枯的落叶卷曲在一起，风一吹，它便旋转起来，像一个滚筒，向前滚，向前滚。

好在陈姑娘的车很快到了。安迪把行李箱往后备厢放，陈姑娘降下了玻璃窗，手上递过来刚从市场上买的一整袋金纸。她买了80元份的，说是日常最大的份。何晚接过金纸，看安迪放下后备厢，看他上了车，挥了挥手，心头有些落寞。车缓缓往前走了几米，又倒了回来。陈姑娘说，差点忘了，那个传芳茶业的林有福林总打你电话你没接，他刚打我这儿来了，问你人在哪里，想当面跟你说事。我说你去厦门了，不在安溪。何晚点了下头，说，嗯，知道了。回安溪的这段日子，陈姑娘既是茶业顾问也是经理助理，还是生活秘书，一次次担当挡箭牌。想见不想见，什么时候见，以什么方式见，陈姑娘总能拿捏有度安排妥当。

怎么要骗人家？安迪问的是陈姑娘。她明明在安溪。

我说尊敬的安迪先生，您回英国办大事，留下这么漂亮的太太一个人，就不怕哪个安溪帅哥来骚扰？陈姑娘看一眼后排开起了玩笑，何晚用眼神别了她一下。意思很明显，这个时候很不适合开这种玩笑，氛围不对。安迪也用沉默印证了这一点。他的心头其实有好几个不解，眼下，又多了一个。此次回英国确实办的是公司的事，但在他看来只是常规之事，何大之有？倒是另外几件自己的事情说小也小，说大也大。需要把小时候看过的一本书找出来，那些模糊的记忆需要在书里进行核实。父亲去世前可能把它捐给了图书馆，也可能是博物馆；需要回趟乡下母亲家，找她再聊聊父亲曾经说过的祖上的事，希望能找到柜子里的那个小茶罐；需要去趟老祖宗就读过的大学，他曾经给学校捐过一批书籍……很多疑问需要解开。他已经决定了，计划写一本书，从中国的茶叶说开去，说到中国的文化，中国人的性格。书名也已经想好了，就叫"从中国茶说起"。两天前他在王记提前跟王子衿辞行时说起这个计划，王子衿连竖大拇指。他说，办好这些事后我还要来安溪。王子衿举起茶杯与他一碰，随时欢迎你回安溪！一个"回"字让他的心头一热，说不出来的感动。他觉得自己似乎如闽南语所说"女婿是半子"，已经有一半属于这里了，可是百分百属于这里的她却更像是随时准备逃离。

陈姑娘简单说了另外一件事。她转了林有福发来的一则微信新闻给何晚，并引用了林有福的原话，他说，让你们何总一定要仔细看耐心看，一场好戏开始啦！何晚从不轻易让人添加她的微信，除非她主动开口。陈姑娘载着安迪走了，何晚转身进了小区，她把 80 元的金纸一张张烧进那个环保塔桶。农历四月初八，这个日子像拿刀刻进她的身体里，整整三十七年了。那天一早，祖母就起来拜观音，还笑着跟要出门的父亲说，今天是佛祖的生日，诸事皆宜。出了事后，母亲抱着她哭，一遍遍地埋怨，不是说佛祖生日诸事皆宜的吗，怎么就出事了？怎么就出事了？佛祖的生日，成了她人生的祭日。每年的这一天，所有的通道都堵上了，谁都无法进入。她只想一个人这么坐着，发呆也好，出神也罢。

　　猪油白玉脂瓷观音静静地坐在餐厅的木架上，面朝溪流的方向。它的材质像玉非玉，有玉的温润，又有象牙的色泽，还有瓷的纹理和清脆。半透明的身躯发出蛋黄般的光，温和，绵柔，让人从目光到心头都流淌着轻松。香托上燃着檀香，香的烟气顺着香托开口的底部向下流，像一面窄窄的瀑布；流到观音左手掌上的净瓶里，像一泓弯弯的清泉；流过观音右手的指间，像条分缕析开的丝线，更像观音手上那一枝细细的柳叶枝。何晚双手捧住那细细的香流往面前送，深吸一口气，那香迅速推门涌入。这种香并非如它外包装上所写的纯天然，以她的经验判断，大抵是 70% 的天然植物香混合了 30% 的化工香。睡觉时经常点在床头的线香就不一样了，那是 100% 的沉香。她对气味有一种超乎寻常的敏感度，这似乎是一种与生俱来的天赋。小时候，白糖稀缺，她对与糖有关的气味极度敏感。用她亲妈的话说，犄旮旯儿里哪怕就滴了一滴白糖水，蚂蚁还没闻到就被她舔干了。那一年舅舅带着表哥来家玩，亲妈冲了一杯白糖水给表哥喝，她只有在一旁干看流口水的份。表哥连舔杯的机会都不给她留，过了一遍凉白开的杯子比他的脸还干净，比她的心还凉。那天下午，亲妈找不到家里的那罐白糖，几个小孩都成为可疑对象。吃不到羊肉还惹了一身骚，何晚气得在地上打滚，表哥要去拉她，她突然闻到了他嘴里一股好闻的甜味，一激灵坐了起来，你刚吃什么了？你是不是吃了黄瓜蘸白糖了？是不是？是不是？表哥抹着嘴一溜烟跑了，亲妈正要批评她对客人不礼貌，她吸着鼻子直往客人的房间走。桌子上没有，抽屉里没有，五斗橱里没有……她被鼻子牵引着往床的方向走，床架上的抽屉一开，她掏出来一小段吃剩下的黄瓜，黄瓜的瓜瓤被挖空，洞底还留有一小窝的白糖。犯罪证据在手，舅舅让表哥的屁股开了花，母亲嘴上说她的狗鼻子不懂事，眼睛却默许她独享那黄瓜与白糖交融的甜美。

嗅觉灵敏也有不好的一面。万物有其味，人亦各有各味。多年前那个无眠的夜晚，她躺在被窝里闻到了让人恶心的气味。夜从未有过的黑，从未有过的长，罩在她的头上，压在她的胸口。冷！冷！疼！疼！她靠墙蜷缩得紧紧的，像一只受了惊吓的金龟子，一动不动。冷脸和酒糟鼻忙了半天还在忙，被窝里有一阵一阵的风，往她脖颈里灌。更冷了！也更疼了！她怀疑酒糟鼻是在给轮胎充气，他喘着粗气，"呼哧——呼哧"，还不停说着粗话，我干你妈！干你妈！儿子！我要儿子！酒糟鼻的气一定都跑到了冷脸那里，她轻轻"嗯啊"着，偶尔夹上一句"王爷抓去"，很痛苦的声音。风还在往被窝里灌，热热的被窝里翻动着一种气味，黏黏的，腥腥的，湿湿的，像是被窝里有一只刚刚杀过的鱼，她的肠胃汹涌翻滚，怎么都止不住……后来到栖鹏任教，她喜欢陈暖身上淡淡的啤酒香波味，更喜欢王子衿身上清清爽爽的太阳味。那一天学校舞会结束后回到宿舍，她在啤酒香波的味道里嗅出了那熟悉的太阳味混杂着的潮湿气息。一阵恶心反胃后，她还是希望得到确认。子衿刚才来过了？你们接吻了？见陈暖涨红着脸不敢看她的眼睛，见陈暖的目光里吸饱了水，随便一碰都会渗出羞意，她又连呕了几下，伸手往空气扫拨，捂住了口鼻说，一屋子发情的味道。她无法想象，那么干净的男人发起情来，居然也会释放出一样肮脏的气味。

就是从那时起，何晚开始用上了香水。90年代用的是小店里的便宜货，她也清楚有一股很冲的化工味，但没钱也只能将就着用。到了台湾，开始使用雅芳的小黑裙，一直觉得味道不够重，压不住周边各种复杂味道的干扰。安迪送给她第一瓶香奈尔 5 号后，她知道，就是它了。欧洲人习惯用香奈尔 5 号覆盖体味，而她用这款香水填满自己的呼吸。开超市的第二年，她才意识到自己对气味的敏感是一种特殊的能力。虽然这种能力很多时候带给她痛苦，但偶尔也有小幸福。那天，店里来了一个老年男子，在香水柜前徘徊，闻闻这瓶，又闻闻那瓶，闻了半天还是举棋不定。店员问老人找哪一款香水，老人说不出来，只拿出一件女人的衣服闻了闻，说，就想要这个味道的。原来，老人的爱人去世了，他一夜夜地失眠，后来发现，要闻着爱人衣服上的香水味才能入睡，可孩子在清理遗物时把所有的瓶瓶罐罐都扔了，他也不知道爱人用的什么牌子的香水。老人找过附近大大小小几家超市，买过两三瓶，白天闻着确实像，晚上一用，根本不是他想要的。这可把两个年轻的女店员给难住了，她们压根闻不到衣服上的香水味。眼看着爱人的香水味正一点点减弱，老人的焦急又加重了三分。第三个店员刚要凑近，何晚将他轻轻一推说，我来。她一嗅，气味确实已经弱到极微，但只一下，她确定似曾相识，这是一款比较小众的香水，似有似无的柚子味。老人将信将疑地拿回家，从此睡下的都是安稳觉。

这么多年，几乎用遍了世界上著名品牌的香水，以及用来熏香的各种香精，她觉得最好闻的香莫过于铁观音的香，似兰若桂，又千变万化。第一次在超市里冲泡铁观音请客人喝，客人问，这里加了什么香精？她乐了，这铁观音还能用来提取香精呢，哪里需要加什么香精？世界上有哪一种香精能合成这铁观音的香来？这样想着，她冲泡了王记今年新出的 6 条 1。神志一清，心气自然就爽了。这么多年，王记的故香系列铁观音和各式各样的观音成了她身边不可或缺的两样东西。瓷的、铁的、玻璃的、水晶的、黄金的、玉石的，各种材质、各种造型的观音她都有，有的摆在厅堂上、书架上、书桌上，有的挂在车上、脖子上，从中国大陆买到中国台湾，从中国台湾买到英国，从英国买到意大利、德国、法国，再买到中国。她几乎见过观音的所有造型，有最常见的杨柳观音、千手观音、合掌观音、不二观音、持莲观音、莲臣观音、滴水观音等，有比较少见的圆光观音、龙头观音、持经观音等，有站着、坐着、卧着的，有腾云、滴露、抱童子的。不知是柳条丰富了画面，还是杨柳观音面相上更为柔和的缘故，她最喜欢的还是杨柳观音，几乎所有材质的杨柳观音她都收齐了。

　　五岁之前的那个家里，也有一尊杨柳观音，瓷质的，还是彩色的——现在想来是非常粗糙的质地和做工。观音的脸上涂着粉红的胭脂，头发是黑的，挂在脖子上的玉坠是绿色的，右手上的杨柳枝也是绿色的，左手上的净瓶是蓝紫色的。那时候，祖母每天起床的第一件事便是给站在窗台上的观音上香奉茶，拜上几拜，再说上一小会儿的话。祖母说的那些话像那燃尽的香灰一样，轻轻地落在观音的莲花座上，一日一日地叠了起来。她清晰地记得，有一回她进祖母房间的时候，祖母正在低头拜，那阳光正从窗口照了进来，她看到观音笑了，观音的身上放射出千万道光芒。童年关于观音的所有美好记忆就这样刻录在了脑子里，几十年仍挥之不去。五岁之后的那个家里，冷脸也供着瓷观音，她供的是送子观音。那观音的脸又圆又大，就像个大圆盘子，身体臃肿得没有道理，双手却小得不合比例。观音手里抱着一个着橙色上衣、绿色裤子的男童，看不出表情的男童手上握一个银手环。她觉得那应该是世界上最难看也最没有神采的观音。

　　许多东西被夜色收拢了。推开木质落地窗走出去，凉爽的湖风吹了过来。已是小满，天气正一天天地热起来。湖面微漾，波光粼粼，倒映在水面的霓虹灯影微微颤着一点点向远处推送，一层连着一层，像是水田里的水稻正在灌浆，开始抽穗。陈姑娘上午发来的是从微博转到微信的一篇文章，标题极其醒目："你看到的未必都是真相：王记茶业老总的爱心何来？"文章一开始是正面宣传，转发了栖鹏养老院院长发的一条"爱心企业家为痴呆老人梳头"的微信，配有王子衿在养老院给耕婶梳头的照片，紧接着却话锋一转，变成了批判性的起底大揭秘，说他之所以对耕婶那么好，是因为他在少年时期害死了耕婶的丈夫，心怀愧疚。微博发出来不过一天时间，已经有二三十万的阅读量，几万条转发和几千条评论。在她查看的过程中，这些数据还在迅速往上增长。评论区的言语犀利，多是抨击和谩骂，什么"杀人犯啊""刽子手啊"，什么"莫让恶人的表象蒙蔽了我们的心"，什么"凶手"啊，什么"虚伪""无商不奸"等等。

她当然猜得出谁做的。一切再清楚不过了。

怎么可能是我？！两天后，在香山茶庄园的观景台，林有福当场否认了这一点。那时候，市政协陈副主席刚下车，县领导引着一行人往活动现场走。经过观景台时，陈副主席看到了正在跟他打招呼的何晚，他示意其他人继续往前走，一个人走了过去。其他人跟也不是，不跟也不是，只能与领导隔出十几米的安全距离，就这么看着他。林有福远远就看到了大领导，他可不管这些规矩，追着领导的屁股就去。当然，少不了先拍拍领导的马屁。说马屁也不全是马屁，毕竟有一半以上是事实，毕竟确实是因为领导的"远见""胸襟"和"气魄"，才有今天的"香山"。这个茶庄园是领导在安溪时就着手规划的项目，名字是与王子衿喝茶聊天时灵光一现的创意。领导一开始就想在"云"字上做文章，茶叶别称"云脚""云腴"，茶园身处"云上""云端"，好像都是不错的名。王子衿捏着下巴摇着头，好是好，但总感觉缺少点什么。咱们铁观音最独特的是香和韵，这是其他茶类比拟不了的……领导突然一巴掌拍在大腿上，干脆就叫"香山"？！王子衿大拇指一竖，好好，这个好！这个形象！去北京香山看枫叶，来安溪香山品铁观音，直接就可以做广告语。说好的政府与王记联手开发，可项目刚起了个头，领导就被提拔走了。走的那天，他跟同一条战壕里摸爬滚打多年的兄弟们一小组、一大组地干过去，一个女副县长刚说了句，大家都舍不得你走！便哽咽住了，眼看几个大老爷们眼角也湿了起来，他能怎么办？给自己满上一小壶白酒，大手一挥，来来来，走一壶走一壶！又不是生离死别，人走，根还在！等到茶庄园落成的那天，咱们再来喝庆功酒！几只杯子一齐碰出新力度，几个脖子一齐仰出新高度。三个月时间，50年代的国营老茶场改制完成，王记以1000多亩茶园入股，县、乡两级政府各占有一定比例股份；两年时间，厦门专业团队设计，修旧如旧，破旧的场部华丽转身成唯美的古风古韵闽南四合院落，又新建了独立的民宿楼和茶叶初制加工厂，集餐饮、住宿、游玩、购物于一体，可茶园观光，可制茶体验，可游山玩水休闲度假；再过八个月时间，园区内公路拓宽硬化、修建亭台楼阁、栽种奇花异草，园区外村庄绿化、净化，村民们建起茶香人家，发展乡村民宿。

领导不为林老板的糖衣炮弹所动，倒是问起了王记的事。都说你跟王子衿是一起穿开裆裤长大的，那事情可能也就你知道吧，不会真是你捅出去吧？林有福连声喊冤，把胸脯拍出惊天地泣鬼神的大声响，天地良心，不是我，真不是我！我林有福什么人？在部队受党教育多年，我怎么可能去做这种背后捅人刀子的事？何况都是安溪人。

我的耳朵有点相信。副主席背着手先是点了点头，又意味深长地指了指脑袋说，这里好像不大相信。他转头跟何晚握了手，你问一下何总相信吗？

我也不大相信！何晚附和了一句。

你们不能这样啊，你们这纯粹以貌取人嘛！要知道，我这个长相带有欺骗性，这么多年，我一直在吃长相的亏。明明说的都是实话，却总不被当成老实人。林有福双手合十，频频讨饶。好，好，我承认，是我一次喝醉酒不小心说漏了嘴，说者无心听者有意嘛。可谁让王记得罪过人家。怎么得罪？说起来那个河南的部门经理也是为了公司多赚钱，把去年的秋茶当成今年的春茶卖给客人，量还不小，要我说也没多大的错，可王子衿把人降了职，还全公司通报，说是以儆效尤。虽然经理办公会上很明确来年还会重新启用，可河南人觉得自己的好心被当成驴肝肺，直接就不干了。人家说了，此处不留爷自有留爷处。那人后来跑到云南一家普洱茶公司，现在已经当上了副总经理。王记不是号称"进我一家王记，喝遍中国好茶"吗？他们也做普洱茶的生意，这不跟人家就有竞争关系了，那个副总经理什么人物，耳朵是招风耳，脸上的肉是横着长的，孰能手下留情？

你看，还说没关系，说起来还是有那么点关系的嘛。领导就是领导，拿脚轻轻一勾便把球踢了回去。这关系可大可小可深可浅，有人自是难辞其咎。讨了这么个没趣，林有福摸着脑袋进也不得退也不得。领导招呼起何晚，走，喝茶去！

进入活动现场，何晚才知道，领导说的喝茶可没那么简单。昨天，领导电话里说，走，带你上山喝茶！这让她没法再拒绝——这一个月时间，县领导时不时表示要请她吃饭，她都推辞了。有时候是真的在武夷山看岩茶、在福鼎喝白茶，更多时候是托词。推辞得多了，他们也就知道了。领导还半开玩笑地提了个无厘头的要求，让你闻茶香，不要带着一身香水味来哦！好吧，不喷就不喷。山上倒是山上，喝茶却是这么个喝法。露天开放的场地，三四十张茶桌有序摆开，每张茶桌上的随手泡正烧着水，工作人员台上台下地忙着。最前排居中的1号茶桌放了她的桌牌，她坚决不往那儿坐。她一直不愿意跟领导走得太近。确切地说，她不愿意跟任何人走得太近。所有关系无非那么几种：一杯咖啡的关系，一顿饭的关系，一瓶葡萄酒的关系，一泡铁观音的关系。咖啡是白咖啡，甜的，也是短暂的，可以随时起身离开；饭是中国饭，现场氛围够热够闹，过后各奔前程无问西东；葡萄酒微酸微甜微涩微香，醒酒、摇杯、挂杯、品啜，饱满醇厚，值得细细回味；铁观音有香有韵，需要沸水冲泡静心慢品，一泡可以品上十年、二十年、三十年……她不想动摇自己的意志。领导是个口碑很好的领导，主政安溪期间做了几件大事：建茶都，造二环，发展高科技产业，开建茶庄园。她曾经问他，领导看来对安溪感情很深。领导说，那当然，安溪是我第二故乡啊。那一瞬间，心头居然生出一种负罪感。她的内心正在经历一场战争，她甚至都想要放弃了。她知道再往下发展肯定不行，于是，她严格控制着他们之间就一顿饭的关系，也是距离，随时可进，亦随时可退。这样挺好。

　　工作人员临时给她就近调了个位置，1 号桌后排的 5 号桌。林有福把自己的桌牌从左侧的 7 号桌拿过来，跟何晚邻座的桌牌做了个对调。他们好几个活动捆绑在一起：首届安溪铁观音大师赛授牌仪式、首届"香山"安溪铁观音茶王邀请赛颁奖仪式、铁观音保健功效的研究成果发布、王记与首届大师赛两位大师的签约仪式以及"香山春韵"品茗赏艺会。本是王记的半个主场，王子衿没有出现，坐在隔壁桌"王记"桌牌前的是他们的副总经理。领导被发派了许多活，致辞、授牌、颁奖，最后一次上台颁奖时主持人又拉住他谈感想，他没忘了先自我调侃一番，每次来安溪都有回家的感觉，一场活动三次上台两次说话机会，感谢你们这么把我当自己人。到了台下他跟县领导说的可是另外一番话，你们这是拿我当苦力当油榨啊！看来以后安溪的活动我得提防着点，安溪人从来精明，绝不轻易放过消费领导的机会，来一次就被榨干一次……县领导也不客气，回了句，难得你大领导来一趟，还不得一次性让我们用个够？！谁都听得出来，这是周瑜打黄盖——一个愿打一个愿挨。

　　签约仪式马上开始，主持人念出了"王子衿"的名字，何晚忍不住往 6 号桌看，"王记"桌牌前坐着的还是他们的副总经理。不用看不用看，他不会来的。林有福非常肯定地说，肯定忙着擦一屁股屎呢！林有福的话音刚落，王子衿突然冒了出来，一路小跑上了主席台。签字、握手、合影，两三分钟完成了所有流程，王子衿疾步如飞地走下台，有个记者冲他伸出话筒，请问王总网络上盛传的那个事件是真的吗？王记的副总经理已经起身为他让座，他示意副总继续坐，自己径自往后场疾步走。那个记者追了上去，所有的记者像是闻到了甜味的蜜蜂，心照不宣地扛起摄像机抓过话筒紧跟其后。王子衿的步子非常大，节奏非常快，负重的记者们追得气喘吁吁。眼看已经离开现场，拐过墙角就是停车场，不知从哪里抄近道走出来的一个记者追上了他，这为后方的记者团争取了时间，他们紧急到位将他团团围住。台上的音乐起，文艺表演已经开始，林有福坐不住了，走，去看看。

都以为王子衿在一堆长枪短炮的轰炸下必定翻车。谁都想不到，他居然把县政府的活动现场开成了王记的新闻发布会，玩成了逆袭大翻身。首先，态度非常诚恳地承认少年时期犯下的错。那是个阳光灿烂的午后，他和两个玩伴（耕叔的儿子傻欢也在其中）在田间小路上玩。包括枪战、捉迷藏、弹弓等在内的所有游戏都玩了个遍后，还不过瘾，有人提议在小路上挖陷阱打埋伏。没有人反对。这种陷阱他们挖过无数次，已经轻车熟路。所谓的陷阱其实就是在路上先挖出一个深深的洞出来，然后用树枝纵横交错支在洞口，再在树枝上铺上一层树叶、菜叶之类，最后再在上面盖上土。他们把洞口掩埋得与周边并无二致，而后，几个人躲了起来。日头一点点柔软下来的时候，先是一个提着菜篮的矮小老妇人走过来，她靠着路边走，避开了路中间的那个坑。后来，一个青年走来。他走在路中央，但他的高个子让他的大步伐又恰巧跨过了那个坑。几个人一次次兴奋，又一次次失望。天色一点点暗下来的时候，路的那头终于又走来一个挑着两只大桶的中年人。两只大桶里应该装的是农家土肥，不时有液体溢出来，那担子看起来挺沉，远远的都可以听得到随着扁担两头起起伏伏发出的"希——甩"声。他们只顾盯着他的脚。近了，近了，好了，好了，应该差不多，差不多了，刚刚好，中年男人的右脚不偏不倚地踩在那个陷阱里。是耕叔！他们看清了，傻欢已经站了起来，正要叫出"阿叔"，他们赶紧把他按到地上。已经来不及了，耕叔"哎哟"一声，整个人摔倒在地，两只大桶也砸了下去。

顾不得庆祝，几个孩子四散开去……纯粹就是为了好玩，谁都想不到那两大桶土肥砸在耕叔的腰上，就此再站不起来。故事讲完，王子衿态度更加诚恳地道歉，跟耕婶道歉，跟王记的消费者道歉。他说，这么多年，一直忘不了当年的那个恶作剧，心中时有愧疚之心和负罪之感，感谢网友揭开多年前的这个伤口，感谢网友们让我有勇气去面对。是的，每个人都应该为自己犯下的错误承担责任，哪怕是因为年幼无知。如何承担？走的人已经走了，他已经无法弥补，但他会为活着的人尽他的绵薄之力。他会为耕婶养老，扶助耕婶一样的孤寡老人，帮助更多村民脱贫致富，诚信经营、造福社会。他说，大学毕业后之所以选择回乡选择茶业作为自己一辈子要做的事业，除了因为祖祖辈辈种茶卖茶，更重要的还是因为家乡土壤里长出来的茶如此芬芳如此甘甜，他希望借着茶叶创造乡村的美好，同时也向世界传递中国的美好。

何晚不得不佩服，这是一家管理规范、务实严谨的现代化企业，而他们的领导者更是临危不惧、临变不乱。他们有着应对网络事件的一整套完整的应急机制，处理起来有序有度，分寸把握到位，手法老到娴熟。台前的人嘴上说着"本来还想着这两天专门召开一个新闻发布会，既然碰巧赶上了这么多记者都在这儿，那就提前说开"，台后的人不知悄悄做了多少大家看不到的工作。一切看似不经意，其实全是精心策划、有意安排：节奏把握得恰到好处的记者。政府邀请的一般都为主流媒体，都讲政治、讲规矩，不可能在这种政府主办活动的官方场合不分轻重地提问一家私企网络上的事件，而且还让它成为新闻的焦点。有那么一两个记者更像是有备而来。很大的可能性是王记邀请个别关键记者混在记者团里，用政府背书，借助政府平台发出最强声音；还有一切巧合的时间点。王子衿卡着主持人宣布的时间点才出现，卡着要离场的时间点被不经意地提问，卡着即将消失在观众视野的时间点被记者追上，以及太过刚刚好的采访地点。无论是主席台上还是刚走下主席台，但凡在主体活动现场有个风吹草动，都有可能因为热度太高关注度太大而造成喧宾夺主，自然不好。完全远离活动现场便成了一个正襟危坐、正经八百的、极其严肃的新闻发布，这样也不好。选择那么一个微妙的拐角处，像是与政府的活动既连着一条脐带，又似乎并无多大关联，背对着舞台，镜头下有如此温馨的活动氛围作为背景烘托着，被访者不必太严肃，采访者不会太紧逼，双方的情感表达最终汇聚到一个共同的聚拢口——茶。从头到尾，王子衿的认错自然亲切，道歉相当诚恳，表态合乎情也合乎理，像是经历过无数次彩排后的现场直播，行云流水般自如顺畅。

太多的巧合便不是巧合。

这个圆头，毕竟多读了几年书，还真他妈有两下子！林有福的话里除了夸奖，似乎还多出了其他的意味。你不知道啊，这小子小时候胆子有多小，都是跟在我和他哥屁股后面。林有福列举了王子衿小时候的几件糗事：七岁还会尿床，不敢一个人走夜路，被人欺负了就只会哭，几个人出门绝不会走第一个。有一天傍晚，他跟王子衿放学回来得迟，经过一片墓地时，夜色已经有些浓了。风呼呼地刮，树叶唰唰地响，他故意讲起虎鬼娘的鬼故事。鬼故事已经讲过多遍，本没有可怖之气，可夜色下的声响和似有似无的光影衬托着它，王子衿听得目光发怵。林有福一遍遍地强调，跟紧我，跟紧我，这地底下都埋着皇金瓮呢，一脚踩下去，会有一只手伸出来抓住你的脚。这时候，你要把钱丢下去，一毛钱两毛钱，越多越好，不然它会一直抓着你不放手。说着，他揪住王子衿的手扯一下扯一下，王子衿"啊"的一声叫了起来，脚上像装了火箭一般"咻"地往前跑。刚跑几步就摔倒了，王子衿看都没看，把抓在手里的两毛钱直往鞋底下塞，一抽脚，还是拔不出来。他吓坏了，在书包里一通乱摸，又摸出了五分两分的硬币，一齐往那儿塞，还是抽不出自己的脚，便哭着喊起来，流鼻流鼻，快来救我快来救我，我的脚动不了了！林有福一把抓过地上的那些钱大笑，你的屁股坐着你的脚呢，怎么起得来？

　　何晚很能理解林有福的感受。形势变成这样，他该是多少有些失望。二十二年前，她知道他跟王子衿暗暗较着劲。他总说，王子衿有父亲帮他，还有大哥帮他，我只有我自己。二十二年后，她知道这种较劲有增无减，更多时候升级成一种容易起火的摩擦。这么多年，两个人有过太多正面、侧面的交锋，直接、间接的交集，太多已经产生或可能产生的摩擦。摩擦这东西需要你磨摩擦向你的双向发力，倘不是王子衿一再主动顺着他的方向磨，他定然多次跟人擦出火。男人之间的摩擦无非三种原因，要么因为女人，要么因为钱，要么因为权。前面两种无法躲避都沾上了，第三种他们看似离它都很远，却因为前面两种都沾上，它便与他们怎么都脱离不了干系。无论女人抑或金钱，说到底，关系到的终究还是一个男人最想掌控的主动权。从某种意义上来讲，前面两种并非可以与第三种并列存在，而应该就是其中的一部分而已。这个"权"，可以是"权力"，也可以是"权利"，它包含了女人与钱在内的一切东西，涉及物质层面也涉及精神层面。像是打了一场因为对手的不屑主动弃权而打不成的拳击赛，这种失望来得太突然，他表面平静，内心定然早生波澜。他要用嘴上的波澜覆盖心底的波澜。前一秒林有福还笑得脸上发光，后一秒，那束光迅速收拢，他的眼神在闪躲，身体在后缩。

　　她顺着林有福的目光往前看，王子衿还在记者们的包围中侃侃而谈，谈他创办的养老院，让那些孤寡老人可以在自己的家乡享受到发展带来的福利。谈他们公司出钱设立教育基金会，奖学奖教，把乡村的教育也发展起来。他说，如果大家一起努力，把我们的乡村规划做得好一些，把我们的乡村卫生做得好一点，我们的文明程度再提高一些，咱们的乡村一定也会非常美。想想，如果我们的乡村这么美，这么好，大家还会都一门心思想出门不想回来吗？我跟乡亲们说了，再过十年二十年，多少人要羡慕我们在乡村有天有地装载着大半个自然的老房子？到那个时候，多少人会选择重新回到乡村，回到我们的根里来？大家绝不会一去不回，而是会回来把乡村建设得美好。当然，回来也有多种方式，可以带着钱回来投资，可以带着激情与干劲回来工作，也可以带着智慧带着科技带着点子回来贡献，也可以带着爱心回来捐资搭桥修路……在王子衿身后七八米开外的地方走来三个人，一个伸手指向她所在的方向，另外两个边走边交流着什么。她回头一看，林有福不在身边，他已经拐过墙角往停车场走去。再看那三个人，两个加快了脚步往停车场的方向赶，一个进了游客服务中心。一个不小心，何晚往回撤的目光正好与王子衿撞在一起，她完全料想不到就这一眼，后来的新闻焦点完全转移到了她身上。当然，这一次绝对是没人导演的巧合。目光的相撞像是点燃了新闻的导火索，他前一句还在讲着王记助力家乡扶贫助力乡村振兴的规划，下一句便伸手指向她，说，就像我们那位英国贸易公司的何总，也是咱们安溪人，今年也回来了，不远万里地从英国回来了，她将致力于把咱们乡村产的茶叶销往欧洲，这也是一种很好的回归方式啊。她已经在欧洲生活了一二十年，为什么依然选择回到安溪？我相信每个人心中都有一个故乡，也有一缕故香，我们只是遵从内心的呼唤回到这里，回到梦想开始的地方。

长枪短炮像是寻到了新的突破口，直接来了个180度大旋转，瞬间形成一个新的包围圈。她不喜欢这种场合，但逃已逃不得。既然都知道我从欧洲回来，那就从欧洲开始讲起吧。我去过欧洲的很多个地方，无论是法国的蒙彼利埃，还是德国的巴登巴登，抑或是意大利的佛罗伦萨，乡村里到处是美轮美奂的景致：每天都蓝莹莹的天，白得发亮的云，紫色的薰衣草花海，漫无边际的绿，这一座那一座农民小屋像是安放在一大片一大片万里平畴的田园里的漂亮的火柴盒。在法国佛罗伦萨克市参观酒庄合作社的时候，一旁有中国游客想当然地推定，你们赚了钱是不是都会想去城里买房子去城里生活？有个葡萄农很奇怪地说，城里又没我们乡下好，为什么要去城里？我们在家门口就可以很好地赚钱，受到很好的教育，享受到好的医疗，我们更多人喜欢在乡村生活。那种作为农民的自信和对于乡村的喜爱真的是溢于言表。印象最深的是德国的WEINGUT PETER STOLLEIS，这是一个上百年的家族酒庄园，一家四口人经营管理着自家几百亩葡萄园，住在一座优雅的二层楼房里，窗明几净。永远记得那个蓝天、白云，阳光明媚的初冬早上，汽车缓缓行驶在那条并不宽阔但整洁有序的乡村公路上，一旁是一座座干净、静谧的房子，积满鲜花的窗台、小院子，透着一种简单朴素、清新安然又令人暗自喜悦的美。在 Peter 家那个幽静的小院子里，一棵棵上了年岁的老树，一盆盆薰衣草、柠檬，几把藤椅，一张花色素雅的桌布，男主人与女主人穿着白衬衫微笑地招呼客人围坐桌前，为大家介绍各种葡萄酒的不同特点。那时候，看着与院子一门之隔的连片葡萄园，品咂几口葡萄酒，那样甜甜的日子真可以一辈子这么过下去。

这是欧洲的乡村。中国的乡村其实也可以让外国人流连忘返，让外国人回味无穷。没错，单一泡中国茶就够人一辈子回味。真是这样，我到现在都记得五岁那年正月初一的一泡茶的味道。除夕夜吃下太多油腻的东西，我娇弱的胃肠又一次胀气，跟着祖母八九点开始睡觉，到了十一二点还在床上翻煎饼。为什么？因为肚子鼓得跟个球似的，难受。零点贺正，大人们忙着摆桌拜天公，供鸡供鸭供面线供清茶，独留我一个人躺在床上把肚子拍得"碰碰"响。可惜怎么拍都没用，充了气的肚子还是那么鼓。鞭炮接二连三地响起，响了好一阵，父亲冲泡好刚刚敬过天公的铁观音茶，几个大人在厅堂上喝茶。祖母进屋的时候给我带了杯茶，唤我起了床，我又生气又难受，索性就坐在床上哭。祖母把茶往我嘴里送，把茶喝了，天公会保佑我们小晚，保佑我们小晚。就在几个月前，家里第一次有了自己的茶园里采制的茶叶，我经常看见父亲有事没事都要来上一大壶。那茶又苦又涩，很是难喝，却有一股奇特的香气，跟天井里那盆山上挖来的兰花开花时的气味很相像。只几秒钟，从舌根处开始，又蔓延到舌头四周，刚刚还觉得又苦又涩的茶水慢慢回甘，不断地生出很多口水来。不到一分钟，我打了个大大的饱嗝，味道不好，有食物发馊的味道。又几分钟后，连放了几个屁，像是气门被打开了，肚子突然就舒服了。又打了两个小一点的嗝，味道瞬间清爽了许多。就是在那一刻，这杯茶的味道烙印一般地刻在脑子里。去台湾，去英国，无论走到哪里，就像昨天刚喝下的，记忆都非常清晰。

你们可能无法想象那是一种什么样的味道。这种味道直到多年后喝到王记的故香系列我才觉得似曾相识、一见如故，也因为这，我才会选择跟王记合作。你们不要以为我这是在给王记打广告，一来我买的茶叶是卖到英国去，犯不着在这里做广告，二来人家那么大的公司也不差咱这一句好话，是不是？我想说的是，一泡好茶，绝对可以成为一个好朋友，在你孤独的时候、劳累的时候、困苦的时候、绝望的时候，它选择和一壶滚烫的开水一起不离不弃地陪伴着你。这也是我在离乡二十年后选择回到故乡，在经商十几年后选择回到茶叶道路上的原因。什么是好茶？就跟交朋友一样，你认定一个人做好朋友绝不会以美不美、帅不帅、有没有钱作为标准，好茶不是最贵的那一泡，而是最适合你的那一泡。什么是最适合自己的？以交朋友来论，那肯定是气息相投、处起来舒服的。就安溪铁观音来说，虚寒体质的人一定要喝传统重发酵的，胃火大的人可以喝相对轻发酵的或者是陈年的。最后，还真是要为安溪茶为安溪铁观音打打广告。无论工作还是生活，你觉得累了，喝茶！你觉得不开心了，喝茶！你觉得抵抗力低了，喝茶！没错，茶中有你需要的免疫力，茶中有你需要的快乐因子和能量源。你若不信，那就现场来上一杯安溪铁观音！对，王总可能要说，最好来一杯王记铁观音！

何晚成功地把球回传给了王子衿。他稳稳一接，感谢何总对我们王记的实力吹捧！一两百年前，我的老祖宗就说过，有千年山没有千年官，有千年茶香没有千年富贵千年运气。我想如果我再对何总的 Golden Leaf 公司也来上这么一番夸赞，估计明天在各位大记者的报道中我们真会落下相互吹捧的嫌疑。大家大老远来一趟安溪不容易，还是请各位好好品尝一下安溪的千年茶香，多给我们山区鼓励鼓励。另外，今天省市各个部门也来了许多领导，希望大家把更多镜头和笔墨留给他们。感谢各位！王子衿俨然一个新闻发言人的角色，寻到了时间之外的一个好借口及时收尾。末了，他没忘了又幽了一默。今天的新闻联播到此结束！

很多东西就这么不动声色地化了，记者团四散开去。台上的演出还在继续，台下的品茗活动高潮迭起。香！真的很香！太香了！会场里升腾着热热的茶香，几桌外省来的客人赞不绝口，有记者把镜头对准了他们。主持人揭晓了刚才这一轮冲泡的浓香型三泡茶的金银铜答案，有人三泡全猜对了，比中了彩票还兴奋；有人猜对了一泡，对于不小心搞错另两泡的顺序却还耿耿于怀；有人全军覆没，又是掀这个又是闻那个，悔不该改来改去把正确的改成错误的。天空铺展出无边无际的蓝色丝绸大幕布，蓝得如此均匀完美，蓝得如此纯粹无瑕，远远地幽幽地发着光，比海更亮出了三分。云朵一动不动，这点一团那缀一朵，又白又结实，还微微有些晃眼。四周青山环绕，山势多不险峻，也没有尖锐的棱角，很少层层叠叠，但一山接着一山，为天空勾勒出极其唯美的边界。那些边界落差不大，却形态各异。如果你只是不经意地拿镜头扫上一扫，它们只是连绵成一条柔美的波浪。如果你仔细地定格在某个局部，天边俨然成了偌大一个戏台，这边像卧佛，那边似笔架，这边像双乳，那边似银瓶，这边像猴头，那边像狮面。正对面的那座山上，一条水泥公路弯来扭去地盘上山去，像是一大块绿色蛋糕上挤下一圈圈细细的奶油。香山茶庄园像是架在柴火上炒青的热鼎，每片叶子都"噼里啪啦"地响。四周站立了千年万年的群山望着这一弯弯一畦畦的茶园曲线，静静地站立，目光低垂，沉默不语。

好不容易扛到领导给竞猜环节的优秀嘉宾颁了奖，干完了所有苦活累活，记者们放过了他，何晚走过去跟领导打个招呼想先走。一打招呼便被领导抓住了。来来来，先别急着走，茶还没喝完，这边有个茶香吧何总一定要亲自体验下。领导还趁势批评起县里的几位领导，看来你们工作不到位，你们肯定没有拿出咱们山里人的热情来啊，你们看看，看看，何总这么个大美女在咱们山里待不住啊。几位领导赶紧解释，何总架子大，我们请不动啊。如果今天不是市领导亲自请，我们还是请不动啊。何晚当然知道这是领导以退为进的艺术。众人面前，她不想拂了领导的面子，只能留步。领导点了几个外地老板一起，王子衿在一旁不停接着电话。

偌大一个闽南古厝风格的四合院分为动静两个大空间。入门经过游客服务中心、购物中心，过茶餐厅、茶包间，又过大型会议室、多功能活动厅，上二楼，经"静·雅茶室"，便达"静·香空间"。双扇门是关着的，人到齐的时候，门从里面打开半扇多。大家一个个侧着身子进入，门又迅速关上。哇，好舒服的香！何晚深嗅一口，脱口而出。众人跟着说，嗯嗯嗯，确实有一股香气！应该是茶香！何晚又说。空间不大，灯光是柔和的柠檬黄加点淡淡的绿，与这种香气极其适配。四周白墙上张挂着国营茶场的老照片，中间区域一张长方形桌子。开门的人请大家入座，自己也落了座。这是一个戴眼镜的中年男子，清瘦、精神、个子不高，眉毛浓密且长。中年男子请大家抬头往天花板上看，一大盏椭圆形的吸顶灯，一根树枝有意无意地从边上伸出，灯的边沿似乎不时有轻烟逸出。他比了个手势说，你们可以往上拍一下照。大家不知他葫芦里卖的什么东西，但还是很配合地拿出手机拍起照来。有人说，像是白色碟子里装了一些赭灰色颜料，有的说像是圆形土楼的上空一大团的乌云，有的说像是井里煮着一朵冒烟的云。中年男子一脸神秘地说，你们倒过来看一下。手机一掉头，所有人几乎同时叫了出来，一杯茶！何晚又添了句，一杯冒着香的茶！她的问题也跟着来了，我们闻到的茶香就是从那里散发出来的？中年男子笑着点头。领导指着何晚跟中年男子介绍说，这位就是我之前跟你提过的英国回来的何总，何总对香有一种特别的感知力。当着何晚的面，领导其实少说了后面一句话，他的原话是"她的嗅觉比狗鼻子还灵"。之所以有这个判断，完全是因为上次姑溜私厨馆的见面。两人几乎同时到，一握手，何晚鼻子一拧，领导对香水有偏好啊？领导乐了，我一个大男人用那个玩意儿干什么？又不是欧洲人。她退了一步，领导车上有用香氛？领导拼命嗅了嗅自己的衣服，没有啊，用什么香氛？又让秘书也嗅了嗅，同样是否定。她又退了一步，那就是驾驶员用了香水了，一定不会错，这是一款蓝芝士香水。领导还是不信，让秘书打电话给驾驶员。年轻人一开始也是否认再否认，后来才想起来前一天朋友刚买了一瓶据说闻起来像是行走的猫便便的香水，大家好奇，朋友便往每个人身上都喷了喷。一闻，味道确实有些奇葩，赶紧到车上换了件衣裳。那天要接领导，直接开着自己的车就去，那换下的衣裳还在副驾驶座的靠背上挂着。

所以，这也是为什么我今天一定要把何总请来的原因。领导说完，非常正式地跟大家介绍，这位是咱们茶学院的茶学教授范教授，主要从事茶叶生物化学研究，是目前国内茶叶芳香物质提取研究领域的领军人物。几位老总都知道，茶不仅仅是茶，不仅仅应用于喝。就像石油不仅仅是用来做燃料，它还可以做成衣服，做成食物，还可以做塑料橡胶。范教授正在做的就是创造茶叶的 N 项可能。范教授还有一个非常有意思的外号叫"普及先生"，是咱们市委尤书记亲自给取的。为什么叫"普及先生"？这边插播一个小故事。十年前，尤书记还在省经贸厅当副厅长，带队到欧洲考察葡萄酒和香水文化，我和范教授都在访问团里。活动行程安排了半天参观法国卢浮宫。大家知道卢浮宫面积非常大，馆藏珍品非常多，即使走个三天三夜也不一定看得完。团队里最年轻的范副教授提前做了攻略，他总是走在队伍前头引导大家，走走走，那里有著名的雕像《断臂维纳斯》！走走走，前面是卢浮宫镇馆之作雕像《胜利女神》！尤厅长觉得有意思，就问他，没想到研究茶学的小范教授也对西方文化有研究？小范教授摸着脑袋不好意思地说，没有没有，好不容易来趟卢浮宫，总得普及一下西方文化。看过绘画馆里的《加纳的婚礼》《自由引导人民》，终于看到了《蒙娜丽莎》，小范教授看得特别仔细，尤厅长说，小范教授看来对西方艺术很感兴趣？小范教授说，也不是啦，就是普及普及！看了几处，有些人觉得没意思，不想看了，他又指着前头说，那里有著名的《拉玛苏》，来卢浮宫没有去看《拉玛苏》的五条腿都不算来卢浮宫，一定要去！尤厅长拉起那个一屁股想坐下的老同志，走，都跟着咱们小范同志去普及普及！这一说，众人皆乐。第二天，再见上小范教授，大家都改口"普及先生"。今天，咱们专门请"普及先生"过来给大家也普及普及。

　　这个开场白非常精彩，大家的兴致一下子被领导的幽默给带上来了。范教授起身跟大家行了个礼，顺着领导的话往下说。就像市长刚才说的，那趟欧洲行真是我的"普及"之行，从此改变了我的研究方向。我原本的研究方向是儿茶素。十年前，包括现在，国内茶叶生物学研究的方向主要都集中在决定茶叶保健功能的五大化合物质：可抗癌防衰老的茶多酚（主要是儿茶素）、可扩张血管的生物碱（主要是咖啡碱、可可碱、茶叶碱）、可镇静降血压的氨基酸（主要是茶氯酸）、可降血糖降血脂的多糖、可抗菌消炎减肥的茶皂苷。对于茶叶芳香物质的研究少之又少。为什么少？主要是因为茶叶里的芳香物质种类多达700多种，其含量占干物质仅0.02%，而且非常容易随着温度、湿度的变化而改变。那次欧洲行，无论是街头还是酒店里，闻到的都是那种浓得熏人的香水味，真的受不了。晚上泡茶闻着茶香，哇，顿时神清气爽。我个人觉得，世界上再没有一种香比茶香更好闻。茶叶的芳香物质分成十一个大类，有醇类、醛类、酮类、酸类、酯类、酚类等等。比如醇类，茶叶中含量最多的是青叶醇，闻起来就是青草气，苯甲醇闻起来是苹果香，橙花叔醇闻起来是花木香和水果百合香，苯丙醇闻起来是水仙花的香。咱们安溪铁观音独有的兰花香更多是源自茶叶中的芳樟醇，有一种祁门红茶的"祁门香"实际上主要是香叶醇的玫瑰香。再比如醛类，苯甲醛闻起来有苦杏仁的香，肉桂醛闻起来是肉桂香，橙花醛闻起来是柠檬香。不同茶树品种、不同地域、不同加工工艺，造就了每种茶叶香气的差异：印度阿萨姆红茶有"阿萨姆香"，云南红茶有甜香，屯绿有栗香，龙井有清香，高山绿茶有嫩香……

我们知道日常生活中，很多植物的香气可用来安神，比如洋甘菊、薰衣草、沉香、吊兰、伽蓝菜、薄荷等；也有很多植物的香气可用来提神，比如迷迭香、柠檬、橘子、檀香、麝香、白芷、丁香、侧柏叶等。植物的这些功能主要也来自它们自身所含的芳香物质，茶叶也一样。为什么有的人说我喝了茶睡不着觉？除了茶叶富含生物碱之外，还因为茶叶中的这些种类繁多的芳香物质。有的同志可能会说，这些芳香物质有的可提神有的可安神，融在一起可能相互抵消。如果我们可以把从茶叶中提取出来的芳香物质再进行分类，安神的聚在一起，提神的聚在一起，是不是就可以做出茶叶香熏产品？没错，是这样，这项研究已经陆续有人在做。我的主要研究方向不在这里，而是在茶香水的提取制作。很多女士日常都会用到香水，有小部分的男士也开始使用香水。从某种意义上来说，香水是一个人更希望被别人闻到和感受到的代表自己的气味，是一种个人符号，所以，选用一款适合自己的香水非常重要。很多人选择使用外国香水，世界十大香水品牌即香奈尔、迪奥、兰蔻、娇兰、巴宝莉、阿玛尼、古驰、宝格莉，还有让·巴杜，无一例外都是欧洲的产品，主要是法国和意大利生产的。有一回去上海的一家大商场，连着走过去的五个喷香水的女人其中有两个用的就是香奈尔 5 号，真的闻得都想吐，太浓郁了，浓郁得让人喘不过气来。可能很多人没有意识到，西方人的香水浓郁、热烈，其实并不适合咱们东方人。就像是明明只需要穿小码服装的人，你却让他穿上大码的服装，整个人就被罩住了，或者让一个中国脸孔的人，却穿着非洲人的民族服装，你觉得会很协调？咱们中国也生产香水，但更多是跟在人家的屁股后面走，没有自己的东西。我觉得作为茶叶的故乡，中国最应该生产的是有咱们中国标签的茶香水。来安溪茶学院工作的这么些年，我坚定地认为，世界上应该有一种最适合咱们东方女人的香水，它应该是铁观音香水。古人云，女人如兰，淡雅、悠然，中国女人身上本就流淌着这样的文化血液，我们只需要有一种这样雅致的香味给她们表现出来。铁观音茶是所有茶类中芳香物质种类最多、含量最大的茶，用它提取茶香物质具有先天优势。这些芳香物质可以几种、几十种甚至几百种合在一起，也可以完全独立开来，总有一款是适合你的。

充盈在生产车间里的香气浪费也是浪费了，如果能集中收集起来利用，倒也一本万利。有人表示了极大赞同。这想法好是好，关键是要怎么提取？怎么收集？有人表示了疑惑。有没有可能有一种香气收集器，或者一条什么管道，直接把生产过程中散发在空气中的香给收集起来？有人开始奇思妙想。

这些专业的事情我们负责来做。范教授继续普及，我们目前常用的茶叶芳香物质提取方法主要是：常压水蒸气蒸馏并同时萃取法、减压蒸馏萃取法、顶空分析法、超临界二氧化碳萃取法，几种方法都有利有弊。目前国内各种高科技萃取技术也在不断发展，我们也还在研究更好的提取方法，包括可以结合在生产过程中的提取方法。你看，我们的风能发电太阳能发电，不就是收集自然界的风和阳光，转化成电能热能？再看看，从各种花草中萃取芳香物质也发展得很成熟了，从茶叶里提取出美妙的香味，做成香水、香精也是指日可待。

真能生产出铁观音香水，那绝对是让人着迷的梦幻香水。我看可以直接取名"梦东方"或者是"东方美"。何晚深嗅一口空气中的香，我就喜欢这种铁观音香，让人超舒服，超放松。

我怎么闻不大出来？也就刚进门那会儿有点感觉，现在好像都没有了。有人还是疑惑。

如果嗅觉分为十级，估计何总可以达到八级以上。范教授说，每个人对气味的敏感度不一样，有人对臭味特别敏感，有人对香味特别敏感，还有一些比较特别的，比如有人对荷尔蒙的气味特别敏感。

荷尔蒙有什么味道？为什么我们闻不到？有人打趣地问。

这就是人的动物性，但人在这方面的很多能力都退化了。范教授解释说，有很多动物找对象靠的就是嗅觉，闻一闻，气味对了就上，气味不对就走。所以我们交朋友讲究气味相投，动物也一样。

到时这第一瓶铁观音香水可要给我留着啊！何晚冲着领导说，我先预订了，再贵我也买！

我可是希望这第一瓶铁观音香水是何总生产的！领导握住了何晚的手，他的话颇有深意。

茶香吧这一圈转下来，不得不多出一顿饭的关系。吃饭已经无法避免，近距离的接触摆在眼前。亲民的市领导安排县里的主要领导去陪省直部门领导，安排自己跟县里的企业家们叙旧拉家常。一个大厅，两大张圆桌。食材简单却茶乡特色明显，都跟茶叶有千丝万缕的关系：油炸茶叶小溪虾、木桶焖茶叶饭、茶叶煲茶油猪肚、茶叶炖小母鸡汤，还有家常的茶油豆干、炒地瓜叶。领导爱吃的茶香红烧肉刚端上来，林有福便一头湿汗地跑进来。见边上有个空位，他一屁股就坐了下去。看起来他一定是饿坏了，端起饭碗就一阵猛吃，领导的玩笑就来了，林老板你这是被谁抓去当长工啊，吃像拼的，坐像请的。见他愣愣地没听明白，领导又旁白注解了一下，刚才跑哪里去了？活动见不着人，吃饭倒是很积极啊！红烧肉一上来你就及时出现！林有福含着一大口饭含糊不清地说了句，噢，噢，刚才有人找，有点事有点事。他的眼神飘忽，心思完全不在这里。领导可不轻易放过他，我看你是忙着到处发书包吧？都说你村村有丈母娘，看来还真不是假的。林有福的心思显然还到不了这里，他茫然地看了一眼领导又埋头苦吃起来。领导就是领导，没被呼应的玩笑也能临时辟出新的通道继续开下去。他先卖了个关子，看来咱们林总跟我们小区的一个女邻居很像，属于应酬特别多的。旁边有好事者就问，怎么像了？怎么应酬多了？领导便讲起这个女邻居天天晚上出去搞接待工作，不能辅导小朋友写作业。小朋友就问她，你每天这么忙，到底在忙什么？女邻居就说，我在应酬。小朋友问，什么是应酬？女邻居解释了半天单位的工作如何如何，小朋友总能生出十万个为什么。女邻居一想，不能解释这么复杂的，就索性来个简单的，就说，应酬就是你不想去又不得不去做的事或者参加的活动。隔两天是周末，小朋友让女邻居晚上送她去老师家。老师是个刚毕业的帅小伙，女邻居有点警惕性，去老师家干吗？小朋友一脸严肃地回答，老师让我去应酬！女邻居一听就急了，你才多大你应酬？你们老师还是人吗？操起电话打给老师劈头盖脸就是一通痛骂，小伙听懵了，我不知道您在说什么，我让您女儿来补课呢。她周五的测试就考了40分。一桌的人笑成一团。

领导说话随性，爱开玩笑。不仅爱开别人玩笑，时不时也拿自己开涮几下。大家夸赞他没有官架子，还像当年的副县长一样亲民。他说，这政协副主席也是官？我怎么不知道？无非让你举个手表个态，这个参谋一下，那个议论一下，如果这是官，那大家都是官，都是官人。这种随性让简单的午餐吃出妙趣，也吃出了800米海拔茶庄园的一股清流。用他自己的话说，我是一肚子幽默细菌，在大市区不好出手，回到安溪老根据地，回归大自然才找着出路。笑话要时讲时新，老是不讲就会馊掉。他还给大家布置了任务，你们不能老是消费领导，不能光是听啊，也要讲，大家都要讲啊。讲笑话也是一种能力啊，一种让生活轻松和美好的能力啊。接力棒首先落在与领导挨得最近的王子衿手上，这个于他不是难事。他顺着领导的文字笑话路数，学着天津说书人的样子，有板有眼地讲了一个外国人学说中国话的事。说是有这么一个外国小伙来中国读书，先要学中文啊，小伙子语言天分高，几个月时间就张口闭口中国话，走，咱们去吃饭！我想睡觉！我要去逛街！我想吃米饭、饺子、面条……后来，又新学会了一个中国人使用频率很高的词——方便，嗯，对，上厕所、去卫生间都可以称作是方便。这一天，他正躺在床上看《哈利波特》，女班长的电话来了，×××，你现在方便吗？不，我不方便。嗯，那没事，等你方便的时候来乐团找我一下。我方便的时候怎么去找你？当然是要你方便的时候，你不方便的时候怎么找我？他一想，这女班长是有什么怪癖啊，非得我方便的时候去找她。可问题是，我方便的时候怎么出得了门？所有人都笑趴在桌上。

这一来，笑话的方向基本确定，有人讲了暖男出轨不成变卧轨，说是好歹跟轨沾上边的故事，有人讲了老太太不知吐槽为何物，真往人碗里吐槽的笑话，有人讲了秃驴碰上驴友的故事……很快就到了林有福这里，他在发微信，一会儿打字，一会儿语音，不时拿右手手背揩一下额头上的汗。好不容易等他停下手也停下嘴，有人几次提醒，他才反应过来，一脸漠然地说，我不会讲笑话。像是磁带走到这里突然卡带了，一下子静音。怎么，林总，你这是一单身就成狗啦？对面有人一句话打破了沉静。谁都知道这就是个关于单身狗的玩笑，可林有福的脸色一下子难看了，他腾地站了起来，指着那个人就骂。你他妈的不要太瞧不起人了，落井下石啊你？你才是狗！你们一个个都是狗！一个个都是领导面前的哈巴狗！狗奴才！他的手指所过之处弹无虚发，无一幸免。一桌人面面相觑，不约而同望向领导。

你们别跟他计较，林总是个性情中人，说话比较直。王子衿一边补台，一边就要起身去拉林有福。

王子衿你少来！林有福的手指毫不领情地指向了王子衿，王子衿几乎就这么被定住了。我不像你王子衿王总这么风度翩翩，我就没有风度，我就只有风度扁扁。我也不是什么性情中人，我就是个性中情人。爱听不听，爱看不看，我林有福都说了。我今天把话撂这里了，林有福的手指又一个个地指了过去，你们谁不让我日子好过，我也不会让他有好日子过的。

所有人都看懵了。知道能把天聊死的，不知道还能这样直接把笑玩死的。好好的几个词在他嘴里直接炸了锅，好好的一餐饭变成了车祸现场。领导再好的性子也坐不住了，终于发出领导该有的威，林有福你这样可不对啊，今天在座的应该没有谁跟你有仇吧？哪个跟你有仇你对哪个去，不要对大家。你也是见过世面的人，怎么说出这种话？有事说事，有困难解决困难，不能见着谁都是敌人吧？林有福昏头是昏头，倒也认得领导也还识趣，坐下来后干听不再说。也许，他根本没在听。他的手指头在手机屏幕上画圈，目光始终无法聚焦，不时从手机跳到门外，又跳到窗户，左右闪躲。桌上的手机突然响了起来，他慌乱地一瞥伸手一抓，手机直接往地上掉。一阵东倒西歪地手忙脚乱，好不容易接住手机，他顾不上领导的话有没有讲完直接就往外冲。天大地大，唯有他眼下的事情最大。

林有福的事情还真是大。原本跟刘经理联手拿下了"肥三"的一座别墅、一辆保时捷车，以为算下来也有上千万的价值。别墅已经谈好了买主，办手续才知道有人已经申请了财产保全，房子根本卖不动。车子也出了问题。车子登记在"肥三"的妻子名下，两人去年已经办了离婚手续，他的妻子报案，说车被盗窃，刘经理现在正在派出所里说明问题。怪不得"肥三"当天答应得那么爽快。按照刘经理的说法，他们下不了手的"肥三"父母在县城的房子才真是一点问题没有，可惜已经落入虎口再难取出。他分析，"肥三"肯定在乡下老家藏钱了，藏个三五百万都可能。他不可能没有考虑父母最终回到乡下怎么过活，也不可能把所有的宝押在那么个不太保险的女人身上。眼下，最为要紧的是，他们需要比别人领先一步下手。情况已经越来越麻烦。就在一个多小时前，林有福的两个表哥一个表舅都追到活动现场来了。要不是他眼尖，一眼瞄到拔腿就跑，一口气跑到山顶躲到树上，不知要生出多麻烦的事来。若不是看着他们走远了，若不是上山坐的是县政府统一派的车，他肯定不会留下来吃饭。他觉得自己真是比窦娥还冤。他无非赚了他们一分钱的利息，凭什么风险是他一个人的，他们旱涝保收？当初，也是他们求爷爷告奶奶追着他给钱，他不要，他们还骂他没良心。有利息收的时候，见到他左一声"福啊"右一声"福啊"；利息一停，就变成了"有福啊"；听说本钱可能要不回来了，就直接变成了"林有福"，甚至是更难听的"他妈的林有福""夭寿短命林有福"。所谓的亲情无非也是靠这一条脆弱的金钱纽带勉强维系着，随时都可能撕裂。

被林有福当众这么放了鸽子，领导也没辙。再吃下去已经没意思了，领导起身，众人跟着起身。何晚叫住了范教授，我有个朋友就在英国的一所大学任教，专门研究植物芳香物质的提取，或许可以跟你们学院做一些这方面的交流合作。那太好了！教授压抑不住地高兴，向她发出了邀请。看何总什么时候方便，可以到我们学校参观一下。这正是何晚希望听到的，她说，现在就方便啊，我们现在就可以走！现在？对呀，现在，坐我的车！

网络是个神奇的东西。它就像无处不在的风，你若躲着它藏着它挡着它，它必千方百计想要包围你攻击你摧毁你。你若迎向它冲向它拥抱它，它反而助你奔跑助你起飞。林有福那边各种围、追、堵、截，他越想遮着掩着蒙着盖着，总有千万只手伸过去揭他抽他扎他捅他，无非半天时间，微信群里都在疯传他社会融资被卷走钱款的事情。而王子衿这边敞开天窗说真话，把一切都承担下来，网络又莫名地以各种方式转变了风向。短短几个小时，有人说，"谁童年没搞过恶作剧？""谁的青春不犯错？"有人质疑，"几十年后，为什么会有人说出这件事？"有人在问，"除了傻欢，那第三个人是谁？"更多人说，"扪心自问一下，我们当中有几个人会去为年少无知时的错误忏悔？""给勇敢承认错误的企业家致敬！""有这样敢担当的领导者，王记了不起！"何晚当然猜测得出那第三个人是谁，也估摸着第三个人与这件事的关系，但她完全料想不到那原本轰炸似的丑闻居然最后会以一个正能量的方式来结尾，倒更像是让王记捡了一个大便宜，做了一场免费宣传广告。不，不，没这么简单。有些事情就这么简单地过去了，有些事情过不去。永远过不去。

从茶学院回来已是傍晚。停好车走出小区门岗时，何晚听到了一声叫喊——阿晚。一回头，居然是他们！冷脸坐在轮椅上，她的儿子推着她。冷脸居然也懂得笑？！遥远的疼痛像疾驰的火车再一次呼啸而来，没有站点，只有冲刺，只有加速。那时，上学的一公里是怎么都走不完的恐惧，总有调皮的男生躲在哪个屋角实施偷袭。偷袭的武器有时是一颗接一颗密密麻麻的碎石子，有时是几把弹弓，有时甚至是几个碎瓦片。伴着这些武器一起来的还有他们的喊声，"猪仔婆""猪仔婆"……在他们眼里，她无非是一只被人贩卖的猪仔。偷袭成功后，他们会相互攀比战果，他们会欢呼雀跃，"我打到她的脸了""我打到她的屁股了""我打到她的眼睛了"……趁着他们的停歇，她赶紧跑，一口气跑到学校。添了弟弟后，日子就更不好过了。弟弟出生的十二月，风是那么冷。水是那么冷。风里有刀，水里也有刀。她的小手又红又肿，已经被割开了一痕一痕。她忍不住把手从脸盆里捞出来，哈几口热气，跑进厨房把手伸到煤炉上烤几下。那种温暖顺着指尖一点点往上爬，全身都暖和起来。如果能一直这么烤下去该多好！你个死妮子，叫你洗几块尿布，你跑来烤火！我让你烤火！酒糟鼻不知什么时候站到了她的身后，话音刚传来，手上的一束竹枝也已经落在了她的手背上。疼！疼！撕裂的疼！又冷又硬的疼！她整个人跳了起来，却没有喊出声。竹枝随即又落到了她穿着薄衣薄裤的手臂上小腿上，她咬着嘴唇，盯着酒糟鼻。她任他打，绝不求饶。我让你再看！我让你再看！这回，酒糟鼻居然操起了屋角的一根细长的竹竿……

这种示范非常可怕，他们的儿子从六七岁开始也学着对她动手。她知道，她什么都要忍，只要让她读书。只有读书，只有考学她才能离开他们。所以，她听他们的话，他们让她做什么苦活累活她都愿意。那一年，她才七岁，上学马上就要迟到了，弟弟还没吃完。她急了，打了满满一勺稀饭往他嘴里塞，不到周岁的小家伙居然懂得用牙齿咬住汤匙，往外顶。她拿手捏住他的嘴，多用了几分力气往里灌，他又是摇头，又是"噗——噗"地往外吹气。米粒被他吹到了她的脸上，米汤顺着他的嘴角往下流，流到下巴，流到胸前。她生气了，一巴掌拍在他的脸颊上，这回他的嘴张开了，伴着这张打开的嘴的是令人战栗的哭声，"哇——哇——"如山洪暴发，如大山轰然倒塌。你干什么？酒糟鼻冲了过来，一把将她抓了起来丢了出去。你个小臭婊子，你想让我们何家绝后吗？小臭婊子！疼！好疼！当年被墙撞出的那个大包此时又突然长了出来，疼了起来。何晚不停抚摸着额头。

何晚漠然转回头去，僵直着身子就要往前走。他们的儿子儿媳之前来她租住的套房找过她两次，一次她在不开门，一次她不在安迪让他们进了屋。一听安迪说他们还带来了自己做的鸡卷、菜丸子、地瓜粉等，何晚无比焦虑。东西在哪里？在哪里？她按着安迪说的地方，快速进了厨房，急急打开冰箱，飞速取出几袋东西一股脑儿扔进了垃圾桶，又提拎起垃圾桶疾步出了房间。空着双手重新回到屋内的她并没有停歇的迹象，直勾勾地盯着他问，你说他们刚才走过哪里？坐过哪里？安迪只能小心地一一指引：他们在客厅沙发上坐了一会儿，进过厨房、公共卫生间，还进过主卧。何晚两眼发直，抓起抹布往塑料桶里一扔，水龙头的水哗啦啦地流了出来。她像是一只被割开了喉咙的鸭子，紧咬牙关握紧双拳站在水槽前，整个身体都在发抖打战。从水龙头里流出的似乎不是水，而是她的所有气力和鲜血。安迪被这情形给吓坏了，握住她的手不停安慰着。世间有许多事情都是美好的，都会过去的……不，不，世间有太多东西都是黑暗的，黑暗的，只是你不知道而已。何晚拼尽全力止住颤抖，并没有回头。此时，水桶里的水已经快满了。何晚甩开安迪的手，拎起水桶放在客厅，拧干抹布，双膝往地上一跪，双手往抹布上一铺，用力往前推，再往后推，有规律地前后运动起来。那一刻，她不是在擦地板，她简直是在给地板擦脸。在台湾的那两年，她就是一直被这么要求擦地板。以最屈辱的跪的方式，向台湾男人低头，向台湾男人的寡妇母亲低头，向全新的环境全新的家庭全新的生活低头，向被踩在脚底下、最没有地位的地板低头。后来，却成了一种习惯，一种逼迫自己时刻清醒的习惯。刚刚泄掉的力量不知从哪里瞬间涌出，每一下都像是要割去地板的一层皮。擦！擦！擦！用力地擦！用尽全身力气地擦！力度在增加，速度在加快，疼痛夹杂着的快感被一点点挤了出来。

　　阿晚！阿晚！一声接一声的呼喊后，是一阵杂乱的"吭哧""扑通"。何晚下意识地偏过头看了一眼。轮椅上的女人不知怎么离开的轮椅，已经跪在了地上。何晚的心咯噔了一下，几乎就在同一个瞬间，她的大腿已经被人紧紧抱住了。阿晚，当年是我们不好，是我们不好，我们错了，那个夭寿短命的已经走了……王爷抓去，我给你跪下还不行吗？还不行吗？她知道终有一见，却不想是这样。她不想看那张老脸，却又拔不动自己的双腿。她的儿子也开口说话了，阿姐，你怎么就不能原谅阿姆呢？好歹她也养了你十几年！进出小区的人都围了过来，做着各种询问和猜测。窘迫尴尬混杂着焦虑，疼痛混杂着酸楚，她只想迅速离开。快扶她起来！快扶她起来！何晚冲着她儿子大吼一声，王爷抓去，走啊，走啊！去吃饭！

总算出了小区，总算把好事的人群甩在身后。本想去那家肯德基，却带他们进了唐燕府。本就想吃个汉堡，喝杯可乐，却点了土笋冻、鲍鱼、燕窝、鱼翅，还点了一大份的龙胆鱼一鱼两吃。一开始都摆着斯文的样势，小口喝汤，慢慢吃小菜盘里的鱼干和蛋豆腐。土笋冻上来后，冷脸一夹，它滑到一边。再一夹，刚离开盘子又掉了下去。接连夹了五六下，好不容易把它夹起来放进蘸碟里，却又怎么夹都夹不起来。她儿子示意说，用汤匙！冷脸拿着汤匙打了几次也没能打上来，索性直接用手将土笋冻抓进汤匙里，往嘴里一送，一吞，便张大嘴巴直流眼泪。何晚只想笑——那蘸碟里定然加了不少芥末。冷脸抓起桌上的水杯一通猛喝，又伸手抓起鲍鱼又咬又啃起来，还不忘指着小碗小心翼翼地问，这个鱼怎么都看不到刺啊？她儿子一边说着，鱼刺肯定都被拔掉了，哪里还会有鱼刺？一边端起整碗燕窝，嘴唇往碗沿上一搭，"咕噜噜"倒了进去。何晚始终没有动筷，只木然地坐在那里，看着她吃得丑陋，看着他吃得可笑。上小学的时候，偶尔早餐会有咸水花生配，桌上总是一堆大的，一堆小的。大的那堆该有十来颗带壳的花生，小的那堆恐怕只有七八颗，每一堆的各自归属再明确不过。刚站到桌前，他还会伸手过来，把小的拿过来换走她的大的，她不干，他就哭，他一哭，她的那一堆最后就直接给了他。久久才吃上一回的油条也只能一人一边，他先挑，挑剩的另一边他还要再尝一口是不是比他手里的好吃。她学乖了，不再申诉，不再吱声，只就着泪水咽下那一口口的香。多年前，弱小的她只能接受他们的施舍，没有反抗的能力。而现在，时光让一切翻盘——施舍于他们的是她！她另外点了一小碗金线莲小肠汤，就着幸福嚼出那一口口苦里的甜。

就知道你不是一个铁石心肠的人，一定还会记着我们，还请我们吃这么好的。我这个再活不了一两年的老人竟然还能沾你的光进这么好的饭店吃这么好的东西，啧啧啧！冷脸抹着嘴角的汤汁说，算命的说你是观音命，王爷抓去还真是观音命啊，王爷抓去人家没有乱说啊！

那一刻，何晚怔住了。"王爷抓去"原本是冷脸的专利？什么时候偷偷转移到了自己身上？她曾经多么讨厌眼前的这个女人和她嘴里的那几个字，可难道自己不是正在长成这个女人的模样？尖酸、恶毒，以及满嘴的"王爷抓去"，哪一样不烙着这个女人的样子？河流一直奔涌向前，可每一滴水都真的清楚自己的方向吗？她抬眼看了一下。冷脸真的是老了。层层叠叠的皱纹堆在脸上、脖子上，那张刻薄的长刀脸恰似那风干的烂果子，干干的、瘪瘪的、松松的。堆在手上，那只鸡爪便又多了一层要脱未脱的松树皮。几乎要白透的头发别在耳后，那小小的耳垂也皱在一起，哦，不，是耳垂上裂开了许多褶子——那么多褶子，这心血管该是病得不轻吧？该真是没多少时间好活了吧？这就是报应！报应！心底似乎被撕开了一个口子，怨与恨从那个口子里一点点往外渗，往外漏。底裤一阵热流。她缓缓起身，从包里掏出一大沓刚去取款机里取出的钱，从桌的这头推到桌的那头，这些钱，拿去，不要再来找我！我跟你们，从此两清。

圆湾小半岛呈微弧形结构，"茶歇时光"正处在弧顶位置。这是一家将茶馆与餐馆功能合二为一的休闲生活馆，背面是新建成的一个环境优美的商业小区，面前隔着一条窄窄的步行道出去就是湖。湖为龙湖。南面来的蓝溪与北面来的清溪在城区西面汇聚，一路向东流。十年前建成的城东水闸桥下闸蓄水后，蓄起盈盈满满的一湖水。这一湾多曲线的湖水将整个县城区域勾勒成蜿蜒逶迤的一尾游龙。城区背倚凤山，面临龙湖，形成一种强烈的天然呼应。山上凤翔水中龙游，自古就是文人墨客吟诗赞誉的祥瑞之地。凤凰的翅膀向东西两个方向打开，连绵成两个小山脉，小半岛就处在东面山脉的翅尖。同样是弧形亲水建筑，无论是居家买房子，还是租店经商，讲究风水的闽南人都不大会接受湖岸斜对面那种弧形往内凹进来的"反弓水"，而会更喜欢小半岛这种往外凸出去的"玉带水"。闽南人相信，水指代财气，"玉带"为官带，水抱边的"玉带水"能聚财也能聚才，水反边的"反弓水"则反之。有一首风水歌诀就说到，门前若有玉带水，高官必定容易起，出入代代读书声，荣华富贵耀门庭。据说，许多看起来唯心的说法其实也有唯物的支撑依据。比如，风水学上讲究床不能正对着门，说是阴气重。从唯物的角度看也可以理解为，床对着门会使人在睡觉时容易进受进而着凉感冒，也容易使外面的人对床上的情景一览无余；再比如，风水学讲究镜子不宜对着床，说是镜子是用来驱怪辟邪的，应该对着凶煞来的方向。从唯物的角度看也可以理解为，镜子对着床，晚上起床时人是迷糊状态的，昏暗的环境下看镜子中的自己或者屋中的陈设，容易产生错觉，使人受到惊吓。就小半岛而言，这里地势相对平坦，水流舒缓，微风无浪，冬天不冷夏天不热，区域环境特别好，连水里的鱼虾都乐于在此安居。环境好人的心情自然就好，心情好做什么事都会顺利，自然财旺才也旺，这是环环相扣的道理。远远地看过去，"茶歇时光"有如官员玉带上一颗发出柔光的夜明珠。

这湖滨的夜色可真是美呀。何晚不禁感慨。在落地窗前的位置坐下，她不停往窗外看。她一眼就喜欢上了这里。地点是她挑的，却也只是随口一说。几天前载范教授去茶学院路过圆湾小半岛时，范教授提起过学校的那些小年轻们都喜欢的"茶歇时光"。她对这个店名特别有感觉。19世纪中期，英国的工厂里专门为工人留出了每天的"茶歇时间"。"时间"改成"时光"，只改动了一个字，表达的却是完全不同的意思。"时间"是硬的是实的，与生产与效率与物质相关。"时光"是软的是虚的，与浪漫与虚幻与精神相关。与这个美妙店名相关的该是一个美丽的女子，一个结着丁香般悉怨的女子。她想。像是知道她此刻的心情，天空中高悬的明月将圆未圆，没有浮云的遮挡，亮银色的月光恣意倾泻，洒在微风轻拂的湖面上，粼粼波光一漾一漾，一种恰到好处的娴静与安逸。湖边的小亭子里一对情侣偎依在一起，人行道上走过一对抱着孩子的年轻父母，又蹦跳过一个三四岁的小男孩。一件飘逸的黑色长裙，一截白得发光的手臂，何晚的目光追着那个背影走。像是电影里的蒙太奇手法，那个背影闪进"茶歇时光"，陈暖踩着七点钟那个准准的点出现。隔着那么三四米，她看到越走越近的陈暖的眼睛里越来越清晰地写着两个字——惊讶。

没错，陈暖早早做好思想准备，这回又会是一个两分钟。不多不少，不偏不倚刚刚好的两分钟。像是掐着秒表在走的两分钟。可是，没有。她确实犯疑。自何晚回来，她们拢共见过三次面。第一次，她主动约。何晚说抱歉，真是没空，改天吧。一种客气的生分。隔两天，何晚约过来，带着自己的秘书小陈。三个人去了厦门筼筜湖边上的一家咖啡馆，她提前五分钟到，她们比她晚到了七分钟。何晚点了一杯黑咖啡，她点了一杯卡布其诺。她一直以为自己可以以眼识人，但在何晚这儿，她发现行不通。那是一个层层叠叠的深潭，一半红一半黑，一半烈焰一半冰凌，一半阴暗一半光明。这似乎延续了她少女时代的色彩？不，不，有些是延续，有些是覆盖，有些是前所未有。少女时候的何晚敏感、多疑、喜怒无常，却直接，直接得让人摸不着头绪。她的出现本就不同寻常。那年秋季一开学，学校来了个名叫何晚的漂亮女教师，两个人成了舍友。第一次见面，何晚就对她表现出了超常的热情，仿佛她们是多年相识的老朋友。何晚说她本可以留城，是她主动要求来栖鹏学区工作，她还说是她主动跟校长要求跟陈暖一间宿舍。为什么？你忘了？两年前我们在我同学家见过一面。我当时还说你的左撇子和左侧鼻翼上的那颗小痣简直像做记号一样，想要你做我姐姐，你当时告诉我你有个妹妹也是小你两岁，小时候出了车祸夭折了，还说我跟你妹妹有一点点像，说你妹妹又可爱又爱笑，后背还有北斗七星，是不是？是不是？

陈暖隐约记起是有这么个事情。第一眼确实有这个感觉，仔细看，这位新来的体育老师与她妹妹除了眼睛，并无多少相像可言。眼睛虽然都是大大的橄榄状，很深的双眼皮，但妹妹的眼睛清澈透明，而她那汪得满满的两潭水里有一种坚硬的生铁般的东西，还不是一般的生铁，是被切开棱角、发着寒光的锋利的生铁。生硬的目光里有一层垢，薄薄的一层，不注意是看不见的。注意了也未必看得见。但偏偏陈暖看见了，而且很清楚。眼睛之外，最相像的应该是她们的性格：一样活泼好动，一样刁蛮、任性，一样喜欢嘟嘴，喜欢皱眉，喜欢顿脚。第二天天还没亮，陈暖被她硬拽着起来跑步。见她把刘海往上一夹，那全部露出的弧度优美的额头和小小的美人尖也微微有些妹妹的影子，像是某个昏暗的屋内，窗帘猛地打开，世界突然就亮堂起来，陈暖忍不住多看了几眼。一开始，陈暖怜惜她受的苦以及受苦后的不讨好不迎合，也真想把她当妹妹看待。可是很快便发现，不行——这怜惜本像是用来防腐的福尔马林，浸泡着她们的相处；可她滥用了这种怜惜——在那短短两年时间里，令人不喜欢的方式如层层叠叠的蒸笼被她一屉屉地打开：她穿着时尚，像是个思想先进的新派人，每天起床第一件事和入睡前最后一件事却是躲在蚊帐里又是焚香又是拜观音。那白瓷观音立在她床尾上方的床架上，嘴角含着笑，周身幽幽地发出清冷的白光。那里平时就用一小块帘布遮挡，谁也想不到里面的奥秘。她开起别人的玩笑总是肆无忌惮，玩笑一旦上她自己的身，她立马就可以变脸；她经常失眠，一失眠就拿脚踢床铺，有几次甚至深更半夜爬起来坐在陈暖的床头就那么盯着人看，把半夜醒过来的陈暖吓出一身冷汗；学校的周末舞会上，她不是霸占王子衿做舞伴，自己连续几个转圈一个"不小心"把经过身边的陈暖撞倒在地，就是主动邀陈暖跳探戈，让陈暖把圈转晕后又是一个"没有配合好"地放手让陈暖直接摔出去。她如此故意如此无理，似乎陈暖在众人面前的每一次失态都会让她获得一种变态的快感。最让陈暖无法接受的是，她明明跟林有福好好谈着恋爱，突然有一天跑过来跟陈暖说，你把王子衿让给我吧。陈暖以为她开玩笑，没想到她玩真的，很快林有福开始介入，很快陈暖跟王子衿出现了隔阂……一杯咖啡喝了半个多小时，陈暖的热情被她的平静一点点消磨。过往的已经过往，现在，所有的关系都是新的。可是，她连目光都吝啬给予。她不仅给眼睛关上门，还往门上加了锁。二十年后的她有了成功企业家的沉稳、大气，却缺少了当年的直来直去，她的眼睛里似乎总有你分辨不明的色彩，那下面一定藏着什么。

一周后，陈暖请她来家吃饭，她说人在武夷山，第二天到安溪。隔三四天，她又约过来，这回同时带来了他们公司的一个武夷茶供应商，去了她们当年最喜欢去的老城区桥头的一家冰厅。当然，去的只能是冰厅所在的位置。当年的安溪刚刚脱掉全国最大贫困县的帽子，当年的冰厅只是沙滩边一个临时搭建的摊点，冰厅所在的区域早已翻建成新的商业中心，建起泉州市最高的49层建筑，成为这个全国百强县、福建经济发展十佳县的新地标。陈暖早到了两分钟，她跟供应商迟到了将近两分钟。她们进了豪克来牛排店，她要了一份带骨牛小排，陈暖要了一份菲力牛排。这一次，一份牛排吃了一个多小时。还是客气。要从头到尾客气也罢，中间正好王子衿打电话来，说了领导新处的小女朋友喜欢喝咖啡的事，让陈暖跟儿子联系一下，从英国买个家用咖啡机送给领导。她一听，又表现出了很大的热情，说是自己有个朋友在英国开电器店，飞利浦、德龙、伊莱克斯、博朗等欧洲十大品牌咖啡机他店里都有出售，不仅有常规的磨豆咖啡机，还有胶囊咖啡机，她可以让朋友直接寄一台过来。陈暖不想麻烦她，她有点生气了，我们这关系你还要跟我客气？你这是在跟我见外？再说了，你让一个小孩子去办这个事，怎么可能办得好？那一瞬间，陈暖几乎相信她们的关系真的好到了自己人的程度。只是分手时，陈暖约她第二天到清水岩走走，去茶博汇逛逛，或者去泉州转转，她又换上了一张冷冷的脸，改天吧。两次下来，陈暖似乎看明白了。很明显，她在撇清一种不深不浅的关系，或者说，她不想跟着别人的节奏走，她想掌握更多主动权。就像两个人在打乒乓球，对方发球，她选择不接。可是她发过来的球，陈暖却不能不接。陈暖也可以有一万个推托的理由，但她没用上。她不跟她计较，二十年前是，二十年后依然是。那就装傻，继续装傻。只是既然这样，陈暖也不再约了。有意思的是，陈暖不约，她也没有约过来——直到这次。再约，便是这三个人的局。白飞雪请她，她约上了陈暖。当然，她是主宾，陈暖只是陪客。看似无意，实则刻意——这又是一种态度。陈暖看得明白，她无非想告诉自己，她跟白飞雪比跟自己走得近。这没什么。当年她提出那个让男朋友的无理要求后，有那么一小段日子，白飞雪就经常跟她在一起。

你可真会挑地方，这么偏的地方你都能找到。靠窗落了座，陈暖笑着对白飞雪说。

哪是我挑的啊，是西施晚找的。白飞雪指一指何晚说，我一个家庭煮妇，哪懂得这地方？我就说她一个在英国生活多年的，感觉比我们还熟悉安溪。白飞雪顺着陈暖递过来的一根满是枝节的竹竿，"蹭——"就往上一节节地爬，不知疲倦，没有停歇。她讲了她们几天前怎么相约，今天下午怎么去的普陀寺，寺里刚从舟山南普陀请回来的南海观音如何如何灵验，又讲了她们添了多少瓦，她如何摇半天签桶出不来签，何晚如何轻轻一摇一根签就自动跳了出来，解签师傅说从签诗来看，她这几年的运气如何如何不好，何晚的运气如何如何好……讲到这里，白飞雪的兴致更往高处涨了。何晚的运气肯定好啊，你看她这些年都走了多少国家了，法国、德国、意大利、美国、印尼，还有那个马什么夫？整个餐厅里都是她的声音，陈暖示意她小声点，她摆摆手，我可学不了你们斯文小姐说话，让我小声说话我还不如不说。又问了一遍，那个马什么夫？何晚说了一遍，她更大声了，对对对，就是马尔代夫，我老是记不住这么长的外国名，听说那儿好玩得很，这几年好多中国人都喜欢去那里玩，安溪也有一些人跑去厦门报了团。难怪说我是粗人一个，别说出国，连香港都没去过。难怪他妈的林有福总是嘲笑我长了个山里人的傻胃，连海鲜都吃不大来，更别说这些洋玩意儿了。白飞雪指着桌上的菜肴招呼她们，你们吃，你们吃，我吃不惯这东西，总觉得吃这东西吃不饱，也用不惯这些刀刀叉叉，我另外点了一份外卖面汤。

你自己不吃，不要点太多啊！何晚指着已经上桌的菜说，有这几道就够了，不能再上啦，吃不完真的很浪费的……

咱们何大老板别这么瞧不起人好不好？白飞雪有点不高兴了，我们林有福现在困难是困难了点，请这一顿饭也还是请得起的。你这在国外都待番了，咱们闽南人请客哪有请四道菜的？多不吉利！五道菜也不行，扣除两个这么小碟的只剩三道怎么行？六道菜砍头菜更不可以了。所以，我就点了七道菜不多也不少。林有福要不碰上这些麻烦事，我请你们吃大餐……

有福的困难是短暂的，肯定会过去。何况你儿子那么优秀，还怕什么？陈暖说。

说起儿子，白飞雪的劲头就上来了。她最热衷于讲的还是老公和儿子，无论自己的还是别人的。她有她的土豪老婆朋友圈，她知道谁的女人劈腿了，哪个男人被绿了，谁走了哪条海线陆线天线，哪家企业倚靠市长，哪家有县长撑腰，哪个领导喜欢喝清香，哪个领导喜欢喝浓香，哪个爱喝传统放养茶，哪个爱喝老铁。她列举了儿子身上的诸多优点，又与陈暖的两个儿子进行了深入比较，是，他书是读少了点，但他胆子够大、脑子够灵活，林有福的那个老班长说，这种不按常规出牌的人要么吃牢饭要么成大才，你们首赫一定属于后者。她说不太清楚儿子最近正在找大公司认筹的具体运作方式，但她就是相信，看着吧，十年后，我们首赫不敢说一定赢你们茗浩茗辉多少，肯定不会输给你们。

陈暖注意到了何晚的脸上层层叠叠堆积起的东西，她正想寻机找个新话题，何晚先开口了。你老公要真血本无归你怎么办？

能怎么办？他就是做乞丐我也要跟着他去讨饭啊！白飞雪完全不以为意地样子。她起身往玻璃窗外看了几眼，又掏出手机查看美团订单，边查边往外走，都半个多小时了，怎么这么慢？

桌上的杯盘相当精美，菜品也精致，有偏英美式的苹果沙拉、薄底披萨、菠萝焗火腿，还有橘子烧鸭。两个人静静地动着刀叉，听白飞雪几次在催单，又见她几次跑去催菜，屁股几乎挨不着椅子。喝了一口柠檬水，何晚说，同样在国内，我看你西餐倒是吃得很习惯？

我的中国胃持有多国护照，所以走哪适应到哪儿。陈暖先是自我开涮了一下，才转向实话实说。其实这也是被孩子们培养出来的，小孩子就图新奇嘛，专爱吃外国餐，美国牛排、意大利披萨、日韩料理、印度咖喱饭、泰国冬阴功汤，被他们带着一样样地吃过去，感觉其实也都挺好吃的。

还是这样的人有口福。其实每个人的胃跟人一样具有强大的适应性，你始终认为它不会适应，一直不让它去试，它就永远不会适应。何晚拿汤匙搅拌着碗里的南瓜汤，像是要说给陈暖听，又像是只说给自己听。你知道有一种多肉的品种叫大叶落地生根吗？真是又贱又硬的命。叶子上长出富有杀伤力的锯齿，锯齿上又长出小小的不定芽，它们那么小那么密，像一群小蝴蝶停落在叶子的边缘，向空中长出细细的白根须以吸收空气中的水分。一颗小芽落到土里，又是一个新生命。陈暖正想接句什么话，何晚又转而问了句，这个白飞雪怎么还不回来？

陈暖意识到，何晚的前言不搭后语，看似毫无逻辑，实则是没话找话，更是在变换话题。她一定是要说什么，但又不想说明白。陈暖看过她这两年的朋友圈。法国埃菲尔铁塔、卢浮宫、蒙彼利埃葡萄酒庄园，意大利罗马斗兽场、佛罗伦萨米开朗琪罗广场，德国巴登巴登温泉城、慕尼黑纽姆普芬王宫……这些地方她前年跟王子衿一同去欧洲时都去过，还有更多她说不上来的地方。长满鲜花的窗台、种满梧桐树的长街，咖啡厅里、塞纳河畔、教堂内外，她站着、坐着、倚着、跳着，每张图片都是美人美景美食，仿佛她只是负责让画面美起来的一种存在。可现实中的她似乎并没有照片中看起来那么快乐。她的事业发展是顺利的，她的生活是顺心的，她的婚姻也应该是美好的。评判一段婚姻的好与坏，不像看一枚硬币非正面即反面那么简单。很多人的婚姻处于一种不好也不坏的中间状态，可能往好的方向发展，也可能往坏的方向发展，还可能就停留在这个状态中，不动不移。女人的容颜是最有说服力的婚姻状况报告，十几年乃至几十年的状况都直接写在脸上。快乐与忧愁、压抑与释放，那些粗细弯直的各种纹理，每一条都是婚姻走过的痕迹。再加上女人的双手作注脚，幸与不幸一览无余。男人则完全不同。它更多体现在遇到事情时的脾气里，体现在对人说话的语气中。一个眼神、一句话、一个手势，吹出的都是婚姻的风。

陈暖很想再问一次，这些年你过得好吗？喝咖啡那一次，她一见面就问了，何晚淡淡一笑，略过了从安溪到台湾的变故，略过了在台湾的经历，只一句"人生终究逃不过命运的安排"便将之前的所有一笔带过，直接抵达最遥远的英国。像是你明明知道那是一颗夹着苦咖啡心的糖果，她却让你一直舔着最外层的甜。从头到尾她谈得如此之淡，更像谈的是别人的事。吃牛排那一次，很多话题都是蜻蜓点水般一掠而过，她不让话题有过多停留。眼下的情况也是这样，明明有着一种莫名的亲，却不知为何就是走不近。像是当年她们宿舍卧室与小客厅隔出的那一层布帘，帘子放下，大家都知道到此止步。

好不容易等到白飞雪拎着她的汤面回来，同时也把她的不消停拎回了桌面。一会儿咸了要加水，一会儿淡了要加盐，一会儿又出去门外接个袋子回来。像是两个相差三度的和声音程本来很和谐，突然加进了相差两度或者五度的第三个音，音跟音搅在一起，原有的平衡被打破了。吃过饭，白飞雪还安排了茶室泡茶。何晚说，就在这儿泡吧，看得到湖景看得到月色。她喊来服务员撤下餐具，换上茶具，终于都坐安稳了。陈暖从包里取出大故香，白飞雪说，还是泡我的老茶吧，这泡茶可跟西施晚离开咱们的时间一样长。说着，拿出刚去门外接进来的一个小袋子，袋子里装着个小陶罐，罐子里装着二十年前的老茶，是林有福的二叔公做的。白飞雪一看就对茶没有研究也没有讲究，还没请她们闻香就要倒出茶水，被陈暖一把拦住了，这么有年头的好茶，一定要闻一下香。她示意何晚先闻。何晚深深一嗅，眼里都发出光来，好像有一股檀香味？让人很舒服很安神的香。陈暖印证了何晚的说法，这香经过了二十年沉淀，虽然沉稳，却也还有阳光的明亮、灿烂。一入口，何晚频频咂嘴，像是喝进了一口带着茶香的蜜还是油，很滑很顺。陈暖说，确实是难得的好茶。只有好茶才有这种米汤的口感，既饱满又细腻绵软。她把喝干的茶杯放在鼻下一嗅，对何晚说，你看，连杯子都会留香。这茶真是顶极好茶。你要喜欢老茶，我们家还有比这还老的老茶。

是吗？何晚露出半信半疑的表情，陈暖以为她不相信陈家有老茶，便往下解释道，我以前跟你说过的，我爸是村里的制茶能手，我们陈家祖上世代都是比较优秀的茶农。说起来，我们陈家祖上也是有些故事可讲的，改天等你有空我讲给你听。

陈家的故事最精彩的当属陈暖的天祖。烈祖父、烈祖母早逝，天祖从小就被送到观音岩上的一个大茶商亲戚家。亲戚待他不薄，让他到私塾里读书。亲戚们都觉得这是对他的恩典，天祖却觉得这是对他的惩罚。他天天被自己的同学嘲笑，因为他每一次都答不上老师的问题。他觉得最讨厌的是那个两千多年前的孔夫子，为什么要跟他的学生说那些那么难理解又那么难背的话，什么"独学而无友，则孤陋而寡闻"，什么"可与言而不与之言，失人。不可与言而与之言，失言"，什么"与人交，推其长者，讳其短者，故能久也"，害得他没有一天好日子过。每次说肚子痛、头疼，又被要求在床上躺，每天都熬得生不如死。后来，他便偷偷跑去跟家里的雇工学种茶、制茶。铁观音的制作工艺非常烦琐，一般人没有学个三五年都很难出师。尤其是摇青环节，哪个时间点开始摇青，用什么样的力度，摇多久，凉多久，摇几遍，这些都是灵活变动的，完全需要个人依靠看、闻、摸的感官评判来决定，即使是老师傅也会有走眼的时候。在他这里这些却全不是难事，很多东西他看两眼就会。那年秋茶上市，他每天晚上都偷偷跑去帮忙摇青，趁着茶师傅打盹时，做主把几筛篓四遍摇青后的茶叶倒进铁鼎里炒了起来。等到茶师傅醒来的时候，炒青已经完成，只能继续往下揉捻、包揉、烘焙。第二天，大茶商抓一把焙笼里的茶一试泡，这茶是谁做的？茶师傅担心主人责罚，只能把他端出来，没承想，大茶商竖起了大拇指，做得不错啊！自此，大茶商看出他的资质不在书本里，他刚满十三岁就被允许光明正大地学制茶。过两年，送他去了武夷山。大茶商在那里经营多家岩茶厂，天祖的天赋得到了充分显现，十几二十岁就当上武夷岩茶厂的大茶师。

陈暖一直有这样的感觉，在父亲从祖父那里听来的关于天祖的故事中，有些情节像是汁水饱满的水蜜桃，内容特别丰富，有些却像被压缩干燥过后的水果干，少了很多味道。父亲总是说，你天祖出名后，有外国人都想把他挖到印度和斯里兰卡去当茶师傅，他不去。大茶商亲戚也兑现承诺要让他到厦门到东南亚当茶铺掌柜，他有很多机会可以把自己变成传奇，但他说当茶师更单纯，只需要踏实做茶诚实做人，不用考虑生意场上那些复杂的东西，也是不去。她隐约觉得这里面一定也藏着丰富的脉络，可惜父亲没有一次愿意条分缕析，又或许，父亲听来的故事中本就是如此。在天祖不算特别长但也不算短的六十三岁人生里，他的大部分时间在大茶商的武夷岩茶厂当茶师，制茶的好手艺也传给了他的两个儿子，憨厚的大儿子负责在老家安溪管理铁观音茶园，聪慧的小儿子一直跟在他的身边。大茶商亲戚没有放弃栽培陈家人经商的想法，高祖十五岁那年，天祖终于点了头，同意让他跟着大茶商到巴城。没几年，高祖就当上茶铺的掌柜，生意做得风生水起。如果不是后来高祖伯意外身亡，天祖就不会把高祖叫回中国，高祖可能就一直待在巴城经营茶叶生意，陈暖父亲的这一支脉说不定就在东南亚生根发芽、开枝散叶了，这样一来，估计陈家现在也就成了老华侨了。回国的头几年，高祖还在厦门茶铺帮忙，天祖年纪大回了老家后，便把他一家大小也召回老家，从此陈家从曾经的茶商又变回了茶农。直到陈暖父亲这一代，毕竟家族血统里有经商的基因，他第一个跳出来说要上山开垦茶园，又第一个挑担到汕头卖茶叶，成为村里第一个茶商与茶农二合一的人。1979年底，听说安徽小岗村偷偷干起了分田到户，效果还不错，当过几年兵的老陈那个激动啊，天天等，夜夜等，可是等了几个月，公社村里依然没动静。他等不住了，扛起锄头就上山。村长拦住了他，你这是要走资本主义道路？他告诉村长，邓小平已经肯定了小岗村的"大包干"，中央文件肯定很快就会出来。村长态度强硬，中央文件一天没出来，谁都不能乱来。既然一个人的力量不够大，那就团结更多的人。他希望能团结跟小岗村一样多的村民，但只有五六个年轻人跟他一起上了山。村长带领更多的人拦在半路上，父亲把锄头往前一伸，锄头成了他的大枪大炮。你们再拦着我们，我们今天就跟你们拼了，反正被人打死总比被穷死饿死好。你们看看，人家已经跑步向前冲了，咱们还在这里拉袖扯襟不发展。如果将来证明我们今天的行为是错误的，那么，所有的责任我来承担，该坐牢就坐牢。如果证明我们是对的，责任谁来承担？村长顿时蔫了。几年后，中央一号文件出来的时候，观音岩上已经种满了铁观音茶树。

如果妹妹没有早夭，我爸一定把她当男孩养，教她做茶的十八般武艺，给她招个上门女婿来。我爸最经常说的一句话便是老祖宗留下来的，说，做人跟做茶一样的道理，先苦后甜，经历各种挫折各种磨难才能成就美好，这跟《诗经》里的那句"谁谓荼苦，其甘如荠"意思大概相同。我们家不仅有90年代的老茶，还有80年代的，主要是1987年1988年的，说不定还有更早的……陈暖本想再往下说，却见何晚闻了闻杯子，嗯，还真是杯留香。这才知道，原来人家还停留在之前的那句话里。

我一个没读几年书的乡下粗人可不懂得像你们这比喻那比方，我就知道林有福说这茶好，香也好水也好。他一直藏着不舍得喝，说是要资深的老茶客才懂得这茶。我偷偷给他拿出来装了一小罐，也就剩下那么一点点了。白飞雪把袋子递给何晚，算你运气好，今年回来，如果再几年回来，估计这茶也没了。这一泡茶总归是个很好的铺垫，什么东西柔软了，什么东西交融了。三个女人却唱不动一台共同的戏。先有感慨的是何晚。时间过得可真快，二十年前，都是二十出头的年纪，咱们仨也曾这样坐在一起吃冰，那时多年轻，像三棵青葱，嫩嫩的绿绿的，鲜活得很。

是啊，以前是清香型的，现在变成浓香型的，再过几年就成陈香型的了。陈暖呼应。

哎呀，什么清香浓香陈香，什么青啊葱的，那是你们。我就一堆老茶梗，又粗又涩。白飞雪连吃几口面，抹了把嘴上的油。论年龄，我最小，现在看起来我最老。观音暖看起来最嫩，西施晚你也不错。以前咱们二十几岁看人四十几岁的总觉得一个个都老阿姨，现在看你们一个个都如花似玉，就唯独我一个是大妈。世界真是太不公平了，善待的是你们亏待的是我啊。西施晚你是一直在做保养做美容的我知道，你漂亮我理解，可观音暖说一年到头从不到美容店洗脸也从不敷面膜，你信不信？怎么可能？你看她那屁股，还像小姑娘那么翘翘的，我还以为是用了人家说的那种臀托呢。西施晚你的屁股也不错，也还很挺，不像我的，太大太重了，直往下掉。奇了怪了，这地球引力怎么专门吸引我的屁股不吸引你们的？我们有福最受不了的还是我这张脸，说是跟蒸发糕一样越发越大。陈暖你不要再跟我说好听话，什么这饱满的脸是给老公长脸，那都是骗人的鬼话，谁喜欢给老公长这脸？谁不希望自己的脸小点？来来来，说说说，你们一定有什么秘诀对不对？

像是论文写作中的破题，三个女人破了一个关于美丽的共同话题。白飞雪毫不忌讳地谈她的美体美胸，谈美体师怎么捏她的乳房，怎么让精油走进她的卵巢里，谈她的黄瓜、柠檬、鸡蛋清等各种食物面膜。何晚讲欧洲人不用美白产品，他们更喜欢脸上有雀斑的女子，当年安迪喜欢她首先喜欢的是她参加体育训练留在脸上的雀斑。陈暖讲她一年四季冷水洗脸冷水清鼻，冷水拍脸加冷水按摩。大家聊得其乐融融，仿佛回到了当年。可是再往下，聊到人生聊到事业却似乎聊不到一起。准确地说，是白飞雪与她们聊不到一起。隔着二十年，明摆着的是差距。白飞雪无法理解何晚已经那么有钱了为什么还要那么拼，就像何晚不理解白飞雪那么年轻为什么什么都不做，还要请保姆。白飞雪笑她是"有钱人乞丐命"，舍不得花钱，要当钱奴才。还说，你看陈暖，她们家有钱，她就辞职回家当太太，多好。何晚也不反驳，只说自己是劳碌命。陈暖当然知道她是在谦逊。知识阅历决定了一个人的涵养修为，眼界决定了一个人的格局，格局决定了一个人的气度。她是个见过大世面的人。何谓世面？世间之面。除了走过世间之路，接触世间之人，还有经历世间之事。三维交集之面构成立体的世面。开口是世面，举手投足是世面，就连眼神、语气无不是世面的体现。没有这样的世面，她不可能三五天时间就搞定了英国一所大学与茶学院的合作交流意向，也不可能一开口就是 500 万元的项目资金支持。没有这样的世面，一个四十几岁的中年妇女更多会像白飞雪一样，动不动就问，哪里来的那么多钱？不可能。不会吧？怎么还能这么做？怎么就做成了？难怪白飞雪解决不了孩子们的十万个为什么，因为她自己肚子都有比十万个多一个的为什么。

我一个半文盲，比不得你们读书人，更像不了观音暖都一把年纪了还整天抱书看。白飞雪托了托自己骄傲的40C，我唯一满意自己的也就只有这胸部了，可我们家有福却经常说我是胸大无脑。女人嘛，胸大不好吗？要那么多脑做什么？

何晚不关心白飞雪的胸，她关心的是陈暖的书。最近都在看什么书？

最近刚读了两篇很有意思的文章。陈暖喝了口凉茶，先谈了一个巴林诗人1955年写的《咖啡与茶的争论》。咖啡贬损茶说，你是来自伊朗的侵略者（巴林喝的中国茶是走陆路经伊朗传过去的），煮在俄罗斯的茶炊里，却倒进了日本的陶具里。几句话把茶的世界性展现得淋漓尽致。茶也对咖啡进行了反击，一边说你是奴隶家的女孩（咖啡豆的采摘与运输都由奴隶完成），被各种研磨各种粉碎各种烧烤，最后落得个跟印度女人差不多的肤色。一边又自夸道，你闻闻我这迷人的龙涎香。诗人很无奈，不知该说谁的好，最后只能是"咖啡和茶轮着喝，他们在我的唇边亲吻相拥"。何晚跟着陈暖笑，白飞雪显然听不大明白，也没多少兴趣听，只"呼呼呼"地吃她的面，刷她的微信。陈暖又讲了唐朝进士王敷写的《茶酒论》。茶先跳出来说，我是百草之首，是万木之花，我"贡五侯宅，奉帝王家"，我最尊贵。酒说，笑话，自古茶贱酒贵，帝王将相谁不爱酒？茶又说，我有许多优良品质，"万国来求"。酒不甘示弱，说，我也有很多名贵佳品啊。茶又说，我可以修养人的身心，可以去昏沉，我代表着宁静、淡泊，而你只会让人败家破宅，让人做下邪淫之事。酒反唇相讥，你那么便宜，吃多了还有这不好那不好，跟我来往的可都是富贵之人。几个回合下来，双方谁也不服谁，这时候，水站出来说了一句，没有了我水，你们还能怎么样？茶和酒都沉默了，它们相形见绌。是啊，无色无味的水，没有茶的鲜美，也没有酒的浓醇，但它包容了茶也包容了酒，成就别人的同时也成就了自己。

到底是当过语文老师，就是不一样。难怪我们林有福一直夸你有气质有涵养，你懂得就是多。白飞雪给何晚续了水，抬头问她，你说是不是？

是啊，到底是当过语文老师啊。何晚喝了口茶说。明明说的是一样的内容，她的语气让它有了特别的深意。她没有往下说，但陈暖听出来了，那里没有肯定，更没有赞美，它的后面可能接着"玩的都是文字游戏"，也可能接着"也就关心这些无聊无用之事"。就像是一瓶看起来无色无味的水，喝进嘴里却是酸的涩的。

我们林有福要在这啊，肯定又要把你夸到天上去。白飞雪摇摇头一副羡慕嫉妒恨的神情，你们不要以为我说笑话。你们不知道啊，他自己没怎么读过书，对你们知识分子有一种特别的尊重，尤其是对读过书的女人，那种喜爱啊……你知道他怎么评价没读书和读过书的差异？他说啊，没读书的男人就是蓝牙，跟谁离得近就连谁。读过书的女人是 WiFi，哪里信号强就连哪里，讲究的是感觉。

才说曹操，曹操马上就到。当然，到的不是"曹操"本人，而是"曹操"的电话。白飞雪的脸色上一秒还灿若朝霞，下一秒已然黑如包青天。这个夭寿短命的，说得那么轻松，好像我是开银行的，说要 50 万我马上就能生出 50 万来。我就是去抢银行，也不能这么快啊！她对着手机屏幕戳戳点点，仿佛林有福就站在那里。说他林有福没有挣大钱的命吧，他还不信。你看，钱要来追人，你坐着钱都自己来。人要去追钱，钱总是跑得比人快。还是他文明叔看人最准。二十多年前，身边所有人都认为他看起来很社会坏坏的，嫁人不能嫁这样的人，他文明叔就告诉我，有福再坏都坏不到哪里去。为什么？因为他往头上敬神明，往厅堂上敬祖宗，往心里敬长辈。几年前他要做担保公司，人家文明叔也说了，有福的骨子里终究还是善良还是软心肝，不是那种可以下得了狠手横得下心，可以做到六亲不认敢于有钱不还的，这样的人根本就不适合做担保公司。别人欠他钱可以一跑了之，他下不了狠去硬讨，他欠别人每一分钱都会老老实实地还，这种生意怎么做？他就听不进去，坚决要做。有朋友就说了，你既然做钱的生意，那么干脆跟我们一起去做盘，来钱更快。他怎么说？他说，我开担保公司我这是冒险，你做盘搞诈骗你那是犯法是要坐牢的。现在好了，人家犯法的没被抓进去，他冒险的报应来了，来了，收拾不了又要让我去找他文明叔。他这个人就是这样，死要面子活受罪，死鸭子又硬嘴巴。"肥三"跑路后，他说什么不要跟任何人诉苦不要求任何人帮忙，那样除了让人看不起不会起到任何作用，说什么头上纵有一大座山也只有自己顶，心头纵有千万把尖刀也只能自己拔，说什么除了至亲之人，谁都不会与你分担困苦与灾难——人家没责任也没义务。白飞雪嘴里不停唠叨唠叨着，站起来就往外走，话语中多了一丝无奈出来，这种时候也只能找他文明叔商量了……你们多坐一会儿。

几分钟后，白飞雪又折返回来，手上拿着几张钞票。你们刚才谁去付的钱？陈暖轻声说了句，谁付都一样，不必计较。她便把钱往陈暖面前一拍，怎么可能一样？你不要侮辱我！这客我还请得起！陈暖刚要张口，她不给人解释的机会，转身就走。何晚望着她的背影，冷不丁地丢出一句，你说她刚刚如果开口，你会不会借钱给她？

是啊，会不会？陈暖也在心里问自己。

这一次，白飞雪还真是把林有福当初的三个"说什么"都吃进了肚子里。事情其实远比白飞雪说出来的严重得多。林有福可谓是外有忧，内有患，不仅腹背受敌，左右都遭遇夹击：就在白飞雪请客的前两天，天猫平台给公司发来两份罚款通知书，同时指向一个多月前的同一件事情。四月底，山西一家水暖器材公司通过天猫交易平台从公司订购了一批价值 300 万元的茶叶作为十周年庆典活动的嘉宾礼物，还特别要求有"王记香"。算起来，这家公司也是老客户，虽然早些时候购茶的数量少，但在传芳购茶的历史少说也有三四年。那时林有福提出绕过天猫平台两家线下自行交易，不仅将省下来的 2% 费用返还给对方，还要给对方打个折扣，人家愣是没答应。看来他们早算计着坐等大鱼自动上钩，坐实后面的这 300 万元的货再出手——全额退货退款，还要向天猫赔付 3～10 倍的罚款；第二天，公司又收到法院的传票。这家水暖公司居然同时向法院提起诉讼，直接指向这些茶礼给他们公司造成的隐性损失。用他们的话说，因为这几千份以次充好的茶礼，他们公司失去了信誉，短短一个月营业额下降了百分之二十，再往下可能会百分之三四十地降，他们公司面临的将是倒退五年的巨大损失。几乎每一天都有人跑到公司要债，林有福进自己公司的大门都不敢光明正大；银行厂房的抵押贷款到期，找担保公司过桥还进去，却因评估他公司的风险大，贷不出来，担保公司的利滚利不停滚动着。那天下午，他去县政府分别找了分管茶叶和财政的两个副县长，希望政府出面帮他协调此事。几个小时的时间里，他先后在两个领导的办公室里又是磨又是泡，动之以情晓之以理，目的只有一个，不仅要继续放款，而且要提高贷款额度。公司曾经是县里重点宣传的明星电商，政府自然不希望它运营出问题带来负面影响。此行效果明显。刚走出县政府，有人就堵了过来。对方说要请他喝茶，可他并不认识对方。对方说，没事，我们都认识"土猴"。一听这个名字，林有福就大抵明白了。那个"土猴"是他战友，去年连请他三天就为了把 100 万元放在他那儿生利息。这一两个月来，讨钱讨得最凶的正是"土猴"。他跟对方解释，正在请县领导出手协调贷款的事情，款一放下来就先解决"土猴"的。对方非常客气地"请"他上了车，"请"他到了邻县山上的一座庙里，"请"他给白飞雪打了电话，后来还真的"请"他喝了茶。对于故事中的几个主人公来说，这注定是漫长的一夜。往下的日子，还有更多与这一样漫长甚至更加漫长的夜晚在等着他们。

桌上的手机不知死活地响着。先是"Let It Go"的激情高亢，只响了一次；接着是"I Believe"的深情，不知疲惫地响了三次；后来，"Unbelieveable"也轻快地响了起来，"Owl City"刚开口唱了两句音乐就停了。一样的事情在不同人身上都有反应，反应却各有不同。就像同样是吃海鲜过敏，有的人只是瘙痒，有的人起红疹，有的人眼睛浮肿，有的人直接就是喉咙水肿呼吸困难。何晚双手相握在身后，手臂伸直，双腿绷直，上身往下压，头部往上昂起，手臂用力往上提。一切都按照她的设想在前进，在推进，她控制着事情的进展与节奏。紧绷许久的弦已经先后射出这第一根箭，第二根箭，有的脱了靶，有的射中了靶心。往下，还会有第三根、第四根陆续射出，射往不同的方向，瞄准的却是同样的靶心。这个时候，她的身体正如那刚发射过箭后的弦一般松了空了，她将它，将它们再次绷紧，再次松开，又再次绷紧，一下接着一下，一下密似一下。5分钟的立位体前屈，加上50个座位体前屈，再加上50个俄罗斯转体，构成完整的一组。时间允许就做个四五组，没有时间就做个一两组。这两年来，生意场上越来越如鱼得水的她开始注重脸部的保养和身体的锻炼。脸部的保养需要交给专业机构，身体的锻炼还是留给自己。一开始选择了与安迪一样的运动方式——跑步，一两个月后，她觉得这样的运动过于坚硬，它强化了自己性情中刚强的成分，身体一日日地发硬。于是，选择了足够柔软柔韧的瑜伽。只三两个月，她又觉得这样的运动方式与自己的性格格格不入，它像永远贴着墙角在爬的爬山虎，虽然装饰了硬硬的灰城墙，却与城内的老旧景物形成了更大的反差。后来，无意中看到了屈体和俄罗斯转体，试着一做，它们在跑步与瑜伽之间寻找了平衡点，那种硬与柔的结合正像是小时候最爱吃的亲爸用菜籽油熬制的麦芽糖，虽然掺进了药味很冲的养脾散，但那香香的菜籽油的气息与麦芽糖本身的香甜正好包裹住了药味，连难吃难闻的药也跟着香了起来。每一天，三个再简单不过的小动作就这样相互衔接，又相互包裹、糅合，刚刚好可以在她的身体里平衡共存、稳稳地生长。

此刻是第三组的 50 个俄罗斯转体，合在一起的双手是她身体的钟摆，在她的两侧摆动，"嘀嗒嘀嗒"，匀速有力。只有专属安迪的"My Heart Will Go On"能让她把旋转的身体停下来——做第二组屈体的时候停过一次，她知道，至少今天，安迪不会再打电话过来。她安抚了他的紧张，那些紧张被她的轻松言语一一化解，残留在耳畔的只有微微的担忧和牵挂。汗湿的大腿在瑜伽垫上印下了痕迹，脖颈上和后背上的汗水正一点点汇聚成串往下流，一种轻微的痒意从腰间传导来，畅快的麻酥之感瞬间在全身漫涌。

镜子前的何晚，腹部两条优美的马甲曲线，柔和的弧度内六块腹肌已经显现了端倪。照这样的速度锻炼下去，八块腹肌很快就会出现。毛巾缓缓走过她的脸，走过脖颈，走过前胸、后背，勾起过往的影像。镜台上的手机又唱起了"I Believe"。她瞥了一眼，继续擦汗，继续让毛巾缓缓地第二次行走。慢腾腾地洗完澡出来，慢腾腾地吹了头发，"I Believe"不知又响了多少遍，她给自己冲了杯咖啡，这才按下接听键。

你他妈的跑哪里去了？怎么不接电话？林有福发出几乎变了声调的高分贝。

我在跑步，手机没带，刚回到家里。怎么啦？何晚把脚抬起架在茶几上，整个身子往太妃椅上徐徐躺下，不急不慢地说。

你在安溪吗？我现在去找你！

不好意思，不凑巧，我在厦门，过两天才上来。

怎么我的货也会被扣下？

是吗？不可能吧？你说——还有谁的也被扣下了？

还能有谁？我的啊！

我说的是——除了你之外还有谁？

你难度真不知道？我和王记的茶叶都被海关扣下了！

这怎么可能？不会吧？你不是说你的茶叶质量可以放一万个心？按理王记的茶叶应该很容易过关，也不应该有问题啊！

王记有没有问题我不知道，我们传芳肯定没问题。如果有问题，也一定是别人栽赃陷害。我不管，你一定要去查清楚，那可是我的全部身家了！真要出了问题，我可就倾家荡产了！我真要倾家荡产了，你们也别想有好日子过的。

好好好，没关系的，你不用着急，不用着急，一定是哪里出了问题，我了解一下，我了解一下……

话还没说完，手机已经一点点离开何晚的耳朵。她厌烦地把手机往沙发边上一丢，三两口就喝掉了一杯咖啡。嗯，今晚的猫屎咖啡似乎多了份异样的东西，味道再好不过了。浓浓的土腥味刺激了味蕾，像糖浆般浓稠的液体圆润地包裹着舌头，那淡淡的薄荷味持久地在口腔内萦绕。怎一个爽字了得！粉色的咖啡杯停在空中，只剩一团清爽，一团粉红的幽梦。

不应该！不应该只打一次！最起码还应该再来一次！何晚伸手抓过手机。再没有其他未接电话。怎么可能？好在，微信里果然有陈暖发来的信息，"？？？""方便时回我电话。""有急事。"三两滴清清凉凉的山泉响在心窝上，"嘀——嗒——嘀——嗒"她按了一下回拨键。只一秒，又马上取消。又按，又取消。再按，再取消。一种美美的舒畅感意外地在身体里聚拢，流淌，穿梭，铺陈开去。闭上眼，下体的尿意不可阻挡地来了。恰在这时，"Unbelieveable"的铃声又轻快地响起。依然闭着眼，甚至闭得更紧些，听任音乐就这么响着，直到"Owl City"唱了第五遍"It's unbelievable"，她这才轻轻一点，Hello！

谢天谢地，你总算接了电话。急死我了。在哪里呢？我过去一下。

不好意思，不凑巧，我在厦门，过两天才上来。

上来？你在安溪？

噢，上去，上去，说错了说错了！在做运动，手机关了静音，刚还想着怎么一个晚上没电话……你在哪里？

子衿也打了你电话，你也没接。

是吗？怎么啦？什么要紧事要你们这对金童玉女轮流给我打电话？这可是开天辟地头一回啊！

没时间跟你开玩笑呢！你应该知道了吧？英国的那批茶叶被海关扣下了，说是检测出了黄曲霉素。这怎么可能！这些茶叶都在国内送检过的。我们做茶叶出口也有几十年了，不可能发生这么低级的错误。

是吗？不会吧？

你赶紧了解一下，是不是搞混了，把别人的茶叶当成我们的茶叶检测了？

嗯，好的，没关系，你别着急，我联系一下再说。

另外，上次托你买的那个咖啡机里怎么会多了个名牌手表出来？没有？现在麻烦大了，领导被警察带走了，子鸣也被叫进去了，你可把他们害了……

怎么可能？他们肯定搞错了，我了解一下。何晚的心头一热，底裤微微湿了。像是刚刚咀嚼过古柯叶，一种莫名的兴奋感。那一年，她跟安迪一起去美洲旅行，在秘鲁，见到了传说中的古柯树。当地导游说，你们可以摘片叶子尝一下可卡因的味道。她吓了一跳，可卡因不是毒品？导游乐了，人类使用古柯叶起码是几千年的历史。几千年前，秘鲁和玻利维亚高原上低海拔的热带河谷中就有古柯树，印加人视其为神圣植物，举行宗教仪式时，巫师燃烧古柯开场，拿古柯作祭品，夜间将古柯叶嚼烂，再加一点石灰膏，这样就可以很好地维持清醒。西班牙人来了以后，古柯成为商品，成为欧洲人剥削原住民的殖民地商品，后来欧洲人从古柯里分离出可卡因，古柯变成可以用来止痛的神奇药物。美国人将可卡因和可乐果调制成药用饮料，结果就制造出了对口腔微微有些刺激的可口可乐。再后来，用去了可卡因成分的古柯来制造可口可尔。古柯的过度现代化，才最终造就了毒品可卡因。夫妻俩一人摘了一片古柯叶，安迪刚嚼了一口就往外吐，有点苦有点麻！她一嚼，确实微苦微麻，但慢慢地，一种莫名的畅快感从舌面冒出来，电流般向周身传导开去，下体有了一种强烈的尿意。是的，没错，古柯还是古柯，它本没有罪，它本跟茶叶一般充满着神圣与美好，所谓的现代人类文明让它从一片最纯洁的叶子变成了十恶不赦的毒品。人又何尝不是如此？人性本善，成长和经历让初始的善长出了恶的枝丫开出了恶的花。这恶有大有小，有多有少，有些恶是显性地摆在那儿兴起大风作起大浪，更多是隐性地在某个不为人所知的地方暗自起波澜。波澜虽小，有时候却会因为它的不为人所知反而产生更大的攻击性。

何晚双手的拇指与中指分别对捏在大屏幕的华为手机上，上下不断交替，做着360度旋转，一圈，又一圈。转到第五圈的时候，她突然停下了，回拨了王子衿的号码。

王总，你好！实在……何晚急于表达。

你好！对方用软软的客气打断了她。

不好意思，我人在厦门，过两天才上去。刚才手机关了静音，听陈暖说你打来电话，马上给你回电话了。

没关系的何总。就想问一下，英国海关那边到底怎么回事？怎么可能出这种事？我敢用我王子衿的人格担保，用我王记百年声誉作担保，我们的茶不可能出现这种这么低级的质量问题。

这个事我也是刚听说，这一点我也相信。但不怕一万就怕万一，你们还是要做好思想准备，一旦认定，最坏的可能性便是退货退款，还要六倍的罚款。

你的意思，这个问题无法挽回？问题都还没搞清楚，你就认定它无法挽回了？

也不是无法挽回，但估计周旋回来的余地很小。你赶紧去咨询一下律师，我这边也四处打听一下看是不是弄错了。

突然就没有了声音。何晚一直等到手机里响起了忙音，才移开手机。她知道，下体的尿意再一次强势地聚拢而来，底裤似乎更湿了。

决定去陈家吊唁是迅速就做出的决定。连续两天被林有福的电话、微信包抄，他甚至直接堵到了家门口。没办法，只能答应一起去趟英国。那天，三个人在机场会合，正要进安检，王子衿接到了陈暖的电话。一个非常不好的消息：她的父亲可能出事了。陈暖的父亲一直住在乡下。大前年春节过了十五，陈暖又一次帮他收拾了行李，让他跟他们一起住到厦门别墅，或者在别墅附近给他租套小公寓，挨近着住，老人仍然坚决不干，这回的理由非常直接。侄子要回乡创业办茶叶公司，请他出山当茶师傅，技术占股10%，他已经答应人家了。陈暖很生气，您都六十七了，您还以为自己十六七吗？老人家也不跟她生气，就一个劲乐呵。我六十七怎么啦？六十七就得闲在家里让你们养着？就不能做点自己喜欢的事？您有一个茶企大老板女婿还不够？还要那么辛苦劳碌干什么？王家是王家的事业，咱们陈家现在好不容易有人来做茶叶生意，愿意把老祖宗的事业发扬光大，我怎么能不搭把手？不仅我，你也要帮忙哩。王子衿比她想得开，老人家觉得开心就让他做，咱们做儿女的不要拦着。陈暖跟堂弟一聊，毕竟学设计出身，在厦门又做了几年室内装修设计，挺有想法，干脆遂了父亲的愿自己也入了10%的股，还时不时为他出谋划策。有她的加盟，企业从内而外更富有文化气息。堂弟注册了茗茶暗芳茶业有限公司，申请了"半野""半闲""半隐""半言"等一系列"半"字头商标，纯手工纸袋纸盒环保包装。宣传推介语也是她设计的，半城山水半城湖，半生欢愉半世茶。茶叶制作技术方面，设计师老板完全尊重老人家的意见。市面上的许多铁观音茶是轻摇轻发酵，讲究绿豆色茶汤，讲究冰箱冷藏。老人家要做的是他最拿手的野生茶、放养茶，最传统的重摇重发酵，无须冷藏，正常室温储存即可。他问侄子，我这看起来会不会显得很原始很老土？设计师侄子说，我要的就是这种感觉。现代艺术的浪漫主义色彩与最传统的制茶工艺碰撞在一起，这形成一种很奇特的效应。再加上设计师各种宣传手段的运用，产品面世后就引起强烈反响，老人家也圈了不少粉，被媒体一次次追着采访报道，陈暖怕父亲身体扛不住，茶季时还不得不经常回老家监督父亲休息。老人家倒也懂得生活，除了茶季要没日没夜地忙，其余日子就跟老朋友喝喝茶散散步。头一天晚上九点多邻居还来家里喝茶，两人相约第二天上午到镇上公园里走一圈，下两盘棋再回来。这天上午九点，邻居见陈家门还没开，门上没锁，他便拍门，拍了半天也没动静。他又打电话，也没人接听。邻居在公园转了一圈回来，见门还没开，觉得不对劲，仔细一看，门被从内锁上，人一定在屋里。邻居便让儿子打电话给陈暖，她给父亲打电话，一遍又一遍，总是无人接听。她让邻居把门撞开，自己马上起身从厦门往老家赶。半路上还是给王子衿打了电话，她有不祥的预感。王子衿没有任何犹豫就往外走。林有福有些不以为意，也不一定有什么事，说不定老人睡过头了呢！还是英国那边的事情要紧，先去英国再说。王子衿只说了句，你们先进去，我等等再说。他们只能先进安检。眼看已经在排队等待检票登机，王子衿还没进来，何晚给陈暖打了电话，电话那头的陈暖一直在哭，根本说不出话。何晚拉起行李箱就走，林有福呆住了，怎么？不去了？

不，去！

那走啊！

走去哪里？

不是要去伦敦？马上就要登机了！

噢，不，不，不去了！

你刚才不是说要去？

我还以为你说的是去看望陈暖，她爸去世了，咱们总得去送送他……

他才去世，要出殡也没这么快！等咱们英国回来再去，说不定还来得及。再说了，我们跟她爸也不熟，你跟他甚至都不认识，没这个必要。

可是我们跟观音暖熟啊！现在不是在搞移风易俗？要求一切从简，她肯定会很快就安排出殡的……

你怎么知道？

我，猜的。

何晚刚下车，便有人亲热地迎了上来，你是？西施晚？一个不认识的人。和她身后身旁一群不认识的人。她的心莫名地慌成一团，却在表情上凝成更加显然的高傲。三十多年来，她一直有着强烈的陌生人恐惧症，一见陌生人，特别是同时见到许多陌生人，她的心跳会迅速加快，呼吸会无来由地急促起来，这些都逼迫着她往两个极端的方向走。见着不顺眼的，干脆保持一种高傲的冷神情，一言不发；见着稍微顺眼的，就不停地主动说话——没话也要找话说，不停地与人打招呼——阳光啊衣服啊气色啊都可以成为她打招呼的介质。不顺眼的毕竟少数，更多人都以为她是人来疯，见谁没几分钟就自然熟，可以见人说人话见鬼说鬼话——当然这也为她这么些年的好生意奠定了情感基础。只有她自己知道，她一直试图用这种表面的极动与极静来掩饰内心的恐惧与慌乱。表象再多的喧嚣与繁华，最终都要映照内心的孤寂与落寞。当热闹的人群散去，留给自己的是更深更暗的寂寞。而这些更深更暗的东西别人是看不见也摸不着的，它们就像横亘在心底深处的一条条暗流，偷偷地流淌，越流越长，越流越宽。

眼前大惊小怪的这个人，高颧骨、尖下巴，深深的法令纹与脸颊两边细密的皱纹交相辉映，怎么看都不舒服。过早消逝的雌激素让她的皮肤失了水分，干燥地皱在一起，没有光泽，只有这一块那一片或深或浅的色素沉淀。何晚保持不动的姿势。我是×××啊，你不认识啦？咱们以前共过事啊！你跟观音暖住三楼，我住五楼啊！你是二十几年都没怎么变啊！对方很是热情，见何晚还没认出来，又一个劲地跟她介绍起身旁的人。这个是咱们当年的副校长，这个是咱们当年的教导主任，这个是……噢……你们都还在学区教书？早就不在那个学校了！那你们怎么会知道这事，观音暖不是很早就辞职了？是因为王子衿？陈暖每年都给学校捐钱，还时不时会把当年的这些老同事召集起来聚一聚。她总是怕麻烦别人，一声不吭就要发丧，幸亏学校的人听公司的人说了，第一时间通知了我们……噢……果真，是王子衿的钱帮她拢住了这些所谓的好人缘。何晚无来由地想。

　　一群陌生的熟人就这么隔着漫长的时间齐刷刷地来到了何晚的面前。二十年，于她，于陈暖似乎并无多大的变化，于眼前的这些人变化着实巨大。无论男人女人，时光搭出的是一条断裂的桥，她很难将眼前这些人的模样与当年的模样连接起来——当年年轻的基本都是胖了一圈两圈出来，胖到中年人的队伍里；当年中年的基本都是或秃或白地在头上显露岁月的痕迹，有的花白到让人不忍细看。回到安溪的这些日子，陈暖也曾约过她一起到学校走走，一起与老同事聚聚，她都以各种借口回绝了。除了他、她、他，还有他，再没有她特别想见的人。既然见与不见都并无所谓，那又何必再聚再走呢？可是，即便不聚不走也会因为一个人的离场与这么多见与不见都并无所谓的故人在陈家的村口遇见。这俨然是一场迟来二十年的大聚会——唯一的区别在于这场大聚会以悲情来注解。无法抑制地，心头一阵阵泛起酸酸的味道来——她是我的唯一，而我原来只是她的万分之一啊！

　　脚下的路弯弯曲曲，心里的路也跟着拐出各种各样的弯。没有了连片的稻田、菜园，田野都碎成塞在屋缝的边边角角。房屋长高了，长密了，甚至是挤在一起了。如果说从县城往乡里全线双向四车道的水泥路没有让何晚感受到多少意外，往村里的双向单车道水泥路只是令她微微有些惊讶，那么当村里往荷香角落村依旧以宽阔平坦的水泥路形式蜿蜒伸展时，她着实被震撼住了。不仅仅是道路，连整个村庄都像是刚刚被上过色，簇新、整洁、温婉，萌发出一种明媚的亲和。两层、三层的小楼房比比皆是，它们贴着白色、粉色的瓷砖，外墙上挂着一台台空调外机，在阳光下闪烁着或强或弱的亮光。那两三座重新修葺过的百年老宅子也不再那么黯淡了，远远望去，那高高翘起的燕尾脊像歇息在屋顶的几只燕子，它们色彩鲜艳、造型生动。一辆三轮摩托车停在一座三层小楼前，司机不停拨打着电话，敞开的车厢里垒得高高的，一箱箱、一盒盒、一袋袋的货物外包装上统一印着大大的"申通"字样。一个六七十岁的老人从屋里走了出来，接过包裹的同时并没有停止对着手机视频通话。村庄外围一层层往上长的茶园梯田简直成了一种装饰，它们给村庄镶嵌出一圈圈一层层绿油油的绳边，映照出一种生机一种活力。这熟悉里的陌生，抑或是陌生里的熟悉让人心生亲切与安宁。往陈家走的半路上，到陈家祖宅的门口，又走走停停了几次，又先后被介绍了几次，见上几拨走进走出的陌生故人。当年一起蹲在马路边上吃捞面、一起跳过舞、一起K过歌的那几个工商、税务、信用社的年轻人来了，栖鹏镇上相邻几个村的村干部来了，已经完全认不出模样的当年的许多学生来了，甚至已经年届七十的老校长，由他的儿子扶着也来了。应付式地点头，礼节性地寒暄，象征性地回忆，她一次次逼迫自己，也一次次地在心中发问：为什么？为什么？就这么短短的一两天时间，什么人都知道了？

死亡是一个人在这个世界的离场，而因为死亡产生的吊唁、葬礼等一切与人相关的仪式却是人生的大聚会。关系密切的、生疏的，生意上合作的、竞争的，平时有来往、没来往的，亲戚里走得近、走得远的，都因为一个人的离场隆重而低调地来了。不同的生活地域，不同的社会层面，不同的社会关系，却似同一条生产线轧制出来的产品，一样凝重的表情，一样暗色调的服装，一样安慰的话语。一场仪式是一出演给众人观看的戏，粉饰着矫情粉饰着虚伪；一场仪式却也是人世的检测剂，检测人心善恶，检测情义的深浅。

只有哀乐。听不到哭声。老旧的地方那矮破的夯土墙、护厝，以及被火烧过的残木断垣都消失了，取而代之的是一座崭新的祖祠。哀乐的凄悲似乎渗不进红砖铺就的外墙，也影响不到屋顶上五颜六色翘脊的热闹，它们只在门口埕上空的那一小块空间营造出悲伤的氛围。确实只有哀乐。确实没有哭声。何晚诧异极了。从小到大，她见过很多次同村人的葬礼。大凡有客人来吊丧，死者的亲属定会及时哭出大的动静来，人们不会去考究一声声"我爸我姆诶——""我苦喂——"后的真实心境，而关注的是有没有这些动静。即便平时与死者有再大的罅隙，也要用惊天动地的哭声来填满。此时的哭声代表的不仅仅是痛苦，更重要的是对死者的重视程度。丧事中没有哭声，或者哭声小，会被村人责骂为不孝、不仁、不义。后来，听说社会上还派生出一种专门代人哭丧的职业，许多不懂哭丧或者自己哭不出动静来的人家就请职业哭丧人代哭。这些没有眼泪、没有情绪、虚假的职业哭泣总能在每一场丧事操办过程中哭出方圆几里，哭得天崩地裂，哭得惊天地泣鬼神。而眼前的葬礼没有任何与哭相关的声响，它委实有些突兀，却也无形中逼迫着来来往往的人压低了嗓门说话，轻敛着脚步做事。

陈暖呢？何晚还是忍不住问。

在厅边。已经哭晕过几次了，不敢再让她哭。端茶过来的堂亲指着大厅说。她都不懂得怎么哭。人家哭是要哭出声来，哭着喊爹喊娘，她倒好，就挤在喉咙这里，一味地抽泣抽泣，没有哭出来，也没有喊出来，这样哭不晕过去才怪。

通往厅堂的那小段路程正在被一步步地压缩。没有哭声的厅堂无端生出静穆的力量来，何晚的心被它揪着绑着紧着。这是一种奇异的感觉。为什么？为什么？离最后的冲刺又近了一小步，可是为什么感觉不到丝毫的痛快？感觉不到丝毫的开心？那就悲痛吧！可为什么也悲痛不出来？为什么？为什么？那些本该有的感觉都去哪里了？黑白照片里那张瘦削的脸庞依然棱角分明，那双标志性的大眼睛依然炯炯有神。有一种东西正从那里流淌出来，涌向她，她感觉自己正被吞噬，一点点，一点点。她用力拔出自己。

　　集体行过礼，一个个走过去与逝者家属握手问候，再从右侧边门走出去。厅堂右侧，两个十几岁的少年跪在地上，王子衿扶着陈暖站立一旁。她脸色煞白，头发又塌又乱，像是一条霜打过歪挂的茄子，低垂着眼帘，目光几乎着地。先走过去的是老校长，他伸手，她也伸手，握住的时候她微抬一下眼，点一下头，而后松手继续低头。再走过去的是那个大惊小怪的女人。女人伸手，她也伸手一握，又是微抬一下眼，一点头，一松手，继续低头。一只手与一只手的触碰如果成为一种机械性的礼节，每一组动作都像是上一组动作的完整复制，握手便失去了原先的意义，了然无趣。何晚走到她跟前的时候，何晚僵直地伸过手去，她也伸出了手，何晚伸出另一只手盖在她的手上，她抬眼一见，目光一亮，身子瞬间软软地靠了过去，双手一抱，头正好靠在何晚的胸前。从此以后，我跟你一样，也是没爸没妈的孤儿了！我们都是没爸没妈的孤儿了！跟在这些话后面的是陈暖毫无章法的抽泣，它们拥堵在喉咙处，只有"唔——呜——呜"和时不时往内吸气。

　　是啊，是啊，我们都是孤儿了，我们都是孤儿了……何晚僵硬的身体好一会儿才适应这种拥抱。双手先作了妥协，轻搭在对方的身上，心里一遍遍重复的话语却在喉头处被勒住了，越勒越紧，紧到说不出话来，紧到几乎无法呼吸。而橄榄状的大眼睛恰好相反，刹那间打开了闸门，眼眶一下子就汪满了，两股热流奔涌而下。从此以后，真的都是孤儿了！

　　吹吹打打、人来人往的丧事像是一片擦过水面的瓦片，或者落入水中，或者跃到对岸，喧闹过后的陈家恢复了往日的平静。从开吊守灵到出殡，头尾短短三天，一个葬礼就这么办完了，一个人就这么在世上永远地消失了，只留下骨灰盒里的那一捧灰。能简化的程序都简化了，能节省的时间都节省了，唯有那送葬队伍的长度是怎么都缩不短的。除了陈暖、王子衿的朋友以及陈家的远亲近邻，陈父带过没带过的徒弟、方圆二三十里的许多制茶人相约来了，常联系不常联系、几十年结下交情的茶商朋友从广州、深圳、厦门赶来了，痴迷于他制作的茶的老茶客从泉州、晋江赶来了，一千多人，绵延一公里多，蔚为壮观的气势着实罕见、令人咋舌。当初因为送花圈的太多，陈家亲戚人手不够，主事的人提议临时到周边村请上两三百个人帮忙扛花圈，无论如何要把所有花圈都扛上，让场面更加宏大。王子衿却不同意，他说，一个花圈一百元，几百个花圈火一烧，几万元就没了。与其把钱这么烧了，还不如捐给学校。主事的人有些生气，花圈本就是用来烧的，人家既然送了花圈，怎么可以不扛上？这样是对人家不尊重！王子衿解释说，人家送花圈我们也还是要体现的，只是真正做成花圈的扛个二三十个象征一下就可以了，其余的就不做花圈了，只把送花圈的人和单位列在白纸条上就可以了。省下来的花圈钱和雇工费就捐给村里的小学，我相信老丈人会支持，他们也会支持的！最后，是陈暖点了头，这才有了送葬队伍里另一道与众不同的风景，跟在几十个花圈后的是十几个手举简易木框的人，木框分上下两层，一层分别张贴 10 ~ 12 张白色纸条，上面写着"××乡党委、政府""××茶叶公司""×××"。葬礼后，许多村民一边在感叹陈家把丧事办得太简单，一边又在感叹，谁说一定要生个男孩？人家就单单生个女孩，送葬的人那么多，送花圈的那么多……

　　静是静下来了，乱却是没那么快理清楚的。脸盆、菜盆掉在地板上，茶杯东一个西一个，垃圾桶歪倒在墙角，椅子横七竖八地待在门口……所有的东西似乎都不在它们正确的位置上，一屋子的脚印，一屋子发潮、发黏的人的气息。

葬礼结束后，没来由地下起了雾一般的细雨，天地一片迷迷蒙蒙、昏头昏脑，没有傍晚的衔接与过渡，暗色调的夜一下子就来了。陈暖的堂弟带着茗浩茗辉去他家吃点心，王子衿去找主事的堂亲交代后续的一些事情，陈暖谢绝了几个堂亲留下来帮忙整理的好意，一个人软软地歪靠在二楼小客厅的沙发上，身体紧紧地蜷缩着。连时间都没有了呼吸。

何晚呆呆地立在这座二十几年前新建的钢筋水泥房前，任凭雨丝在她头上、脸上、心头交织、切割。送葬队伍到达城郊殡仪馆，除了亲属留下，其余就此离开，林有福载着她往厦门方向走。两个人订的是当天晚上飞北京，第二天上午飞英国的机票。一路无语，沉默是最大的主题。出了厦门北高速口，林有福吹起口哨哼起歌，何晚眉头一皱，人家死了爸，你怎么那么开心？他"嗤"了一声，右手在头上扒了几下，谁没死过爸？况且死的是陈暖她爸又不是你爸，有必要这样吗？她突然说，送我回安溪。林有福急急踩了个刹车，整个人差点栽到方向盘上，眼珠子也差点掉出来。你这是做什么？玩我呢？

我想再去看一下陈暖，她一定很痛苦。

每个人都会死，有什么好难过的？

我忘了跟陈暖道别了。

在闽南办丧事从来都是来无相告去无相辞，不需要道别的。

不，我不一样。我一定要跟她道个别。

打个电话就可以了。

不，我一定要当面跟她道别，指不定还能不能再见面了。

你也太悲观了，人生还这么长的时间。

你到底送不送？不送那我下车了啊。何晚看都不看他一眼，她的眼神里凝固着一股化石般的坚毅，伸手就要打开车门。车门加了固定锁，打不开，她连拉了几下拉钩，林有福摆摆手，好，好，算我运气好，碰上你这半瞑属鸡半瞑属鸭的。我送，我送还不成吗？一个多小时后，她一个人下了车，淋着雨经过陈氏宗祠，来到了陈暖家。算下来，小有积蓄的陈家正在大兴土木的那个时间段，老弱病残的何家正安排着如何断了她的念想，马上初中毕业的她正徘徊在有学上没学上的十字路口。如果不是一个好心人每一学期500元500元的资助，养父母不可能让她去考师范体育专业，她初中毕业就会去打工。心头陡然拥堵起来：命运待陈暖如此之厚，待自己却是如此之薄。门是虚掩着的，进了门，她顺手关上，沿路捡拾起地上的脸盆、菜盆，把茶杯收到茶盘上，扶正垃圾桶，摆好椅子，已逝的童年、少年、青年时光顺着这些东西溢了出来。上个世纪80年代初的乡下，家里最坚固最奢侈的生活用品都是搪瓷做的，搪瓷脸盆、搪瓷菜盆、搪瓷碗、搪瓷大牙缸，它们耐摔耐碰耐高温。绝无仅有的一个印着菱形图案的搪瓷小牙杯是专属她的，她拿它喝水、喝汤，也喝药，尽管杯子的边沿已经磕得这边一块那边一块地掉了漆，它所盛下的那一段水一般的童年时光却永远都是甜的。后来，到了别人家，搪瓷小牙杯换成了脏兮兮的塑料杯。他们偶尔也拿它装糖水给她喝，但她喝出的只有苦。轻轻上楼，轻轻合上电视机柜的抽屉门时，一个小小的海螺露了出来。她忍不住拿起来，一吹，就响了。陈暖缓缓地回过头，满是幽怨的目光，久久才说，你怎么来了？

一直记得很小的时候，老人总会说人生无非两场重要的仪式，一场是婚礼，一场是葬礼。葬礼是另一场婚礼，一个人的婚礼。何晚把海螺放了进去，合上抽屉。以前见过同村的人办葬礼，没做个十天半个月肯定说不过去的……

人如尘埃，终究要走。丧事办得再复杂，最终也是化为一缕烟尘。陈暖想坐却坐不起来，又低下头，目光也跟着身躯一点点蜷缩起来。人都走了，做再多还有何意义？

是啊，一切都将消逝，那么存在有何意义？何晚挨在陈暖身旁的椅子坐下。

存在的过程即是意义。

既然这样，也无须太过悲伤，他毕竟有好好地活过了。何晚僵直地坐着，一句原本平铺直叙的话意外地在"好好"两个字上用了力。

　　他原本可以好好地活得更久些，如果那天晚上电话中我没有告诉他公司茶叶出口遇到的麻烦，没有告诉他子鸣被公安局叫去协助调查，他肯定不会出事，他肯定是因为操心公司的事才会突发脑梗，我……

　　那你确实应该怀有罪恶感。

　　这句话像是一个乱码。陈暖微微抬了一下头，她不确定何晚是不是真的说出这个词。在遇到王子衿之前，她一直怀有罪恶感。母亲生她的时候难产，母亲一直不待见她，她觉得是自己的错。好不容易有个机会跟父亲出门吃糖，妹妹却出了事，同样是自己的错。永远忘不了那个夜晚。一屋子的人，却死一般地沉寂。三天前，父亲带着妹妹去观音岩吃喜酒——没错，父亲原本要带的是她，出门前，她把消息偷偷告诉给妹妹，两人手拉着手不放。三人上了车，因为售票员执意要求补五毛钱的票，父亲最终选择让大一点的她下车回家——父亲和妹妹这一去就是三天。这三天里，家里却乱了套。先是第一天晚上母亲急匆匆往县城赶，接着第二天早上祖母也说要去县城。后来三个大人一起回来了，却不见妹妹的身影。我的小香啊！我可怜的小香啊！母亲抱紧手中那团白布单包裹着的东西哭着，唤着。母亲的哭声好生奇怪，完全不像她与妹妹平时挨打时"哇哇"地往外压出气息，而是断断续续地往里吸着气，抽着气。难道妹妹就在那个一动不动的白布单里？她吓坏了，一点点往父亲身后缩，心头也一点点紧了，疼痛堆了上来。小妹怎么啦？她上前想掀开白布单。母亲蛮横地推开她，都是你这个小克星！你害死了你妹妹！你害不了我就来害你妹妹！这事怎么怪小暖？父亲上前把她往腋窝下揽——母亲偏爱妹妹，父亲偏爱她，这让她好歹有些依靠——父亲轻柔地说，你先去睡！她不敢去睡，甚至也不敢动。她知道一定发生了什么大事，这大事还跟妹妹有关。我不活了，我不活了，我杀了你，我杀了你，我的小香就这么没了！母亲一拳一拳地捶在父亲的身上，一句接一句地骂。都是你害的，你为什么带她去？你为什么不带小暖去？难道？难道？她不敢往下想。她的心里好酸，她好想哭，妹妹出事她想哭，母亲希望出事的是她她更想哭。

三十几年前的事情仿佛就在眼前。陈暖讲起童年，讲起那个跟着父亲出门的早晨，讲起一路蹦跳的妹妹，讲起那些被母亲的泪水和诅咒浇灌的夜晚。她的目光呆滞，我妈一直不相信妹妹已经死了。我妈去世后，特别是年纪大了之后的这些年，我爸居然也开始相信妹妹没死。时常拿着妹妹小时候的照片发愣，一个人说着话。

照片？有吗？有你妹妹的照片吗？可以给我看一下？何晚来了兴致。

知道我爸一直放不下她，火化的时候把照片揣在他口袋里了。陈暖欠起身来，拿手指一下电视机。原本就一直放在那个抽屉里。你不知道我妹妹小时候有多漂亮，多可爱，从小，我妈特别喜欢我妹妹，我爸也喜欢她。她不仅漂亮，还特别聪明，伶牙俐齿，胆子又特别大……

你妹妹什么都好，可惜就是命不好！那么早就死了！每个字都又冷又硬。

陈暖读不清何晚眼里迅速堆起的垢。你无法相信，我爸去世前居然还在相信她会回来，你说一个走了三十几年的人还怎么可能回来？

你肯定巴不得她死吧？她死了，你爸你妈爱的就只是你了！是不是这样？

你怎么会这么想？陈暖盯着何晚看。

你不觉得自己真的有克亲命吗？先是妹妹，后来是弟弟，而后是母亲，现在，连最疼你的父亲也被你克死了，难道不是吗？难道不是吗？下一个会是谁？会是谁？是子衿吗？还是子鸣？何晚抓住陈暖的手臂摇晃着，非常剧烈。两双大大的眼睛就这么一动不动地对峙着，空气中燃起了火。几团火一齐在燃烧。眼里的火，脑里的火，心中的火，手中的火，下体的火。惊讶的火，愤怒的火，屈辱的火，欲望的火。浑身都快烧成灰烬。她看到何晚眼里的垢一层层地奔涌过来，像泥石流，浑重，密实，令人窒息。惶恐，疯癫，颤抖——她是一个病人，一个严重的病人——陈暖闭上了双眼，别过头去。她知道，一切又将重演。所有的容忍最终都将成为纵容，成为得寸进尺的冒犯。她对她所有的好都是白费，她对母亲那么多年的好也是白费，就像倒进污水池里的一点蜜，不见一点痕迹。她闭上了双眼，泪水就在这一刻找到了出口，奔流成了江河。何晚并不放过她，摇晃着她的整个身体，你说话呀，说话呀！

你想干什么？陈暖大喊一声，挣脱了何晚的双手。她倒退着往后走，何晚哈哈大笑地往外走，"蹬蹬蹬"地下楼梯。她撒腿跑进主卧，进了卫生间。又是她首先选择了躲避。何晚可以若无其事，她做不到。只有水，从头顶浇下的水，温暖的水，迅速流动的水，一刻都不停息的水，干干净净的水，能压住各种形状的火。火一点点弱了下来，身上却依然是烫的。她的手一寸寸地抚摩自己。圆的眼，圆的脸，圆的腰身，圆滑的脖颈，圆满的胸部，圆满的臀部，这些都是母亲烙在她身上的印记。她更多地遗传了母亲圆的外貌特征，却承接了父亲内敛安静的个性。而小时候的妹妹恰巧将父亲的瘦长外貌与母亲的性格进行了完美对接，好看的双眼皮，好看的瓜子脸，瘦瘦高高，细胳膊细腿，却活泼开朗好动，又能说会道。母亲把所有的阳光都照在妹妹一个人身上，父亲的光亮虽然比较多地照着她，但那光毕竟是稀疏的是微弱的。她一直觉得自己的童年在情感上是营养不良的，即使妹妹早夭，母亲依然舍不得投给她哪怕一点点的光亮，仿佛那些强烈的光也跟着寿终正寝了。弟弟出生后，那些光亮居然又起死回生，只可惜照耀的依然不是她。哪怕照耀的不是她，家里也还是有了光亮。可惜，生命是一场不让人省心的意外，调皮的弟弟七岁意外溺水夭折后，母亲眼里那些最后的光亮便化成了无休无止的火，每天都要吞噬她的火。

天地一片黑暗和混沌。一小串清脆的鞭炮雷作为前奏，黑夜被开辟出长的短的宽的窄的横的竖的交叉的分裂的一道道裂缝，裂缝中炸出大的小的密的疏的"窟——窟"的"轰——隆"的喊叫声，像是开山时炸开的响炮，一个接着一个。一楼的客厅里，林有福接过王子衿递来的毛巾擦了头，抹了脸，又换上王子衿的干净上衣。热热地喝下两杯茶后，他讲述起何晚如何坚持要来跟他们告个别，让他在车上等，说是顶多半小时就走。他打了个盹醒来，已经过了一个多小时，一看她还没来，就打她电话，没接。又打陈暖电话，也没接。再打给王子衿，王子衿让他来家坐坐，说是自己马上就回家了。他想，也好，坐坐就坐坐吧。快到陈家的路口，就看到了倒在地上的何晚，怎么叫都叫不醒。你不知道，当时真把我吓死了，我以为出了交通事故，我以为她死了。林有福说着刚才的经历依然有些后怕。你说万一有车经过那里……紧挨着客厅的房间里，陈暖双腿叉开坐在何晚的身后，让她的上半身软软地后靠在自己的怀里，为她擦干头发，脱下滴着水的上衣。何晚微微动了下手臂，却无力举起。一个光亮的后背。一个刺眼的后背。那后背上有几颗极其醒目的小黑痣几乎可以连成一条直线，1，2，3……它们的阵势有几分奇特。左上角有单独的一颗，右下角还有挨近的 3 颗，它们大致呈北斗七星的布局。左上角的那一颗最小最淡，勺子底端的那一颗最大最黑。天啊，陈暖惊呆了。她不敢相信自己的眼睛，呼吸变得急促，胸脯剧烈地起伏。什么东西有了答案，什么东西似乎看得更不明白了。电继续闪，雷继续响，世界忽明忽暗。身体在变轻，变薄，薄得只剩一层透明，一缕丝线。

喝下一碗姜汤，发了一身汗，何晚感觉身体不那么沉了。躺了一小会儿，总在半梦半醒之间游离。雨似乎停了。无疑是陌生的房子，无疑又氤氲着一种并不遥远的熟悉。所有关于美好的甜和香纷至沓来，像是在奔赴一场久违的盛宴。它们扭着村口小溪流的腰肢，伸出柳条般的纤纤玉指，在空气中浮动着、摇曳着，令她安宁、安心。闻得到小姑妈出嫁的那段日子，祖母每次打开衣柜时涌出来的那股包裹着陈年木头味的饼干的甜甜的香味，空气像糖一般黏稠；闻得到亲妈切开的黄瓜散发出来的新鲜的青味，掏出瓜瓤，往里填上一勺两勺白糖，一口咬下去连空气中的水分子都是一种舒心的甜爽；闻得到亲爸赶墟买回来的长卿麦芽糖与湖头养脾散熬煮在一起后拉出长丝的甜甜的药香，咬上一口，牙齿便粘在一起了；闻得到祖父在屋后小山坡上挖出冬笋，那带着泥土气息的脆甜；闻得到亲妈掀开蒸笼盖，那冒着白烟的鼠曲包散发出来热热的甜；闻得到泡过水的荔枝剥开最外层的红皮露出的内层白色果膜上带着微涩的甜，刚捞出水的水煮秋花生带着微甜的咸香，以及撒上粗盐巴揉软后的芥菜一根根一层层码起来的菜缸里，芥菜汁与盐分充分碰撞融合后的青青的发甘……

房间的门虚掩着，隐约传来客厅里瓯盖与瓯杯相碰的声音，有一下没一下，清脆得很。何晚第一次觉得这是世界上最好听的声音。人生至今四十二年，大抵分成三个大阶段，五岁之前，十八岁之后，她知道很多东西都彻头彻尾地改变了，但有些东西一点都没变。比如这茶。小时候，家人没有客人来，亲爸时不时也会泡泡茶，她总爱问他为什么。有时候回答的是，累了；有时候回答的是，今天高兴；有时候回答的是，心情不好。同一个茶罐里似乎永远装着完全不一样的解药。是啊，这就是家乡，这就是闽南——好事坏事都要泡茶，大事小事都要喝茶，神事人事都要敬茶，有事没事总要谈茶的闽南。离了茶，家乡还是家乡？闽南还是闽南？离了茶，一天的日子得有多长？他们压低嗓门在说话，说话声停止的时候，有茶水的"哧溜"声间或传来。依稀记得，刚出陈家的门——"又见炊烟升起，暮色照大地……"王菲的歌声恰在这时响了起来。不知疲倦地响，你不接通它誓不罢休地响。是养母家的弟弟。他不停地说着话，什么当年的助学，什么亲生父亲，什么养父母的私心。她的身体继续在撤退，声音更为彻底地撤退，往地上降下。怎么会这样？怎么会这样？不可能，不可能……河流流错了方向。它本该沿着自然或者人为的指引流向大江汇入大海，但它爬上堤岸，漫过田野，漫过房屋，最终成为人人唯恐避之不及的祸害。它理应让人憎恶。它理应让人远离。

陈暖推门进来，何晚把眼睛闭得更紧些。她也觉得奇怪。为什么总是这样，人前欢愉，人后炼狱？我连死都不怕，我怕什么？她问自己。这话不是随便说的。正如出事的那天晚上祖母说的，她确实"命硬"，那么大的灾难，流了那么多的血，居然还能活下来。离开台湾后，她起码还硬过两大次命。在英国镇上开店的第一年，有天晚上，店铺正要打烊，两人正在数钱，一个十八九岁的年轻人冲进店来。她正要迎上去，却见他从后腰掏出一把尖刀。年轻的劫匪晃晃手上的刀，狂叫几声，Money！Money！她的双手下意识地抱紧柜台上装钱的铁盒往后退，安迪靠了过来，年轻的劫匪伸手过来抢钱盒，手上的刀也疯狂地挥舞起来，安迪的背上和她的腿上都挨了一刀——砍在她腿上的那一刀离动脉只差两厘米。安迪几乎是哭求于她，把钱给他！把钱给他！但是她抱着钱盒一步步往后退，就是不放手，不，不，我还指望这些钱回安溪回中国，绝不可以让人拿了去！不可以！劫匪步步紧逼。退到无路时，她突然抓起立在墙角的一根铁棍子朝着劫匪劈了过去，嘴里大喊，我跟你拼了，我跟你拼了！她这一反攻倒把劫匪吓得拔腿就跑。事后安迪问她，你怎么敢这样？她指指店铺墙上立着的观音像，又摸摸脖子上的观音挂坠，说，如果我命该绝，那么钱盒给他他依然会下手。如果命不该绝，那么菩萨会保佑我……生意做大后，有一次为了赶去验货，他们的车在高速路上出了车祸，她陷入昏迷状态。安迪把她的观音挂坠握在她的手中，每天替她给她的观音菩萨点香。奇迹果然发生。整整三天三夜，她又活过来了。他说在她醒来的那一刻，他在她的眼里看到了历经一切苦难后的慈悲，看到了宽阔的爱，也看到了力量。那过往的苦难在她一脸的宁静、慈祥与安然里沉淀成了微微的亚光，沉稳而又朴实。四十岁那年去看过一场击剑比赛，回想这么多年走过的路，她第一次强烈地意识到，这人生就是一场击剑赛啊。生命是一条长方形的击剑场，长度与宽度都是既定的，生与死是一对四目相望的击剑手，生在这边，死在那边。生逼着死后退，死向着生进攻。如果生只会一味地忍让后退，那么死一定会毫不客气地追上去，进攻，进攻。如果生勇敢地往前迈步，出击，死必然只能往后退让，一步，两步，退无可退，退出边界。去年，她带着他去了浙江舟山，第一次见到高高在上的南海观音，他说那回旋在寺庙上空的并非什么音乐，而是所有形式的慈悲。他说就在那一刻他突然明白她身上那谜一样的云团或许就是眼前这慈悲的观音娘娘为她罩下的保护云，才使她一次次化险为夷。他跟她一起抬头仰望观音，双手合十。

陈暖在床沿坐下，手伸过来碰了碰何晚的额头。她的身体不由抖了抖。小香，你醒啦？陈暖问。她只能睁开眼。这时候，林有福冲了进来，我敬爱的何总何大人，你可算是醒了！你差点吓死我你知道吗？王子衿也跟了进来。就这样，两个站着，一个坐着，一个躺着，迷局似乎应该就这么解开。可是，没有。何晚茫然地盯着天花板看，吸顶灯上隐约倒映着三个黑影，她不想说第一句话；陈暖静静地看着她，想让她安静一下，自己也有千头万绪需要梳理；林有福看几眼王子衿，拿手扒着头顶，他不知道该说什么；王子衿看着陈暖，想的是该不该说和从哪里说起。他原本以为，老丈人告诉他的秘密就这样随着老人烧成灰烬。去年春天，老丈人无端瘦了一二十斤，报告还没出来前，老人开始交代后事。银行卡交给了陈暖，秘密交待给了他。陈家的小女儿并没有早夭，而是送养了。为什么要送养？因为被人欺负了。至于被送养到哪里和现在在哪里，老人都没细说。老人说，三四十年前可不像现在这么开化，女孩的名声坏了，金贵就去了一半多，全家都抬不起头。老人说这句话的语调跟他全套生化报告单上的血糖指标一样高。两三个月后，老人的血糖降下来了，便又想把秘密收回去。

您尽管放心，我一定不会告诉小暖。

这么多年小暖一直心存愧疚，一直觉得是她害了妹妹，如果知道她妹妹没死，一定会想方设法找到她。你说三四十年了，一个小孩子也该早忘了这些事了吧？老人像是在问他，更像是在问自己。一旦找到她，势必会让她重新记起，这只会带给她更大的伤害。所以，还是不找得好。不去找，她妹妹如果生活得好也就好了，如果生活得不好，也总比永远记得过去的那些痛要来得好些吧？

老人活得明白。林有福一听也听出了个大概，陈暖却愣是弄不明白，或者是她不愿意简单地弄明白。太多"为什么"追逐着她，纠缠着她。这么多年，他们已经形成一种默契。常常是她刚说出一个什么意见，他说，你怎么想得跟我一样？常常是他说这个我觉得该怎么办怎么办，她说，嗯，我也是这么想的。常常是相互使个什么眼色，做个什么手势，对方便全然了解彼此的意图。大到厦门买别墅、安溪扩建厂房，小到孩子上哪所学校、父母的生日怎么过，轻易都能想到一起。这样的婚姻，没有大风大浪，总有一种安然的幸福。他动不动就说，请老婆大人过目！欢迎老婆大人监督！她嘴上说着，"不用过目，不用监督，一切革命靠自觉！"却还是一次次该出手时就出手。很多事情之所以成为秘密，不是因为事情本身，而是因为没有敞开了说。都敞开了，秘密便没有了根基。但到了老丈人说的这件事上，王子衿认为既然是一个可能永远没有机会公开的秘密，那说与不说有何实质性的差异？可是，就在刚才，就因为这件事，陈暖说她需要重新认识他。言下之意，他是否还对她隐瞒了其他。人是高级动物，女人是可怕的高级动物。她明明是语文老师出身，却习惯运用数理化公式的类推法，轻易就推翻他之前在婚姻里的"丰功伟绩"，这让王子衿连连喊冤。

你说老人家也就这么个小小的愿望，我总不能不满足他吧。他可是你爸啊！

换成你，你会说？

陈暖不说话了。王子衿也理解，她的父亲与妹妹一个擦肩，差的是一世。而她与妹妹一个擦肩，也是几十年。一个藏了几十年的秘密怎么可能用几分钟来化解？况且很多东西已知，很多东西未知，如果未知的设想与已知的现实真的如他猜想的一般可以密切关联起来，那么情况会更加不妙。应该不会这么巧。可同样发生在观音岩，万一就是这么巧？王子衿想知道答案，但他又担心答案。年轻的时候，这也不明白那也不清楚，心中无底地往前冲，惊喜便总是在突然之间降临，即使有这样那样的失落也相对短暂。人生过了四十五以后，思维体系似乎发生了很大变化，很多东西一眼就能看到头，虽然得之也不大喜，失之也不大悲，但对于可以预见的结局还是早早生出了心绪。秘密是沙漏里的流沙，正在陈香呆滞的目光中一点一点地往下流。

陈香可不晓得也不会去理会他们夫妻间的争论，她转过身，把一个背部丢给他们。尴尬像一朵乌云压了下来。陈暖挨过去，拍了拍她的肩膀安慰说，好了，好了，不要多想，都过去了，都过去了。林有福习惯性地提了提裤子，转身往外走，我看还是让她在这里好好睡一觉。王子衿也说好。床上那位却猛地又一个转身过来，过去？她的鼻孔里冒出的一定是冷气。你真以为过得去？蜜罐里长大的孩子，可真是没有喝过生活的苦水。没有独自面对过凄风冷雨，不可能真正体会什么是无助；没有独自走过凌晨两三点的异国长街，不可能真正体会什么是孤独。

场面更加尴尬。留也不是，走也不是。陈暖摆了几下手，王子衿心领神会地压着嗓门招呼林有福，走走走！这急速连着说出的三个字像是冲锋号，陈香一个激灵坐了起来，手指直直指向他们。你们两个别想跑！两个男人像被她的手下了咒语定住了，愣愣地站在那里。她的手指一个个地点过去，你，林有福，还有你，王子衿，你们不觉得应该给我道个歉吗？

道歉？林有福摸着脑袋，我真不知道那些茶叶……

我指的不是茶叶的事。

那是什么？林有福问。

你们毁了我一辈子，你们居然毫无愧疚感？陈香把被子一掀，整个人几乎是跳着站了起来。她叉开双腿高高地站在床上，像一只倒立着羽毛的大公鸡俯视着他们。陈暖昂起头，看着这个似曾相识的场景，有点想笑。那时候，都还小，妹妹最喜欢在床上玩"驾驾"的游戏。有时候，父亲不配合，她就这样双腿叉开地站在床上又是跺脚又是哭闹。她眼里的泉水一出，父亲的心便发软，膝盖也软，只能乖乖地俯首臣服，老老实实地趴在床上，她便破涕为笑，抬脚一跨骑上父亲的背，拿个手帕当鞭子一甩，"驾——"，一头"牛"一头"马"便在床上绕起圈来，牛背上马背上的人儿"咯咯咯"地笑个不停。眼前，没有"牛"没有"马"，那人儿的眼里没有笑，只有会剜人心的棱棱角角，你们不会忘了吧？三十七年前，在你们林家祖厝里，一个醉酒的傻子欺负了一个五岁小女孩……

你就是当年那个小女孩？林有福惊叫一声。王子衿也睁着大眼睛发呆。屋子里的空气似乎停止了流动，一切都凝固了。太阳穴突突地跳得厉害，脑袋在膨胀。陈暖觉得自己的头顶好像被打开了一道缝，带着热气、麻麻的风"倏倏"往外冒。热量一点点在流失，身体一点点在冷却，脸上却一阵阵地发烫起来。她知道王子衿在解释着什么，林有福也在解释着什么，但她听不到。所有的声音都在撤退，都在往远处走。

陈香几乎是嘶吼着斩断了王子衿和林有福的话，遥远的痛感乘着回忆侵袭了她的下体，她下意识地抱紧双臂，夹紧双腿，身体剧烈地颤抖起来。她在痛诉。那天，她早早吃完喜酒就跑到外面玩，看见护厝里两个大哥哥在唆使一个叫傻欢的人喝酒。一个唤着"圆头圆头"，一个唤着"流鼻流鼻"，她觉得很好玩就趴在门口多看了几眼。那个傻子喝醉后一直抱着柱子转圈，转了好几圈，她也看累了，就跑到门口跟小朋友们玩。不知过了多久，那个叫傻欢的人睁着猩红的双眼急速向她跑来，刚刚还玩在一起的几个新认识的小朋友全都作鸟兽散了。她害怕极了，刚要抬腿跑，却被他一手抓住。他像是刚从酒缸里捞出来的，湿湿的酒味压榨着她的惶恐。他的手巨大无比，她在他手里就是一只小鸡。她蹬着双腿却够不着地，双手捶打不着他，牙齿嘶咬不到他，她哭喊着叫"爸爸！爸爸！"却只看到被叫作"圆头"和"流鼻"两个大哥哥惊恐地躲在墙角，你推着我我推着你。

陈暖缓缓站起身来，你一直以为是我害了你，所以，当年你明明有机会留城，却故意选择跟我同校，跟我同宿舍？所以，你用尽方法把我跟子衿分开不让我得到幸福？所以，那个晚上你还故意灌醉我，想让林有福欺负我？但你终究下不了那个狠？所以，现在你回到安溪不是来做生意的，是来报仇的？王子鸣被公安局传唤真是因为你？王记出口的茶叶出问题也是因为你？

你才知道啊？难道我不应该吗？陈香的全身剧烈地颤抖，所有的东西都旋转起来。眼前一大片一大片的黑暗压了过来。你们怎么这么狠心？这么狠心！我是陈家的耻辱，我是你们的包袱，你们就把我丢给了一个冷脸一个酒糟鼻？！你们知道这几十年我是怎么过来的？我的一辈子被毁了，我不应该吗？你们都应该为此付出代价。你，你，还有你！

你感觉这样会快乐？没有人想害你，没有人希望你受到伤害。当初把你送走也是不得已。

好，就算他们当初真是为了我好把我送走，有人来看过我吗？有人关心过我吗？

刚开头，你爸和你阿姆一直偷偷摸摸地去看你，后来，你阿嬷说，如果下不了狠心，将来一定会害了你！每一次去看望你，都会让你重新记起这件事，邻居也早晚会知道……没去看，没去提，小孩子很快就会把事情忘记了。忘记了，日子就好过了。而且，你养父母也说了，如果再这么一直去，就要把孩子送回来。所以，他们只能……王子衿说，直到你初三那年你爸算着你也该初中毕业了，担心何家不让你念书，就通过县里的爱心助学方式给你就读的中学送去 3000 元，交代无论如何要让你继续上学，但是他人没去，也没留下姓名。

学费？原来那个不留名的好心人真的是我爸？就在刚才我养父母的儿子说我养父母一直猜测那钱是我爸给的，他们说人都死了，就不要再埋怨……可我不信！我怎么能信呢？三十七年了，我恨了三十七年了……难道我恨错了吗？我怎么可能恨错？怎么可能？陈香连着倒退了两步，黑暗再一次覆盖，一口气没能喘上来，她全身一软瘫坐在床上。她转向窗台。窗台上立着一尊白瓷观音，那么白，那么亮。观音在笑，她的笑发着光，微微地，静静地，一点点地推进，推进。它是柔软的，也是坚硬的，是清冷的，也是温暖的。它有着烟草的香味，冷冷的。天地一片素净。天地一片肃静。

有些东西在下坠，下坠。陈香的目光缓缓下沉，落在桌上。桌上那个老旧的时钟不停地走着，哒哒哒哒，哒哒哒哒。像是有人在轻轻叫着，小香小香，小香小香……先是母亲在叫，后来是父亲，再后来是小暖。那天多美好呀，天空只有蓝，很深很深的蓝。风微微地吹，吹来烤麦子的香。父亲跟母亲坐在门槛上说话，她跟小暖一前一后追着门口埕的一只小狗跑。他们说着话走过来，父亲拉起小暖的手，母亲蹲下身来，边拍她身上的泥，边说，走，带你去做新衣裳。小暖冲她挥着手说，小香小香，咱们一起去吃喜桌。她一下子蹦了起来说，好呀好呀，我要跟小暖一起去吃喜桌！吃喜桌！说完，已经跑到小暖身边，紧紧抓住小暖的手。两个人就这样粘着手，跟在父亲身后上了车。售票员说，两个孩子要补五毛钱！父亲看看小暖，又看看她，再看看小暖说，你比较大，你回去吧！小暖的眼里蓄满了泪水，不情愿地挪着小步下了车。小香冲到门边，被父亲一手抓住。眼见车门关闭，她又跑到窗户边，对着窗外喊，小暖小暖！小暖追着车喊，小香小香——

隐约感觉有人在喊，轻轻的。手臂被推了一下，很轻。陈香一骨碌坐起来。果真有人。她当然知道是谁，但她不想见人，谁都不想见。她转过身去穿衣穿鞋，眼睛盯着桌上的时钟。秒针还在"嗒嗒"地走，时针和分针像是停留在原地。无法想象，这一觉居然睡到临近中午。有多久没睡得这么沉了？像是睡了二十几年。陈暖挨着她的身体就要坐下，她腾地站到地上，拔腿就要走。她只想走，也只能走，马上离开。小香！陈暖喊住了她。带你去看样东西吧。陈暖拉过她的手，带她往地下室走。偌大一个地下室，东面堆着锄头、畚箕、三爪耙、稻谷脱粒桶、筛篱等旧农具，以及谷仓、蓑衣、铁鼎、火烘等用旧的生活器具，西面隔出两个房间，一间虚掩着门，地上堆着一大袋一大袋的茶叶，塑料袋身上都标注着年份，上层外侧看得到"2018"、"2017""2016"的字眼，下层外侧看得到"2008""2009""2010"的字眼……一间上着锁。旁边有个小桌子，钥匙就在抽屉里。一进入房间，只感到一股冰凉爽意。只有几个不算大也不算小的陶缸闷声不吭地坐着，南边紧挨着的两个较小的缸壁上写着"1981—1984"，两个较大的缸壁上分别写着"1985""1986"，北边紧挨着的四个缸壁上分别写着"1987""1988""1989""1990"。陈暖指着南边的几个缸说，这几缸是给我做嫁妆的，二十年前我就拿走了，里面是空的。说着，她伸手打开"1987"的缸，这几缸都是给你的，一直给你留着。生产队上1981年开始包产到户，那些年的茶叶除了国家统购的，阿爸都存在这缸里，他说这是女儿茶，说是要给女儿将来当嫁妆。我早出生两年，所以给我的茶年份更早一些。陈香趴下身去，一股潮湿的仙草味扑面而来，那仙草味里不仅只是仙草味，还夹带着潮湿的泥土（或者是尘土）气息以及经年未流动的空气的味道，隐约有些熟悉。所有关于岁月的沉稳、醇厚以及耐人寻味似乎都被锁在这一缸缸的茶里，此时正幽幽地释放出来。女儿茶，女儿茶，……她念叨着，脸上的肌肉不自主地抽动着，太阳穴处也跟着一跳一跳起来。陈暖顺手抓了一把老茶。

水重新烧，茶盘茶杯重新洗过，盖瓯重新烫过，陈暖把老茶往盖瓯里放。陈香静静坐成一幅国画山水，双眼凝固一层浅浅的忧伤，盯住墙上挂钟的秒针走，一秒一秒，"嘀——嗒——嘀——嗒"。所有人都忽略了闻香，陈暖直接倒出茶水。两个男人依然感觉窘迫，他们不敢往她的方向看。王子衿不时刷刷微信，看看新闻。林有福在玩手游，手机开了静音模式，但他自由的嘴巴隔个三五分钟总能制造出不小的动静。喝一口陈暖递过来的茶，他嘴巴里的动静更大了。好茶，好茶！他不停咂巴着咂巴着，三两口喝掉，又伸手要求续茶，再来再来！你也太小气了，这茶倒得太少了太少了！桌上还有同时倒出的另外三杯茶，陈暖递一杯茶给陈香，再拿一杯往他茶杯里续了茶，说，一个"品"字三个口，一个盖瓯一冲茶水出来倒上三杯都满满当当，倒上四杯恰巧七八分满。七分茶八分酒，你不懂？不要多吃多占，小心烫嘴！林有福又"啧——啧"地喝了两口，心满意足地摇着头，这老铁好着哩，一点不烫嘴，有如米汤般饱满细腻，直钻牙缝，陈家居然还藏着这么好的老茶？该有二三十年？陈暖点了点头，又往盖瓯里冲了水。陈香闻了闻，一嘬，热热的茶汤裹挟着沉稳的香气，一股往齿缝间钻，一股直往心头去，口感如蜜似油。突然有一种想哭的感觉，她将头扭向内屋。陈暖把最后一杯茶递给王子衿，他没有伸手接，抱着手机往桌上一指，快，快，你们都赶紧看微信，安迪的"外国人喝中国茶"公众号刚刚发了个东西，很有意思。才说完，又拉了几下手机屏幕说，你们不用刷他朋友圈，他刚建了个群，你们直接进群里看就可以。

安迪建的是一个五个人的群，群名"清溪引"。除了安迪，其余四个人就在眼前。他最新制作的这一期视频按着他回到英国后的时间轴拍摄，有他回到乡下母亲家找到那个青花瓷茶罐的过程，有他探访他老祖宗母校的过程，有他到了当地博物馆找到他的父亲十几年前捐出去的一大批书的过程。他父亲捐献的那批书里有罗伯特·福钧 1847 年出版的 *Three Years' Wanderings in the Northern Provinces of China*（中文翻译为《华北各省三年漫游记》），还有 1853 年出版的 *The Tea Districts of China and India*（中文翻译为《茶产区的中国和印度》）。其中最为重要的是他的祖先一百多年前写的《印度之泪》，他摘引了开篇的一个段落："负责管理茶叶种植园的英国白人正悠闲地坐在院子里喝着美妙的下午茶，愉快地探讨猎杀一头大象更简易的方法，惋惜今天的晚餐吃不到孔雀肉。离他们两三百米的茶园里，印度和孟加拉黑人们身受监工的鞭子，头顶火球般的太阳，他们在砍树、割草、刨根、挖土，开垦新的茶园。他们光着的后背被抽裂，一条条交叉的血路斑驳。又一鞭子下去，一片乌黑从他们的后背急速蹿起，在空中四散开去。那是蚊子，吸血的蚊子，它们与不远处的白人经理们共同吸噬黑人的血。他们的茶杯那么精美，茶杯里的茶那么香，可是，却充盈着血腥。那是奴隶们的血汗，甚至是生命。我必须逃离这里。我向往中国，向往茶叶的故乡，更向往再次见到那几个中国人，姓林的是个茶商，姓王的是个茶铺的伙计，姓陈的是个茶师傅。他们来自中国的南方安溪。那里的茶香有一种奇特的风骨和韵味，它们也是茶农用汗水浇灌出来的，但茶树长在它们的母国，茶农们在自己的土地上耕作属于自己的茶，那是一种带着微苦微涩的幸福。这像极了他们依靠勤劳和智慧创造出来的铁观音，饮过一次，便怀念一生。"

顺着这个开篇，安迪讲了老祖宗托尼·菲尔德书中写下的故事。150 年前，有个叫托尼·菲尔德的大学生受聘到印度茶叶种植园，与两个来自福建安溪的中国人相遇，他们一起去阿萨姆茶叶种植园，又一起去萨哈兰普尔植物园，几年后他一个人去了大吉岭，意外见到了两个中国人苦寻未果的离家出走的亲人。安迪说，没错，这是我的祖先150年前写下的文字。我们的族人一直以为老祖宗写的是小说，并非真实。而依目前的情况判断，我敢断定十有八九书中所写并非虚构。历史似乎是一个说不清的轮回。就像我在西藏随处可见的转经筒，转一圈，总会回到起点。上天安排了无数次的巧合，让历史在现实中重叠。一百五十年后，我想，我有幸遇到了林姓茶商和王姓伙计的后裔，他们现在都在经营着茶叶生意。林老板的家里有着跟我家一模一样的青花瓷茶罐，当年他们把随身携带的一小罐铁观音送给了我的祖先。一杯铁观音让我的祖先永远记住了中国茶，也让我们家族永远神往这杯茶的故乡——中国。不出意外，王家应该有一本我的祖先送给他们老祖宗的书，书名翻译成中文是《在茶叶的故乡——中国的旅游》，有的也翻译成《中国茶区探访录》。

安迪对着镜头继续说，镜头已经从英国乡下切换到了观音岩，先是一个全景式的俯拍，接着是拉近，再拉近，安迪的旁白声起：现在是公元二〇一八年六月十三日的清晨。这是我的老祖宗在《印度之泪》里提到的两个中国人家乡的山。这座山不高。它没有中国北方山脉的豪迈，也没有南方丘陵地带的婉约。又或者它兼具了两者的气质与性格。它养育了一百五十年前的林老板、王伙计、陈茶师，也养育了一百五十年后的王总、林总。山川静默，历史会在某个合适的时机发声。很多时候我会想，世间万物皆会消逝，那么作为人，我们存在的意义又何在？现在，我明白了。老祖宗给我们留下这些文字，让我们可以看到一百五十年前的他们。我们看得到他们看过的山川，听得到他们听过的歌谣，吃得到他们吃过的美食，甚至可以感受到他们当时呼吸过的空气，感受到他们喝过那泡茶时心中的雀悦。就像今天，我们也在生活也在记录，一百五十年以后，可能也会有人循着这些记录找到今天的我们，找到我们生活过的气息。或许，这就是我们存在的意义。故的已故，不故的恒美。这座山名为观音岩。或许我们也该记住跟这座山有关的安溪人的名字，一百五十年前他们是林秉全、王之信、陈金鼎……一百五十年后他们是王子衿、王子鸣、林有福……茶叶如此美好。

王子衿用微信给安迪发了一句语音，告诉他这本书他小时候就听我爸说起过，可惜"文革"时已经烧毁了。安迪表示了无限惋惜，同时又表达了对大家的想念，他说，真希望马上飞到安溪去！下次去，一定要带我去看看那个"清溪八景"，还要去看看清水岩，还有那个李光地，还要听听你们那个好听的南音……王子衿纠正说，不是"去"安溪，是"回"安溪！安迪认可道，是，是，是"回"是"回"，我又说错了，女婿是半子嘛！盖瓯里的茶水刚倒出一半，陈暖突然住了手。安迪刚说那个姓陈的叫什么名字？是陈金鼎？我记得以前我爸说过我们的祖先里有一个金鼎公，不会这么巧吧？

秉全公的表弟姓陈，你们也姓陈，肯定就是了，就是了。林有福突然意识到了什么，诶，这么算来，咱们还是面线亲？

你们要真扯上亲戚关系恐怕也没有面线粗，顶多就是个蜘蛛丝粗细吧。王子衿直接挡了一板。

不管面线粗还是蜘蛛丝细，反正我们就是亲戚。幸亏当年没有娶你，否则我们就是近亲结婚，这可就……林有福即兴生出一大堆的设想，讲了一大堆的话。陈香看着他突然发出一阵冷笑，你倒是乐观啊，也不怕这回真就这么趴下去起不来？

不乐观还能怎么样？我一个大男人总不能被自己的尿憋死吧？做生意，输赢笑笑，无非跌倒了重来，又不是没输过没跌倒过。再说了，天无绝人之路，它总不能单单就绝我林有福这一条路吧？！

那你也不怕？陈香指着王子衿问。

怕也没用啊，怕又解决不了问题。

王爷抓去，王爷抓去，你们难道真就不关心是不是有人做的手脚?!陈香很生气，一种不被重视的气。

陈暖望一眼王子衿，浅浅地笑。他，都知道。他的初恋女友嫁了个外交官，现在就常驻英国，很多情况其实我们都清楚。过几天你们一起去趟英国，把有关手续办一下就可以了。另外，市领导那边情况也调查清楚了，纯粹是个误会，是不是？看到陈香一副大失所望的样子，陈暖走到她身边坐下，拉过她的手，王爷抓去，王爷抓去，不说这些了，不说这些了。下意识地接了何晚嘴里的"王爷"，陈暖的心中生出无限的怜惜。曾经听来多么歹毒的一句话，此刻自己说出来倒觉得很是有趣——使了狠劲，那"王爷"便是面目狰狞的阎罗王爷；柔柔顺顺地抛出，那"王爷"俨然是个可爱的小王爷，"王爷抓去"偷偷变成了"哇""哎呀"一样的感叹词。她拍着陈香的手背，拉着她站起来往楼上走。从桌子上取了一把香，数出四支点燃，陈暖递给妹妹两支，说，拜拜爸妈吧，他们一定很高兴你回来。一双手伸了过来，也给我两支，我也拜拜。是林有福。两个男人不知道什么时候也跟了上来。

二楼厅堂上，四个人站成一排，两个女人站在中间，两个男人站在两侧。供台上方挂着一男一女两张遗像，供台面上摆着两三样水果，三个茶杯里各装着少许干茶颗粒。从人间到天堂，无非供台下与供台上这一两米的距离。正要行拜礼，陈香突然往前一步，把茶杯里的干茶颗粒倒出，急急跑下楼，端上来满满的茶海往茶杯里斟茶，一杯满了，又一杯满了。他们冲北向着供台上的遗像拜上三拜，遗像冲着他们安宁地笑。他们转身冲南，向着门外的高天拜上三拜。南面，那其实也是观音岩的方向。如果安迪在这里，他一定会"咔——咔——咔"地不停按下快门。他会拍出三个茶杯里飘出来丝丝缕缕的茶烟，他会拍出插在香炉里的那八支香矮下去的瞬间，他会把镜头拉高，空中俯拍，再拉远，让这里，让观音岩，缩成安溪的两个点，然后放置在泉州地图中、福建地图中，再放置在中国地图和世界地图中。他会说，他们在向逝去的长辈敬礼，也是在向茶敬礼，在向这片神圣的土地的过去、现在、将来以及厚爱这片土地的苍天敬礼。一杯闽南茶被定格在画面中，几个闽南人生动起来，他们的祖先打破疆域、跨越历史，再一次走到我们面前。这杯茶，这群人，它和他们拥有一个共同的母亲——中国。而我，也有一个很值得骄傲的身份——中国女婿。